KB170501

사라진 도시

사라진 도시

펴낸날 2011년 8월 10일 1판 1쇄
지은이 미사키 아키 **옮긴이** 권일영
펴낸이 강진균 **펴낸곳** 지니북스 **편집 주간** 강유균
기획 변지연 **편집** 조정민 김지현 **디자인** 김영중 안태현 **제작** 강현배
마케팅 변상섭 김경진 오정아 **온라인** 문주강 장동철
주소 서울 강남구 논현동 101-14 삼성당빌딩 9층
대표 전화 (02)3443-2681 **팩스** (02)3443-2683
출판 등록 2006년 9월 15일 제16-3996호
홈페이지 www.ssdp.co.kr **쇼핑몰** www.ssdmall.co.kr
ISBN 978-89-93042-03-0 (03830)

· 파본은 바꾸어 드립니다.

사라진 도시

미사키 아키 글 권일영 옮김

지니북스
geniebooks

| 차례 |

프롤로그, 그리고 에필로그 06

에피소드 1   바람을 기다리는 언덕 17

에피소드 2   물길잡이의 바다 67

에피소드 3   어두운 달빛 127

에피소드 4   죽음의 소리 195

에피소드 5   물길잡이가 부르는 소리 253

에피소드 6   머나먼 빛 327

에피소드 7   항아리 속의 희망 419

에필로그, 그리고 프롤로그 494

옮긴이의 말 510

프롤로그, 그리고 에필로그

"시스템 올 클리어."

12호의 메마른 목소리가 감시차량 안에 울려 퍼졌다.

벽에 설치된 20대가 넘는 모니터는 모두 다 어둠이 깔린 도시의 암시영상暗視映像을 비추고 있다. 입자가 거칠다. 인기척이라고는 찾아볼 수 없는 캄캄한 교차로와 거리 풍경이 마치 정지화면처럼 보인다.

"3호, 20초 뒤에 14번 모니터 앞 통과 예정. 10초 전……, 5, 4, 3, 2, 통과 확인."

"알았습니다. 화상분석, 투과透過 개시합니다."

좁은 차량 안에서 6호는 살며시 한숨을 쉬었다.

6호는 20년 가까운 세월을 시스템 구축에 바쳐왔다. 그게 쓸모가 있는지 어떤지 오늘밤 판가름이 난다. 그런 생각을 하자 중압감에 짓눌릴 것만 같았다. 가슴 안주머니에서 편지를 꺼냈다. 색이 완전히 바래 너덜너덜해진 편지를 늘 부적처럼 지니고 다녔다.

"14번 모니터, 화상분석 완료. 소멸消滅 소견 없음. 시스템 올 클리어."

"알았다. 시스템 올 클리어."

터미널 시스템의 액팅 에어리어만 남기고 다른 모니터는 일반 모드로 전환한다. 차량 내부의 무거웠던 분위기가 바로 평상을 되찾았다. 6호는 벽에 설치된 시계를 올려다보았다. 나란히 걸린 두 개의 시계 가운데 하나는 짧은 바늘만 있어 8시를 가리키고, 다른 하나는 긴 바늘만 있어 35분을 가리키고 있다.

30년 전에는 추정시각이 오후 11시였다. 이번에도 같은 시각이라면 앞으로도 몇 시간 여유가 있을 것이다.

"다음은 8번 모니터 앞 통과. 20분 뒤입니다. 6호, 잠시 휴식을."

12호가 터미널 단말기에 눈을 고정시킨 채 감정이 억제된 목소리로 말했다. 밤은 아직 많이 남았다. 6호는 말없이 고개를 끄덕이고 캐스팅 리시버를 벗었다.

오늘밤, 정말로 도시의 '소멸'을 막을 수 있을까?

◇

감시차량을 나서자 4월답지 않은 차가운 밤공기가 밀려와 몸을 부르르 떨며 눈을 감았다. 싸늘한 공기 때문에 눈에 살짝 눈물이 고였다. 고개를 들어 어두운 구름이 덮인 하늘을 우러러보았다.

"구름이 잔뜩 끼었군……."

6호 유카由佳는 차가운 공기를 깊이 들이마셨다. 가시를 삼키는 것 같았다. 겹겹이 쳐진 '억제抑制'의 장막을 들췄다. 감시차량을 완전히 뒤덮듯이 아치 모양으로 설치된 롤 오프 필터의 영향권에서 빠져나왔다.

아래로 도시의 불빛들이 펼쳐졌다.

주민들이 이미 모두 철수한 도시에는 생활의 냄새를 느낄 수 있는 따스한 불빛은 없다. 희뿌연 가로등 불빛이 규칙적으로 늘어서 있을 뿐이다. 사람이 없는 도시에도 질서를 강요하듯 신호등이 일정한 시간 간격을 두고 빛깔을 바꾸고 있다. 소리 없이 빛나는 그 불빛을 보면 도무지 '도시'란 느낌이 오지 않았다.

도시는 충격이나 진동, 소리, 빛도 전혀 없이 소멸한다. 그저 사람들만 사라진다.

하지만 30년 전에 일어난 쓰키가세月ヶ瀬라는 도시의 소멸 때와는 달리, 이번에는 사람이 사라지지 않는다. 그래서 소멸 시점을 판단하기가 어려웠다. 사람들이 사라지지 않는 이상 도시에 '잔광殘光'이 빛나는 일도 없기 때문이다.

"도시를 두려워할 건 없어. 마음을 자유롭게 날려 보낼 수 있는 사람에게 '도시'는 결코 두려운 존재가 아니야. 유카라면 가능할 거라고 생각해."

유카를 이끌어 주었던 준潤의 말이 아직도 마음속에 남아 있다. 도시의 불빛을 내려다보면서 오늘 이 자리에 이르기까지 여러 사람들과 만났던 궤적을 다시 떠올렸다.

기억이 스물일곱 살에서 멈춰 버린 가즈히로和宏. 그가 계속해서 그린 그림은 사라진 쓰키가세였다. 그것도 추억 속의 풍경이 아니라 폐쇄되어 아무도 들어가지 않아 낡아 무너져가는 지금 현재의 모습이다.

가즈히로는 '도시'로부터 받은 '오염'과는 뭔가 다른 형태로 '도시'에 연결되어 있었다. 관리국은 가즈히로가 그리는 그림을 주의 깊게 관찰해 왔다.

2년 전 어느 날, 가즈히로가 그리는 그림에 변화가 일어났다. 그림에서 낡은 건물이 사라지고 사람들의 모습이 나타났다. 그 그림은 다음에 사라질 도시를 그린 것으로 보였다. 그 풍경을 바탕으로 새로운 소멸 후보지를 다섯 군데로 좁혔다.

그리고 가즈히로가 1년 전에 그린 그림을 통해 소멸할 도시가 어디인지 알 수 있게 되었다. 그 그림에는 인상적인 성城의 흔적과 두 개의 굴뚝 실루엣이 있었다. 그렇다. 바로 지금 이 언덕에서 내려다보이는 풍경이다.

소멸지가 확정되자 미리 세워두었던 계획에 따라 '별체別體' 히비키가 그곳에 거주하며 '도시'의 의식 동향을 탐색했다. 주민들을 너무 빨리 퇴거시키면 '도시'의 마음이 바뀌어, 다른 도시가 소멸하게 된다. 그렇다고 주민들이 '소멸 순화'에 의해 도시과 함께 사라질 상황을 받아들인 뒤에는 이미 늦다. 타이밍을 신중하게 재지 않으면 모든 것이 물거품이 되어 버린다.

이 '도시'는 두 달 전부터 소멸 순화가 시작되었다. '도시'는 도시에서 나는 모든 소리 안에 사람들을 소멸로 이끄는 소리를 배치하고 있었다. 그 소리에 둘러싸인 상태에서도 '별체' 히비키는 소멸 순화에 저항하며 분리자 특유의 '서로 부르기'를 이용해 도시 밖에서 대기하는 '본체本體' 히비키에게 '도시'의 움직임을 전했다.

준이 사라지기 직전에 유카에게 맡긴 '소리의 씨앗'. 그로부터 20년 가까이 배양해 온 '소멸 저항음'이 도시에 뿌려져 사람들의 소멸 순화를 중화시켰다. 주민들을 강제로 도시 밖으로 데리고 나와, 모든 주민이 철수한 것이 겨우 사흘 전이었다.

현재 도시에는 소멸 내성을 지닌, 소멸에 친화성이 있는 노조미가 조사원 3호로 홀로 남아 도시의 상태를 탐색하고 있다.

"준, 이제 괜찮을까?"

유카는 무심코 중얼거렸다. 머릿속에 떠오르는 준의 모습은 열다섯 살 그대로였다. 흰머리가 나기 시작한 유카였지만, 머릿속에서 준을 만날 때는 자기도 열다섯 살 소녀로 되돌아간다.

준은 30년 전에 쓰키가세라는 도시가 소멸할 때 함께 사라졌다. 그때 준은 유카에게 '소멸의 고리를 끊어 달라'는 부탁을 남겼다.

'도시'가 관리국의 저항을 얼마나 눈치채고, 어느 정도 촉수를 뻗을 것인지는 누구도 예측할 수 없었다. 지금 이 순간도 '도시'와 관리국은 소리없는 싸움을 치열하게 벌이고 있는 것이다.

"도시를 얕보아서는 안 된다. 하지만 두려워해서도 안 돼."

유카는 지난번 소멸 때 통감이 했다는 말을 떠올렸다. 통감은 거의 만나볼 수 없다. 그는 일찍이 소멸 오염물 회수라는 역할만 맡고 있던 관리국을, 다가올 소멸을 예측하고 전략적으로 대처하는 조직으로 바꾸는 기초를 쌓은 전설적인 존재였다.

도시의 소멸을 막을 수 있다 해도 해야 할 일, 생각해야 할 것들은 헤아릴 수 없이 많았다. 사람이 소멸하지 않은 도시도 지진의 여진처럼 여멸餘滅을 일으키는 걸까? 퇴거한 주민은 언제 돌아올 수 있을까? 그리고 가장 큰 문제는 소멸이 차단되면 '도시'의 반작용이 예측되지 않는다는 사실이었다. 이제부터는 모든 것이 미지의 영역인 셈이다.

소멸을 피하기 위해 한 일들이 어쩌면 도시의 연쇄적 소멸이라는 최악의 사태를 불러올지도 모른다. 도시의 힘 앞에서 자신이 얼마나 하찮은 존재인가를 생각했다.

시라세白瀬 서기관의 말도 떠오른다.

"만약 내일 사라진다 해도 나는 마지막 순간까지 내 마음을 계속 전할 겁니다."

그녀는 도시의 소멸을 저지할 수 있을 거라는 대략적인 윤곽

이 잡힌 작년에 세상을 떠났다. 62세였다. 소멸 내성이 있다고
는 해도 오랜 세월 도시의 소멸에 관한 일을 해 온 시라세는 온
몸이 오염되어 철저하게 침식된 상태였다. 시라세가 남긴 뜻을
잇기 위해서도 이번 작전은 성공시켜야만 한다.

"유카……. 아, 이런. 6호. 왜 그러십니까?"

뒤를 돌아보니 본체 히비키가 서 있었다. 실수로 유카의 이름
을 부르고는 혀를 살짝 내밀었다.

"응, 드디어 여기까지 왔구나 하는 생각을 하니 왠지."

"그렇군요……."

히비키가 짧게 대꾸했다.

"별체의 상태는 어떤가?"

"아직 의식이 돌아오지 않은 모양입니다."

별체 히비키는 '도시'의 의지에 저항해 소멸 시기를 본체 히
비키에게 전했기 때문에 오염에 노출되었다. 마지막 교신을 하
고는 정신을 잃어, 그 뒤로 2개월간 의식을 되찾지 못하고 있다.

말은 하지 않아도 두 사람은 이미 알고 있다. 별체 히비키는
이대로 의식을 되찾지 못하거나, 의식이 돌아온다 해도 가즈히
로처럼 기억에 문제가 생길 거라는 사실을. 별체 히비키는 그
런 사실을 알면서도 소멸할 도시에 잠입했다. 소멸의 고리를
끊기 위해.

별체 히비키만이 아니었다. 유카와 본체 히비키는 물론 관리
국 누구나 오염의 공포와 싸우면서 사람들이 다들 꺼리는 소멸

에 관계해 왔다. 희망을 내일로 이어가기 위한 일이었다.

"6호, 곧 6번 모니터 앞입니다. 대기 바랍니다."

감시차량에서 흘러나오는 빛 때문에 그림자로만 보이는 12호의 목소리가 들렸다.

"알았다."

유카는 히비키와 함께 차를 향해 걷기 시작했다. 다시 억제 차단막을 치려던 유카는 앞으로 흘러내린 머리카락을 흔드는 바람을 느끼고 도시를 되돌아보았다.

"바람……?"

"바람이 부는군요."

히비키도 멈춰 서서 밀려오는 차가운 공기에 눈을 깜빡거렸다. 바람은 아래서 언덕 능선으로 달려 올라와 유카 쪽으로 불어왔다. 이 바람이 과연 미래를 향해 부는 바람이 될 수 있을까?

별도 없는 깜깜한 밤하늘을 올려다보며 유카는 30년 전에 사라진 도시 쓰키가세를 떠올렸다.

◇

물을 끓이면서 아카네는 벽에 걸린 달력을 바라보았다. 오늘 날짜에는 빨간 동그라미가 그려져 있다. 지금쯤 유카를 비롯한 관리국 멤버는 도시의 소멸과 소리 없는 싸움을 벌이고 있을 것이다.

"아, 벌써 30년이 흘렀나?"

그로부터 30년……, 달력은 이곳 쓰가와都川로 이사해 살아온 시간을 떠올리게 만들고, 가즈히로와 지내온 나날을 이야기한다. 팔짱을 낀 채로 거울을 바라보았다. 눈가의 잔주름에서 새삼 세월의 흐름을 느껴 아카네는 얼굴을 찌푸렸다. 4월이라고는 생각할 수 없을 정도의 밤 추위에 몸을 떨며 숄을 걸쳤다.

오늘밤은 펜션에 묵는 손님도 없다. 원래는 이런 날이면 차나 마시고 일찍 잠자리에 들곤 한다.

펜션의 불을 모두 끈 뒤, 별채에 있는 가즈히로의 아틀리에로 갔다. 그는 여느 때처럼 그림에 몰두해 자기 세계에 빠져 있었다. 뒤도 돌아보지 않고 캔버스 위에 붓을 놀리고 있었다. 아카네도 평소처럼 차를 얹은 쟁반을 든 채로 한동안 가만히 지켜보았다.

방해가 되지 않도록 조용히 가즈히로의 등 뒤로 다가갔다. 하지만 캔버스에 그려진 그림을 보고 아카네는 숨이 막혔다.

스물일곱 살 때 도시에 오염된 가즈히로는 30년간 줄곧 그때의 기억에만 머물러 있다. 의식만은 자유로워 그때 사라진 쓰키가세로 날아가, 사라진 그 도시의 풍경을 계속 그려왔다.

오염을 꺼리는 사람들에게는 '께름칙한 그림'이란 매도를 당했다. 그렇지만 도시의 소멸로 인해 무엇인가를 잃어버린 슬픔을 간직한 사람들로부터는 은밀한 사랑을 받았다. 아카네는 그 그림을 30년 동안 지켜보았다.

그런데 가즈히로가 오늘밤 그린 그림은 그 도시의 풍경이 아니었다. 초상화, 그것도 아카네의 모습이었다.

그제야 인기척을 느껴 붓을 멈춘 가즈히로는 뒤를 돌아보더니 의아하다는 표정을 지었다.

"아카네……?"

처음에는 잘못 들은 게 아닐까 생각했다. 하지만 가즈히로가 싱긋 웃으며 다시 입을 열었다. '아카네'라고 했다. 그 목소리는 아카네의 마음속에 또렷하게 울려 퍼졌다. 30년이란 세월 때문에 나이가 느껴지는 목소리로 변했지만, 그것은 분명 꿈에도 그리던 가즈히로의 목소리였다.

'도시'에 목소리를 빼앗겨 말을 못하던 가즈히로가 입을 연 것이다. 그 첫마디로 아카네의 이름을 부르기로 마음을 먹고 있었던 모양이다. 더듬거리지 않는 목소리였다.

"가즈히로."

아카네는 믿을 수가 없어 그 자리에 우두커니 서있었다.

"돌아왔어."

가즈히로의 또렷한 목소리. 그가 '도시'의 영향에서 풀려났다는 뜻이다. 새로운 도시를 소멸시키기 위해 '도시'가 가즈히로를 오염의 주술로부터 해방시킨 것이다.

여전히 우두커니 서있는 아카네를 가즈히로가 껴안았다. 30년이란 세월 동안 말도 못하고 기억도 없는 자신을 돌봐준 것에 감사하듯 꼭 껴안았다.

바로 앞에 존재하고, 만져볼 수 있고, 얼굴을 볼 수도 있지만 기억을 공유할 수는 없던 나날들. 가즈히로는 잃어버린 것을 되찾으려는 듯 아카네를 꼭 껴안고 풀어주지 않았다. 30년에 걸친 아카네의 상실감을 채워주고도 남을 수 있을 만큼 꼭 껴안았다. 아카네의 눈에서는 하염없이 눈물이 흘러내렸다.

젖은 눈을 뜨니 창밖에는 눈이 내리고 있었다. 4월에 내리는 눈. 사라진 도시 쓰키가세. 빛이라고는 전혀 없는, 칠흑 같은 어둠만 펼쳐진 그 쓰키가세에 눈이 내리고 있었다.

바람을
기다리는
언덕

작업은 2인 1조로 이루어진다.

오늘 첫 번째로 작업한 집은 모르타르를 칠한 2층짜리 목조 단독주택이었다. 지은 지 30년쯤 되었을까. 멋대로 자란 나뭇잎들이 울타리 밖으로 삐져나왔다. 5월 오후의 햇살이 그 어린 이파리 위에서 둔하게 빛나고 있었다.

No.34는 여자에게는 큰 작업복 바지에 천으로 만든 회수용 자루를 차고, 모자를 깊숙이 눌러썼다. 오후 작업 개시다.

파트너인 No.9는 40대 남성이었다. 함께 작업한 지 3주째라서 말을 하지 않아도 작업 순서나 서로 분담해야 할 일들을 잘 알고 있었다. 말없이 함께 현관 앞에 섰다.

문설주에 박혀 있는 주소 표시를 보고 No.9가 혀를 찼다.

"골치 아프군."

"공구를 빌려올까요?"

"됐어, 내가 할게. 쇠지레로 뜯어낼 수 있겠지. 먼저 들어가서 내부 작업을 하고 있어."

"알겠습니다!"

현관은 No.9에게 맡기고 No.34는 작업화를 신은 채 안으로 들어갔다. 자물쇠는 걸려 있지 않았다. 지금까지 작업했던 집들과 마찬가지라 새삼 놀랄 일은 아니다. 모든 집들이 주인이 없는데도 잠겨 있지 않았다.

"자, 시작해 볼까?"

늘 시간이 많이 걸릴 방부터 먼저 작업한다. 우선 거실로 들어갔다. 남의 집에 신발을 신은 채로 들어가 뒤진다는 죄책감은 이미 완전히 사라진 상태였다.

처음 뒤진 것은 편지꽂이였다. 엽서, 편지, 영수증 종류. 이런 것들은 모두 회수 대상물이다. 편지꽂이를 거꾸로 들어 허리에 찬 두툼한 천으로 된 자루 주둥이에 모두 쏟아 넣었다.

다음은 전화기가 놓여 있는 작은 책상. 그렇다, 전화번호가 적혀 있는 수첩도 회수해야 한다. 그 수첩 세 권을 넣자 자루가 제법 무거워졌다.

"자, 다음은……그러면."

No.34는 주위를 둘러보았다. 50채 이상의 집을 작업했기 때문에 어디에 뭐가 있는지 대략 짐작이 갔다. 겨우 몇 분이면 값나갈 물건을 모두 찾아낸다는 빈집털이들의 솜씨가 이제는 충분히 이해된다.

"우리 이 작업을 마치고 나면 빈집털이를 해도 잘할 거야."

"그럼 자물쇠 따는 법도 배워둬야겠네요."

No.34는 그런 식으로 No.9와 농담을 주고받기도 했다.

서랍을 차례대로 열었다. 예금통장이 나왔다. 펼쳐 보니 급여가 들어오고, 공공요금이 빠져나갔다. 3만 엔, 5만 엔 정도의 액수가 인출되어 생활의 냄새를 짙게 풍기고 있었다. 무심코 주위를 둘러보았다. 물론 아무도 없다. 통장에는 4백만 엔이 남아 있다. 이 집 수준으로는 결코 적은 액수가 아니리라. 하지만 첫 페이지에 적힌 '쓰키가세 중앙지점'이란 글자를 보고, 서슴없이 회수용 자루에 넣었다.

밖에서 작업을 마친 No.9가 들어와 회수 작업에 가세했다. 그가 찾아낸 종이봉투에서는 영수증이나 계산서 묶음이 나왔다. 가계부를 쓰려고 했던 걸까.

"우와, 이걸 다 구분해야 하는 건가? 손이 많이 가겠네."

두 사람은 얼굴을 마주보며 한숨을 쉬려다 말고 분류 작업에 들어갔다. 쓰키가세라는 도시 이름이 적힌 것은 회수하고, 다른 주소가 적힌 것은 종이봉투에 도로 집어넣었다. 번거로운 작업이기는 하지만, 여느 때와 마찬가지로 두 사람은 이내 기계적인 단순 작업에 몰두했다.

1층 작업을 마치고 2층으로 올라갔다. 세 평 남짓한 방이 두 개, 네 평 조금 넘는 방이 하나. 둘이서 세 평 남짓한 방을 하나씩 분담했다. No.34가 맡은 것은 애들 방이었다. 책상에 붙인 스티커나 어지럽게 흩어져 있는 게임 소프트웨어로 보아 초등 학교에 다니는 사내아이가 쓰던 방인 모양이다. 애들 방은 회 수 작업이 수월했다.

우선 책가방에서 교과서와 노트를 바닥에 쏟아냈다.

'쓰키가세 제2초등학교 3학년 4반 기타무라 다쿠야.'

이 방 주인인 다쿠야가 쓴 서툰 글씨가 적혀 있었다.

친구들이 다쿠야에게 보낸 연하장. 유치원 졸업 앨범. 학교 에서 보낸 통지문. 그런 것들을 회수용 자루에 넣었다.

"깜빡 잊을 뻔했네."

No.34는 혼자 중얼거리며 옷장을 열었다. 새삼 혼잣말이 많 아졌다는 생각이 들었다. 갑자기 사라진 사람들의 추억이 담긴 물건들을 처리하는 작업. 사라진 주민들의 그림자에 빨려들고 말 것 같아, 그런 생각을 떨치려다보니 무의식적으로 중얼거리 는 버릇이 생겼다.

깜빡할 뻔했던 작업은 옷을 점검하는 일이었다. 아이들 경우 에는 옷에도 이름이 적혀 있는 경우가 있기 때문이다. 예상대 로 체육복과 수영 팬티 안쪽, 그리고 여러 벌의 팬티에서도 다 쿠야의 이름이 발견되었다.

모두 회수하고, 다시 방을 둘러보았다. 그때 No.9가 들어왔다.

"이 방은 회수 작업 종료되었습니다. 완료 확인 부탁드립니 다."

팔짱을 끼고 방을 둘러본 No.9는 약간 심술궂게 웃으며 벽을 가리켰다. 벽에 걸린 충치 예방 포스터 입상 상장. 거기에는 '쓰키가세 교육위원회 위원장 가키하라 고자부로楠原孝三郎' 라는 글자가 적혀 있었다.

마지막으로 둘이서 부부 침실의 회수 작업을 끝으로 작업을 마쳤다. 허리에 찬 자루가 상당히 무거워져 있었다.

회수한 물건들을 모으는 집하장은 백 미터쯤 앞에 있는, 신호등이 달려 있는 사거리였다. 사거리의 표지판은 이미 제거되었다. 회수한 물건의 무게 때문에 약간 비틀거리며 그 이름도 없는 사거리까지 걸었다.

늘 그렇듯 트럭과 고가 사다리차가 서있고, 간이 텐트 아래는 관리국 담당자 몇 명이 회수 작업 진행을 관리하고 있었다.

No.34는 둘이서 회수한 물건들을 종이류, 옷 종류, 금속류, 유리 종류, 기타로 나누어 트럭에 실었다.

"제11반, 회수 대상 D-256 작업 종료했습니다."

작업 공정표를 담당자에게 건넸다.

"영수증이 많아 힘드시겠어요."

짙은 남색 작업복을 입은 관리국 남자 담당자는 No.34의 말을 완전히 무시하고 공정표를 흘깃 보더니 빨간 색연필로 체크한 다음 다른 회수원들이 제출한 공정표에 얹어 놓고 파란 파일을 열었다.

"수고했습니다. 그럼 3시 40분부터 다음 회수 대상인 C-34를 작업해 주세요. 그때까지 20분간 휴식을 취하시죠."

담당자는 한 번도 No.34를 보지 않고 사무적으로 다음 작업 공정표를 건넸다. 말로는 수고했다고 하지만 그 말에 진심이 담겨 있는 것 같지 않아 No.34는 약간 발끈하며 공정표를 받아 들었다.

"에구, 힘들다."

이곳에서는 No.34로 불리는 아카네는 길 위에 큰 대자로 누웠다. 차가 오지 않을 거라는 사실을 알고 있다. 투명한 5월 하늘은 눈이 시릴 정도로 푸르러 몇 조각 떠 있는 흰 구름이 더욱 또렷하게 보였다.

"많이 지친 모양이군."

No.9로 불리는 신야信也가 배급받은 페트병에 든 음료수를 아카네에게 건네며 옆에 앉았다.

"그야 당연하죠. 피곤하시죠? 누우세요."

"그래? 그럼 나도 좀 눕지."

둘이 대자로 누워 눈을 감았다. 다른 도시라면 자동차 소리 때문에 들리지 않을 바람 소리가 들려왔다.

"조용하군요."

"그렇군. 아무도 살지 않는 도시는 오히려 아무도 없는 산속보다 더 조용한 것 같아."

두 사람은 이 도시의 모든 지명, 그리고 살던 주민들의 흔적

을 지우려 하고 있다. 그게 소멸의 '여멸'을 막기 위한 작업이
라는 사실은 이 나라 사람이라면 누구나 알고 있다. 불이 들어
오지 않는 신호등을 바라보며 아카네는 생각에 잠겼다. 사라진
사람들은 대체 어디로 간 걸까.

이 '쓰키가세'라는 도시가 사라진 것은 한 달 전이었다. 아카
네는 신문을 보고 알았다. 더 정확하게 이야기하자면 신문으로
밖에 알 수가 없었다.

소멸 관리국에서 알립니다.

세이와成和33년 4월 3일, 오후 11시경(추정), 쓰키가세가 소멸했습
니다. 소멸한 도시에 대한 회수 작업은 각 자치단체, 관리국 지방사
무소로부터 추가 통지하니 지시를 기다리기 바랍니다. 또 국선 회
수원에 임명된 사람은 신속하게 이동 준비를 하기 바랍니다.

수많은 사람들이 순식간에 사라졌다. 신문 1면의 톱기사로
다뤄도 될 만한 사건이다. 하지만 관리국의 광고만 실렸을 뿐
신문사의 독자적인 기사는 단 한 줄도 실리지 않았다. 텔레비
전 보도도 마찬가지였다. 뉴스로도 다뤄지지 않고, 광고 중간
에 관리국의 공지문만 정지화면으로 나왔다. 관리국이 통제를
하고 있기 때문이다.

그 까닭은 소멸에 공연히 흥미를 불러일으켜 여멸이 일어나
는 사태를 피하기 위해서였고, 동시에 '사라진 도시'에 관계하

는 일은 일종의 '금기'로 사람들에게 인식되고 있기 때문이기도 하다.

도시의 소멸은 몇 백 년 전부터 일어났다고 한다. 원인은 알수 없다. 정확하게 알지도 못하는데 도시의 소멸에 관한 이야기를 화제로 삼는 일을 꺼리는 습관이 국민들 사이에 널리 퍼져 있었다.

소멸이 일어난 직후, 아카네를 '국선 회수원'에 임명한다는 통지서가 날아들었다. 아카네는 자기가 회수원으로 적합한 자격을 갖추고 있는 것 같다는 생각은 하고 있었지만 진짜로 임명될 줄은 몰랐다.

회수원이 되기 위해서는 몇 가지 조건이 있었다. 소멸지에서 5백 킬로미터 이상 떨어진 곳에 살 것. 전에 소멸지에 가본 적이 없을 것. 그리고 사라진 그 도시에 친척, 친구, 지인이 한 명도 없을 것. 그리고 여기에 또 한 가지 조건이 덧붙었다. 그것은 도시에 '오염'될 가능성이 가장 적은 사람이어야 한다는 점이다. 도시의 소멸을 슬퍼하면 바로 오염에 노출되기 때문이다.

국선 회수원은 국민의 의무라서 기본적으로 거부할 수 없게 되어 있다. 또한 선발된 사람이 다니는 직장이나 학교는 회수원으로 선발된 소속원이 소멸지에 부임하여 반년간의 활동 기간이 끝난 뒤 복귀할 때 최대한 협력할 것을 암암리에 요구받고 있었다.

그렇게 해서 아카네는 지금 이 사라진 도시인 쓰키가세에 들어와 회수 활동으로 하루하루를 보내고 있다.

"저 관리국 사람들 말이에요, 벌써 3주간이나 함께 일을 했으니 조금은 마음을 터놓아도 된다고 생각하지 않으세요?"

아카네는 누운 채로 관리국 텐트를 곁눈질하며 거기까지 들리지 않도록 불평을 했다.

"뭐야, 몰랐어? 저 사람들은 감정 억제를 하고 있는 거야."

"감정 억제?"

"우리는 이 도시에 관계하는 게 기껏해야 반년뿐이잖아? 하지만 저 사람들은 업무이기 때문에 전부터 사라진 도시에 관계해 온 거야. 그만큼 도시로부터 받는 오염도 쌓여 힘들겠지. 그래서 저렇게 감정 억제를 해, 오염을 피하려는 거야."

"아아, 그런 이유가 있었군요."

"저 사람들도 그러고 싶어서 저렇게 무뚝뚝하게 구는 게 아니야. 다들 하고 싶지 않은 일을 하고 있으니 이해해 줘야지."

"흐음."

아카네는 한쪽 팔꿈치를 바닥에 짚고 텐트 쪽을 보았다. 여전히 무표정하게 묵묵히 일을 하고 있는 담당자들.

"그렇다면 용서해 줄까?"

"어이구, 대단하셔. 자, 이제 슬슬 다음 작업을 시작하지."

"알겠습니다."

◇

하루 일을 마치고 회수원들은 삼삼오오 집하장으로 모여들었다. 오늘 이 구역에서는 아카네가 속한 조를 포함해 모두 15개 조, 30명의 회수원이 작업을 했다. 임무 수행 기간은 반년. 아카네는 제1기다. 반년 뒤면 제2기가 선발되어 이곳에 올 것이다.

가까운 집으로 들어가 입고 있던 작업복을 벗고 사복으로 갈아입었다.

5시를 알리는 사이렌이 울렸다. 하루 일과를 마친 나른함과 안타까운 마음 때문에 아카네에게는 그 사이렌 소리가 우울하게 들렸다. 회수원들은 사이렌이 울려 퍼지는 하늘을 일제히 우러러보았다. 도시 한복판에 있는 야트막한 언덕, 고사포탑의 그림자가 조용히 도시를 내려다보고 있었다.

늘 그렇듯 회수원들을 위한 출퇴근용 트럭이 어디선가 나타나 짐칸 문을 열어 두고 있었다. 말만 출퇴근용이지 아카네가 보기에는 그냥 수송차량이었다.

"저걸 타는 건 아무리 시간이 지나도 익숙해지지 않을 거야. 고행이지."

"하루 일과가 끝나도 저 수송 트럭을 타야 한다는 생각을 하면 마음이 편치가 않아요."

트럭 짐칸은 컨테이너처럼 생긴 밀폐구조로, 뒷부분 해치 이외에는 드나들 곳도 없다. 내부는 심플하다는 표현마저 어울리

27

지 않을 정도로 살풍경했다. 양쪽 옆으로 걸터앉기 적당한 높이에 단이 있어 회수원들은 거기 말없이 앉아있다.

문이 닫히면 창문도 없는 차 안에는 천장에 딱 하나 달린 노란색 침침한 비상등만 들어와 더 우울한 폐쇄공간이 된다.

아카네는 여느 때처럼 트럭의 진동을 직접 몸으로 느끼며 생각에 잠겼다. 나는 정말로 사라진 도시에 있는 걸까?

다른 차라면 아무리 바깥 풍경이 보이지 않더라도 차의 움직임을 감각으로 느낄 수 있다. 하지만 이 트럭은 감각을 느끼려 잔뜩 집중을 해도 어떻게 달리고 있는지 전혀 알 수가 없었다.

분명히 달리고 있는 것 같은 진동은 늘 있었다. 혹시 지나칠 정도로 뭔가를 숨기려는 것은 아닐까. 그런 생각을 하면 대화도 나눌 수 없을 정도의 소음마저 회수원들을 속이려 일부러 내는 것 같다는 생각이 들었다.

도시의 소멸은 의식을 지닌 '도시'에 의해 일어난다고 한다. 그렇다면 도시를 출입할 때 회수원들이 '도시'의 의식과 접촉하는 것을 피하기 위한 조치인지도 모른다.

충격과 함께 트럭이 멈췄다. 밖에서 해치가 열리며 빛이 쏟아져 들어왔다. 회수원들은 눈부신 듯이 얼굴을 찡그리며 차에서 내렸다. 오늘의 하차 지점은 예전에 철도시설이 있었을, 잡초가 멋대로 자란 철로 옆 공터였다.

회수원들을 내려주는 장소는 일정하지 않았다. 역 앞 광장일 때도 있고, 슈퍼마켓 주차장일 때도 있고, 농로 한복판인 경우도 있다. 그 이유도 아카네는 이해할 수 없었다. 하지만 어디에 내려주건 차에 타고 있는 시간은 딱 17분 15초였다.

회수원들은 줄지어 걷지 않고 제각각 다른 방향을 향해 바로 흩어진다. 아카네도 신야에게 인사를 하고 상점가 쪽으로 걸었다.

쓰가와 시는 소멸한 쓰키가세와 이웃한 평범한 지방 소도시다. 시내 북쪽의 사철 역을 기점으로 해서 남쪽으로 작은 번화가가 펼쳐진다. 역 앞 큰길에서 한 블록 벗어난 길은 아케이드 뒤로 나 있는데, '쓰가와 역 앞 상점가 은방울 거리'라는 개성 없는 이름이 붙어 있다.

이 시간대에는 장을 보는 중년여성들이 이 거리의 주인공이라는 듯이 허름한 차림으로 자전거를 밀며 활보했다. 스커트 길이가 짧은 여고생들이 잡화점이나 패스트푸드 가게 앞에 떼를 지어 모여 있었다. 지방 도시면 어디서나 볼 수 있는 저녁 풍경이었다.

아카네는 줄지어 늘어선 파친코장에서 흘러나오는 소음에 밀려 슈퍼마켓 쪽으로 걸음을 옮겼다. 장바구니를 들고 냉장고에 남은 음식 재료를 떠올리면서 오늘 저녁에는 무얼 해 먹을까를 생각했다.

"달걀은 아직 남았지?"

여전히 혼잣말이 이어지고 있다. 오늘 회수한 그 집 주부도 사라지지 않았다면 지금쯤 이렇게 장을 보고 있을 거라는 생각이 들자 저절로 그런 혼잣말이 튀어나왔다.

일 인분만 장을 본 봉투를 들고 집으로 가는 길을 천천히 걸었다. 역 앞으로 나와 작은 터미널 옆을 지나면 철로를 건너는 보행자 전용 낡은 육교가 있다. 울퉁불퉁한 콘크리트 계단은 오랜 세월 사람들의 발길에 닳았다. 아카네는 이렇게 계단이 마모되도록 오간 수많은 사람들을 생각했다.

육교 한가운데 서서 버릇처럼 시가지를 돌아보았다. 2층짜리 주택이나 별로 높지 않은 연립주택들이 늘어선 모습은 흔한 풍경이다. 아카네는 공연히 불안해졌다.

"나는 지금, 여기 있다……."

스스로에게 확인하듯 그렇게 중얼거렸다. 그러지 않으면 자기가 있는 곳을 확인할 수 없을 것 같은 불안감이 느껴졌다. 단기대학을 나와 한곳에 살기를 거부하듯 지방 도시를 전전해 왔다. 그 도시들이 보여주는 풍경은 아카네의 머릿속에서 중첩되어 어느 곳이 어느 곳인지 구별이 되지 않는 '어딘가의 풍경'이 되어 버렸다. 아카네는 지금 자신이 그 풍경 가운데 어디에도 머물 곳을 찾지 못한 것 같은 느낌이 들었다.

역 뒤에 있는 연립주택의 단칸방. 반년 동안 회수원으로 임무를 수행하는 기간에 머물 곳이다. 좁은 방이지만 임시로 살기에는 충분한 공간이었다. 비용을 모두 관리국에서 부담하니 불평을 할 수도 없다.

말없이 현관에 서서 한눈에 들어오는 방을 바라보았다.

"으음, 왠지……."

스스로 생각하기에도 뭐라 말을 이어야 할지 모를 소리를 중얼거렸다. 만약 지금 자신이 사라지면 흔적도 남지 않을 것이고, 살았던 증거는 지워질 거라는 생각을 했다.

그건 슬픔의 감정이 아니었다. 생명의 무게라고 하는 것과 현실 세계에서 하루하루 덧없이 사라져가는 생명의 덧없음은 서로 타협이 되지 않는다는 사실을 아카네 자신도 자각하고 있었다.

수만 명이나 되는 사람들이 순식간에 사라졌다. 그런데 자신은 그 도시 옆에 있는, 아는 사람 한 명 없는 도시에서 살며 저녁 식사를 차리고 있다.

"언밸런스야."

아카네는 양배추를 잘게 썰면서 중얼거렸다. 하지만 때로 사람의 목숨이란 생각보다 더 언밸런스하게 눈 깜빡할 사이에 사라져 버리는 것이다. 그런 생각이 들었다.

그날 아카네 일행을 내려준 곳은 쓰가와 강 옆에 있는 주차장이었다. 신야를 비롯한 다른 회수원들은 제방을 올라가 집으로 돌아갔다. 아카네는 날씨가 좋아 강가를 떠나기 싫었다. 해가 지기까지는 시간이 얼마 남지 않았지만 그동안이라도 강가를 산책하다 집으로 돌아가기로 했다.

쓰가와 강은 사라진 도시인 쓰키가세를 거쳐 이 쓰가와 시를 지나 바다로 들어간다. 바다까지는 거리가 멀어, 아카네가 서 있는 곳에서는 보이지 않았지만 저녁놀이 점점 더 붉어지는 서쪽 하늘 아래는 아마 바다가 펼쳐져 있으리라.

저녁놀 냄새를 한껏 들이킨 아카네는 발길을 돌려 상류 쪽으로 걸으며 강이 흘러오는 쓰키가세 쪽을 바라보았다. 하늘 아래 뿌옇게 안개가 낀 도시는 묽은 먹을 겹쳐 칠한 듯한 실루엣으로 보였다. 그 가운데 시민회관의 삼각지붕과 고사포탑만 유난히 두드러져 보였다.

이미 하류 지역에 속하는 이 부근은 강폭이 넓어 강물의 흐름이 잘 느껴지지 않았다. 바람이 부는 대로 물결이 이리저리 출렁이는 강을 보며 아카네는 천천히 걸었다.

"아아, 잠깐만요."

불쑥 강가 벤치에 앉아있던 남자가 말을 걸었다.

"여기부터는 완충지대이니 들어가지 않는 게 나을 겁니다."

처음에는 '감상지대感傷地帶'라고 하는 줄 알았다. 하지만 바로 그 남자가 '소멸 완충지대'를 말하고 있다는 사실을 깨달았다.

도시의 소멸은 '초町'라고 하는 행정구역 단위로 일어난다. 그렇기 때문에 서로 이웃한 집이라고 해도 한 집은 소멸되는 구역에 포함되기도 하고, 이웃은 포함되지 않을 수도 있다. 그런 운명적인 경계선이 엄연히 존재하게 된다.

하지만 소멸 직후의 도시는 매우 불안정하다. 특히 '도시'는 사람들의 슬픔을 흡수하여 그 소멸을 확대하려 한다. 그 결과 소멸 도시 밖에서도 여멸이 일어난다고 한다. 그 때문에 관리국도 소멸한 도시 주위의 1킬로미터는 소멸 완충지대로 지정해 주민들에게 퇴거 명령을 내린다. 하지만 명령을 내릴 필요도 없이 주민들은 오염될까 두려워 스스로 떠나 버린다.

"아, 그런가요? 죄송합니다. 몰랐어요."

"아, 아니에요. 제가 뭐라고 하는 건 아닙니다. 혹시나 오염되지 않을까 염려가 되어서."

벤치에 앉아있는 남자는 60대쯤 되었을까? 백발이라 해도 좋을 만큼 흰머리가 많은 남자였다. 부드러운 말투와 바지에 얇은 캐시미어 카디건을 걸친 점잖은 모습에서 차분함이 느껴졌다.

"옆에 앉아도 괜찮을까요?"

낯을 가리지 않는 성격인 아카네는 아버지와 딸만큼 나이 차이가 나는 그 남자에게 왠지 모를 친밀감이 느껴져 대답도 기다리지 않고 벤치에 걸터앉았다.

"예, 물론 괜찮습니다."

남자는 다시 오염 이야기를 하고 싶은 눈치였지만, 온화한 눈길로 아카네를 보더니 다시 쓰키가세 쪽으로 고개를 돌렸다.

"저어, 실례지만 혹시 가족 가운데 저 도시에서……?"

아카네가 조심스럽게 물었다. 완충지대가 마음에 들어 찾아오는 사람은 거의 없다. 남자는 부드러운 표정과 말투를 무너뜨리지 않고 담담하게 대답했다.

"예. 아내와 딸 부부, 그리고 손녀를……."

할 말을 잃은 아카네는 입을 다물었다. 소멸된 사람들은 죽은 게 아니라 사라진 것이니 슬퍼할 수 없고, 게다가 여기는 소멸 완충지대. '도시'는 슬픔을 민감하게 감지해 오염을 확산시킨다. '사라진 사람을 생각하며 슬퍼해서는 안 된다'고 하는 불문율은 누가 가르쳐주지 않아도 삼가야 할 일이라는 사실을 아카네도 잘 알고 있다.

"아가씨는 여기 출신이 아닌 모양이군요."

화제를 바꾸듯 남자가 아카네에게 물었다.

"아, 역시 티가 나나요?"

"말투에 남쪽 사투리가 좀 섞이는 것 같아서요."

"예, 맞습니다."

"쓰가와에는 그럼 여행이나 혹은 다른 일로?"

아카네는 잠시 망설였다. 회수원이라는 신분을 숨기라고 하지는 않지만 지금까지 굳이 밝힌 적은 없다. 하지만 이 남자는 사라진 도시에서 가족을 잃었다. 쓰키가세에 드나드는 아카네를 꺼리지는 않을 것이다. 솔직하게 이야기하기로 마음먹었다.

"사실 저는 회수원으로 쓰가와에 왔습니다."

남자는 잠시 어두운 표정을 지으며 아카네를 물끄러미 바라보았다.

"그래요? 그럼 지금 저 도시 상태가 어떤지 알겠군요."

"예, 오늘도 조금 전까지 저 도시에서."

아카네는 남자와 함께 쓰키가세 쪽을 바라보았다. 조금 전보다 한 걸음 더 저녁을 향해 다가간 하늘은 도시의 윤곽을 점점 밤의 어둠 속으로 빨아들이고 있었다.

하지만 남자는 더 이상 도시에 관한 이야기를 꺼내지 않았다. 나카니시中西란 성을 쓰는 그는 이 지역에 대해 아무것도 모르는 아카네에게 관광 명소나 쓰가와 시의 역사를 이야기해 주었다.

물론 사라진 도시를 생각하며 슬퍼해서는 안 된다는 것은 잘 알고 있었다. 하지만 남자에게서는 그 이상으로, 도시 이야기를 하면 흘러넘칠 것 같은 감정을 억제하려는 슬픈 의지가 느껴졌다.

"날이 좀 쌀쌀해졌군요. 이제 슬슬 일어서야겠네요."

"그렇군요."

일어서며 '으음' 하고 기지개를 켜는 아카네를 남자는 부드러운 시선으로 바라보았다. 사라진 딸이 아마 나하고 비슷한 나이였던 모양이구나 하는 생각이 들었다.

그는 턱에 손을 대고 뭔가 생각하는 자세를 취했다.

"그런데 저기 언덕 중턱에 있는 건물을 아나요?"

그곳은 쓰가와 시 남쪽에 펼쳐진 구릉지대의 한 구역이다. 경사면을 따라 주택지가 펼쳐졌다. 그 주택지는 구릉의 중간까지 침식해 들어갔지만 그 위로는 자연 그대로 숲이 남아 있었다. 그리고 숲에 파묻힌 듯한 흰 지붕을 얹은 단독주택이 보였다.

"나는 저기서 몇 팀 이외에는 받을 수 없는 작은 펜션을 하고 있어요. 아니, 하고 있었다고나 해야 할까? 지금은 잠시 영업을 하지 않는 상태니까요. 그래도 아가씨가 놀러오면 언제든 차 한 잔쯤은 대접하죠."

아카네는 아주 멋진 제안이라는 생각이 들었다. 그래서 냉큼 대답했다.

"그럼 제가 이번 토요일이 휴무이니 그때 찾아봬도 될까요?"

"예, 물론. 환영이죠."

◇

아카네는 검은 니트에 베이지색 스커트, 그 위에 얇은 재킷을 걸친 차림으로 점심때가 지나서 집을 나섰다. 육교로 철로를 건너 역 앞 상가로 갔다.

제과점에서 선물을 사서 상가 건물을 빠져나오니 그 주변은 오래된 주택가였다. 보도가 없는 도로를 따라 집들이 촘촘하게 늘어서 있었다.

인적이 없었다. 갑자기 바람이 멈춘 듯한 느낌이 들었다. 초여름 햇살이 나무와 건물을 환하게 비추며 짙은 그림자를 땅바닥에 드리우고 있었다. 아카네는 주위를 둘러보았다. 자신은 그런 풍경 속에 홀로 서있었다.

잠깐 사라진 도시에 들어온 듯한 착각에 빠졌다. 어렴풋한 공포 때문에 소름이 돋았다. 사실은 도시가 사라지는 것은 특수한 일이 아니라 언제라도 사라질 수 있는 게 아닌가 하는 그런 착각이 들 정도로 환해서 마치 다른 세계처럼 보였다. 사거리에서 경트럭이 꺾어져 나왔다. 초등학생들이 자전거를 타고 아카네를 추월했다. 그제야 아카네의 시간이 현실로 돌아왔다.

다시 걸음을 옮기자 바로 앞에 쓰가와 강둑이 나타났다. 약간 상류 쪽으로 올라간 곳에 계단이 보였지만, 그리 올라가지 않고 풀이 자란 경사면을 따라 올라갔다. 아카네에게는 그런 저돌적인 면이 있었다. 스스로도 잘 알고 있다. 그런 성격 때문에 실수를 하는 일도 많았지만 나이 스물다섯이나 되어 성격을 고칠 수도 없어서 그냥 버티고 있다.

"아, 상쾌하다."

새하얀 구름이 떠 있어 하늘은 더욱 푸르게 보였다. 강가에서 야구를 하는 사람들의 목소리가 울려 퍼졌다. 앞머리를 흔드는 상쾌한 바람을 맞으며, 행진하듯 성큼성큼 다리를 건넜다.

대충 방향만 잡고 걸어온 아카네는 언덕 기슭에 있는 사거리에서 생각에 잠겼다. 왼쪽으로 꺾어지면 오르막길이 되는 모양이었다. 아마도 펜션으로 이어지는 길일 테지만 구불구불하기 때문에 시간이 걸릴 것 같았다.

똑바로 언덕으로 오르는 길은 민간 철도회사가 개발한 신흥 주택가 입구였다. 그저께 강가에서 보았을 때, 펜션은 주택가 바로 위에 보였다. 이 길로 가면 어쨌든 펜션이 나오겠지 하는 아카네의 성격이 다시 고개를 들었다.

"이리 가 볼까?"

일단 주택가의 정비된 길을 천천히 올라갔다. 도로를 따라 구획정리가 된 분양 택지에 똑같은 크기로 지은 새 주택들이 줄지어 늘어서 있었다.

아마 몇 해 전만 해도 이 주변은 숲이었을 것이다. 그런 곳에 도시가 생겨 사람들이 살고 있다. 아무것도 없던 곳에 도시가 생기니, 여태까지 있던 도시가 사라지는 것도 이상한 일은 아닐 듯한 기분이 들었다.

예상했던 대로 주택가가 끝나는 부분에서 길이 끊어졌다. 제일 위에 있는 블록에는 아직 집을 짓지 않은 빈터가 있었다. 그리로 가면 숲으로 빠져나갈 수 있을 것 같았다.

사람이 다니지 않는 숲은 뒤엉킨 넝쿨과 잡초가 길을 가로막고, 방심하면 거미줄에 걸렸다. 자신의 성격에 대한 후회가 고개를 들 무렵, 오르막이 끝나고 겨우 평평한 곳이 나왔다. 그곳은 이미 펜션 마당이었다. 나카니시가 테라스에서 의아하다는 듯이 내려다보고 있었다.

"아, 안녕하세요?"

"이런, 엉뚱한 곳에서 튀어나오는군요."

"지름길일 거라고 생각했는데 오히려 시간이 더 걸렸네요."

"그래도 무사히 찾아와서 다행입니다. 펜션 '바람을 기다리는 집'에 잘 오셨습니다. 자, 안으로 들어오세요. 일단 세수부터 하는 게 좋겠군요."

나카니시는 안으로 들어가 세면장으로 안내했다. 거울에 비친 아카네는 꼴이 말이 아니었다. 머리에 달라붙은 거미줄과 나뭇잎을 떼어내고 손을 씻었다.

"아가씨도 참. 용케 숲을 걸어 올라왔군요."

세면장 밖에서 나카니시가 재미있다는 듯이 웃고 있었다.

바람을 기다리는 집은 평범한 민가를 좀 더 크게 지었을 정도의 본채와 그 옆에 나카니시 부부가 살던 별채로 이루어졌다. 설명을 듣지 않으면 펜션이라는 걸 알 수 없을 것이다.

본채는 2층 부분이 객실로 되어 있어 쓰키가세가 내려다보이는 북동쪽으로 난 네 개의 객실이 있었다. 1층에는 손님들이 식사를 할 수 있는 식당과 모여서 이야기를 나눌 수 있는 거실 그리고 주방이 있었다. 식당 쪽으로 난 마당에는 판자를 깐 작은 테라스가 있어, 맑은 날이면 거기서 차를 마신다고 한다.

펜션 내부는 자연스러운 흙벽과 멋스러운 기둥이 특징적인 차분한 색조였다. 2층까지 천장이 뚫려 있는 거실에서는 커다란 들보가 보인다. 시골 할머니 집에 놀러온 것처럼 마음이 푸근했다.

"펜션은 언제부터 시작하셨어요?"

"15년 전이죠. 나이 쉰 살이 되었을 때 좀 일찍 직장을 그만두고서. 집사람과 둘이서 아무것도 모르는 상태로 시작해서 바뻘 때는 딸 부부가 도와주러 왔습니다. 요즘 들어 경영이 좀 안정되는 중이었죠."

슬픔이 묻어나지 않는 목소리였다. 나카니시는 위로의 말을 찾을 틈도 주지 않고 온화한 표정을 지으며 말했다.

"자, 그럼 약속대로 차를 준비하죠. 사실은 이 펜션은 집사람이 대접하는 세계 각국의 차가 명물이었죠. 차는 남아 있으니 내가 흉내 내서 끓여보기로 하죠."

"아, 예. 감사합니다."

나카니시가 건네준 메뉴에는 아카네가 모르는 차의 이름이 적혀 있었다. 한참 망설인 끝에 익숙한 보이차를 골랐다.

"오늘은 날씨도 좋으니 테라스에서 마십시다. 준비할 테니 밖에서 기다려요."

식당 옆의 나무문을 지나 테라스로 나갔다. 판자가 깔린 테라스는 흰색 페인트칠이 반쯤 벗겨져 있었지만 그게 오히려 오래 써서 길이 든 분위기를 풍겨 편하게 느껴졌다.

마당에 심은 떡갈나무가 그늘을 만들어, 테이블 위에서는 나뭇잎 그림자가 흔들리고 있었다. 네 개의 의자는 모두 직접 만들어 엉성해 보였지만 앉아보니 겉보기와는 달리 묘하게 안정감이 느껴졌다. 이것저것 순서대로 앉아보며 느낌을 확인하고 있는데 다기를 얹은 쟁반을 들고 나카니시가 다가왔다.

"테이블과 의자는 사위가 직접 만든 거죠."

익숙한 손놀림으로 다기를 내려놓고 작은 포트에 든 차를 따랐다. 아카네는 맛을 음미하며 천천히 차를 마셨다.

나카니시는 자기가 마실 차를 준비하기 시작했다. 둥근 도자기 그릇을 열어 식용 구리조각을 꺼냈다. 큼직한 도자기 잔에 넣은 생잎 위에 구리 조각을 얹고 뜨거운 물을 따랐다. 생잎에서 나는 냄새가 주위에 가득했다.

"그 차는 뭔가요?"

"이건 자이나 차라고 하죠. 아가씨도 마셔 보겠어요?"

아카네는 피하듯 몸을 뒤로 물리며 고개를 저었다.

"어렸을 때 아버지도 그 차를 드셨는데 제게도 억지로 먹인 적이 있어요. 너무 써서 토했죠. 그 뒤로는 트라우마가 되어 자이나 차는 마시지 못하죠."

어렸을 때의 맛을 떠올리며 얼굴을 잔뜩 찌푸리는 아카네를 부드러운 눈길로 바라보며 나카니시는 차를 마셨다.

2층 객실의 커튼은 닫혀 있었다.

"지금 펜션은 손님을 받지 않는 상태인가요?"

"예. 기껏해야 네 팀밖에 받을 수 없는 펜션이지만, 역시 혼자 꾸리기는 벅차더군요. 전에는 아내도 있었고, 바쁠 때는 딸 부부도 와서 도와주곤 했어요."

나카니시는 다기를 두 손으로 들고 그 안에 추억을 담아 봉인하는 듯한 투로 말했다.

"하지만 소멸기금에서 배당금도 반년 동안은 나오기 때문에 앞으로 어떻게 할까 천천히 생각하는 중이죠."

기분을 전환하듯이 나카니시는 아카네에게 물었다.

"아가씨는 남쪽에서 왔다고 했죠?"

"아, 고향은 남쪽이지만 여러 도시를 돌아다니며 살았어요."

"호오, 그건 직장 때문인가요?"

"아뇨. 이사를 다닌 건 제 뜻 때문이었어요. 그래서 직장도 그때그때 바뀌었죠. 파견회사에 등록해 사무 일을 하는 경우가 많았지만."

"이 쓰사와는 살아보니 어때요?"

아카네는 하늘을 올려다보며 생각을 하다가 고개를 저었다.

"글쎄요. 아직 여기 온 지 한 달 정도밖에 되지 않았거든요. 살기 편한 곳이라는 생각은 들어요. 하지만 솔직히 저는 여러 도시를 돌아다녔기 때문에 어디 살아도 임시로 산다는 느낌을 지울 수가 없더군요."

"어디에 살더라도 임시로 사는 느낌이라고요?"

뭔가 느끼는 바가 있는지 나카니시가 작은 목소리로 그렇게 말했다.

편안한 분위기 때문에 오래 앉아있다 보니 아카네는 저녁 식사까지 얻어먹고 말았다. 나카니시가 해 준 저녁은 친하게 지내는 이웃 농가에서 직접 사온 야채를 써서 만든 조림과 샐러드였다. 그냥 집에 있던 재료로 만든 요리라고는 생각할 수 없을 정도여서, 아카네는 처음으로 야채의 제맛을 본 것 같다는 생각이 들었다.

◇

　저녁 식사를 한 뒤 둘이서 얼른 설거지를 마치고 차를 준비해 다시 테라스에서 휴식을 취했다.

　테라스에서는 쓰키가세가 내려다보였다. 점점 더 어두워지는 하늘을 말없이 보던 나카니시는 차를 마시던 손길을 멈췄다.

　"이제 곧 시작될 겁니다."

　"예?"

　아카네는 무슨 뜻인지 알아듣지 못했지만, 나카니시는 설명도 없이 뭔가 기다리듯 쓰키가세를 내려다보고 있었다.

　이윽고 하늘에 어둠이 드리우며 샛별이 나타날 무렵, 그것이 시작되었다.

　"아……, 빛이."

　쓰키가세에 하나, 또 하나, 불빛이 들어오기 시작했다. 빛은 마치 하루를 끝내고 저녁식사를 준비하기 위해 불을 켜듯 점점 퍼져갔다. 살고 있는 사람도 없는 도시에.

　"저건, 잔광인가요?"

　아카네도 이야기는 들어 알고 있었다. '잔광' 현상이었다. 사는 사람이 없어 켜질 리가 없는 불빛. 그 빛의 수수께끼는 아직 풀리지 않았다고 한다. 시간이 지남에 따라 날은 더욱 어두워지고, 그와 함께 잔광도 도시 전체로 퍼져 나갔다.

　"잔광이라는 현상이 있다는 것은 알고 있었지만 실제로 보게 되니……, 처음에는 도저히 환각이라고 생각할 수 없었죠."

일정한 간격으로 똑바로 늘어서 있는 것은 가로등 불빛일 것이다. 일정한 시간마다 빨강, 파랑, 노랑으로 변하는 것은 신호등 불빛이다. 그리고 도시 중앙에는 밀집해 있고 외곽으로 갈수록 듬성듬성해지는 것은 틀림없이 사라진 도시의 집들에 켜진 불빛이었다.

도시는 전기 공급이 끊어진 상태였다. 인공적인 불빛이 켜질 리 없다. 하지만 저 아래 보이는 광경은 사람들이 집으로 돌아와 거기서 생활하고 있는 것처럼 또렷하고, 그리고 따스했다.

"빛이 처음 나타난 것은 도시가 사라진 지 닷새 뒤의 일입니다. 쌍안경을 손에 들고 넋 놓고 딸 부부가 살던 집을 찾고 있었는데, 쌍안경으로 들여다본 도시에선 불빛 하나 보이지 않았죠."

"그 빛은 사진이나 영상으로는 찍히지 않는다면서요."

"예. 이렇게 보고 있는 우리들에게만 보이죠. 보이는데 거기 존재하지는 않는 빛."

사라진 사람들의 마음은 한동안 도시를 떠도는데, 그 마음이 남아 있는 동안은 잔광이 계속 빛을 낸다고 한다. 아카네는 새삼 소멸의 신비를 직접 목격했다. 동시에 소멸에 관해 소문을 넘어선 진실에 대해서는 제대로 아는 것이 없는 자신을 깨달았다.

"아가씨가 함께 있어 다행이로군요. 여느 때는 저 빛이 보이기 시작하면 커튼을 치고 애써 보지 않으려 하니까요."

도시가 사라져 누군가를 잃은 사람에게 저 빛은 분명히 잔인한 것이리라. 슬픔을 드러낼 수 없는 남겨진 사람들의 마음을 불편하게 만들듯이 아직도 저기 조용히 존재하는 빛.

"아카네 씨는 대체 누구를 잃고 여기 온 거죠?"

"예?"

"나도 알아요. 회수원으로 선발되려면 겉으로 드러나지 않는 조건이 있다는걸."

아카네는 고개를 숙이고 힘없이 웃었다. 테이블 위에 양 팔꿈치를 짚은 채로 휴우 하고 얕은 한숨을 내쉬었다.

회수원으로 선발되는 데 있어서 가장 중요한 조건은 최근 가까운 가족을 잃은 사람이어야 한다는 점이다. 결국 도시의 오염이 접근하지 못할 정도의 슬픔을 마음속에 간직한 인물이어야 한다는 이야기다.

"미안하군요. 그런 걸 물으면 안 된다고는 생각하지만 아가씨가 여러 도시를 돌아다녔다는 것도 그런 일과 관계가 있는 게 아닐까 싶어서. 물론 이야기하고 싶지 않다면……."

"아뇨. 그렇지 않아요. 전 아버지를 잃었어요. 작년에. 제게 가족이라고는 아버지밖에 없었거든요."

"아버지뿐이라니, 어머니는요?"

"어머니는……, 제가 고등학교 다닐 때 돌아가셨죠."

별로 이야기하고 싶지 않은 심정을 눈치챘는지, 나카니시는 더 이상 물으려 하지 않았다. 아카네는 말없이 도시의 빛을 내려다보았다. 나카니시는 자리에서 일어서 테라스의 나무로 만든 난간에 몸을 기댔다.

"관리국도 잔인하군요. 아가씨를 포함해 회수원들은 모두 뭔가를 잃은 아픔을 안고 있는 사람들인데 다그치듯이 사람들이 사라진 현장에서 매일 일을 하라고 하다니."

"아, 오해하지 마세요. 저는 아버지가 돌아가셨다고 해서 슬퍼하거나 하지는 않으니까요."

목소리가 커졌기 때문에 나카니시는 놀란 표정으로 돌아보았다. 아카네는 어색한 웃음을 지었다.

"어머니는 아버지 고집 때문에 돌아가신 거나 마찬가지니까요. 저는 자업자득이라고밖에 생각하지 않아요. 하지만 관리국도 단순하더군요. 가족을 잃은 사람이면 누구나 다 슬픔을 안고 있다고 생각하니까요."

조금 전까지와는 전혀 다른 격한 말투에 나카니시는 아카네의 진심을 가늠하기 어려운 모양이었다.

"아가씨는 아버지를 오래 만나지 못했었나요?"

"예. 단기대학을 졸업한 뒤 가출하듯 집에서 뛰쳐나왔으니까요. 그리고 4년 내내 소식을 주고받지 않았어요. 그러니 장례식 때 오래간만에 만난 셈이죠."

농담하듯 그렇게 이야기하더니 아카네는 어깨를 움츠려 보였다. 나카니시는 잠시 말없이 도시를 내려다보더니 이윽고 다기에 손을 뻗었다.

"차 한 잔 더 어때요? 날이 좀 차가워졌군요."

조금 있다가 새로 차를 내 온 나카니시는 숄을 어깨에 걸쳐 주었다.

"딸이 쓰던 숄인데, 이거라도 걸치세요."

그러면서 따스한 김이 오르는 다기를 아카네 앞에 놓았다. 아카네는 다기를 기울여 차를 한 모금 마셨다.

"묘한 맛이네요……. 뭐랄까, 쓴맛이 나지만 나쁜 맛은 절대 아니고, 입안에서 뭔가가 부풀어 오르는 듯한 느낌이에요. 이렇게 표정이 풍부한 차는 처음이군요. 이거 무슨 차죠?"

"아가씨가 싫어한다는 자이나 차예요."

아카네는 깜짝 놀라 차를 들여다보며 눈을 동그랗게 떴다.

"거짓말. 어렸을 때 마신 것과는 전혀 다른 걸요. 이런 맛이었나?"

나카니시는 온화한 미소를 지었다. 아카네는 살짝 눈을 치켜 뜨고 쏘아보았다. 물론 입가에는 미소를 짓고 있었다.

"아저씨는 무척 심술궂네요."

"나이를 먹지 않으면 알 수 없는 맛이 있을지 모른다는 생각이 들어서요."

나카니시는 그 이상 아무 말도 하지 않고, 소리 없이 깜빡거리는 도시의 빛을 바라보고 있었다. 아카네는 산 그림자 뒤에서 막 모습을 드러낸 달빛을 다기 안에 비추며 흔들었다. 달은 도시의 빛을 모은 듯이 조용히, 맑게 빛나고 있었다.

밤이 깊어 아카네는 '바람을 기다리는 집'을 나왔다. 나카니시가 집까지 차로 태워다 주었다. 차의 빨간 후미등이 보이지 않을 때까지 배웅하고 크게 기지개를 켠 다음 계단을 올라갔다. 발소리가 묵직하게 울렸다.

우편함을 열고 아무것도 없다는 걸 확인한 다음 현관문을 열었다.

복도의 어두컴컴한 전등 불빛에 그림자가 길게 방 안으로 드리웠다.

"으음, 왠지……."

버릇처럼 중얼거렸다. 하지만 그다음에 할 말이 없는 것은 아니었다. 아카네는 이어질 말을 참고 있었던 것이다.

◇

토요일이면 나카니시의 펜션에서 보내는 것이 일상이 되었다. 떡갈나무 그늘이 조금씩 움직이는 오후의 테라스에서 두 사람은 아무것도 하지 않고 시간을 보냈다. 옅은 구름은 모양새를 바꿔 가며 도시를 향해 천천히 흘러갔다.

그 여자아이가 찾아온 것은 여느 때처럼 두 사람이 테라스에서 차를 마시고 있을 때였다.

"저어……."

목소리가 들려 돌아보니 고등학생 정도 되는 여자아이가 서

있었다. 같은 여자인 아카네마저도 깜짝 놀랄 정도로 예쁜 아이였다. 하늘색 티어드 원피스에 7부 소매의 흰색 카디건을 입은 모습이 초여름의 푸른 하늘을 생각나게 만들 정도로 청초해 보였다. 손에는 여행용 큰 가방을 들고 있었다.

"펜션 주인 되세요? 저 혼자인데 오늘밤 여기 묵을 수 있을까요?"

소녀는 두 손으로 짐을 몸 앞쪽으로 고쳐들고 눈을 깜빡거리며 물었다. 차분하고 조용하면서도 야무진 느낌이었다.

"지금 펜션은 휴업 중인데요."

"그런가요……?"

소녀는 고개를 떨어뜨렸다. 표정에는 드러나지 않았지만 실망한 기색을 느낄 수 있었다. 아카네가 자리에서 일어나 소녀에게 다가갔다.

"저어, 괜찮다면 함께 차라도 한잔하고 가지 않을래?"

소녀가 고개를 들었다. 아카네를 똑바로 바라보는 그 눈동자가 빛났다. 살짝 지은 미소에서는 어른스러운 아름다움이 또렷하게 느껴졌다.

"괜찮겠어요?"

"그럼. 괜찮죠, 아저씨?"

"그럽시다, 바로 차를 준비하죠."

나카니시가 주방으로 가자 아카네는 소녀에게 빈 의자를 권했다.

"죄송해요. 쉬시는데 방해를 했네요."

소녀는 고개를 숙이고 아카네 앞자리에 앉았다. 절도 있는 몸가짐이었다. 요즘 젊은 애들치고는 보기 드물게 예의가 바르다는 생각이 들어 아카네는 호감이 갔다. 서로 이름을 밝히며 인사를 했다.

"유카 양? 잘 부탁해."

"만나서 반갑습니다. 아카네 언니는 이 펜션에 사세요?"

"펜션 주인은 저 나카니시 아저씨. 난……뭐랄까? 손님이 아니고, 친구라고도 할 수 없고. 물론 애인도 아니고."

"미묘한 관계로군요. 따님인 줄 알았어요."

소녀는 살짝 긴장을 풀며 웃었다. 이지적인 소녀가 미소를 짓자 고원에 핀 꽃의 꽃봉오리가 벌어지듯 서늘하고 사랑스러운 느낌이 들었다.

"이런, 이런. 벌써 친해지셨나 보군."

"예, 자매 같죠?"

나카니시는 웃기만 할 뿐 굳이 대답은 하지 않았다. 그는 희고 얇은 다기를 유카 앞에 내려놓고 차를 따랐다. 유카는 미세한 소리를 구분해내려는 듯한 표정으로 차를 마셨다.

유카는 조금씩 분위기에 익숙해지자 대화에 끼어들었다. 풍기는 인상과 마찬가지로 유카가 총명한 아이라는 사실에 감탄했다. 별 내용 없는 대화 속에서도 사려 깊은 성격이 얼핏얼핏 드러났다. 나카니시와 아카네의 대화를 잇는 가교 역할을 자연스럽게 떠맡았던 것이다. 그렇다고 수다스러운 느낌은 들지 않고 나이에 어울리게 조심하려는 모습을 보이기도 했다.

"역시 여기서는 잘 보이는군요."

잠시 뜸을 들인 유카가 도시를 내려다보았다.

"쓰키가세에 가 본 적이 있니?"

"아뇨. 이쪽 지방에는 처음 왔어요. 친구가 저기 살았어요."

유카는 더 이상 이야기를 하지 않고 아득한 곳을 바라보는 눈길로 도시를 내려다보았다. 아카네는 나카니시와 얼굴을 마주보았다. 마음이 통했는지 나카니시가 고개를 끄덕였다.

"괜찮다면 오늘밤 여기서 묵고 가겠니?"

유카는 놀란 표정으로 나카니시를 바라보았다.

"하지만 휴업 중이라고 하시지 않았나요? 폐가 될까 봐서."

"상관없어. 조금 전까지 휴업 중이었기 때문에 별다른 대접은 할 수 없겠지만."

"예? 조금 전까지라뇨?"

나카니시가 웃는 얼굴로 말했다.

"오늘이 바람을 기다리는 집 신장개업 첫날. 네가 첫 손님이야."

유카는 호의를 받아들여도 좋을지 어떨지 모르겠다는 표정으로 아카네에게 도움을 구했다. 아카네는 장난스러운 표정으로 나카니시와 눈짓을 나누고 유카 앞에 서서 고개를 숙였다.

"손님, 바람을 기다리는 집에 잘 오셨습니다. 종업원 일동은 성심껏 모시겠습니다."

◇

오래 닫혀 있던 객실 커튼을 거두고 창문을 열어 환기를 시켰다. 청소기를 돌린 뒤 나카니시를 흉내 내서 침대를 정돈했다. 나카니시가 마당에서 한 송이 꽃을 꺾어왔다. 연보랏빛 잔대였다. 창가에 있는 꽃병에 꽂으니 객실 준비가 완료되었다.

아카네는 언덕을 조금 올라가면 나오는 농가를 찾아가 막 뽑아온 야채를 구해 왔다. 나카니시의 심부름이라고 하자 사람 좋은 아주머니는 바구니에 가득 담아 주었다.

"바람을 기다리는 집이 다시 영업을 시작했나?"

아주머니는 햇볕에 그을린 얼굴에 주름을 잡고 웃으며 물었다.

"예! 오늘이 영업 재개 첫날이에요. 앞으로 잘 부탁드립니다."

저녁 식사는 다 함께 테라스에서 하기로 했다. 메뉴는 닭고기 포토푀와 펜네 아라비아타 파스타, 그리고 콩을 넣은 샐러드. 통일성이 없는 메뉴였지만 모두 농가에서 가져온 야채가 쓰여 손수 한 요리 특유의 따스함이 넘쳤다.

식사를 마치고 나카니시는 땅거미가 밀려오는 것을 보며 이렇게 말했다.

"그런데 유카 양."

"예?"

"난 요즘 젊은이들이 도시의 소멸에 대해 어느 정도 알고 있는지 몰라서 새삼 충고하게 되는 건데."

나카니시의 부드러운 말투라 더욱 그 의미가 느껴져서인지 유카는 자세를 가다듬었다.

"혹시 유카 양이 저 도시에 있는 소중한 누군가를 잃었다면, 어쩌면 지금부터 보게 될 광경이 괴로울지도 모르겠어."

나카니시의 말을 진지한 표정으로 듣고 있던 유카가 대꾸했다.

"혹시 잔광을 말씀하시는 건가요?"

"유카 양은 알고 있나?"

"예, 도시에서 사라진 사람들이 남긴 마음 때문에 빛이 나는 현상이라죠?"

나카니시는 말없이 고개를 끄덕였다.

"알고 있겠지만 사라진 사람들을 그리며 슬퍼하는 것은 금지되어 있어. 우리는 있는 그대로 받아들일 수밖에 없지. 그런 각오가 되어 있지 않다면 그 잔광은 보지 않는 게 좋을 것 같아서."

나카니시의 말투는 평소라면 상상할 수 없을 만큼 엄격했다. 하지만 같은 고통을 받아 온 나카니시가 하는 말이라 거기 담긴 온화함이 느껴졌다.

유카는 일어서서 테라스 난간에 기대어 도시를 내려다보았다. 해가 기울어 하늘은 점점 어두워졌다. 샛별이 나올 무렵 불빛이 들어올 것이다.

뒤를 돌아본 유카가 조용한 미소를 지었다. 강한 의지가 엿보이는 웃음이라는 걸 두 사람은 알 수 있었다.

"괜찮아요. 걱정해 주셔서 감사합니다. 아저씨 말씀대로 저는 있는 그대로 받아들이기 위해 여기 온 거니까요."

유카의 굳은 마음을 확인한 나카니시는 자리에서 일어서 유카 곁에 나란히 섰다.

"그럼, 나하고 함께 보지."

테이블에 혼자 남은 아카네도 얼른 일어섰다.

"아잉, 저만 빼놓지 마세요!"

나란히 내려다보는 도시는 해가 완전히 저물어 대지가 어둠으로 덮일 때를 기다리며 조용히 가라앉았다. 사람이 살지 않는 도시의 지붕들은 거친 파도가 치는 황량한 바다를 떠올리게 만들었다.

이윽고 시민회관과 고사포탑의 실루엣조차 제대로 보이지 않게 되었을 무렵, 도시 한복판에 빛이 하나 들어왔다. 그게 신호라도 되는 듯이 하나씩 하나씩 소리 없이 불빛이 늘어갔다. 조용하고 따스한, 그래서 슬픈 불빛. 쓰키가세에 아는 사람이라고는 한 명도 없는 아카네마저도 그 빛은 아프게 마음을 파고들어왔다.

아카네는 눈치채지 못하게 모습을 살폈다. 유카는 시선을 고정시키고 큰 눈으로 도시의 불빛을 바라보고 있었다. 살짝 입술을 깨물고 감정을 억제하려는 그 모습은 숭고하다는 표현을 떠올리게 할 정도로 아름다워 보였다.

"어디 살고 있었을까?"

유카가 작은 목소리로 중얼거렸다.

"쓰키가세에 살던 친구는 남자? 여자?"

유카는 잠깐 뜸을 들이고 나서 입을 열었다.

"남자아이예요. 소꿉친구죠. 유치원 때부터 중학교까지 내내 함께 다녔는데, 부모님 직장 때문에 쓰키가세로 이사했어요."

"그럼 사이가 좋았겠네."

"장래를 약속한 사이였죠."

아카네는 말 그대로 눈이 동그래졌다. 나카니시도 표정에 놀라움을 드러내며 두 사람의 대화를 지켜보고 있었다. 유카는 아카네의 눈을 바라보며 살짝 웃었다.

"우스운가요, 역시?"

"아니. 그건 아니지만. 고등학생이 그러는 건 이르다는 생각이 들어서."

"결혼이라거나 그런 의미가 아니에요. 물론 연애 감정이 없었던 건 아니지만 그 이상의 장래 문제, 살아갈 길을 두고 하는 이야기죠. 가령 헤어지더라도 계속 서로 절대적인 영향을 주고받을 존재였어요."

유카의 말은 냉정하고 머뭇거림이 없었다. 어리기 때문에 외골수인 거라고 치부할 수 없는 무언가가 느껴져 아카네는 한숨을 내쉬었다.

"너처럼 예쁘고 머리 좋은 아이에게 그런 생각을 하게 만드는 남자아이라니. 어떤 애일까? 보고 싶네. 사진 같은 건 없니?"

말을 하고 나서 아카네는 그만 입을 다물었다. 회수원들이 사라진 도시 안에서 살던 사람의 흔적을 지워 가듯이 이 나라 사람들 모두가 자기가 지니고 있던 사라진 도시나 사람들의 이름이 남아 있는 것은 '공출'할 의무가 있다. 분명히 유카도 남겨두고 싶었을 사진과 편지, 그리고 그 남자아이에 관한 물건을 모두 관리국에 회수 당했을 것이 틀림없다.

"호호. 글쎄요. 어쩌면 언니하고는 바로 말다툼을 벌일지도 모르겠네요, 준이란 애는. 아, 그 애 이름이 준이에요."

유카는 슬픔이 드러나지 않도록 조심하면서 말했다. 여전히 그 마음 씀씀이는 어른스럽기는 했지만 이제는 그 사려 깊은 모습이 오히려 슬프게 느껴졌다.

"유카 양은 지금 이렇게 쓰키가세를 보고 나서 어떻게 할 생각이지?"

말없이 두 사람의 대화를 듣고 있던 나카니시가 입을 열었다.

도시의 불빛을 바라보면서 유카는 머뭇거렸다. 한동안 침묵한 뒤에 살짝 고개를 끄덕이며 대답했다.

"아저씨. 쓰키가세라는 도시는 왜 사라져야만 했을까요?"

"그건……."

나카니시가 말꼬리를 흐렸다. 소멸에서 의미나 이유를 찾는 사람은 없었기 때문이다. 물론 마음속으로는 누구나 생각을 하지만 결코 입 밖에 내지 않는 '왜'. 사람들은 소멸이란 바로 더러움이며 금지되어 있지는 않지만 피해야 할 것으로 의식하고 있다. 특히 30년 전의 지난번 소멸을 경험한 나카니시 세대는 더욱 그러했다.

"죄송해요. 알고는 있어요. 생각하면 안 된다는걸. 하지만 저는 그 애가 사라져야만 할 이유를 생각하지 않을 수가 없네요."

일단 이야기를 시작하자 유카는 거침이 없었다. 분명히 유카는 도시가 사라진 뒤 누구에게 말도 하지 못하고 생각해 왔을 것이다.

"도시의 소멸에는 이해할 수 없는 부분이 너무 많은 것 같아요. 어째서 소멸은 도시 단위로 일어나는지. 도시의 소멸을 슬퍼하면 여멸이 일어난다는데, 그게 진짜인지. 도시에 사는 사람들은 자기가 사라질 것을 알면서도 피할 수 없다는 것이 진짜인지. 과거의 소멸에 관해 조사해 보려 했지만 무리였어요. 모든 책은 관리국에 회수되었고, 정보도 규제되고 있으니까요."

"유카 양은 혹시 관리국에 흥미가 있는 건가?"

"예. 관리국에 들어가면 그 소멸의 의미도 알 수 있고, 사람들이 사라지는 것을 막을 수 있을지도 모르죠."

"그건 이해가 가지만, 대단하네. 물론 훌륭한 일이기는 하지만 말이야. 글쎄, 관리국 일이라는 것이 유카 양이 생각하는 것 이상으로 괴롭고 힘든 것일지도 몰라. 이렇게 이야기하기는 좀 그렇지만, 유카 양이라면 더 행복한 인생을 선택할 수도 있을 거라고 생각하는데."

나카니시의 우회적인 충고에 유카는 대답을 망설이지 않았다.

"반대의 입장에서, 제가 사라졌다면 준도 분명히 저하고 같은 생각을 했을 거예요."

"그건 그 애를 잊는 것보다 더 괴로운 결단이 될지도 모를 텐데. 그래도 괜찮겠어?"

유카의 차분한 눈은 흔들림이 없었다.

"제게는 이유도 모른 채로 준에 대한 기억을 잃는 것이 훨씬 더 괴로운 일이에요. 그 애가 사라진 것에 의미가 없다면, 그 애가 살았던 것도 의미가 없어지고 말죠. 그렇다면 저는 준을 잃었다는 사실에서 의미를 찾을 수가 없죠. 그래서 이 소멸에 관해 더 알고 싶은 거예요."

"그런가?"

결심이 굳다는 것이 느껴졌는지, 나카니시는 더 이상 이야기하지 않았다. 세 사람은 한동안 입을 다문 채로 나란히 도시의 불빛을 내려다보았다. 그런데 그 불빛들 가운데 하나가 유난히 밝게 빛났다.

"저 밝은 불빛은 어쩌면 준의 빛일지도 모르겠군. 저기 봐요. 저렇게 빛이 나잖아."

"그런가? 그렇다면 좋을 텐데."

유카가 몸을 내밀고 빛을 향해 손을 뻗었다.

◇

그날 밤 아카네도 나카니시가 권하는 바람에 딸 부부의 방에서 묵게 되었다. 바쁠 때는 펜션을 도우러 와서 쓰던 방답게 침대와 탁자, 그리고 몇 가지 가구뿐인 간소한 방이었다.

탁자 위에는 사진틀이 놓여 있었지만 사진은 없었다. 딸 부부의 사진이었을까, 손녀 사진이었을까.

회수원인 아카네는 잘 알고 있었다. 이 방은 주인의 냄새가 지워져 있다. 그게 방의 분위기를 더욱 공허하게 만들고 있었다. 나카니시는 가족에 관한 것들을 처분할 때 어떤 심정이었을까.

남은 사람은 사라진 사람들을 추억 속에서만 머물게 할 수밖에 없다. 그것은 잔인하기도 했지만 동시에 어쩌면 친절한 것인지도 모른다. 터무니없이 사라져 다시는 돌아오지 못할 사람들의 물건을 남겨두기보다 아예 빼앗기는 편이 더 포기가 빠를 것이다.

그리고 나카니시가 아카네를 손님용 방이 아니라 딸 부부가 쓰던 방에 재운 이유를 생각했다. 아카네가 나카니시에게서 무의식적으로 아버지의 모습을 찾듯이, 그도 아카네를 통해 사라진 딸의 모습을 보고 있는 건지도 모른다.

문을 노크하는 소리가 들리더니 나카니시가 다기를 들고 들어왔다.

"잠자리에 들기 전에 차 한잔하지. 라베이카 티야. 수면을 촉진하는 효과가 있으니 잠을 푹 잘 수 있겠지."

"오늘은 자이나 차가 아닌가요?"

아카네가 이상하다는 듯이 다기를 들여다보고 나카니시와 얼굴을 마주보며 살짝 웃었다.

"이제 심술궂은 짓은 하지 않을 거야."

아카네는 차의 온기에 이끌려 입을 열었다.

"저는 알아요. 어머니의 죽음은 아버지 때문이 아니라는 것도, 어머니는 아버지와 함께 있어 행복했다는 것도. 하지만 저는 누군가를 탓하지 않고서는 어머니의 죽음을 받아들일 수가 없었던 거죠. 어머니가 돌아가신 것을 아버지 탓으로 돌리면서 죽음과 제대로 맞서는 것을 피해 왔는지도 모르죠."

"어머니의 죽음이라는 큰 짐을 짊어져야만 했으니까. 아버지도 분명히 이해해 주실 거야."

나카니시가 아카네의 어깨에 살짝 손을 얹었다.

"이런 이야기를 했었지? 어딜 가도 임시로 사는 것 같다고."

"예."

"그건 어쩌면 네 안에서 아버지에게 반발하면서도 연결된 끈을 찾고 있었기 때문이 아닐까. 바로 그런 이유 때문에 머물 거처를 정해 버리면 아버지와 연결된 끈이 사라져 버릴 것 같아서 무의식중에 그런 생각을 하고 있었던 건지도 몰라."

나카니시의 손에서 전해 오는 온기가 아카네를 왠지 마음 편하게 만들었다. 아카네는 이제야 이해했다. 그것은 내내 반발하면서도 그만큼 강렬하게 원하고 있던 '아버지의 온기'라는 사실을.

아카네는 어깨에 놓인 나카니시의 손에 살며시 자기 손을 얹었다. 아버지의 손을 단 한 번만이라도 이렇게 만질 수가 있었다면……. 그런 생각을 하며 아카네는 코를 훌쩍거렸다.

"부모를 잃고 돌아갈 곳도 없으니 저는 앞으로도 내내 어디 살더라도 임시로 사는 기분이 들까요?"

"그렇지 않아. 내가 이곳을 마지막 거처로 결정했듯이 너도 뿌리 내릴 곳을 분명히 찾게 될 거야."

"그럴까요? 그렇게 되면 좋겠는데. 아저씨는 이곳이 마음에 드시는 거로군요."

"바람을 기다리는 집을 지을 장소를 찾다가 여기를 발견하고 바로 결정했지. 매년 이곳에서 불꽃놀이 행사를 가족과 함께 보는 게 즐거움이었는데."

"불꽃놀이 행사요? 저도 보고 싶네요. 이젠 볼 수 없겠군요."

"아니야, 언젠가는 볼 수 있을 거야. 분명히."

둘이서 창문으로 도시 풍경을 내려다보았다. 유카도 지금 혼자 저 불빛을 보고 있을까?

지탱할 수 없는 무거운 짐을 지려는 유카. 그 짐은 함께 져 줄 수가 없다. 그 짐은 사람마다 다 달라 나누어 질 수도, 서로 부축해 줄 수도 없다.

하지만 때로는 짐을 내리고 차라도 한잔해. 그렇게 이야기해 줄 수는 있다. 그게 지금 자기가 해야 할 일이라는 생각이 들었다.

"저어, 아저씨. 차를 한잔 더 준비해 주세요."

　　　　　　　　　　◇

　객실로 가니 유카는 잠옷 차림으로 창가에 서있었다. 내려다
보이는 도시의 잔광은 테라스에서 볼 때보다 훨씬 더 밝아져
있었다.

　아카네와 유카는 침대에 걸터앉아 차를 마셨다.

　"뜨거운 라베이카 티는 수면을 촉진하는 효과가 있어. 그러
니 잠을 푹 잘 수 있을 거야."

　나카니시에게 들은 이야기를 써먹었다. 유카는 유약을 바르
지 않고 약한 불에 구운 다기를 두 손으로 감싸고 미안하다는
듯이 어깨를 움츠렸다.

　"죄송해요. 여러 모로 신경을 쓰시게 해서."

　"아니야. 신경 쓰지 마. 뭐, 나나 나카니시 아저씨나 비슷한
처지라서. 그래서 약간 걱정이 되었어."

　차를 후후 불면서 아카네는 묻지도 않았는데 나카니시의 사
라진 가족 이야기, 세상을 떠난 자기 부모 이야기를 했다. 유카
는 두 사람의 아픔을 자기 것인 양 이따금 눈을 감고, 살짝 고
개를 끄덕이며 듣고 있었다.

　"아마 넌 머리가 좋은 애니까 스스로 슬픔을 치유하는 방법
을 알고 있을 거라 생각해. 이야기를 한다고 해서 마음이 후련
해지는 그런 슬픔도 아니고 말이야. 잡지 인생 상담 코너처럼
뻔한 답변을 할 생각은 없고, 네가 그런 소리를 듣고 싶어 하지

않는다는 것도 알아. 하지만 이 이야기만은 하고 싶어. 사람은 어처구니없이 사라지지. 그런데 거기에 의미가 없다면?"

유카는 무표정한 얼굴로 아카네를 바라보았다. 아카네는 아픔을 느끼며 다시 말했다.

"이 부조리한 세계에는 이유 없이 사라지는 목숨도 존재하는 거야. 그걸 알면서도 네가 선택한 길을 걸어갈 수 있겠어?"

시간마저 사라진 듯이 유카는 움직임을 멈추고 있었다. 이윽고 입가에 희미한 웃음을 짓는 듯했다. 그 순간 깜빡도 하지 않던 눈에 눈물이 고이더니 둑이 허물어진 듯이 흘러내렸다.

"그렇지만 저는."

참지 못하고 고개를 숙이는 유카. 바닥에 한 방울, 또 한 방울 눈물이 떨어져 내렸다. 아카네는 그 눈물이 사라진 도시에 번져가는 불빛 같다는 생각이 들었다.

"그렇지만 저는……."

고개를 숙인 채 유카가 반복했다. 그다음 말은 흐느낌으로 변해 이어지지 않았다.

"괜찮아. 언제든 여기 와. 아저씨나 나나 기다리고 있을게."

아카네는 흐느끼는 유카를 꼭 안아줄 수밖에 없었다.

사라진 것에 대한 치유 따윈 존재하지 않는다. 사람들은 모두 뭔가가 떨어져나간 단면의 촉감을 매일 확인하면서, 그것을 일상으로 삼아 살아갈 수밖에 없다.

◇

"폐 많이 끼쳤습니다!"

이튿날 아침, 유카는 기운을 완전히 되찾은 듯했다.

"괜찮다면 차로 역까지 바래다줄까?"

나카니시의 제안에 유카는 생긋 웃으며 힘차게 고개를 저었다.

"아뇨, 걸어가겠어요. 제 발로 걷고 싶은 기분이에요."

넘치는 기운을 주체하지 못해 아카네와 나카니시에게도 나눠 줄 수 있겠다는 기세였다. 왔을 때와 마찬가지로 두 손을 앞으로 모아 짐을 들고 깊숙이 고개를 숙였다. 그리고 두 사람에게 등을 돌린 뒤 걷기 시작했다.

언덕 너머 길로 이어지는 오솔길은 완만한 커브를 그리며 숲 속으로 이어진다. 한동안 걷던 유카가 뒤를 돌아보며 아직 두 사람이 배웅하고 있는 것을 확인하더니 두 손을 입에 대고 큰 소리로 외쳤다.

"또 놀러 와도 돼요?"

"그래! 또 와, 언제든."

나카니시도 큰 소리로 대답했다.

"또 오너라! 꼭 와!"

유카가 손을 크게 흔들었다. 아카네는 그보다 곱절은 더 크게 손을 흔들어 주었다. 유카가 보이지 않게 된 뒤에도 두 사람은 아쉬워하며 유카가 사라진 자갈길을 계속 바라보았다.

"이 펜션 이름에 붙은 '바람을 기다리는'이라는 말의 의미를 아니?"

"아뇨. 뭔가 특별한 의미가 있는 건가요?"

"예전에는 배가 바람의 힘만으로 항해를 하던 때가 있었지. 그때는 바람이 불 때까지 닻을 내리고 있던 항구를 바람을 기다리는 항구라고 불렀어."

"바람을 기다리는……항구."

"바람을 기다리는 집도 찾아오는 손님들에게 그런 항구이고 싶었어. 당신 인생에 새로운 바람이 불어올 때까지 잠시 이 집에서 편히 쉬십시오. 그런 마음을 담아 아내가 붙인 이름이지."

유래를 듣고 나니 단순하게 여겨지던 이름이 따스하게 느껴졌다.

"멋진 이름이네요."

"그렇지. 자화자찬이지만 나도 좋은 이름이라고 생각해. 바람을 기다리는 집이 유카에게도 새로운 바람이 불어 바다로 항해를 나서는 첫걸음이 되었으면 좋을 텐데."

"예! 분명히 그렇게 될 거예요."

환하게 웃는 아카네를 보고 나카니시가 눈초리의 주름을 더 깊게 만들며 미소 지었다.

"사실은 토요일만이라도 펜션을 다시 열까 생각해. 뭐 혼자서 얼마나 해낼 수 있을지 모르지만 천천히, 천천히 다시 시작을 해야만 하겠지. 유카 양처럼."

나카니시는 웃으면서도 진지한 눈으로 아카네를 보고 있었다.

"내게도 새로운 바람이 불어왔어. 그 바람을 데리고 온 건 바로 너야."

얼굴을 마주하고 그런 말을 들으니 겸연쩍었지만, 동시에 나카니시의 생각에 동의하고 싶다는 마음이 힘차게 고개를 들었다.

아카네는 새로운 바람을 받아 돛을 올리고 나아가는 배를 떠올렸다. 말은 하지 않았지만 나카니시와 만난 뒤 자기에게도 새로운 바람이 불어온 듯한 느낌이었다. 어디 살아도 '임시'였는데 이곳이 비로소 자신의 거처가 될 것 같은 예감이 들었다.

나는 지금 여기 있다. 아카네는 속으로 중얼거렸다. 그것은 지금까지의 언밸런스하고 확실치 않은 나날 속에서 스스로에게 들려주던 말이 아니었다. 확실하게 두 발로 대지를 딛고 서는 듯한 굳은 마음으로 아카네가 말했다.

"바람이 불어오네요."

하늘에 흐르는 구름을 바라보며 나카니시가 눈을 가늘게 떴다. 맑은 하늘 아래 쓰키가세는 변함없이 거기 있었고, 구름이 천천히 흘러가고 있었다. 도시에서 불어온 바람이 아카네의 앞머리를 살짝 흔들며 지나갔다.

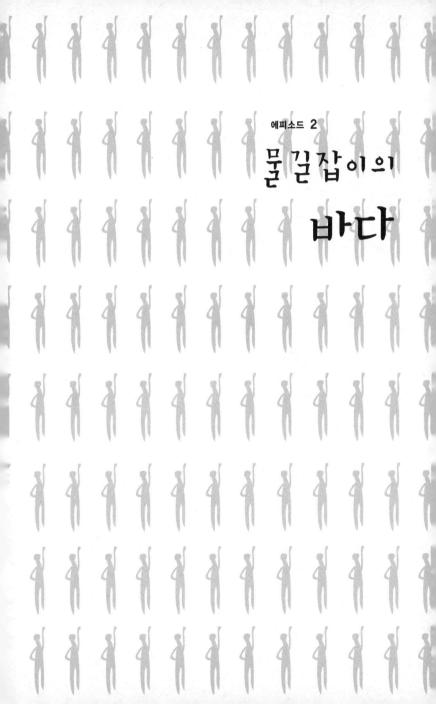

에피소드 2

물길잡이의

바다

창문이 없는 관리국 복도에서는 노란 크러스트 광光이 일정 간격으로 깜빡거리고 있었다.

복도에 드리운 게이코桂子의 그림자는 농도를 달리하며 여러 겹이 겹쳐졌다. 걸으면 그림자도 따라오고, 하나가 사라질 때마다 다른 그림자가 나타나 농도가 짙어졌다.

그 그림자를 떨쳐내려는 듯이 게이코는 고개를 들고 걸음을 서둘렀다. 밀폐된 공간이라 하이힐 소리가 여러 겹으로 메아리쳐 마치 누군가가 자신을 향해 걸어오는 듯한 착각이 들었다.

'서적대책 제2계'의 입구에서 지문 대조를 하면서 감정 억제를 위한 차단막을 펼쳤다. 1미터 두께를 지닌 오염 방어벽은 이중문으로 굳게 닫혀 있다. 목에 두른 스카프의 매듭에 손을 대고 살짝 기침을 했다. 이중문이 둔중하게 열리자 서적대책계의 어수선한 광경이 눈앞에 펼쳐졌다.

부서 소속원들이 목을 살짝 움직여 하나같이 '억제'된 무표정한 얼굴로 입구에 서있는 게이코를 확인하더니 다시 작업을 재개했다. 잠깐 고개를 돌린 사이에도 검색하는 손길은 멈추지 않았다.

감정 억제를 하고 있는 게이코도 무표정하기는 마찬가지였다. 책이 잔뜩 쌓인 계원들의 책상 뒤를 돌아 서적회수 수임관 受任官 앞에 섰다.

"어떠십니까?"

수임관은 검색 시스템으로 뽑아낸 통계를 보며 떨떠름한 표정을 지었다.

"으음. 진척 상황은 예상의 8할 정도 될까? 검색 시스템을 도입하기 이전 것들은 이미 이펙터가 제대로 작용하지 않는 경우가 많고. 그래서 시간을 잡아먹고 있으니 말이야."

제2계는 서적 문제 대응에 있어서 선봉대라 할 수 있다. 국내 유통 도서를 검색하여 오염 대상 도서인지 아닌지를 판정하는 일이 기본 업무다. 제2계의 판단을 바탕으로 실제 움직이는 부대가 국내 서점, 도서관을 비롯해 최종적으로는 국민 개개인이 소유한 서적까지 쓰키가세에 관한 내용이 있는 도서는 모두 회수하는 것이다.

앞으로 10년, 20년이 걸리더라도 이 나라의 '쓰키가세'에 관한 기록은 모두 사라질 것이다. 마치 그런 이름을 지닌 도시가 애당초 없었던 것처럼.

지난번 소멸을 통해 얻은 교훈을 바탕으로 세 차례나 수정된 국내 통일규격 검색시스템 기준 도서는 국내 유통도서의 96%를 차지하게 되었다. 그런 의미에서 따지자면 담당자들이 직접 읽어야 하는 검색 작업은 대폭 줄어들기는 했다. 그 대신 30년 전에 비해 서적 유통량이 다섯 배로 늘어나, 결국 전체적으로 따지면 업무량은 줄어들지 않았지만.

국내 발행서적이나 잡지는 '회수'라고 하는 관점에서 보면 다섯 종류로 분류되고 있다.

제1종 제목에 '쓰키가세'라는 표기가 있는 도서. 즉시 회수 대상.

제2종 제목이나 개요에서 '쓰키가세'에 관한 서술이 있는 도서.

제3종 분명하지는 않지만 '쓰키가세'에 관한 서술이 있는 것으로 보이는 도서.

제4종 기타 모든 국내 유통 인쇄물 가운데 검색 시스템 도입이 끝난 것.

제5종 검색 시스템의 그물에 걸리지 않는 시스템 도입 이전에 나온 도서나 지방유통 도서, 자비출판 도서 등.

제2계가 대응하는 것은 주로 제3종과 제4종의 도서다.

제2계는 관리국 안에서 한가한 편이라는 이야기를 듣지만 30년 만의 소멸 때문에 무척 분주해졌다. 감정이 억제된 검색사가 모인 부서에서는 기계적인 업무가 진행되고 있었다. 검색사들은 검색봉이 기능하는 범위를 정해 서적원書籍院에서 계속 가져오는 책들을 검색하고 오염도에 따라 등급을 구분한다.

오염이란 '도시'의 의식이 뻗은 눈에 보이지 않는 촉수를 건드려 일어나는 감각기 전반의 기능 감퇴, 기능 장애를 말한다. 오염이 되면 앞을 보지 못하게 된다는 인식이 퍼져 있는데, 이는 사라진 도시에 관한 기록을 보았기 때문에 일어나는 오염이 가장 빈도가 높기 때문이다.

검색사들이 하는 일은 지속적인 오염과의 싸움이기도 하다. 물론 관리국의 오염 방어벽과 자신의 감정 억제를 통해 오염을 방지하고 있다. 하지만 광산 노동자가 아무리 방진 마스크를 쓰더라도 진폐증에 걸릴 위험에서 빠져나가지 못하는 것처럼 '도시'에 의한 오염은 억제의 틈새를 파고들어 여러 해에 걸쳐 몸 안에 축적되어 간다.

예전 검색사들은 맨눈으로 검색을 했기 때문에 시신경 소모가 심해 거의 시력을 잃었다. 검색봉을 사용하면서부터 검색이 쉬워지고 오염의 위험성도 줄어들었다. 하지만 소멸의 오염에 늘 노출되어 있다는 점에는 아무런 변함이 없었다.

"그럼 다음번 예측위원회에서 경과보고를 해주시기 바랍니다."

"흐음, 이제 와서 예측위원회라고?"

수임관이 억제된 목소리로 빈정거렸다. 게이코는 '소멸 예측 위원회'의 멤버였다. 쓰키가세의 소멸을 피하지 못했기 때문에 위원들은 사후 약방문 격이지만 앞으로의 대책을 위해 관리국 안을 돌아다니고 있었다.

게이코가 서적 대책계를 찾아온 것은 소멸 예측위원회 보고용 회수 상황 통계 데이터를 작성하기 위해서였다. 사라진 도시에 관한 정보를 서둘러 회수해야 다음 소멸을 늦출 수 있기 때문이었다. 게이코는 이번 쓰키가세의 소멸로 많은 희생자가 나왔다는 사실이 자기 책임처럼 느껴졌다.

◇

게이코는 '전자정보 대책계'로 향했다. 이 부서는 전역電域정보시스템이 일반인들에게 보급되기 시작한 15년 전에 만들어졌다. 이번이 처음 경험하는 소멸이라서 예상 밖의 문제점들로 하루하루 정신없는 나날을 보내고 있었다. 단말기 모니터의 푸른 불빛이 관제요원들의 얼굴을 더욱 창백하게 보이게 했다.

실내는 서적 대책계 이상으로 어수선했다. 검색봉이 스위치가 켜진 상태로 바닥에 굴러다니고 있었다. 분명히 검색 문자열이 입력된 상태일 것이다. 옆에 늘어놓은 서적이 반응을 하여 해당 문자열이 있는 페이지를 순서대로 펼치고 있었다.

검색봉을 집어 들던 게이코는 스태프인 구루시마來島의 상태가 이상하다는 사실을 깨달았다. 구루시마는 관리국 외부 통신의 일부로써 기능하기 때문에 통신망 개방을 알리는 벽면의 적색등이 검붉게 켜져 있는 동안은 의식적인 동작이 억제되어 있을 텐데.

그런 구루시마가 통신망 개방 상태인데도 동작 억제를 거부하듯 몸을 꿈틀거리고 있었다. 통신에 문제가 생긴 것인가 싶어 반사적으로 적색등을 올려다보았지만 정상이었다.

검색봉을 손에 든 게이코와 구루시마의 시선이 마주쳤다. 끼익 하는 소리가 날 것처럼 고개를 꼬고 게이코를 바라보았다. 게이코는 깜짝 놀랐다. 시선은 게이코를 보고 있지만 의식이 있는 상태에서 게이코를 인식한 것은 아닌 모양이었다. 말하자면 그것은 시선視線이 아니라, '선線'은 없는 단순한 '시視'로서 구루시마의 무표정한 얼굴에 머물러 있었다.

그러더니 구루시마의 입가가 간헐적으로 경련을 일으켰다. 내부에서 치밀어 오르는 무엇인가를 제어 가능한 의식으로 억제해 참아보려는 듯했다. 안면에 생기는 경련은 그런 인식 영역 안에서의 갈등이 얼굴에 드러난 결과다. 하지만 억제를 밀어내듯 '그것'은 소리로 흘러나오기 시작했다.

"구⋯⋯구 · 구⋯⋯구 · 구구 · 구라⋯⋯구라쓰 · 구라쓰 · 쓰지 · 쓰쓰지 · 지⋯⋯지."

컴프레서 소리가 마치 신음처럼 계속 낮게 들리기는 해도 기본적으로는 조용했던 사무실 안에 구루시마의 무기질 목소리가 울려 퍼졌다.

"구라⋯⋯쓰지⋯⋯구라쓰지."

게이코는 그 소리를 지향성을 지닌 단어로 인식하고 '구라쓰지'를 머릿속에 떠올렸다. 운 나쁘게도 게이코는 검색봉을 가지고 있었다. 사용 범위를 설정하지 않았기 때문에 주변에 있는 책상 위의 매뉴얼이 검색봉에 반응해 페이지가 팔락팔락 넘어가더니 '과거 소멸 도시 일람'의 해당 페이지에서 멈췄다.

"통신망을 끊어 주세요!"

게이코가 외치자 관제 요원이 통신망을 강제로 끊었다. 벽에 달린 적색등 불빛이 꺼지자 컴프레서 소리가 더 커졌다. 단말기에서는 일제히 둔탁한 에러 음이 울려나왔다.

사람들의 시선이 게이코와 구루시마 쪽으로 쏠렸다.

"구루시마가 왜 저럽니까?"

사고가 끊이지 않는 부서였지만 이런 일은 처음 겪는지, 오쿠다奧田 수임관이 흘러내린 안경을 고쳐 쓰며 당황한 표정으로 물었다.

"아마 통신망 개방 상태인데도 억제가 해제되는 바람에 '자아自我'가 드러나게 되어 '도시'의 의식이 순간적으로 바이러스로 변해 구루시마에게 침투해 증폭한 모양입니다."

게이코는 간단하게 설명했다.

구루시마가 의식을 되찾았다. 감정 억제를 위해 차단막을 치지 않은 평소 상태에서 '도시'의 촉수에 닿아 버렸기 때문에 크게 오염되었을 테지만 겉으로 보기에는 이상이 없는 듯했다. 하기야 통신망을 끊은 뒤 자장공역대磁場空域帯에서 기능을 회복한 구라시마에게 갑자기 인간성이 깃들 리도 없었다. 구루시마는 안경 속의 작은 눈을 계속 깜빡거리며 책상 위를 멍하니 내려다보고 있었다.

"괜찮아요?"

게이코가 들여다보며 물었지만 구루시마는 겁을 먹은 듯이 고개만 저었다. '이제 그만 저리 가라'는 의사 표시였다.

"이런 상태는 처음이로군."

수임관은 분명히 게이코에게 짜증을 내고 있었다. 실내에 있는 모든 사람이 게이코가 왔기 때문에 영향을 받았을 거라고 생각하고 있을 것이다.

"그럼 정화센터로 데려가세요. 오염을 제거해야 할 것 같습니다."

그 말만 남기고 전자정보 대책계를 나왔다.

노란색 크러스트 조명이 켜진 복도를 잰걸음으로 걸었다. 마치 자기 발소리에 쫓기기라도 하듯이. 그렇다. 스스로도 알고 있다. 구루시마에게 일어난 정보 역류는 자기 때문이라는 사실을.

구라쓰지. 그것은 30년 전에 소멸된 도시 이름이었다. '도시'는 게이코를 결코 잊으려 하지 않는다. 틈만 나면 억지로 집어삼키려 하는 것이다. 게이코가 저항하려 들면 주위 사람들이 오염을 당하게 된다. 그런데도 게이코가 관리국에 계속 머무는 까닭은 언제 끝날지도 모르는 도시의 소멸에 마침표를 찍기 위해서였다.

플래시백처럼 기억의 밑바닥에 가라앉아 있던 풍경이 떠올랐다. 게이코를 이끄는 바다. 게이코의 삶은 그 바다에서 시작되었다. 결과적으로는 어쩔 수 없이 관리국에 근무하고 있다. 지금까지도 그랬고, 앞으로도 계속 고뇌와 무거운 책임에 짓눌리게 될 것이다. 서있을 수가 없어 벽에 기대 웅크리고 앉았다.

"바다가……가까워."

기억 속의 바다 이미지에 몸을 맡겼다. 자신의 고독과 함께 존재의 근원을 상성하는 곳. 쓸쓸하고 고요한 느낌과 그리움이 함께 게이코를 감쌌다.

파도소리의 잔향이 몸 안에서 천천히 썰물처럼 물러나기를 기다렸다가 일어섰다. '도시'가 뻗는 눈에 보이지 않는 촉수를 끊어내듯 걸음을 서둘러 다음 부서로 향했다.

◇

그날 게이코가 애인을 만난 시각은 약속 시간에서 두 시간이나 지난 뒤였다. 만나기로 한 카페는 이미 문을 닫아 애인은 불이 꺼진 가게 앞에서 기다리고 있었다. 하이힐을 신고도 거의 뛰듯이 애인에게 달려갔다.

"미안. 연락을 할 수가 없어서."

관리국은 '도시'의 침입을 막기 위해 전화회선이건 전파건 외부와의 연락 수단은 모두 차단하고 있다.

"어쩔 수 없잖아. 때가 때이니만치."

애인이 위로하듯 게이코의 어깨에 손을 얹었다. 어리광을 부리고 싶어 애인의 가슴에 살짝 몸을 기댔다.

"미안해. 잠깐만 기댈게……."

"왜 그래? 드문 일이네."

이런 식으로 애인에게 기대는 일은 거의 없었다. 그는 약간 놀라면서도 게이코를 품에 안고 머리카락을 쓰다듬어 주었다.

9시를 넘어서고 있었다. 두 사람은 근처에 있는 호텔 30층의 라운지에서 가볍게 식사를 하면서 술을 마셨다. 커다란 창이 있어 수도首都의 야경을 내려다볼 수 있는 가게는 붐비는 편이었다. 매끈한 광택이 나는 검은 드레스를 입은 여성이 피아노 앞에 앉아 조용한 곡을 연주하고 있었다.

잔이 부딪히는 소리, 셰이커를 흔드는 듣기 좋은 소리, 부드러운 이야기 소리가 뒤섞인 소음. 그런 소리들에 둘러싸여 게이코는 창밖을 내다보았다.

기업체가 입주한 빌딩들은 역시 불빛이 듬성듬성했지만 호텔 객실에는 여러 개의 조명이 켜져 있었다. 조명 하나하나가 거기서 누군가 살고 있음을 증명한다고 생각하니 묘한 기분이 들었다.

사라지는 것은 왜 도시뿐일까. 언젠가는 이 수도마저 순식간에 사라져 버리는 것은 아닐까? 창밖으로 보이는 일상이 아무런 징조도 없이, 그렇게 되어야 할 까닭도 없이 사라지는 날을 상상했다.

도시가 사라지는 이유는 아무도 모른다. 거의 30년에 한 번, 아무런 조짐도 인과관계도 없이 한 도시의 주민들이 홀연히 사라진다. 원인을 모르기 때문에 소멸을 막을 방법은 없었다. 할 수 있는 일이라고는 소멸이 번지는 것을 막고, 다음 소멸을 조금이라도 늦추기 위해 사라진 도시의 흔적을 지우는 일뿐이었다. 하지만 그런 작업도 과학적 근거가 있는 게 아니라 전부터 이어져온 경험에 따른 것일 뿐이다. 어쩌면 완전히 핀트가 어긋난 일을 하고 있는 것인지도 모를 일이다.

게이코는 마치 무엇인가에 대한 대가로 도시들이 사라지고 있는 것 같다는 생각이 들었다. 무엇에 대한 대가냐고 물으면 대답할 길이 없지만.

"게이코, 왜 그래?"

잔을 든 채로 동작을 멈춘 게이코를 바라보던 애인이 얼굴을 들여다보며 물었다.

"아, 아냐. 미안."

"요즘 왠지 멍하니 있을 때가 많은데, 너무 무리하는 거 아닌가?"

"응……, 뭐."

늘 이런 식으로 말을 흐린다. 업무 내용에 관해서는 아무리 애인이나 가족이라도 이야기할 수가 없었다. 애인이 그런 사정을 이해하면서도 조금씩 불만이 쌓여가고 있을 거라는 생각이 들었다.

"직장을 그만둘 때가 아닌가 생각하는데."

그의 말에 와인글라스를 내려놓았다.

"무슨 소리야?"

애인의 손이 테이블 너머에서 살며시 뻗어와 게이코의 손을 잡았다.

"네가 관리국에서 하는 일에 긍지를 지니고 있다는 것은 알아. 오염될 가능성이 있는데도 두려워하지 않고 다들 피하는 소멸에 사명감을 가지고 맞서는 모습은 훌륭하다고 생각해. 하지만 새로 도시가 소멸하면 너는 오염에 더 노출되고 말아. 난 네가 힘들어지는 것을 더 이상 보고 있을 수가 없어."

애인은 게이코의 눈을 똑바로 보며 진지한 표정으로 말했다.

"결혼해 줄래? 그리고 관리국을 그만두고 가정을 꾸리지 않겠어?"

전에도 우회적으로 들었던 이야기다. 그때마다 애매한 대답으로 얼버무려 왔다. 하지만 이렇게까지 확실하게 이야기한 이상 이제는 결론을 낼 수밖에 없다.

"나는, 그렇지 않아."

목소리를 짜내듯 간신히 말했다. 애인에게도 '그것'을 이야기해야만 한다.

"나는 일에 긍지 같은 것은 없어. 사명감도 없고. 할 수만 있다면 도망치고 싶어."

"마침 잘 되었다고는 할 수야 없겠지만, 지금 내가 한 이야기 진지하게 생각해 주겠어?"

애인의 목소리가 밝아지며 그의 의지가 느껴졌다.

"무슨 문제가 있다면 이야기해 봐. 앞으로 네 문제는 우리 둘이 함께 해결해 나가야 하니까."

"내가 어떻게 살아왔건 나하고 함께 살아갈 수 있겠어?"

그는 겨우 그런 이야기였냐는 듯이 안도하는 표정을 지으며 잡은 손에 힘을 주었다.

"부모님이 사고로 돌아가시고 혼자 컸다는 건 알아. 그래서 우리 부모님도 널 진짜 딸처럼 여기고 있고. 넌 이제 혼자가 아니야. 네겐 가족이 생길 거야."

혼자가 아니야……. 그 말이 게이코의 마음에 부드럽게 다가왔다. 좋은 환경에서 자란 이 사람은 진짜로 '혈혈단신 고아'라고 하는 게 어떤 것인지 알고 이런 이야기를 하는 걸까.

그런 생각이 들자 자신은 어쩔 수 없이 '혼자'라는 사실을 느끼게 된다. 아무도 없는 바다를 바라보며 홀로 서있던 기억. 나는 내내 '혼자'였다. 속으로 그렇게 외쳤다.

"난 혼자야."

그가 뭔가 말을 하려고 입을 열려 했다. 게이코는 몰아치듯 말을 이었다.

"나는 특별 오염 대상자야."

그윽하고 부드러운 시선으로 바라보던 애인의 안색이 변했다. 잡은 손을 천천히 뺐다. 숨기지 못하는 동요가 느껴졌다.

"그래도 넌 나를 사랑할 수 있어?"

이번에는 게이코가 그에게 손을 뻗었다. 손가락이 닿기 직전 그는 와인글라스를 집어 들었다. 게이코의 손은 테이블 위에서 갈 곳을 잃었다. 무언의 거절로 여겨졌다.

"어째서 여태 이야기하지 않은 거지?"

"이야기했다면 나하고 사귈 마음이 들었겠어?"

"난 그런 걸 기준으로 애인을 고르거나 하지는 않아."

눈동자가 흔들리는 것을 놓치지 않았다. 그는 그 뒤로 결혼 이야기를 다시 꺼내려 하지 않았다. 게이코도 굳이 그 이야기는 꺼내지 않았다.

식사를 마치고 호텔을 나왔다. 날짜가 바뀔 시각. 번화가로 이어지는 도로는 늦은 시간인데도 차가 줄을 이었다.

"오늘밤은 어떻게 할 거야?"

걸으며 게이코가 물었다. 두 사람 다 내일은 쉬는 날이었다.

"아, 늘 가던 그 호텔로 갈까?"

애인이 걸음을 서둘렀다. 게이코는 그 뒤를 따라 걸었다. 그의 구두소리와 게이코의 발소리가 따로따로 울려 퍼졌다.

"그런데 매일 야근을 해서 피곤하지 않은가?"

그가 모퉁이를 돌며 문득 생각났다는 듯이 물어왔다. 미리 계산을 하고 꺼낸 이야기로 느껴져 게이코는 마음이 아팠다. 하지만 내색하지 않았다.

"응, 별로. 넌 괜찮아?"

얼굴을 들여다보는 게이코의 시선을 피하듯 그는 하늘을 올려다보며 방금 생각이 났다는 듯이 내일 스케줄을 생각해 냈다.

"음. 아, 그런가? 내일은 아침 일찍 회사에 나가야 해. 뭐 어떻게 되지 않을까?"

그러면서도 난처하다는 표정으로 손목시계를 들여다보았다. 게이코가 자기 표정을 보는 것을 꺼려하듯이.

"무리하지 않아도 돼. 오늘은 그냥 갈까?"

게이코 쪽에서 '오늘은 그냥 가자'고 하는 이야기를 할 수밖에 없게끔 만들고 있었다.

지하철 역 근처에 있는 공원에서 두 사람은 걸음을 멈췄다. 게이코는 마지막 전철을 타고, 방향이 다른 그는 택시를 타고 돌아가게 될 것이다.

침묵이 찾아왔다. 여느 때 같으면 그는 살짝 어깨를 안고 끌어당겨 닿을 듯 말 듯이라고 해야 좋을 정도의 입맞춤을 하고 돌아간다. 하지만 오늘 그는 딱딱한 표정으로 그런 움직임을 취할 기미를 보이지 않았다.

서로 어색하게 시간을 기다렸다. 게이코에게는 그와의 이별을 확인하는 시간이며 동시에 희미하게 남은 희망을 이어가려는 시간이기도 했다. 한 걸음 다가가 입술을 그의 입술 쪽으로 가져갔다.

그는 두려움 때문에 얼굴을 찡그리더니 뭐라고 소리를 지르며 게이코를 밀어냈다. 잔디 위에 쓰러진 게이코는 그가 밀었다는 사실보다도 그 말이 가슴을 찔러 일어설 수가 없었다. 거의 공공연하게 사용되는, 오염자를 경멸해 부르는 '그 말'.

그는 두려움과 거절하려는 본능 때문에 자신이 취한 갑작스런 행동에 멍한 표정을 지었다. 게이코를 일으켜 주려 하지도 않고 자기의 두 손을 들여다보고 있었다. 악의에서 우러난 행동이 아니었기 때문에 게이코는 더 충격을 받았다.

그는 게이코를 뿌리치듯 등을 돌리더니 택시를 잡아 뒤도 돌아보지 않고 올라탔다. 택시는 이내 시야에서 사라졌다.

게이코는 알고 있다. 내일이면 그의 휴대전화 번호가 바뀔 거라는 사실을. 그리고 집으로 찾아가도 없는 척할 것이라는 사실을. 전에 몇 번이나 경험했듯이.

"이제, 끝난 거야."

스스로에게 타이르듯 중얼거렸다. 그를 탓할 수는 없었다. 취미나 사고방식, 종교나 인종. 원래는 남이었던 남녀가 평생을 약속하는 일이기 때문에 넘어야 할 장벽이 무수히 많다. 하지만 사라진 도시에 관계된 인간, 그것도 '특별 오염 대상자'를 앞에 두고 아무렇지도 않을 수 있는 사람이 과연 있을까? 그것은 도저히 받아들일 수 없는 현실을 불쑥 들이미는 것이나 마찬가지일 테니까.

오염이란 그토록 사람들에게 공포와 기피의 대상이었다. 실상은 잘 몰라도 의심에서 비롯된 억측과 풍문이 마치 진실인 것처럼 유포되어 바이러스처럼 증식하고 있었다.

사람들이 무지하기 때문이라고만은 할 수 없었다. 오염의 전모는 관리국도 파악하지 못하고 있고, 그 불완전한 조사결과마저도 제대로 공개하지 않고 있기 때문이다.

그것은 바꿔 말하면 오염이 화학 변화처럼 일정한 유래와 귀결을 지니지 않기 때문이다. 게이코도 자기가 남에게 어떤 영향을 미치게 될지 제대로 알지 못한다.

물론 오염자의 실태는 게이코가 어렸을 때부터 '정화 센터'에서 받은 인체실험이라고나 해야 할 임상검사 덕분에 많이 밝혀졌다.

특별 오염 대상자를 만드는 '소멸 내성'의 체내 오염 구성요소는 '도시'와 적절한 거리만 유지하면 일반인과 거의 다를 게 없다는 사실, '체내규화體內珪化'가 일어나지 않는 한 위험량을 방출하는 일은 없다는 사실은 이미 증명되었다.

하지만 그걸 아는 관리국 사람들마저도 게이코가 나타나면 바로 감정 억제를 위한 차단막을 더욱 단단하게 친다. 소멸과 관계가 없는 일반인들이 '소멸 내성'에 대해 민감한 반응을 보이는 것도 무리는 아니다. 오염자를 보호하는 규정이 있다고는 해도 접촉성 전염병 보균자를 보듯 하는 시선에는 변함이 없다.

아무리 씻어내도 지울 수 없는, 오염이라는 보이지 않는 저주. 어찌할 도리가 없는 현실 앞에서 잔디에 주저앉은 채 넋을 놓고 하늘을 올려다보고 있었다. 등 뒤로 계속해서 차들이 지나갔다. 스쳐 지나가는 자동차 소리는 왠지 파도소리를 떠올리게 만들었다. 귓속에 또렷하게 새겨진 그 파도소리를.

"바다가……가깝다……."

약해진 마음을 빤히 들여다보고 있다는 듯이 '도시'가 자신을 끌어들이려는 촉수를 뻗어왔다. 게이코는 그것이 도저히 뿌리칠 수 없는 힘처럼 느껴졌다.

다음 소멸은 반드시 막아내겠다는 의지를 사명감처럼 지니고 있으면서도 앞으로 계속될 고독한 나날을 생각하면 그 의지가 꺾일 것만 같았다. 이대로 그냥 끌려 들어가 버리는 것이 편할지도 모른다. 그런 허점을 파고들듯이 '도시'의 촉수 끄트머리가 와 닿았다. 오싹 하고 몸 안을 얼음 기둥이 꿰뚫고 지나간 듯한 오한이 느껴졌다. 30년이란 세월에 걸쳐 '도시'는 게이코를 끌어들이려 해 왔다. 의식이 천천히 멀어져 갔다. 파도소리가 게이코를 휩싸듯이 높아졌다. 늪 속으로 빠져 들어가는 듯한 편안한 느낌, 그것은 '도시'가 게이코를 속이려는 것임을 알고 있었지만 더 이상 저항할 힘을 잃은 상태였다.

문득 몸이 들려 올라가는 느낌이 들었다. 누군가가 자신을 안아들었다. 편안했던 늪이 게이코를 도망가지 못하게 가시넝쿨 같은 것으로 변했다. 이게 현실일까? 의아해하면서 흐려져 가는 의식 속에서 게이코는 그 '누군가'에게 말했다.

"건드리면, 안 돼요. 나는, 특별……오염……."

대꾸가 없었다. 꼭 안긴 듯한 따뜻한 감각을 느끼며 이 세상에 머물 희망이 어렴풋이 생겼다. 마지막으로 쥐어짠 힘으로 '도시'의 촉수를 뿌리치고 게이코는 의식을 잃었다.

◇

제5 회의실에는 '소멸 예측위원회 정례회의'라는 글자가 소멸이 이미 일어난 이제야 붙어 있었다. 입실 조건을 나타내는 LED에는 '5중 억제 차단막'이라고 표시되어 있었다. 높은 레벨의 오염 대상물을 다룬다는 사실을 간결하고도 명확하게 드러낸 것이다.

게이코는 입구에 멈춰 서서 목에 두른 스카프를 매만지며 억제 차단막을 한 겹씩 겹쳐 갔다. 다중 차단막은 나중에 해제하고 나면 엄청난 권태감이 오기 때문에 여느 때 같으면 내키지 않았지만 침울한 지금 기분 상태에서는 오히려 잘되었다는 생각이 들었다.

타원형 원탁을 둘러싸고 20개 정도의 의자가 놓여 있었다. 8할쯤 되는 위원이 이미 자리에 앉아 감정이 억제된 무표정한 얼굴로 자료를 들여다보고 있었다. 위원회 구성원은 대부분 관리국 사람들이다. 다른 부서에서 출석한 위원들도 원래는 관리국 소속이지만 지금은 파견을 나가 있는 사람들이다.

수만 명의 사람들이 순식간에 사라지는 소멸에 대한 대책회의치고는 너무도 작은 조직이기는 했지만, 소멸에 대응하려면 감정 억제 기술을 지니고 있어야 한다는 현실적인 제약이 있다. 그리고 또 한 가지, 소멸에 관계하는 일은 경멸받은 행위라는 점도 그 이유 가운데 하나였다. 그런 까닭에 관리국은 소멸에 대응하는 특수 집단으로 변해, 다른 부서로부터는 독립된 행동을 하게 되었다.

게이코는 자리에 앉아 안쪽에 있는 빈자리를 바라보았다. 통감은 쓰키가세 도시가 소멸한 뒤로 쓰가와 사무소장을 겸하면서 수도에 돌아오지 않고 거기 머물렀다.

회의 개시 버저가 음울한 소리를 내자 이중문이 닫혔다. 방 안의 기압이 높아져 고막에 묵직한 압박이 느껴졌다. 위원들이 침을 삼키는 소리가 들려왔다.

이번 논의의 중심이 되는 것은 쓰키가세에서 회수한 방범 비디오다. 소멸 구역 안에서 회수원에 의해 발견된 방범 비디오를 비롯한 감시 기기 설치 장소는 42개소에 이르렀다. 편의점이나 주차장, 상점가나 개인 주택 등 설치 장소는 각양각색이었다.

혹시 그 영상 가운데 하나라도 사람이 소멸되는 순간이 기록되어 있다면 향후 소멸 예측 방법이 크게 바뀔 것이다. 지난번 소멸은 30년 전이기 때문에 그런 영상자료가 전혀 없었다.

"실제 영상을 보시죠."

쓰가와 사무소의 엔도遠藤 주사가 전면 스크린에 준비한 영상을 비췄다.

"이것은 쓰키가세에 있던 하라다原田 편의점 방범 비디오 영상입니다. 시각은 소멸 추정 시각인 오후 11시 10분 전."

화상은 넷으로 분할되어 가게 안의 방범 카메라 네 대가 찍은 영상을 보여주고 있었다. 잡지 코너에서 책을 보는 학생, 계산대 앞에서 어묵을 고르는 커플, 아무 이상 없는 편의점의 밤 풍경이었다.

불쑥 화상이 끊어졌다. 그다음은 모래폭풍 같은 화상이 계속 이어질 뿐이었다.

"이상입니다. 마지막 화상이 기록된 시각은 10시 53분. 소멸 추정시각 7분 전입니다. 다른 비디오도 대개 10분에서 3분 전 사이에 영상이 끊어졌습니다."

무표정한 목소리로 엔도 주사가 말을 이었다.

"모든 영상을 분석했습니다만, 소멸 순간에 가동한 것으로 보이는 것은 하나도 없었습니다. 따라서 소멸 순간의 상태를 알 수 있는 영상은 존재하지 않습니다."

설명이 공허하게 들렸다. 위원들은 화상이 끊어졌는데도 모래폭풍이 부는 듯한 화면을 계속 들여다보고 있었다. 무표정한 위원들이 말없이 앉아있는 모습은 회의라고 하기보다 어떤 의식의 한 장면 같았다.

"어떻게 된 거지?"

실내가 밝아지자 정보보전국情報保全局으로 파견을 나간 후지다藤田가 입을 열었다.

"결국 어느 영상이나 소멸 추정시각 직전에 인위적인 수단에 의해 전원이 끊어진 겁니다."

"그러면, 전부 다 그렇다는 건가?"

"예, 하나도 빼놓지 않고."

주사의 대답은 간결했다. 위원들은 그 대답만큼이나 명백한 현실 앞에 선 것이다.

"소멸 순화……."

위원 가운데 한 사람이 무심코 입을 열었다. 모든 위원들의 머릿속에 떠오른 말을 대신한 것이다. '도시'에 의한 '소멸 순화' 영향이 틀림없다. 사라진 도시의 주민들은 자기도 모르는 사이에 소멸에 말려든 것이 아니라, 자기들이 소멸할 것을 알면서도 도시에서 도망치지 않았다. 혹은 도망칠 수가 없었던 것이다.

순식간에 소멸이 일어났는데도 교통사고나 화재는 일어나지 않았다. 그래서 과거부터 추론으로서 관심을 모아 왔던 이 이론은 이번 소멸에 의해 정식으로 중점 대처 항목이 된 것이다. 도시의 주민이 소멸 때 도시 밖에 있었기 때문에 소멸을 피한 사람에게는 반드시 '기억 일부 상실'이 일어나는 현상도 이 이론으로 설명이 된다.

소멸 순화에 관해서는 흥미로운 보고 사례가 있다. 구라쓰지라는 도시가 소멸했을 때 보고된 '소멸대상 주민 R에 관한 사례'다.

소멸 대상 도시의 주민인 R은 구라쓰지가 소멸할 때 범죄 피의자로 구속되어 도시에서 수도로 강제 이송되는 중이었다. 구라쓰지가 소멸한 뒤, 고속도로 갓길에서 발견된 호송차량에는 R을 포함해 동승하고 있던 공무원 4명이 모두 홀연히 자취를 감추었다.

관리국은 이 사건을 '소멸 순화를 당해 소멸 대상이 된 주민이 도시 밖에서 소멸을 맞이한 현상에 따른 연쇄 소멸'이라고 결론지었다. 일단 소멸 대상이 된 주민은 도시 밖으로 피난을 해도 소멸을 면할 수 없다. 오히려 주위에 소멸을 퍼뜨리게 된다.

그 뒤로 소멸 순화를 막기 위한 대책은 소멸 예측과 함께 관리국의 주요 연구 대상이 되었다. 소멸 순화를 중화하고 대항할 수단을 찾아내면 다음 소멸을 막을 수 있는 실마리가 될 것이다.

관리국에는 창문이 하나도 없다. 그것은 바깥 경치라도 바라보며 업무의 피로를 풀어야 할 장소인 휴게실도 마찬가지였다. 물론 겉보기에는 평범한 사무실 건물과 다를 바가 없다. 하지만 자세히 보면 다른 빌딩처럼 창 안에서 분주하게 일하는 사람들의 모습은 보이지 않는다.

밖에서 보이는 창은 모두 가짜다. 건물 안에 끼워 넣듯 또 하나의 건물이 있는 구조로 되어 있다. 말하자면 이중의 장벽으로 닫혀 있는 것이다. 그런 편치 않은 휴게실에서 게이코는 맛없는 녹차를 마시면서 천천히 감정 억제의 차단막을 풀고 있었다.

여느 때와 마찬가지로 머릿속이 텅 빈 듯한 기묘한 부유감과 미묘한 평형감각으로 인한 차이가 느껴졌다. 온몸이 권태감에 휩싸였다.

"오늘은 이만 퇴근하는 게 낫지 않겠어?"

청소원인 소노다園田가 탁자를 닦으며 게이코의 얼굴을 들여다보았다.

"그렇겠죠."

"힘내라니까!"

작은 체구에 어울리지 않게 큰 소리로 말하며 등을 때렸다. 게이코가 관리국에 들어오기 전부터 이 빌딩의 청소를 맡고 있다. 터줏대감이라 할 만한 존재였다.

"하기야 지금 통감도 젊었을 때는 자주 그렇게 표정을 찡그리고 차를 마시기는 했지만 말이야."

"통감님에게도 젊은 시절이 있었군요."

소노다가 깔깔거리며 호쾌하게 웃었다.

"그런 건방진 소리를 할 정도라면 괜찮겠네. 차 마시고 얼른 집에 가서 자."

여전히 거친 말투였지만 그게 소노다 나름으로는 친절을 표현하는 것이라는 사실을 관리국 사람들은 누구나 알고 있다.

실제로 이 소노다라는 여자는 통감에게도 경어를 쓰지 않는다.

"관리국이 아직 재단이었을 때부터 통감님을 보셨던 거죠?"

"그래, 아직 햇병아리였을 때부터지. 이런 곳에는 오래 있는 사람이 거의 없으니까. 나도 이 나이까지 여기 남아있기는 하지만……."

"통감님은 예전에 어땠어요?"

"너하고 같았어. 책임감만 남들보다 유난히 강해서 일이 잘 풀리지 않으면 고민하며 혼자 끙끙거렸지."

"일이 잘 안 풀리면요……?"

종이컵 안에서 미세한 찻잎이 가라앉는 모습을 멍하니 바라보며 게이코가 중얼거렸다.

"그런데 너 저쪽에 간다고 하지 않았니?"

"예. 통감님이 호출했어요. 다음 주부터 한동안 쓰가와에 가 있어야 하죠."

표면상으로는 소멸 현지답사라는 명목이었지만 며칠 전의 '정화 센터 이송'에 따른 조치임이 분명했다.

그날 애인과 헤어지고 인식 영역에서 '도시'와 공방을 벌인 뒤 의식을 잃은 게이코는 누군가에 의해 병원으로 옮겨졌던 모양이다. 관리국 신분증을 지니고 있었기 때문에 신속하게 정화 센터로 이송될 수 있었다. 병원까지 옮겨 준 사람이 누군지는 아직도 모르는 상태였다.

"그래, 통감에게 실컷 어리광부리고 와."

"에이, 통감님이 어리광을 받아줄 리가 있겠어요?"

그렇게 말하면서도 오래간만에 통감을 만날 수 있다는 생각이 들자 절로 얼굴에 미소가 떠오르는 것을 막을 수가 없었다. 소노다에게도 툭하면 어리광을 부리는 말투가 나온다. 오염 문제 따위는 상관하지 않고 대해 주는 사람은 통감과 소노다뿐이었기 때문이다.

보안 점검을 마치고 밖으로 나왔다. 멈춰 서서 며칠 만에 인공조명을 벗어나 잠시 자연광을 쐬었다. 낮에 관리국에서 나오기는 오래간만이었다. 머리카락을 날리는 바람은 빌딩 사이에서 불어오는 것이었지만 지금은 그 바람마저도 기분 좋게 느껴졌다.

지하철역으로 가는 도중에 공원을 가로질렀다. 1주일 전에 애인과 헤어졌던 곳이다. 잠시 마음이 아파 기억을 과거로 밀어냈다. 이제 게이코는 '이별' 마저도 익숙해져 버린 것이다.

공원이라고 해봤자 놀이기구가 있는 것도 아니었다. 공원 전체에 잔디가 깔려 있고 벤치가 놓여 있을 뿐 울타리도 없이 빌딩 계곡 사이에 있는 작은 오아시스. 강아지가 끈에서 풀려나 굴러가는 공을 신나게 쫓아가고 있었다.

약간 편안한 기분이 들어 일부러 잔디 위를 걸었다. 억제를 벗어나 둥둥 뜬 느낌과 발바닥에 느껴지는 부드러운 촉감이 어울려 허탈감을 풀어주었다.

주위를 둘러보고 자신을 보는 눈이 없다는 걸 확인한 게이코는 구두를 벗고 맨발로 잔디 위를 걸었다. 문득 그런 충동이 인 것이 아니라 남몰래 늘 하는 행동이었다. 강력한 억제에서 풀려난 뒤에는 왠지 발바닥의 감각이 예민해진다.

그것은 단순한 '예민'이 아니었다. 발바닥에 닿는 지면에서 맨발을 통해 여러 가지를 느낄 수 있는 것이다. 눈을 감자 왼쪽으로 강아지가 공을 쫓아 달려가는 느낌이 들었다. 작은 개가 땅을 딛는 소리와 숨소리마저 느껴졌다. 가령 지금 눈을 감고 전력으로 질주한다 해도 잔디가 끝나는 부분에서 정확하게 멈출 수가 있을 것이다. 그런 '예민'함이었다.

통감이 오랜 세월 맨눈으로 검색을 하는 바람에 시력을 거의 잃어가면서도 부축을 받지 않고 걸을 수 있는 것은 바로 이런 감각을 이용하고 있기 때문이다.

눈을 감고 걷다가 뭔가 익숙지 않은 것이 있다는 것을 '발견'하고 눈을 떴다.

일인용 작은 텐트가 있었다. 수도 한가운데 있는 공원에는 노숙자가 친 푸른 비닐시트가 늘어선 공원도 물론 있기야 하지만 이 공원은 너무나 개방되어 있기 때문인지 한 번도 본 적이 없었다.

그럴 필요까지는 없었지만 발소리를 죽이며 다가가 보았다.

문득 예민한 발에 뭔가가 느껴졌다. 텐트 안에 사람 기척이 있었다. 게이코를 보고 있다. 순간 크고 따스한 그 무엇이 몸을 감싸는 느낌이 들었다.

텐트 입구에서 모습을 드러내고 있는 것. 그것은 망원렌즈가 달린 카메라였다. 틀림없이 게이코를 향하고 있다. 평소라면 걸음을 멈췄겠지만 오늘은 텐트 안에 있는 인물의 움직임마저도 여유 있게 느낄 수가 있었다. 틈을 노려 게이코는 슬쩍 옆으로 벗어났다. 피사체를 잃은 렌즈가 흔들렸다. 그 사이에 텐트로 다가가 가까운 거리에서 다시 렌즈의 시야로 들어갔다. 카메라는 갑자기 나타난 게이코에 바로 반응하지 못했다. 셔터를 누르는 순간에 렌즈를 손으로 덮어버렸다.

"으악, 이런. 겨우 얻은 셔터 찬스인데."

텐트 안에서 투덜거리는 소리가 들려왔다. 남자 목소리였다.

"양해도 구하지 않고 찍으면 어떡합니까?"

약간 딱딱한 목소리로 게이코가 나무랐다. 하지만 속마음은 그렇지 않았다. 잠깐 느낀 따스한 감각. 그것은 그날 밤의 '누군가'에 가까운 느낌이었다. 상대의 모습을 확인하고 싶었다.

"앗! 역시 화가 났네. 큰일이군."

"어쨌든 얼굴을 보여 주세요."

렌즈를 누른 채로 상대방이 나오기를 기다렸다. 이윽고 포기한 듯이 꾸물꾸물 텐트 안에서 모습을 드러낸 사람은 게이코보다 대여섯 살 위로 보이는 남자였다. 흐트러진 머리카락에 아무렇게나 기른 수염, 약간 지저분한 얼룩무늬 티셔츠에 해진 청바지, 그리고 작업화를 신고 있었다. 별로 성실해 보이는 사람은 아니라는 생각이 들었다. 하지만 아무렇게나 기른 머리를 쓸어 올리자 드러난 그의 눈동자는 부드러우면서도 힘이 느껴져 약간 끌렸다.

"무얼 찍고 있는 겁니까?"

게이코는 카메라에서 손을 떼며 그 남자에게 물었다. 관리국이라는 업무 특성상 기밀을 많이 알고 있기 때문에 신분은 최대한 숨겨야 했다. 조심해서 손해 볼 일은 없었다.

"실례, 아침부터 내내 기다리고 있었지."

"예?"

"아침에 여기를 지나 직장에 갔잖아? 내가 잠이 덜 깨어 카메라를 준비했을 때는 이미 멀리 가 버렸지."

"그럼, 처음부터 저를 찍으려던 거였습니까?"

"그렇지. 이제야 나타났다 싶었는데 불쑥 잔디에서 구두를 벗고 생글생글 웃으며 걷기 시작하더군. 사진 찍는 것도 까먹고 바라보고 있었네."

게이코는 자신의 엉뚱한 행동을 누가 보았다는 사실이 부끄러워 얼굴이 붉어졌다.

"아니, 왜 저를?"

"아, 차라도 한잔할까?"

대답도 기다리지 않고 그 남자는 물을 끓일 준비를 시작했다.

"아, 아뇨. 됐습니다."

"아, 아. 괜찮아. 컵은 깨끗하게 씻어두었고, 삶아서 소독까지 했으니까. 그리고 여린 잎으로 만든 흑엽차黑葉茶야. 구경하기 힘든 거지."

두 사람 몫의 물을 담은 작은 주전자는 금방 보글보글 기분 좋은 소리를 내기 시작했다.

"당신은……?"

"아, 와키사카脇坂라고 해."

그는 끓인 물을 알루미늄 컵에 따랐다. 끈으로 묶은 흑엽차 찻잎이 그릇 안에서 검은 꽃잎처럼 펼쳐져 있었다.

"아, 예. 와키사카 씨는 어째서 이런 곳에 텐트를?"

"하하, 정처 없이 여행하는 중이니까."

"어디서 왔어요?"

"으음, 저기라고 해야 할까?"

그쪽은 보지도 않으며 서쪽을 손가락으로 가리켰다. 얼렁뚱땅 대답하는 바람에 게이코는 살짝 화가 났다.

약간 빈정거리며 이렇게 말해 보았다.

"뭐, 인생이야 즐겁게 보내는 게 최고겠죠. 괴로운 표정 지어 봤자 소용도 없으니까."

빈정거리는 것인 줄도 모르는지, 아니면 알면서도 모르는 척하는 것인지 그는 태연한 얼굴로 신경도 쓰지 않았다. 게이코는 아까 어째서 따스함을 느꼈는지 이해가 되지 않았다.

"자, 차 한잔하지. 한때 머물던 곳에서 딴 햇잎으로 만든 흑엽차야. 입에 맞으면 좋겠는데."

새카만 차를 흰 다기에 따랐다. 그는 게이코에게 억지로 찻잔을 떠맡겼다.

"하지만……."

"일단 마셔!"

막무가내로 권하는 바람에 게이코는 천천히 차를 다 마셨다. 쓴맛이 처음에는 살짝 오한을 느끼게 했지만 그보다는 생잎으로 끓인 차에서만 느낄 수 있는 강한 맛이 몸에 퍼지며 따스함이 온몸으로 퍼져가는 게 느껴졌다. 약간 놀라 눈을 크게 떴다.

"쓴맛에도 여러 가지 표정이 있군요. 이 차는 뜨거운 차인데도 시원한 느낌이 입안에 남는 것 같네요."

"그래? 그럼 다행이네."

청명한 차 맛 덕분에 억제에서 막 벗어난 허탈감조차 멀어진 것 같은 편안함이 느껴졌다.

"정말 대단하군요. 몸 안 구석구석까지 퍼지는 느낌이에요."

게이코의 한숨 섞인 감탄에 와키사카도 활짝 웃었다.

"피곤할 때는 그게 최고지."

"예?"

"피곤하지 않아, 인생이?"

"그렇게 피곤해 보이나요, 제가?"

저도 모르게 얼굴에 손을 댔다.

"그래. 게다가 피곤해하는 사람이 더 멋지다고 생각하는 병에 걸려 있어."

역시 좀 전에 빈정거렸을 때 눈치를 챘던 모양이다. 멋지게 복수를 당해 께름칙하기도 하고, 어째서 누군지도 모르는 남자에게 이런 소리를 들어야 하는 걸까 싶어 화가 나기도 해 게이코는 한동안 말이 없었다. 잠시라도 그때 '도시'로부터 구해 준 사람이 아닐까 하는 생각을 했던 스스로에게도 화가 났다.

"화가 났나?"

"그런 모양이에요."

게이코의 굳은 표정과 목소리에 와키사카는 흐트러진 머리를 긁으면서 난처한 표정을 지었다.

"실례. 난 관심이 가는 사람을 화가 나게 만드는 버릇이 있어서."

게이코는 말없이 그를 외면했다. 한동안 혼자 중얼거리던 와키사카는 불쑥 일어서더니 바닥에 넙죽 엎드렸다.

"죄송합니다. 용서해 주십시오!"

어처구니없어 할 말이 얼른 떠오르지 않았다. 지나가는 사람들이 무슨 일인가 싶어 다들 놀란 표정을 지었다. 산책 중인 강아지마저도 '저 녀석은 뭐야?'라는 표정으로 와키사카에게 다가와 수상하다는 듯이 냄새를 맡았다.

"이러지 마세요……."

겨우 그렇게 말하자 와키사카는 땅바닥에 내동댕이친 개구리처럼 몸을 더 낮춘 채로 얼굴만 들어 게이코를 쳐다보았다.

"내 이야기를 들어줄 건가?"

"들을 테니 그만하세요."

"오케이."

이번에는 무릎을 꿇고 앉았다. 잔디가 묻은 얼굴을 보고 게이코는 한동안 참고 있던 웃음을 터뜨리고 말았다.

"이제야 웃었네. 웃는 얼굴도 꽤 보기 좋군."

와키사카가 주눅 든 기색도 없이 그렇게 말하자 당황해서 어떤 표정을 지어야 좋을지 알 수가 없었다. 잔디가 잔뜩 묻은 얼굴을 보면서는 제대로 이야기도 할 수 없을 것 같아서 백에서 손수건을 꺼내 얼굴에 묻은 잔디를 털어 주었다. 와키사카는 천연덕스러운 표정으로 얌전히 있었다.

"저를 화나게 만들기 위해 말을 건 것은 아니었나요?"

"그렇지. 이제야 알아주는군. 사실은 부탁이 있어."

"뭐죠?"

"모델이 되어줄 수 없겠어?"

"거절합니다."

바로 대답했다.

"아니, 그러지 말고. 좀 더 생각해 봐."

"이런 식으로 몇 명에게 접근했었죠?"

"엥?"

"오늘은 내가 몇 번째냐고 묻는 거예요."

"이봐, 난 수작을 걸고 있는 게 아니야."

"그게 그거 아니에요? 사진은 핑계에 불과하잖아요? 아니면 누드라도 찍고 싶다는 건가요?"

"그야 원한다면 누드도 찍지 못할 것은 없지만……. 그래도 누드를 찍기에는 나이가 좀……. 십 년쯤 어리다면 몰라도."

매우 진지한 표정으로 말하는 바람에 게이코는 마침내 화가 폭발하고 말았다.

"저는 그런 일에 응하고 싶은 생각 없습니다. 그리고 정처 없이 부평초처럼 여행을 한다고 했는데, 말만 그런 거 아닌가요? 진짜 돌아갈 곳을 잃은 사람들 마음을 당신이 이해하기나 해요? 그 사람들은 결코 정처 없이 떠도는 것을 동경하거나 하지 않아요."

매일 사라진 도시에 관계하느라 돌아갈 곳을 잃은 수많은 사람들을 생각하다 보니 그만 말투가 신랄해졌다. 억제에서 막 풀려 갑자기 신경이 날카로워졌기 때문이기도 했다.

부평초를 자처하는 남자의 경박함에 '인생이란 그런 게 아니잖아'라는 반감을 느꼈던 것이다. 하지만 게이코는 스스로 알고 있었다. 그것이 분풀이에 불과하다는 사실을. 돌아갈 곳도 없고, 그렇다고 해서 부평초처럼 지낼 수도 없는 자기 신세 때문이라는 사실도.

와키사카의 표정이 어두워졌다. 따스한 햇살이 구름에 가려지듯 실망과 슬픔이 느껴졌다. 단순히 거절을 당했기 때문만은 아닌 듯했다. 그가 자존심이 상했을 거라는 생각이 들었지만 어찌할 수가 없어 슬쩍 외면했다.

"부평초인 척한다……? 분명히 그럴지도 모르겠군. 나는 돌아갈 곳을 잃은 사람들의 심정 같은 것은 이해할 수 없을지도 몰라."

지금까지 보였던 익살맞은 언동과는 달리 심각하게 중얼거리는 모습에서 심상치 않은 느낌이 들었다. 그러더니 와키사카가 불쑥 표정을 바꾸어 슬쩍 웃었다.

"미안해. 잊어줘. 시간을 빼앗아 미안하군."

"하지만……."

주저하는 게이코에게 그가 다시 말했다.

"그만 가."

여전히 웃고는 있었지만 거기에는 뭐라 표현할 길이 없는 박력이 있었다. 게이코는 입술을 깨물며 일어나 고개를 숙이고 공원을 나섰다.

그날 이후 출퇴근할 때마다 보면 텐트는 계속 거기 있었다. 어색하게 슬쩍 엿보기는 했지만, 와키사카의 모습은 보이지 않았다. 그 사람을 보게 되면 어떤 표정을 지어야 할지 몰랐기 때문에 게이코는 약간 고민됐다.

금요일. 점심시간에 게이코는 혼자 점심을 먹으러 외출했다. 공원 옆에 있는 잡거빌딩 2층에 있는 카페 '리틀 필드'. 공원에 가깝기 때문에 망설였지만 오래간만에 카페 주인 얼굴을 보고 싶었다.

얼른 길을 건너 공원 쪽을 바라보았다. 와키사카의 모습이 보여 약간 동요했지만 쓸데없는 걱정이었다. 그는 뭔가 피사체를 발견했는지 큼직한 망원렌즈가 달린 카메라를 안고 엎드려 저격병이 표적을 기다리는 듯한 동작을 취하고 있었기 때문이다.

카페 문을 열자 여느 때처럼 손님이 들어왔다는 사실을 알리는 경쾌한 소리가 울렸다. 주인이 게이코를 보고 활짝 웃었다.

"어머, 게이코, 오래간만이야."

"예. 요즘 바빴어요. 잘 지내셨죠?"

여전히 여성 같은 말투로 이야기하는 주인은 데님 천으로 만든 앞치마를 한 둥글둥글한 몸을 흔들며 환영해 주었다. 창가 자리에 앉아 아르바이트하는 여자아이에게 점심 정식을 주문했다. 손에 든 잡지를 펼치려다 뭔가 변한 것 같다는 느낌이 들어 주위를 둘러보았다.

이전까지 붙어 있던 팝아트가 없어지고, 대신에 흑백사진이 그 자리에 붙어 있었다. 큰 사진은 아니었다. 그런데도 가게 분위기를 바꿀 정도로 존재감이 있는 사진이었다.

잡지를 펼치는 것도 잊고, 넋이 나간 듯이 사진을 바라보았다. 결코 마음이 편하지 않은, 그렇다고 불쾌한 것도 아닌, 뭐라 형용하기 힘든 기묘한 느낌이 들었기 때문이다.

무엇인지 모를 오브제나 조각 작품을 찍은 사진인 모양이었다. 이상한 존재감을 지니고 있었다. 심판의 날을 기다리는 듯한 고독한 장엄미가 있고, 동시에 자비심 깊은 존재의 품에 안긴 듯한 편안함도 느껴졌다.

불쑥 창밖으로 시선을 던졌다. 그렇다. 그것은 눈앞에 있는 공원에서 보았던 '어떤 풍경'이었다. 눈에 익은 풍경을 전혀 다른 시점에서 찍은 것이었다.

세 개의 기둥처럼 보이는 것은 수도환상방위首都環狀防圍 라인에서 중요 역할을 하는 트윈타워와 고사포탑이 그리는 세 개의 실루엣이었다.

아침 해가 뜨기 전의 모습인가? 빛이 검은 위용을 자랑하는 윤곽에 황금색 테두리를 그리고 있었다. 빛의 테두리 때문에 '적을 기다리는 세 개의 탑'은 악의 화신으로도 느껴졌고 천사의 현신인 것처럼 느껴지기도 했다. 사진을 잘 모르는 게이코는 그 기교를 뭐라고 표현해야 할지 알 수가 없었다. 하지만 근원에 호소하는 압도적인 힘에 마음이 크게 흔들렸던 것이다.

그것은 미혹이고 동요이며, 또한 언젠가는 사라져 갈 삶의 덧없음을 아는 사람의 시선이었다. 동시에 보는 사람을 전율하게 만들 정도로 자기를 다스리려는 초연한 모습마저도 느끼게 하는 것이다.

"저어, 이 사진은?"

사진에서 눈길을 떼지 못한 채로 음식을 가져온 주인에게 물었다.

"아아, 그거? 좋지?"

"예. 늘 보던 풍경인데 새롭네요. 이거 누구 작품이죠?"

"공원에 텐트를 치고 있는 사람 있잖아? 그 사람이 찍어준 거야. 찍어주었다기보다 밥값 대신 놔두고 간 거지만."

역시 그 사람다운 뻔뻔스러운 에피소드였다. 게이코는 도리아doria에 얹은 양송이를 포크로 찌르며 공원을 내려다보았다.

와키사카는 대체 어떤 피사체를 발견했는지 아까 그 자세를 전혀 바꾸지 않고 카메라를 겨누며 엎드린 채로 움직이지 않았다.

사진이 단순히 풍경을 찍는 것이 아니라 대상을 찍은 촬영자의 모습까지도 드러내는 것이라면 와키사카는 대체 지금까지 어떤 생각을 품고 살아온 걸까.

그는 어떤 인물사진을 찍는 걸까. 게이코는 약간 흥미를 느꼈다.

◇

'좀 더 쉬다 가지'라고 하는 카페 주인에게 미안하다고 말하고 게이코는 서둘러 가게를 나와 공원으로 향했다. 와키사카는 역시 같은 장소에서 카메라를 겨누고 있었다. 이럭저럭 한 시간이나 같은 자세를 취하고 있는 셈이었다.

와키사카 옆의 잔디에 살짝 앉아 피사체가 무엇인지 찾으려 했다. 망원렌즈가 향하고 있는 쪽에는 고층빌딩이 빽빽하게 서 있어, 그가 어떤 풍경을 찍으려 하는 것인지 게이코는 알 수가

105

없었다.

그는 게이코를 본 모양이었지만 집중하느라 꼼짝도 하지 않았다. 말을 걸 수도 없어 게이코는 인사를 하고 일어서려 했다.

"조금만 더 기다려."

엎드린 자세 때문인지 낮은 목소리로 와키사카가 말했다. 게이코는 다시 앉았다. 이윽고 그는 타이밍을 잡았는지 여러 차례 셔터를 누르고 크게 숨을 내쉬며 엎드린 채로 큰 대자가 되었다. 얼굴만 게이코를 보며 온화한 표정으로 씩 웃었다.

"고마워, 와 줘서."

와키사카가 그렇게 말하자 긴장했던 게이코의 마음도 풀려 선뜻 사과를 할 수가 있었다.

"지난번에는 미안했어요. 실례되는 얘기를 해 버렸네요."

"그때는 상태가 불안정했다는 건 알고 있어. 신경 쓰지 마. 그리고 틀린 말도 아니었으니까."

몸을 일으킨 와키사카는 책상다리를 하고 앉아 크게 기지개를 켰다. 여전히 잔디가 잔뜩 묻어 있어 게이코는 웃으며 그것을 털어주었다. 다시 그 따스한 감각이 전해져 왔다. 오늘은 그 감각을 그대로 받아들일 수가 있었다.

"와키사카 씨, 왠지 지난번과는 많이 다른 것 같아요."

"그건 그쪽도 그렇지 않은가? 지난번에는 무척 신경이 날카로운 것 같았어."

"그땐 일 때문에 좀……. 미안했어요."

감정 억제에 관한 이야기를 할 수도 없어 애매하게 말을 흐리고 넘어갔다. 한 가지 더, 게이코가 사진을 찍히는 데 지나친 반응을 보인 이유에 관해서도.

"뭐 흑엽차하고 마찬가지지. 그때그때 기분이나 대하는 방법에 따라 맛은 얼마든지 변하는 거니까. 차나 사람이나 마찬가지지."

"그렇군요. 저어, 와키사카 씨……."

"아하!"

'그날 밤에 저를 도와준 것은 와키사카 씨가 아니었나요'라고 물으려 했지만 그의 목소리에 지워지고 말았다. 와키사카는 불쑥 손을 내밀어 게이코의 손을 잡았다. 피할 틈도 없이 따스한 손에 잡혀 버렸다.

"이제야 생각을 고친 거로군. 오늘 네 모습을 보고 여러 가지 표정을 찍고 싶다는 욕심이 더 커졌어."

"그렇지만……."

게이코는 꼭 잡힌 손을 뿌리칠 수도 없어 당황해 고개를 숙였다.

"어때, 일요일에는 직장 쉬나?"

더 이상 상대하지 않기로 하고 그의 팔을 밀쳐냈다. 일어서서 무릎에 묻은 잔디를 털고 관리국을 향해 걷기 시작했다. 와키사카의 큰 목소리가 뒤에서 쫓아왔다.

"일요일 아침 10시에 여기서 기다릴게."

"난 오지 않을 거예요."

게이코는 걸음을 멈추지 않고 뒤를 돌아보며 말했다. 와키사
카는 개의치 않는다는 듯이 책상다리를 한 채로 싱글싱글 웃고
있었다. 게이코는 걸음을 멈췄다. 다시 한 번 큰 소리로 말했다.

"난 오지 않을 거라니까요!"

몇 번이나 망설인 끝에 결국 공원에 온 게이코의 눈앞에는
아무도 없는 산디가 펼쳐져 있을 뿐이었다. 와키사카의 텐트는
흔적도 없이 사라졌다.

입술을 살짝 깨물었다. 요즘 게이코를 비롯한 관리국 사람들
은 휴일을 반납하고 일을 하고 있었다. 무리를 해서 하루를 빼
내 무얼 입고 와야 할지 심각하게 고민한 자신이 바보 같았다.

저도 모르게 눈가에 살짝 뜨거운 것이 고였다. 불안정한 감
정을 스스로 제어할 수가 없었다. 눈물은 단순히 바람을 맞아
분하거나 슬펐기 때문에 나온 것은 아니었다.

오늘 여기 온 것은 와키사카가 부탁했기 때문이기도 하지만
게이코 자신도 그가 사진을 찍어 주기를 내심 바랐기 때문이다.

물론 사진을 찍히는 것으로 '나를 바꾸고 싶다'는 흔해빠진
자기 계발서에 나오는 문구를 쓰고 싶은 생각은 없다. 남의 영
향을 받아 변하는 것은 어차피 본질적인 변화가 아니라는 사실
을 게이코는 잘 알고 있었다.

하지만 와키사카의 사진에서 받은 느낌이 그의 모습이 투영

된 것이라면 사진을 찍히며 와키사카를 제대로 알아보고 싶었다. 그리고 그가 찍은 사진의 자기 모습도 보고 싶었다.

그렇게 하면 사진 찍히기 싫어하는 마음도 누그러들지 않을까 하는 생각이 들었다. 어렸을 때 같은 반 친구의 부모들이 오염을 우려해 게이코가 찍힌 사진을 내다버렸다는 사실을 알게 된 뒤로 자리 잡았던 그 마음.

하지만 그는 사라져 버렸다. 놀이기구 하나 없는 휑한 공원 잔디가 오늘은 더욱 허전하게 느껴졌다.

"……또 한 사람인가?"

스스로를 납득시키듯 중얼거리며 살짝 고개를 끄덕였다. 이 공원에 또 슬픈 추억 하나가 보태졌다. 그런 생각을 하면서 몸을 돌렸다.

바로 그때 세워둔 차로 다가가는 와키사카가 보였다.

"상당히 험악한 표정이군. 혹시 또 화가 난 건가?"

게이코는 등을 돌리고 손수건을 꺼내 눈치채지 못하도록 얼른 눈물을 닦았다.

"아뇨, 텐트가 없어져서, 어디로 가 버린 게 아닌가 싶어서……."

다시 와키사카의 모습을 본 게이코는 달라진 그의 모습에 깜짝 놀랐다.

머리를 깔끔하게 정리했다. 아무렇게나 난 수염은 트레이드마크처럼 그대로였지만, 그것도 불결해 보이지 않았다. 씩씩하고 지성적인 모습으로 변해 있었다.

와키사카의 등 뒤에서는 검은 차가 조용하지만 힘 있는 엔진 소리를 내고 있었다. 깨끗하게 세차한 차체는 스포츠 모델임을 주장하듯이 물 흐르는 듯한 보디라인을 자랑하고 있었다.

"친구한테 빌려왔어."

"상당히 고급스러운 차네요."

"그건 은근히 나하고는 어울리지 않는다는 이야기 같군."

와키사카는 어른스럽지 못하게 삐친 표정을 지었다. 게이코는 살짝 미소를 지으며 눈을 내리깔고 굳이 대꾸하지 않았다.

와키사카는 자세를 바르게 하더니 게이코 앞에 서서 깊숙이 고개를 숙였다.

"고마워, 와 줘서."

그러면서 친근감이 느껴지는 표정으로 웃었다. 이 사람은 웃으면 정말 부드럽게 보이는구나 하는 것을 새삼 느꼈다. 처음에 느꼈던 따스함이라는 것이 드디어 와키사카의 실상과 겹쳐진 느낌이 들었다.

"아직 OK한 것은 아니에요."

고분고분 따라나설 수는 없어 웃음이 나올 듯한 입가를 가리며 딱딱한 목소리로 못을 박았다. 와키사카는 고개를 살짝 갸웃거리더니 게이코의 의도를 헤아려 보려는 듯한 표정을 지었다.

"뭐, 좋아. 나와 준 것만 해도. 자, 타."

일요일 아침, 도로는 붐비지 않았다. 장마철이 다가왔는데도 보기 드물게 맑은 하늘이 가로수 나뭇잎에 눈부신 햇살을 내리쏟고 있었다. 통유리로 된 고층 빌딩에 부드러운 햇살이 반짝거렸다. 여름이 다가오는 조짐이 거리 곳곳에 숨어 있는 느낌이었다.

선글라스를 쓴 와키사카는 며칠 전과는 사뭇 다르게 말이 별로 없이 운전하고 있었다. 게이코는 어색해서 스카프 매듭에 살짝 손을 얹었다.

"스카프, 좋아하나 보군."

오늘 게이코는 캐미솔에 볼레로 스타일 카디건, 시폰 스커트 차림이었다. 스카프는 평소 출근할 때만 했는데 거울 앞에서 한참을 망설인 끝에 목걸이를 하지 않고 스카프를 둘렀던 것이다. 너무 차리고 나가는 것도 낯간지럽게 여겨졌기 때문이다.

"어떻게 하고 나와야 좋을지 고민했는데."

"아냐. 지금 좋아. 잘 어울려."

칭찬을 받자 오히려 마음이 불편해졌다.

"오늘은 어디서 촬영을?"

"응. 혹시 괜찮다면 촬영 전에 시간을 좀 내주겠어?"

"시간이라고요?"

"그래. 내가 널 받아들이고 네가 날 받아들여야 해. 그래야만 나는 널 찍을 수 있어."

"그건 저를 이해하기 위한 시간이라는 건가요?"

수도 고속도로로 들어서자 그는 속도를 올렸다. 배기량이 큰 차는 제 물을 만난 고기처럼 점점 더 빠른 속도로 달렸다.

"엄밀하게 이야기하면 그렇지 않아. 만난 지 겨우 하루 이틀 만에 누군가를 '이해'한다는 것은 불가능하고, 이해했다고 생각하는 것은 오만한 짓이지. 그러니 나로서는 어디까지나 내 시점에서 본 너를 해석할 수밖에 없어."

"그럼 와키사카 씨 나름대로 저를 해석하기 위한 시간이라는 건가요?"

"네가 허락해 준다면."

스피커에서는 게이코가 모르는 음악이 흘러나오고 있었다. 하지만 드문드문 소리가 끊기는 독특한 선율과 중간에 끼어드는 고주기古奏器의 가락으로 미루어 서역西域 음악이라는 것을 알 수 있었다. 그 가락을 타듯이 와키사카는 속도를 올렸다. 커브를 돌자 이윽고 불쑥 솟아오른 용암 봉우리들이 꼭대기에 구름을 이고 있는 모습이 보였다.

'바다가 가깝다.'

스카프에 손을 대고, 게이코는 속으로 그런 생각을 했다.

◇

와키사카는 바다가 내려다보이는 높은 지대에 자리 잡은 리조트 호텔에 차를 세웠다. 사정을 뻔히 알겠다는 듯한 표정을 짓는 도어보이에게 키를 넘기고 로비로 향했다.

"오래간만입니다."

호텔 직원이라기보다 집사가 더 어울릴, 검은 옷을 입은 초로의 남자가 빙긋 웃으며 맞이했다. 와키사카가 이 호텔에는 단순한 '손님' 이상의 존재임을 엿볼 수 있었다.

와키사카를 향해 웃는 얼굴을 보이다가 게이코를 보더니 남자는 불쑥 허를 찔린 듯한 진지한 표정을 지었다. 하지만 바로 손님을 대하는 프로다운 미소 아래 그 표정을 숨겨 버렸다.

레스토랑으로 들어가자 바다가 내다보이는 창가 자리로 안내되었다.

와키사카는 웨이터에게 메뉴도 보지 않고 주문을 했다. 서역 말이었다. 가슴에 안은 가죽 표지 메뉴판을 펼칠 틈도 없이 주문을 받았지만, 웨이터는 알았다는 표정을 지어 보이고 등을 돌렸다.

역할을 마쳤다는 듯이 와키사카는 입을 다물어 버렸다. 어색한 침묵이 흘렀다. 계속 창밖 풍경만 내다보고 있을 수는 없어 게이코가 먼저 입을 열었다.

"저어, 사진 봤어요. 리틀 필드에서."

"그런가……?"

그 이상은 이렇다 할 반응도 보이지 않고, 와키사카는 등받이에 몸을 맡기더니 창밖을 보고 있었다.

"감상평을 묻지 않아요?"

와키사카는 천천히 게이코를 바라보았다. 기가 죽을 정도로 깊이 가라앉은 눈동자였다. 그의 눈에서 끝 모를 심원을 본 것 같은 느낌이 들었다. 하지만 그것도 한순간, 눈가에 살짝 웃음을 지으며 부드러운 목소리로 말했다.

"네 표정을 보면 알아. 적어도 나쁜 인상을 받지는 않았겠지. 그래서 오늘 날 만나러 왔고. 아닌가?"

"예. 맞아요."

"그걸로 충분해."

웨이터가 와서 우아하게 원을 그리는 듯한 동작으로 두 사람 앞에 수프 그릇을 내려놓고 갔다.

"그거면 충분해……."

와키사카는 자신에게 이야기하듯 중얼거렸다.

요리는 순서대로 절묘한 타이밍에 제공되었다. 과잉 서비스라는 느낌이 들지 않도록 훈련된 웨이터의 시중을 받으며 두 사람은 조용히 식사를 했다.

"와키사카 씨는 어째서 사진가가 되었어요?"

오리고기를 포크로 자르다 귀찮은지 그냥 입안에 넣은 그는 잠깐 기다리라며 가슴을 두드렸다.

"어렵군, 그 질문은."

무알코올 맥주로 겨우 고기를 넘기고 나서야 크게 한숨을 쉬었다.

"예를 들면 내가 태어난 뒤에 어떤 인생을 살아왔는지 돌아보고 나서, 이런 인생의 선택을 거쳐 그 결과 사진가가 되었다는 설명은 할 수 있겠지."

"그렇겠군요."

"하지만 나는 이런 생각을 해. 만약 내가 전혀 다른 인생을 살았다면 지금쯤 무얼 하고 있을까 하는. 그래도 역시 난 사진가가 되었을 거라고 생각해. 아니, 사진가 이외에는 될 수가 없겠지."

게이코는 그 말에 잠자코 고개를 끄덕였다. 관리국에서 일하는 것 외에는 인생의 선택이 없었던 게이코에게는 다른 인생을 그려볼 길이 없었지만 와키사카의 이야기를 이해할 수 있을 것 같았다.

"어떤 선택을 하더라도 도착하는 곳이 있고, 만나게 되는 사람이 있어. 그런 것이 있는 게 아닐까 생각해. 마치 바다의 물길잡이처럼."

"물길잡이……라고요?"

귀에 익지 않은 단어라 게이코가 물어보았다.

"아아, 그런가? 이 나라에서는 별로 쓰지 않지. 바다를 끼고 있는 거류지居留地에서는 해양민족이 쓰는 말을 자주 써. 그러니까……."

그는 주머니를 뒤적거려 명함 한 장을 꺼내 그 뒤에 글씨를 적어 건넸다.

'물길잡이.'

"바다에서 눈에 보이지 않는 길을 안내하는 사람을 물길잡이라고 하지."

게이코는 명함을 손에 들고 그가 쓴 글씨를 들여다보았다. 이국적인 울림을 지닌 말……. 그 단어를 속으로 반복해서 발음해 보았다.

식사가 끝난 뒤에 차를 마셨다. 옅은 물결무늬가 있는 서역 도자기 잔에 차를 따르자 물결무늬는 무지갯빛을 띠웠다.

그는 여전이 말수가 적었다. 게이코는 오늘 아침부터 내내 생각하던 것을 솔직하게 이야기했다.

"제가 해석이 잘 안 된 것 같군요."

가라앉은 목소리가 되지 않도록 조심하면서 말했다. 와키사카가 천천히 시선을 돌려 게이코를 바라보았다.

"어째서 그런 소리를 하는 거지?"

"아마 생각하던 것과는 달라서 촬영할 마음이 없어진 게 아닌가 싶어서요. 미안해요. 제가 와키사카 씨를 오해하게 만든 것 같군요."

와키사카가 입을 열고 뭐라 말하려 했다. 하지만 말을 이을 수가 없는 모양이었다. 침통한 표정으로 잠시 눈을 감은 뒤 짜내는 듯한 목소리로 말했다.

"네가 생각하는 것과는 정반대야."

"정반대?"

와키사카는 대답하지 않았다. 그래도 게이코가 대답을 기다리는 표정을 지우지 않는 것을 보고, 그는 중얼거리듯 덧붙였다.

"어쨌든 흥미를 잃을 리가 없으니까 안심해."

◇

호텔에서 나와 다시 차를 타고 달렸다. 5분 정도 가서 곶이 가까운 주차장에 차를 세웠다. 카메라를 넣은 장비 가방을 짊어지더니, 와키사카는 바다로 내려가는 오솔길로 걸어 들어갔다.

게이코는 성큼성큼 걸어가는 와키사카의 뒷모습을 보며 거의 뛰다시피 뒤를 따랐다. 울퉁불퉁한 길이라 걸려 넘어질 것 같았지만 그는 뒤도 돌아보지 않았다.

키가 낮은 해변 식물에 둘러싸인 오솔길은 이윽고 바다가 바라다보이는 둔덕으로 두 사람을 인도했다. 아래로는 백사장이 펼쳐져 있었다. 도로에서 약간 떨어져 있기 때문인지 곡선을 그리는 백사장에는 사람들이 없고, 밀려오는 파도소리와 하늘을 나는 바닷새 울음소리가 주위에 가득 찼다.

절반은 모래에 묻힌 채 방치된 토치카가 일정한 간격으로 늘어서 있어 언제 올지도 모를 '바다로 쳐들어올 적'에 대비해 방비를 단단히 하고 있었다.

"여기서 자주 촬영하세요?"

바닷가로 내려와 드디어 걸음을 멈춘 와키사카와 나란히 서며 그렇게 물었다.

"아니, 여기서 촬영하는 건 처음이야."

그의 말은 미묘한 뉘앙스를 띠고 있었다. 그에게는 바다가 어떤 의미를 지녔을까.

바닷바람에 발치에 난 풀들이 메마른 소리를 내며 흔들렸다. 게이코는 모래에 빠지면서도 파도가 밀려오는 곳으로 다가갔다. 겹겹이 밀려오는 파도소리가 게이코를 휩쌌다.

바다에 대한 기억. 파도소리는 게이코를 좋든 싫든 과거의 기억으로 이끈다. 그 바닷가 도시에서 '발견' 되었을 때 게이코는 이렇게 백사장에서 멍하니 바다를 바라보고 있었다고 한다. 게이코는 이미 그때를 기억하지 못한다. 하지만 망막에 새겨진 그 바다 풍경만은 늘 기억 속에 남아 있었다. 그날 구라쓰지에 살던 사람들과 함께 사라졌어야 할 자신과 함께.

한동안 와키사카와 함께 왔다는 것을 잊고 파도에 부서지는 흰 물거품과 떼 지어 나는 바닷새들을 바라보고 있었다. 끝없이 이어지는 파도소리가 시간의 흐름을 잊게 만들었다. 정신이 들어 흐트러진 머리를 다듬으며 뒤를 돌아보니 와키사카는 카메라를 목에 걸고 허탈한 표정으로 이쪽을 바라보고 있었다.

"왜 그러세요?"

"아니……."

그답지 않은, 약간 실망한 표정이었다.

"오늘은 몰래 찍지 않는군요."

비난하는 듯한 가벼운 말투로 그렇게 말해 보았지만 와키사카는 별다른 변화가 없었다. 오히려 게이코가 당황스러울 정도였다.

"아니, 찍으려 했지. 그럴 생각으로 파인더를 들여다보았지만."

그는 길을 잃은 어린애처럼 어찌할 바를 모르는 표정을 지으며 카메라로 시선을 떨어뜨렸다.

게이코는 그제야 아침부터 이상했던 와키사카의 태도가 어렴풋이 이해가 되었다. 그는 통제하던 무언가가 넘쳐나려 하기 때문에 당황하고 있는 모양이었다.

"사진을 찍으면 네 모습이 그대로 사라져 버릴 것 같은, 그런 느낌이 들었어."

"사라져 버릴 것 같다니, 제가 말이에요?"

사라져야 했을 자신을 생각하고 있던 게이코는 적잖이 충격을 받아 와키사카를 바라보았다. 그것이 와키사카 나름의 '해석'인 걸까?

그는 게이코를 물끄러미 바라보고 있었다. 그렇게 해서 사라지는 것을 막아내기라도 하듯이. 게이코는 무심코 자기 자신의 모습을 확인했다.

지금 여기 서있는 자신. 지금 여기 있다고 하는 그 덧없는 감각. 아득히 펼쳐지는 바다 앞에서는 이런 보잘 것 없는 자신이 사라져 버린다 해도 아무 이상할 것이 없겠다는 느낌마저 들었다.

자신을 대신하듯 사라진 구라쓰지의 주민들, 그리고 사라지는 것을 막지 못했던 쓰키가세의 주민들을 생각했다. 그들과 마찬가지로 자신 또한 '이유 없이 사라질 사람들' 가운데 한 명이었을지도 모른다.

"그래도 상관없어요."

저도 모르게 그렇게 말했다.

"사람이란 언젠가는 사라지죠. 지금이 바로 그 순간일지도 몰라요. 그건 막을 수 없는 일일 테니까요."

와키사카는 인정하고 싶지 않다는 듯이 고개를 크게 저었다.

"너도⋯⋯너도 내 눈앞에서 사라져 갈 텐가?"

마음속에서 절로 울려 나오는 목소리였다. 와키사카가 고개를 들었다. 게이코는 숨을 삼켰다. 그 뺨에 물기가 보였기 때문이다.

'눈물?'

그렇게 생각한 순간, 게이코는 자기 뺨에도 물이 흐르는 차가운 느낌이 들었다.

갑작스러운 비였다.

와키사카는 촬영 장비가 비에 젖는 것도 상관하지 않고 모래 위에 우두커니 서있었다. 게이코는 그의 팔을 잡고 억지로 끌어당겨 가장 가까운 토치카 안으로 피했다.

예전에 전쟁이 일어났을 때 본토를 방위하기 위해 굴착공사를 해서 만들었을 단순한 구조물은 시간이 흘러 금이 가고 무너질 운명에 처해 있지만 비를 피하기에는 충분했다. 뼈대 없는 벽으로 사방을 둘러싼 토치카 안은 어두컴컴했다. 바다를 향해 뚫린 좁은 총구 구멍으로 빛이 들어왔고, 그리로 수평선이 보였다.

빗발은 점차 굵어져 빗소리가 거세졌다. 바닷가는 물론이고 바다 위에도 쏟아지는 비는 이윽고 수평선마저 지워 버렸다.

"와키사카 씨, 누군가 소중한 사람을 잃은 건가요?"

게이코의 목소리가 닫힌 공간 안에서 메아리쳤다.

와키사카는 더 이상 물러설 수 없다고 각오를 했는지, 토치카의 총구 구멍에 손을 얹고, 소나기에 뿌옇게 흐려진 바다를 바라보며 입을 열었다.

"맞아. 나는 어떤 사람을 잃었지……. 그래서 미안해. 너를 찍고 싶다는 것은 구실이고, 난 널 이용해서 내가 재기할 수 있는 계기를 잡으려 했던 거야. 사진가가 해서는 안 될 짓이지. 잃은 사람의 얼굴을 네게서 발견하고, 내 안의 무언가를 만족시키려고 했던 거야……. 하지만 막상 찍으려 했더니 너는 생각했던 것 이상으로 내게 강하게 다가왔어."

"어째서 그렇게 되어 버린 걸까요?"

"상상했던 것보다 더 내 감정이 네 안에 들어가 버렸기 때문이지. 하지만 처음부터 그렇게 될 줄 알고 있었어. 처음 널 봤을 때부터. 그래서 오늘 와 준 것이 기쁘기도 했지만 너무 두려웠어. 너를 이해할 수 없다고 말한 것은 단순한 핑계야. 나는 너를 이해하는 게 두려웠던 거지. 이해해서 무엇인가를 얻고 대신 무엇인가를 잃는다는 것. 그 둘 다 두려웠던 거야."

와키사카는 힘을 주어 그렇게 말한 뒤, 억지로 우스꽝스러운 웃음을 지어보였다.

"어쨌든 미안해. 불쾌하게 느꼈을지도 모르겠군."

사죄의 의미를 담았는지, 와키사카는 게이코 앞에 무릎을 꿇고 앉았다. 날개가 꺾인 새 같은 그 모습에서 와키사카가 잃은 것이 얼마나 소중한 것인지를 짐작할 수 있었다.

무엇인가를 잃는 것의 괴로움은 단순히 잃었다는 사실만이 아니라 잃고도 계속 움직여야 하는 '일상'과 대치해야만 한다는 데에 있다. 와키사카는 어떤 심정으로 유랑의 세월을 이어 온 걸까.

그걸 뻔히 알면서도 게이코는 굳이 잔인한 말을 입에 담았다.

"사람이란 언젠가는 반드시 사라지죠. 원하건 원치 않건."

주저앉은 와키사카의 머리를 껴안았다. 그는 약간 놀란 듯했지만 뿌리치지 않고 살며시 고개를 맡겼다. 게이코는 그 머리를 부드럽게 쓰다듬었다. 어린애를 달래듯이.

"그래서 나는 사라지는 걸 슬퍼하지 않아요. 슬퍼할 시간이 있다면 차라리 또 언젠가는 사라질 누군가와 함께 있고 싶어요."

와키사카는 머리를 게이코에게 기대고 얌전히 있었다. 그 모습이 측은했다.

잃은 것에 대한 대처 방법은 사람마다 제각각이다. 예를 들어 현실로부터 도피한다 해도 본인이 한시라도 마음이 편안해진다면 다른 사람이 이러쿵저러쿵할 수는 없다. 하지만 게이코는 그를 받아들일 결심을 한 것이다. 그의 생각, 그리고 자신의 생각. 어느 쪽도 소홀히 여길 수 없었다.

"와키사카 씨. 사라지는 것이 두려운 동안에는 제 사진을 찍을 수 없지 않아요?"

그가 움찔 반응을 보였다. 천천히 머리를 쓰다듬으며 게이코는 말을 이었다.

"미안해요. 저는 당신이 하는 일, 사진가라고 하는 사람들이 하는 일을 잘 모릅니다. 그렇지만 당신이 찍은 사진을 보고 이런 생각을 했어요. 이 사람은 과거를 찍으며 미래를 바라보는 사람이라고. 와키사카 씨는 순간순간에 담긴 사람들의 생각을 찍는 것이 할 일 아닌가요? 만약 내일 사라질 거라면 그 순간까지 사진을 찍는 게 와키사카 씨가 해야 할 일 아닌가요?"

와키사카는 게이코의 배에 이마를 누르며 떼를 쓰는 어린애처럼 고개를 저었다. 게이코는 어리광부리지 말라는 뜻으로 약간 거칠게 그 머리를 쓰다듬어 주었다.

"가차없군……."

머리를 게이코의 배에 기댄 채로 그가 말했다.

"미안해요. 알지도 못하면서 이런 소리를 해서."

"아니, 맞는 말이야. 미안해. 한심한 꼴을 보였어."

이윽고 고개를 든 와키사카는 약간 쑥스러운 표정을 지으며 일어섰다. 그리고 불쑥 게이코의 뺨을 두 손으로 감쌌다.

예상 밖의 행동에 게이코는 우두커니 서 있었다. 심장 고동이

빨라졌다. 바로 앞에 그의 따스하게 웃는 얼굴이 있었다. 얼굴이 붉어지는 게 느껴져 입술을 깨물고 시선을 다른 곳으로 돌렸다.

"날 봐 줘."

부드러우면서도 동요 없는 목소리. 마음을 다잡고 시선을 마주쳤다. 그 눈동자 안에는 사진에서 느꼈던 편안함과 고독하면서도 장엄한 빛이 깃들어 있었다. 망설임과 그걸 넘어서는 흥분이 밀려왔다.

"처음 만났을 때와 반대가 되었군."

와키사카가 중얼거렸다. 반대라니, 무슨 이야기일까. 짐작이 가는 바가 없었다.

"그날 밤에는 내가 너를 안았지. 오늘은 거꾸로 내가 안겼으니까."

게이코는 눈이 휘둥그레졌다. 그러면 역시 그날 밤 게이코를 병원까지 데려다 준 사람은 와키사카였다는 건가? 그는 게이코가 어떤 사람인지 알면서도 받아들이려 하는 걸까. 확인하고 싶었지만 말이 나오지 않았다.

"아직은 너를 찍을 수가 없어."

게이코에게 하는 말이자 자기 자신에게 하는 선언 같았다.

"자기 자리로 돌아가자. 나는 거류지로 돌아가 정리整理를 해야만 해."

아득한 목소리. 거기에는 차분한 결의와 각오가 담겨 있었다. 게이코는 그 말이 무얼 뜻하는지 모르면서도 조용히 고개를 끄덕였다.

"언젠가 다시 네 앞에 나타날 거야. 그때는 누군가의 대신이 아니고 다른 누구도 아닌 너를 찍고 싶어."

와키사카는 두 손의 엄지와 검지로 만든 프레임 안에 게이코를 담았다.

"만약 그때 사진을 찍을 수 있게 된다면 난 너에게 더 많은 것들을 요구하게 될지도 몰라. 그래도 괜찮겠어?"

"알겠어요."

게이코는 차분한 목소리로 대답했다. 조용한 목소리였기 때문에 와키사카도 그 안에 담긴 마음을 느꼈을 것이다.

"그런데 한 가지 부탁이 있어."

"뭐죠?"

"네가 지닌 것 하나를 줄 수 없겠어? 언젠가 다시 돌아와야 할 사람에게로 가는 길을 안내해 줄 해양민족의 부적 같은 것으로 지니고 있으려고."

게이코는 잠깐 생각하다가 목에 두른 스카프를 풀어 그에게 건넸다. 아직 망설여지기는 한다. 자신의 모든 것을 알게 되어도 와키사카는 받아줄까? 희망을 품기에는 너무도 이별에 익숙해졌다. 이전과 마찬가지 결말을 맞이하게 될지도 모른다.

눈앞에 펼쳐지는 바다를 바라보았다. 게이코에게 바다는 사라져 가는 것들의 상징이었다. 저 바다는 어디로 이끌고 가려

하는 걸까?

"물길잡이……."

이국적인 느낌이 드는 단어를 중얼거렸다. 귀에 익지 않은 발음이라 마치 낯선 곳으로 이끌려가는 느낌이 들었다. 물론 무엇이 기다리고 있는지는 아직 알 수 없다. 망설여지기도 하고, 마음이 흔들리기도 한다. 그렇다 해도 아직 남아있는 희망을 다시 걸어볼 수 있을 것만 같았다.

바람이 불어오는 곳을 향해 나는 바닷새들의 흰 날개가 어두운 하늘을 배경으로 유난히 돋보였다. 새들이 원을 그렸다. 게이코는 그 바닷새의 모습에 자기 자신을 겹쳐 보았다. 저 새들처럼 날 수 있을까? 거침없는 모습으로?

스카프를 손에 쥐고 파도가 밀려오는 곳에 서있는 와키사카의 뒷모습을 바라보았다. 언젠가 다시 그와 만날 날을 생각하면서.

무겁게 하늘을 뒤덮은 구름 사이로 한 줄기 빛이 저 먼 바다를 향해 비스듬하게 비쳤다. 그 쏟아져 내리는 빛을 보며 게이코는 기도를 했다.

바다는 두 사람을 감싸듯이 계속해서 파도소리를 들려주고 있었다.

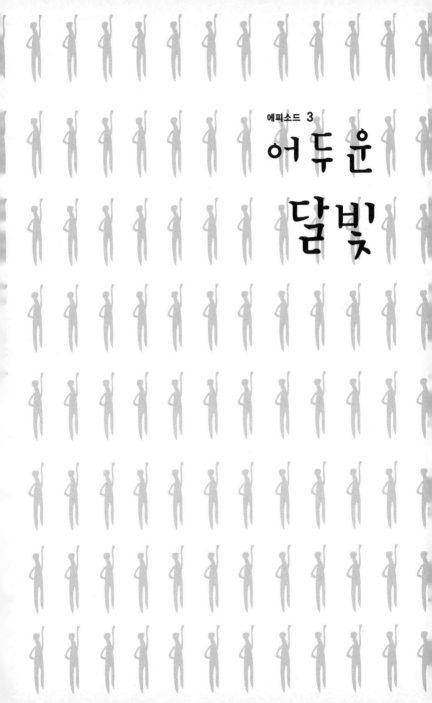

에피소드 3

어두운
달빛

성급한 매미가 올해 첫 울음을 터뜨렸다.

그날 회수 작업을 마치고 아카네를 비롯한 회수원들이 트럭에서 내린 곳은 쓰가와 외곽의 폐공장 창고 옆에 있는 빈터였다. 다른 때처럼 회수원들은 사람들 눈에 띄지 않도록 제각각 흩어졌다.

7월 하늘은 6시가 지났는데도 밤이 찾아오는 것을 거부하듯 아직 환했다. 그 시간이 아까워 아카네는 산책을 하기로 했다. 상점가를 향해 걷다가 여태 한 번도 지나가 보지 못한 뒷길이 있다는 것을 깨달았다.

아카네는 인적이 드문 거리를 길에 내놓은 여러 간판들을 피하여 걸었다.

"어? 화랑이……?"

'풍경화 전시회—그 어디도 아닌 곳'이라고 적힌 나무로 짠 간판 앞에서 멈춰 섰다. 그림을 보는 취미도 감상 안목도 없는 아카네였지만 활짝 열린 문에서 흘러나오는 키리에의 '돌아온 사람'이란 곡이 마음에 들어 자연스레 걸음이 멈추어졌다.

입구에 서서 작은 화랑을 들여다보았다. 안에는 아무도 없었다. 전시 준비 중으로 착각할 정도로 아무런 치장도 없는 화랑은 벽 3면에 모두 합쳐 10점 정도의 그림이 걸려 있었다. 아카네는 두리번거리며 주위를 살피고 안으로 들어갔다.

전시된 그림은 간판에 적혀 있던 대로 어느 곳인지 모를 풍경을 그린 것이었다. 아카네는 이름도 모를 화가에게 경의를 표하며 조심스럽게 감상을 시작했다.

평범한 주택가 그림. 그런데도 마음이 크게 끌렸다. 그림을 보다가 어느 그림에도 사람은 한 명도 없다는 사실을 깨달았다. 하지만 거기서 생활하는 사람들의 숨결은 느껴지는 듯했다.

지금까지 이어왔고 앞으로도 계속될 일상. 그리고 동시에 지금 당장 사라져버릴지도 모르는 것으로서의 일상. 그런 것에 대한 권태와 동요, 그리고 미혹을 아는 사람이 그린 세계였다. 아카네는 그림을 보며 그런 느낌을 받았다.

안쪽 벽 한복판에는 제일 큰 그림이 걸려 있었다. 아카네는 몇 걸음 뒤로 물러서서 올려다보았다. 언덕 위로 곧게 뻗은 길. 그리고 그 높은 곳에서 세상을 내려다보듯 솟아오른 석탑과 우뚝 선 포신.

아카네에게는 '그 어디도 아닌 곳'이 아니었다. 고사포탑을 중심으로 그려진 그림은 매일 5시의 사이렌과 함께 쳐다보는 사라진 도시 쓰키가세의 풍경을 그린 것이었다.

"특별 오염 대상 제외물……."

저도 모르게 회수원들이 쓰는 특수 용어를 중얼거리고 말았다. 회수원으로 이곳에 왔을 때 받은 강의에서 수없이 들었던 단어다.

사라진 도시에 관한 것으로 회수의 대상이 되지 않는 유일한 예외. 그것이 그림이었다. 예를 들어 쓰키가세를 그린 그림이나 사라진 주민의 초상화 같은 것은 회수할 필요가 없는 것으로 되어 있었다. 그림은 사람들을 오염시킬 우려가 없다는 이야기였다. 사진은 오염 대상물인데 왜 그림은 오염을 일으키지 않는 것일까? 설명은 전혀 없었다.

"아, 어서 오십시오."

입구를 막고 서있던 아카네는 등 뒤에서 들려온 목소리에 뒤를 돌아보았다.

키가 크다기보다 호리호리하고 길다는 느낌을 주는 남자가 서있었다. 난처한 듯한, 약간 화가 나 보이는 표정을 짓고 있는 까닭은 아카네가 누군지 가늠이 되지 않기 때문이리라.

남자가 작업용으로 입고 있는 두툼한 면 셔츠에는 군데군데 물감이 묻어 있었다.

"죄송합니다. 멋대로 들어와서."

"아뇨……. 제가 미안하죠. 손님이 들어오시리라고는 생각하지 못했으니까요."

남자는 시선을 마주치지 않고 머리를 긁적이며 안으로 들어 갔다. 아카네와 정반대로 낯을 많이 가리는 성격인 모양이다.

"이 그림을 그린 분이신가요?"

"예. 그렇습니다만……."

아카네가 다가가자 남자는 슬쩍 뒤로 물러섰다. 그 반응이 너무 직접적이라 아카네는 킥킥 웃고 말았다.

"이건 쓰키가세를 그린 거죠?"

"그렇겠죠. 아마 그럴 겁니다."

"무슨 대답이 그래요?"

"저는 그 도시에 살았으니 사실 지금쯤 여기 없어야 할 사람이라서요."

아카네는 그가 왜 그렇게 대답했는지 이해가 되었다. 남자는 이른바 '면실자免失者'인 것이다. 그곳 주민이면서도 도시 밖에 머물고 있었기 때문에 소멸을 면한 사람들이 적지 않다. 그들은 집으로 돌아가지도 못하고 가족도 잃어 그야말로 몸 하나만 남겨진 상태다.

물론 모든 것을 잃은 면실자에 대해서는 소멸기금에서 1년간의 생활 보조와 직장을 잃은 사람들에게는 재취업 지원 등 든 든한 보장제도가 마련되어 있다. 하지만 가족과 돌아갈 곳을 잃은 그들의 슬픔은 누구도 치유해 줄 수가 없었다.

"그날 밤 여기서 개인전을 열 준비를 하고 있었기 때문에 소멸을 면할 수가 있었고, 그림도 남았으니 그것만 해도 다행이지만요."

그가 말로 표현하지 않은 부분을 헤아리며 아카네는 고개를 끄덕일 수밖에 없었다.

이 쓰가와에 사는 사람들은 모두 사라진 도시에 대한 기억을 말로 표현하지 않고 마음속에 담아두고 있었다. 도시에 관한 기억은 마치 살에 깊숙이 박힌 가시 같았다. 여전히 이어지는 일상 속에 몰래 숨어서 이따금 묵직한 통증으로 존재를 주장한다.

의자에 나란히 앉아 아카네는 텅 빈 화랑을 멍하니 바라보았다.

"손님이 안 오네요."

"예, 뭐. 홍보를 하지 않았으니까요. 게다가……."

그는 약간 말을 더듬었다.

"들어오기는 해도 그림을 보자마자 나가 버리는 사람도 있고요."

아카네는 아무 말도 하지 못하고 고개를 끄덕였다. 아무리 오염 대상 제외물이라고는 해도 사람들은 '사라진 도시'를 그린 그림에는 다가가려 하지 않을 것이다. 그림 때문에 오염되지는 않는다고 관리국이 이야기하고 있을 뿐이지 오염의 실태에 관해서는 아무도 모르기 때문이다.

불쑥 음악이 끊어졌다. 워낙 조용한 곡이었기 때문에 소리가 그치고 나서야 음악이 있었다는 걸 알 수 있었다. 그런데도 마음속에는 소리의 여운이 남아 있었다.

"다른 곡 틀지 않아도 돼요?"

남자의 대답도 기다리지 않고 구석에 놓인 작은 스테레오 앞에 쭈그리고 앉아 키리에의 음반을 꺼냈다. 스테레오가 있는 곳에 놓인 10장 정도의 음반 수록곡을 살펴보았다. 키리에, SEKISO KAISO, 시나 프렌티……. 일반적으로는 거의 알려지지 않은 음반들이지만 아카네의 취향에 맞는 것이 있었다.

"좋은 음악이군요."

가시我思의 음반 〈나나카마도七日窓〉를 넣으며 아카네는 웃는 얼굴로 돌아보았다.

"아. 나도 마음에 들어요. 하지만 거기 있는 음반은 내 것이 아니죠."

아마 사라진 누군가의 것이리라. 그렇게 생각하며 아카네는 더 이상 묻지 않았다.

'나나카마도'는 기복이 없는 느릿한 연주가 넝쿨처럼 이어지는 듣기 편한 전주로 시작되었다.

불쑥 그림물감 냄새가 났다. 익숙지 않은 냄새였지만 결코 불쾌하지는 않았다. 살짝 옆얼굴을 보았다. 약간 길게 늘어뜨린 앞머리는 예술가답게 보였다.

자신을 바라보는 아카네의 시선을 느낀 그는 당황한 듯이 고개를 돌렸다. 그래도 아카네가 흥미롭다는 표정으로 계속 바라보자 그는 어색하게 앞을 바라보며 가만히 있었다. 너무 빤히 바라보기도 미안해 아카네도 시선을 돌렸다. 휴 하고 안도의 숨을 내쉬는 기척이 느껴져 아카네는 그만 웃고 말았다.

난처하다는 듯이 그는 거칠게 머리를 긁었다. 그 난처해하며 웃는 표정과 가시의 매력적인 음악이 아카네의 마음을 더욱 편하게 만들어주었다.

결국 아카네가 화랑에 들어온 지 한 시간이 지난 7시까지 그림을 보러 온 사람은 한 명도 없이 시간이 흘렀다. 틀어놓은 음악도 서서히 클라이맥스에서 내려오며 하루 일과의 끝을 알렸다.

"오늘은 이만 문을 닫을까?"

화랑을 나와 문을 닫은 그는 등 뒤에서 기다리는 아카네를 '무슨 일이냐'는 표정으로 돌아보았다. 결코 거추장스럽게 여기는 표정은 아니었다. 이런 경우에 무슨 말을 해야 좋을지 몰라 난처한 모양이었다. 그래서 아카네가 먼저 입을 열었다.

"평소에는 저녁 식사를 어떻게 하죠?"

"뭐 내가 지어 먹는다고 대답하고 싶지만, 살림살이를 모두 잃었으니까. 요즘은 매일 외식으로 때우죠."

"흐음, 그럼……."

아카네는 그가 조마조마해하는 모습을 상상하며 심술궂게 웃으며 불쑥 선언했다.

"함께 식사하러 갈까요?"

"예? 아니, 하지만."

"자, 가요!"

아카네는 그렇게 말하고 은방울꽃 거리를 걸었다. 그는 고삐에 묶여 끌려가듯 순순히 따라왔다. 아카네는 왠지 즐거웠다. 이따금 뒤를 돌아보며 자신을 따라오는 그를 바라보았다. 그는 '싫다' 고 하지도 못하고 약간 걱정스러운 표정만 지었다. 처음 만난 사람인데도 그 표정이 그에게 무척 어울린다는 생각이 들었다.

그 뒤로 회수 작업이 끝나면 화랑에 들러 그림을 보는 것이 아카네의 일과가 되었다. 물론 7시에 문을 닫는 것을 돕고, 저녁 식사를 함께했다.

그의 이름은 가즈히로라고 했고, 아카네보다 두 살 위였다.

그는 조금씩이기는 했지만 아카네에게 익숙해져 갔다. 어떻게 작동하는지 모르는 기계를 받아들고 조심스럽게 버튼을 하나씩 누르며 확인하고 배워가는 듯한 모습이었다. 아카네는 그런 모습이 보기 좋았다.

하지만 익숙해진다고 해도 타고난 성격이란 것이 있다. 그는 자신에 대해 많은 이야기를 해주지는 않았다.

아카네는 '바람을 기다리는 집' 의 나카니시에게 가즈히로를 소개하고 싶어졌다.

◇

가슴에 주름이 있는 민소매 블라우스에 회색 새틴 실크 스커트. 옷장에서 가장 예뻐 보이는 옷을 고르고 고풍스러운 보석 귀고리를 했다.

여느 때보다 정성들여 화장을 하다 보니 만나기로 약속한 2시가 다 되어 있었다. 서둘러 집에서 뛰어나가 철로 위를 지나는 육교를 달려 올라갔다. 도시 풍경이 여느 때와는 달라 보이는 것이 이상했다. 셔터를 내린 화랑 앞에서 가즈히로가 따분하다는 듯이 왔다 갔다 하며 기다리고 있었다. 달려오는 아카네를 보고 어떤 표정을 지어야 할까 잠시 고민하는 표정을 짓더니 결국은 여느 때와 마찬가지로 어중간하게 한 손을 슬쩍 들어 보였다.

가즈히로는 서역 스타일의 풀오버 상의에 면바지를 입고 있었다. 나이가 많은 남자 분에게 소개할 거라고만 이야기했기 때문에 가즈히로는 나름대로 옷차림에 신경을 쓴 모양이다. 신경을 써서 골랐을 캐주얼한 복장이 잘 어울렸다.

상점가를 빠져나와 바람을 기다리는 집으로 가는 길을 둘이 걸었다. 여느 때처럼 쓰가와 강의 둑을 거침없이 올라가기 시작하던 아카네는 그제야 깨달았다. 오늘은 스니커가 아니라 굽이 높은 샌들을 신고 있었던 것이다. 바로 균형을 잃자 가즈히로가 얼른 손을 잡아 주었다.

"그 신발을 신고 여길 올라가기는 무리야."

아카네의 신발을 보면서 약간 어처구니없다는 표정으로 말했다.

"아, 응. 그러네."

마치 처음 만났을 때 가즈히로가 지었던 표정처럼 아카네는 난처한 얼굴로 얼버무리느라 애를 썼다. 다행히 그는 눈치를 채지 못한 모양이었다. 여자 중학생도 아니니 손을 잡는 것 정도로 동요하지 마. 아카네는 속으로 자신을 질책했지만 뛰는 가슴은 억누를 수가 없었다.

문득 정신을 차리고 가즈히로를 보니 어색한 표정으로 아카네를 바라보며 머리를 긁고 있었다. 아카네가 계속 손을 꼭 잡고 놓으려 하지 않고 있었기 때문이다.

"아, 미안."

얼른 손을 놓았다. 그러면서도 가즈히로의 손에서 느껴지던 온기가 아쉽다는 생각이 들었다.

'내가 왜 이러지……'

그 온기를 한 번 느끼면 굶주린 어린애처럼 자꾸만 원하게 된다는 것을 아카네는 경험을 통해 알고 있었다.

앞장서 걷던 가즈히로가 언덕 기슭의 사거리에서 길을 묻듯이 뒤를 돌아보았다. 평소 같으면 숲을 올라가는 지름길을 골랐겠지만 오늘 신은 샌들로는 또 가즈히로의 손을 잡고 올라야만 한다.

아카네는 언덕을 넘어가는 길 쪽으로 걸어가다가 몇 걸음 걷지 않아 멈춰 서서 입술에 손을 대고 잠시 생각에 잠겼다. 그리고 이렇게 말했다.

"지름길이 있어."

◇

　가즈히로의 손을 잡고 숲으로 올라온 아카네를 보더니 나카니시는 눈이 휘둥그레졌다.

　"아니, 또 그 길로 왔어?"

　"예, 그게 그러니까, 이 사람에게 지름길을 가르쳐 주려고요."

　스스로 생각하기에도 변명에 지나지 않는다고 생각했지만 방법이 없었다. 여느 때보다 정성들여 화장을 하고 멋을 부린 것을 눈치챘는지 나카니시는 재미있다는 표정으로 아카네를 바라보았다.

　가즈히로가 큰 키를 굽히며 어색하게 자기소개를 하는데, 기다렸다는 듯이 현관 초인종이 울렸다. 슬리퍼 소리를 내며 아카네가 달려가 문을 열었다. 60대로 보이는 비슷한 또래의 남녀 네 명이 서있었다.

　두 쌍의 부부인 모양이었다. 머뭇머뭇 고개를 숙이더니 한 남자가 앞으로 나서 아카네에게 말했다.

　"혹시 빈 방이 있다면 하루 묵고 갈 수 없겠습니까?"

　갑작스러운 이야기라 아카네가 판단을 내리지 못하고 있자 나카니시가 나왔다.

　"묵고 가시라고 하면 좋겠지만 오늘은 손님이 없을 줄 알고 준비를 못했습니다."

나카니시는 면목이 없다는 듯이 고개를 숙였다. 아카네도 함께 고개를 숙였다.

"무리일 줄 알면서 찾아왔습니다. 식사는 없어도 괜찮습니다. 묵고 갈 수만 있으면 되겠는데요. 부탁드릴 수 없겠습니까?"

남자의 목소리에서는 조용하지만 고집스러움이 느껴졌다.

"실례지만 이 바람을 기다리는 집에 대해서는 어디서 말씀을 들으셨습니까?"

남자는 잠시 나카니시를 똑바로 바라보더니 이윽고 말을 흐리듯 중얼거렸다.

"아뇨……. 여기가 야경이 좋다는 이야기를 들어서."

나카니시와 아카네는 얼굴을 마주보았다.

팔짱을 낀 나카니시는 잠시 눈을 감고 있었지만, 계산이 끝났는지 눈을 뜨고 고개를 끄덕였다.

"별로 대접할 것은 없는데, 그래도 괜찮으시다면 올라오시죠."

네 사람은 제각각 고맙다는 인사를 하며 고개를 숙였다.

아카네가 2층 객실로 안내하고 그 사이에 나카니시는 차를 준비했다. 가즈히로는 '난 신경 쓰지 않아도 돼'라고 하듯 거실로 모습을 감추었다.

객실 안내를 마치고 아카네는 주방으로 갔다. 차가 담긴 도자기 통을 꺼내면서도 나카니시는 뭔가 생각에 잠긴 모습이었다.

"역시 이산가족들의 입소문을 듣고 오신 걸까요?"

"아마도."

지난주에도 같은 이야기를 하면서 묵으러 온 손님이 있었다.

표면적으로 이산가족(사라진 사람들은 관리국의 정식 소멸 선언, 도시 이름 말소의 수속을 거치지 않으면 정식으로 '사망'이 인정되지 않기 때문에 '이산'이라는 표현을 쓴다)들끼리 모이거나 사라진 도시를 화제에 올리는 일은 금지되어 있다. 사라진 사람들을 슬퍼하는 일로 직결되기 때문이다.

하지만 비공식적으로는 이산가족들의 독자적인 네트워크가 존재하고 있었다. 전자정보나 종이 매체는 관리국이 엄격하게 통제하기 때문에 대부분 입소문에 의한 것이다.

나카니시가 차를 대접하는 동안 아카네는 그가 휘갈겨 쓴 메모지를 손에 들고 이웃 농가에서 야채를 얻어온 다음, 부족한 음식 재료를 사러 차를 빌려 시내로 가기로 했다.

"미안해. 대접도 제대로 못하고."

함께 가자고 해서 따라온 가즈히로와 종종걸음으로 걸으며 아카네는 고맙다는 말을 했다.

"아니야. 손님 취급 받는 것보다 이게 더 편해."

가즈히로다운 반응이었기에 아카네는 살짝 웃었다.

"그런데 아카네 씨는 그 나카니시 씨와는 어떤 관계지?"

가즈히로에겐 자신이 회수원으로 쓰가와에 와 있다는 이야기를 해주었기 때문에 어떻게 알게 되었는지 궁금했을 것이다.

아카네는 나카니시와 만나게 된 경위를 간단하게 설명했다.

"그리고 말이야!"

아카네가 갑자기 뒤를 돌아보는 바람에 가즈히로는 걷던 속도 때문에 부딪히기 직전에 멈췄다. 아카네는 바로 앞에 있는 가즈히로의 코에 검지를 들이밀며 말했다.

"그쪽이 나보다 나이가 많으니 이제 내게 '씨' 자를 붙이지 않아도 돼!"

장을 다 본 뒤에 펜션으로 돌아오니 다섯 시가 지나 있었다. 가즈히로를 거실에 남겨두고 아카네는 주방으로 서둘러 갔다. 손님들에게는 그렇게 말했지만 나카니시가 준비한 요리에는 타협이란 것이 없었다. 계속되는 지시에 제대로 따라가지 못해 아카네는 점차 패닉 상태에 들어갔다.

"저어, 괜찮다면 도와드릴까요?"

주방 입구에서 가즈히로가 머뭇거리며 말했다. 도움은 절실하게 필요했지만 그렇게까지는 할 수 없다는 생각에 아카네는 나카니시와 얼굴을 마주보았다.

하지만 대답을 할 틈도 없이 그는 팔을 걷어붙이고 손을 씻었다. 나카니시에게 메뉴를 묻더니 주방을 둘러보고 얼른 상황 파악을 한 다음 부지런히 준비를 시작했다.

처음에는 불안한 표정을 짓고 있던 나카니시가 가즈히로의 솜씨와 기술이 보통이 아니라는 것을 확인하고 감탄하더니 다시 분주하게 손을 움직였다. 나카니시는 아카네가 아니라 가즈히로에게만 지시를 했다. 결국 구이 종류는 가즈히로가 완전히 떠맡게 되었다.

"요리 잘하네. 외식만 했다고 해서 전혀 못할 줄 알았는데."

아카네는 한숨을 내쉬며 왠지 섭섭한 기분이 들어 입을 살짝 비죽거렸다.

"그림만 그려서는 먹고 살 수가 없었지. 사실은 레스토랑에서 아르바이트를 했어."

가즈히로는 준비된 요리 위에 소스로 우아한 선을 그려 넣으며 부끄러운 듯이 그렇게 고백했다. 아카네는 나카니시와 얼굴을 마주보았다.

"이거야 정말⋯⋯막강한 도우미를 모셔 와주었군."

"아니, 그럼 저는 별로 도움이 되지 않았다는 말씀 같네요."

아카네가 일부러 샐쭉한 표정을 짓자 나카니시가 달래듯 말했다.

"자, 자. 손님들이 기다리셔."

조용한 손님들이었다. 말도 별로 없이 식사를 하면서 이따금 창밖으로 시선을 돌려 도시 쪽을 내려다보았다. 뭔가를 기다리는 듯한 모습이었다. 여름이라 해가 길었다.

"오늘 요리를 한 가즈히로 군이 인사를 드려야겠군."

머뭇거리는 가즈히로의 등을 밀면서 나타난 나카니시는 그의 어깨 너머로 장난스럽게 웃는 표정을 지어 보였다. 사람들의 눈길이 자기를 향하자 가즈히로는 크게 당황한 모양이었다.

"자, 잠깐만요."

가즈히로는 일단 방을 나갔다. 바로 다시 돌아온 그가 손에 든 것은 먼지를 뒤집어쓴 낡은 현악기였다. 조금 전 거실에 있을 때 찾아낸 모양이다.

"아니, 이런. 용케 그걸 찾아냈군."

"저어, 인사를 드리기는 쑥스럽고, 이걸로 넘어가 주십시오."

벽 쪽 의자에 연주하기 편하게 반가부좌를 틀더니 능숙하게 현을 조정하고 자세를 잡은 뒤 허리를 쭉 폈다. 서늘한 바람이라도 불어온 듯한 분위기를 만드는 키 큰 가즈히로의 자세는 당당해 보였다.

"그러면 오늘 이 우연한 만남을 위해 여러분께 한 곡 바치겠습니다."

예스런 말투로 이야기하더니 그는 자세를 취했다.

긴 손가락이 날렵하게 춤을 추었다. 음악 소리를 날줄로, 아카네를 씨줄 삼아 어디도 아닌, 그러면서도 언젠가 어디서 보았던 그리운 풍경을 그려냈다. 모르는 곡이었는데도 아카네의 마음속 깊이 포근하게 스며들었다. 그리고 한없이 퍼져갔다. 아카네를 거세게 몰아치는 바람. 바람. 바람.

가즈히로의 연주에 홀린 듯이 도시에 '잔광'이 빛났다. 슬쩍 음악에 올라타듯이 흐릿한 빛이 켜지더니 이윽고 점점 더 또렷해졌다.

네 명의 손님들은 도시의 빛을 창문 너머로 내려다보면서 꼼짝도 하지 않고 조용히, 조용히 눈물을 흘리고 있었다. 그들은 가즈히로가 연주하는 곡 때문에 눈물을 흘리고 있는 것이다. 아카네는 그렇게 생각했다. 도시의 소멸 때문에 눈물을 흘리는 일은 금지되어 있으니까…….

◇

다음 날 아침 식사 준비를 미리 마치고 세 사람은 겨우 한숨 돌렸다. 테라스에서 차를 마시기로 했다. 이 시간이면 늘 그렇듯 시원한 바람이 불어왔다.

내려다보이는 도시의 불빛은 밤이 깊어가면서 한층 빛을 더했다. 손님들도 제각각 자기 방 창문을 통해 저 빛을 바라보고 있을 것이다.

오늘밤에는 나카니시가 특별히 서역에서 음악을 들려주며 재배했다는 향만차響挽茶를 내왔다. 잔향이 여운이 되어 남아 있는 몸에 향만차는 눈 녹듯 스며들었다.

"그 곡은 처음 듣는데 어느 작곡가의 곡인가?"

나카니시의 물음에 악기를 들고 있던 가즈히로는 잠시 머뭇거리다가 하늘을 올려다보았다.

"실은 저도 잘 모릅니다. 전 여섯 현의 고주기를 '누군가' 로부터 받았죠. 아마 그 사람이 만든 곡일 거라고 알고 있을 뿐입니다."

"기억을 잃었다는 이야긴가?"

가즈히로가 고개를 끄덕였다.

"저는 혼자 살고 있었죠. 그림을 그리면서 레스토랑에서 아르바이트를 했습니다. 하지만 그 밖의 기억은 흐릿하기만 합니다. 대부분의 기억이 사라졌죠."

"그러면 '도시' 가 기억을 앗아간 거로군."

"아마 그럴 겁니다. 이제는 정확한 내용을 알 길이 없지만요."

'도시' 는 소멸의 동반자로 삼는 대신 가즈히로로부터 도시에 관한 기억을 앗아가 버린 것이다. 왜 그런 기억 상실이 일어나는지는 제대로 밝혀지지 않았다고 한다.

기억 상실이 어느 기간의 기억을 모두 지우는 것은 아니다. 자신과 밀접한 관계가 있는 사람일수록 완전히 빠져나간다. 남겨두고 싶은 기억일수록 '도시' 는 가차 없이 앗아가 버리는 것이다. 애인의 얼굴도 친한 친구들과의 추억도…….

하지만 '도시' 가 사라진 뒤에도 상실감만은 무자비하게 마음속에 남긴다. 시간이 흐름에 따라 잊어야 하지만 그런 망각도 허락하지 않는, 언제 지워질지도 모르고 형체도 일정하지 않은, 깊은 어둠 같은 상실감을.

"아카네에게 들었습니다. 니시오카 씨도 도시의 소멸로 가족을 잃었다던데."

"아, 그렇다네……."

나카니시는 부드러운 목소리로 대답을 하면서도 불빛이 켜진 2층 객실 창문을 주의 깊게 올려다보았다. 사라진 사람들을 슬퍼하는 감정으로 이야기하다가 발각되면 처벌 대상이 된다. 그걸 눈치채고 가즈히로는 서둘러 덧붙였다.

"괜찮습니다. 사라진 사람들을 떠올리며 슬퍼해선 안 된다는 것은 알고 있어요. 그리고 저는 이상하게도 슬픔이 없습니다."

"그건, 어째서인가?"

가즈히로는 고주기의 현을 만지며 소리를 냈다.

"너무 큰 풍경을 보면 원근감을 잃어버리는 일이 있지 않습니까?"

아카네는 자신의 경험을 떠올리며 고개를 끄덕였다. 관광지 절벽 위에서 아래를 내려다보고 별로 높지 않다는 생각을 했는데, 절벽 아래 있는 낚시꾼이 생각보다 훨씬 작게 보여 그 높이를 새삼 느끼며 몸서리를 친 기억이 났기 때문이다.

"지금 저는 너무도 거대한 풍경 한복판에 있어서 슬픔의 크기를 제대로 가늠할 수가 없는 거죠. 이유 없이 수많은 사람들이 사라졌다는 너무도 큰 풍경 때문에."

쓰키가세에서 사라진 수많은 사람들. 아카네는 사라지기 위해 살아왔던 사람들이 줄을 선 모습을 머릿속에 떠올렸다. 드넓은 풍경 속에서 꼼짝도 않고 서있는 사람들은 점차 윤곽이 또렷해지며 개성과 표정과 인격을 지닌 사람들이 되었다. 까닭 없이 사라져도 좋을 목숨은 하나도 없었다. 거기서 아버지의 모습을 본 것 같은 느낌이 들어 다기를 든 손에 힘을 꼭 주었다.

"죄송합니다. 분위기를 어둡게 만들어서……."

가즈히로가 얼른 고개를 들고 풀죽은 목소리로 말했다. 아카네와 나카니시는 웃으며 고개를 저었다.

"아저씨, 그 이야기……."

아카네가 재촉하자 나카니시는 말없이 고개를 끄덕이고 가즈히로를 바라보았다.

"사실은 부탁하고 싶은 게 있는데."

나카니시가 정색을 하고 말하자 가즈히로도 자세를 가다듬었다. 나카니시는 천천히 고개를 끄덕이더니 펜션 바람을 기다리는 집을 어떻게 다시 시작하게 되었는지를 이야기했다.

"어떤가? 다행히 자네는 요리 솜씨도 확실한 것 같은데. 도와주면 정말 큰 힘이 될 것 같은데."

"저 같은 사람이라도 괜찮다면 기꺼이."

◇

밤이 깊었다. 아카네는 애당초 바람을 기다리는 집에서 자고 갈 작정이었다. 가즈히로에게도 하루 묵고 가라고 둘이서 권했지만 '내일 화랑을 열어야 하기 때문에' 라며 사양했다. 보기 드물게 고집스러운 모습이었다.

어색하게 인사를 하고 가즈히로는 돌아갔다.

"묻지 않는 게 좋았을까?"

"예? 뭘요?"

"사라진 기억에 관해서. 적당한 때를 봐서 네가 물어보는 게 오히려 나았겠다는 생각이 드는구나."

아카네는 말없이 고개를 저었다.

"아니에요. 언젠가는 물어봐야겠다고 생각하면서도 미뤄왔으니까요. 적당한 때에 물어보셨어요."

여름 별자리가 밤하늘에 자리를 잡고 어스름한 달이 동쪽 산 너머에서 모습을 드러냈다.

"문제는 그 사람이 누구를 잃었는지도 모른 채 상실감만 안고 있다는 거겠지."

나카니시의 말을 듣고 아카네는 마음이 아팠다. 날카로운 달빛에 찔린 듯한 기분이 들었다. 아카네는 밤하늘을 향해 손을 뻗었다. 벌레소리만 들려오는 어둠 저편에서 잔광이 수많은 생각들을 흡수하듯이 반짝거리고 있었다.

"반쯤 끝났군."

오전 시간인데도 작업복 안에 땀을 흘리기 시작한 아카네는 따가운 햇볕을 사정없이 내리쏟는 태양을 못마땅한 듯이 올려다보았다. 신야도 수건으로 이마의 땀을 닦으며 넌더리가 난다는 표정을 지었다.

"이제 점점 더 더워지겠지. 후반기 임기 때 들어오는 게 더 나았을까?"

"냉방도 없는 것 같으니까 그게 낫겠죠."

아카네를 비롯해 지금 작업하고 있는 회수원들의 임기는 반년. 여름이 끝나는 9월 말까지다.

그날 아카네와 신야가 담당한 건물은 4층짜리 연립주택이었다. 현관과 창문을 활짝 열어놓았지만 바람 한 점 없었다. 벽에 설치된 작동하지 않는 냉방기를 짜증스럽게 올려다보며 아카네는 수건으로 땀을 닦았다.

오후가 되자 햇살은 점점 따가워졌고 도시의 윤곽은 더욱 또렷해졌다.

304호실 문을 열었을 때 아카네는 안에서 나는 냄새가 어디선가 맡은 적이 있다는 느낌이 들었다. 그게 어디서 맡은 것인지 기억을 해내지 못하는 상태로 좁은 주방을 지나 방으로 들어갔다.

'아, 그림물감 냄새인가……?'

그렇게 생각한 순간, 아카네는 뛰듯이 현관으로 되돌아와 문패를 확인했다.

후지시마 가즈히로藤島和宏.

틀림없이 가즈히로의 집이었다. 아카네는 천천히 손을 뻗어 문패를 벽에서 떼어냈다. 가즈히로는 사라지지 않았다 해도 도시에 살던 사람의 이름이 남아 있는 것은 모두 회수 대상이었기 때문이다.

하루하루의 작업은 기계적으로 이루어져 꺼림칙하게 느껴지는 일은 거의 없었는데, '면실자'로서 지금도 존재하는 가즈히로의 개인 물건을 처분해야만 한다는 현실은 오래간만에 그런 감정을 불러 일으켰다.

어지간하면 신야에게 작업하는 집을 바꾸자고 할까 생각했지만, 마음을 다잡고 회수 작업을 시작했다. 왠지 '피해서는 안 된다'는 생각이 들었던 것이다.

서랍을 순서대로 열어 갔다. 화방 영수증이나 아르바이트를 하던 레스토랑의 급여명세서. 그런 것들을 냉정하게 선별해 회수용 자루에 넣었다. 꼼꼼하게 정돈된 실내는 가즈히로의 일상이 또렷한 형태로 존재했었음을 증명하고 있었다. 아카네는 억지로 가즈히로의 껍질을 벗기는 듯한 느낌이 들었다.

그림을 그리는 사람이라 책꽂이에는 화집 같은 큰 판형의 책이 많았다. 제일 아래 칸에 있는 것은 아마 앨범인 모양이었다. 봐서는 안 된다는 마음과 보고 싶지 않다는 생각 때문에 안을 펼쳐 보지도 않고 자루에 집어넣었다.

안쪽에 있는 다른 방문을 열었다. 커튼이 드리워져 있어 안은 어두컴컴했다. 그림물감 냄새가 강하게 났다. 벽에 세워진 이젤과 흰 천을 덮은 캔버스가 눈에 들어왔다. 아틀리에로 쓰던 방으로 보였다.

한복판에는 그리다 만 캔버스가 있고, 흰 천이 덮여 있었다. 천을 벗기려고 손을 대다가 캔버스 정면에 있는 의자가 눈에 들어왔다. 아마 가즈히로가 누군가를 모델로 이 그림을 그리고 있었던 모양이다.

아카네는 망설였다. 그런 마음을 알기라도 한다는 듯이 캔버스를 덮은 흰 천이 저절로 흘러내렸다.

여자 초상화였다. 한동안 그림을 내려다보던 아카네는 이윽고 그림 앞에 주저앉았다.

그림을 본 순간 바로 느낌이 왔다. 가즈히로의 사라진 애인이라는 사실을.

그 그림은 가즈히로가 연주하던 곡의 음색처럼 느긋하면서도 거침이 없었다. 자신감 넘치는 필치에서는 가즈히로의 마음이 손에 잡힐 듯이 느껴져 아카네는 가슴을 깊이 도려낸 듯했다. 그러면서도 두 사람의 마음이 쌓아올린 하루하루를 받아들이지 않을 수 없었다.

가즈히로의 애인이 앉아있었을 의자에 앉아 같은 포즈를 취해 보았다. 약간 비스듬히 앉아 무릎 위에 손을 얹었다. 캔버스를 심각한 표정으로 바라보며 이따금 부드러운 표정으로 이쪽을 바라보았을 가즈히로를 상상했다. 농밀하고 또렷한 두 사람의 시간이 거기 있었다.

"어이, No.34. 어떻게 됐어? 시간이 꽤 걸리네. 도와줄까?"

현관에서 303호실 회수 작업을 마친 신야가 소리쳤다.

"아, 예. 회수할 물건이 좀 많아서 시간이 걸리네요. 곧 끝나니까 조금만 기다리세요."

얼른 평소처럼 힘차게 대답을 하고 의자에서 일어섰다. 아틀리에 문에 서서 다시 캔버스를 돌아보았다. 가즈히로의 애인 그림을 향해 자세를 가다듬고 깊숙이 고개를 숙였다. 그리고 조용히 방문을 닫았다.

그날 일을 마치고 아카네는 여느 때처럼 화랑으로 갔다. 물론 비밀을 지켜야 하는 의무가 있기 때문에 가즈히로의 집에 대한 회수 작업을 했다는 이야기는 할 수가 없다. 도대체 어떤 표정을 짓고 만나야 할까를 생각하며 모퉁이를 돌아 화랑 부근을 멀리서 바라보았다.

가즈히로와 나이 든 남자가 거리에 나와 있었다. 왠지 모습이 이상해 보였다. 눈치채지 못하게 천천히 다가갔다.

"이런 트러블이 자꾸 생기면 화랑 평판이 나빠지니 이제 전시는 그만 중단할 수 없겠나?"

화랑 주인인지 화가 난 목소리로 거칠게 말했다. 가즈히로는 큰 키를 몇 번이나 굽실거리며 사과하고 있었다. 한동안 그런 대화를 나눈 뒤 남자는 가즈히로의 끈기에 졌는지 질렸다는 몸짓을 보이며, 가즈히로에게 등을 돌리더니 아카네의 곁을 지나 떠나갔다.

아카네는 그의 뒷모습과 화랑을 번갈아 바라보며 가즈히로에게 다가갔다.

"어떻게 된 거야?"

대답을 들을 것까지도 없이 아카네는 바로 상황을 파악할 수 있었다. 유리창에 달라붙은 반투명한 노란색 액체, 그리고 발치에 떨어져 있는 달걀 껍데기.

"응, 약간……."

가즈히로는 말을 흐리며 화랑 안이 보이지 않도록 가리고 섰다. 아카네는 가즈히로를 슬쩍 밀어내며 안을 들여다보았다. 정면에 있는, 쓰키가세 도시 풍경을 그렸던 커다란 캔버스에도 달걀노른자가 잔뜩 달라붙어 있었다.

"너무해. 누가 이런 짓을……."

어처구니가 없어 아카네는 말이 제대로 나오지 않았다. 하지만 어렴풋이 이해는 할 수 있었다. 아마도 이 그림에 악의를 지닌 누군가가 저지른 짓이리라.

회수원인 아카네는 물론이고 일반 시민들도 그림을 통해서는 오염되지 않는다는 사실을 알고 있다. 하지만 그 가운데는 오염에 대해 지나치리만치 민감한 반응을 보이는 사람들도 있다.

직접적인 행동을 취하지는 않더라도 사라진 도시의 풍경이라는 사실을 안 순간 도망치는 사람들이나 애써 화랑 앞을 피해 지나가는 초등학생들을 보면 그림도 소극적인 기피의 대상이라는 것쯤은 알 수 있다. 아마도 가즈히로는 아카네가 보지 못하는 곳에서 이런 취급을 여러 차례 받았을 것이다.

가즈히로는 말없이 그림 앞에 쭈그리고 앉아 달걀 껍데기를 치우기 시작했다. 그 모습에서는 슬픔이 느껴지지 않았다. 담담해 보였다. 마치 박해를 받는 것조차 바라던 바라는 듯이. 아카네는 말을 시키지도 않고 돕지도 않았다. 쭈그리고 앉은 가즈히로의 뒷모습을 그저 바라보고 있을 수밖에 없었다.

석 달에 한 번 있는 전력조정일(사람들은 '등화관제'라고 부른다)에는 대부분의 가게가 저녁 이른 시각에 문을 닫는다. 그날은 가즈히로도 일찌감치 화랑 문을 닫고 아카네의 집에서 음식을 만들고 있었다. 프라이팬에 야채를 볶는 향기롭고 행복한 소리를 듣고 있는데 '오늘은 전력조정일입니다'라고 하는 안내방송이 느릿하게 흘러나왔다.

느린 여름 해가 하늘에 노을도 제대로 그리지 않고 산 너머로 사라졌다. 어디선가 사이렌이 길게 울려 퍼져 아카네는 전깃불을 껐다. 소등 신호였다. 창문 밖으로 보이는 주변 집들에서도 일제히 불이 꺼졌다. 전력조정일에는 인공적으로 빛을 내는 것은 금지되어 있다. 자동차도 긴급차량 이외에는 다닐 수 없고, 가로등도 꺼 버린다.

집 안에 있는 것들의 윤곽이 어둠 속에 녹아들어갈 무렵, 아카네는 지급받은 초에 불을 붙였다. 초의 심지에 붙은 불은 위태롭게 흔들리다가 이윽고 작기는 하지만 안정된 불빛을 내기 시작했다. 흐릿한 불빛이 방안에 부드러운 그림자를 드리웠다.

다다미 위에 비스듬히 앉은 아카네는 불빛을 바라보고 있었다. 부채질을 하자 촛불이 흔들리며 두 사람의 그림자가 흔들렸다. 인공적인 불빛이 없다는 것만으로도 밤은 이토록 농밀하게 세계를 지배하는 걸까. 활짝 열어 놓은 창문으로 밤을 기다리던 벌레들의 울음소리가 들려왔다.

가즈히로의 손에는 여섯 줄짜리 고주기가 들려 있었다. 도시에서 사라진 누군가로부터 받았다는 그 악기는 오래 사용한 악기 특유의 차분한 아름다움을 지니고 있었다. 가즈히로가 줄을 퉁기면 메마른, 때로는 숙성된 소리를 냈다.

"밖에 나가 보지 않을래?"

가즈히로가 외출을 하자고 했다. 물론 아카네도 마다할 이유가 없었다. 실제로 이런 날 밤이면 어둠 속에 몸을 맡기고 싶었다. 아카네는 초를 집어 들어 시청에서 나눠준 등불에 불을 붙였다.

7월의 밤은 밀도 짙은 공기층을 어둠으로 물들이며 사박사박

다가온다. 아카네는 경쾌하게 팔을 흔들며 걸었다. 가즈히로는 그런 아카네를 보고 후후 웃으며 등불을 든 채로 두 팔을 펼쳐 바로 앞 어둠을 비추려 했지만 별 도움은 되지 않았다.

주위의 집들도 촛불을 밝혀 창문으로 부드러운 빛이 흘러나왔다. 집에 있어봤자 별로 할 일이 없다는 생각은 누구나 마찬가지인지 여기저기 산책하는 사람들이 등불을 들고 지나갔다.

낯선 이웃들. '안녕하세요?' 하고 인사를 나누며 스쳐 지나는 불빛. 아카네는 빛 하나를 보고 멈춰 섰다.

"아아, 저기 반딧불이가 있구려. 구경하고 와요."

허리가 굽은 노파가 말했다. 아카네는 고맙다며 고개를 숙였다.

"반딧불이라니. 이미 7월도 다 갔는데 아직도 있나?"

"가 보자. 분명히 저 너머에 개울이 있을 거야."

가즈히로가 가리키는 방향으로 귀를 기울이자 벌레소리와 함께 희미하게 물 흐르는 소리가 들렸다. 아카네는 반딧불이 노래를 부르며 물가를 향해 사뿐사뿐 걸어갔다. 발을 디딜 때마다 머리카락이 상쾌하게 흔들렸다.

밤하늘에 불쑥 흐릿한 곡선을 그리는 불빛. 새카만 산 그림자를 배경으로 생명이 깃든 작은 빛이 하나둘 춤을 추었다. 두 사람은 그 빛을 따라 물가를 하염없이 걸었다.

개울은 작은 사당의 샘물에서 시작되고 있었다. 솟아나는 맑은 물소리가 정적을 깼다. 두 사람은 엄숙한 기분이 들어 합장을 했다.

사당 옆에는 사람들이 자주 다녀 생긴 오솔길이 있었다. 그 길은 끊어지지 않고 산기슭을 이리저리 휘돌아 계속 높아져 갔다. 전망이 좋은 곳에 이르러 아카네는 저도 모르게 발길을 멈췄다. 등화관제인데 눈 아래 펼쳐진 세상에는 빛이 가득했다.

갑자기 멈춰선 아카네 때문에 가즈히로가 발을 헛디뎌 등불을 떨어뜨렸다. 불이 크게 깜빡이더니 꺼져 주위가 캄캄해졌다. 아카네의 손등에 가즈히로의 손이 살짝 닿았다.

쓰키가세의 잔광이었다. 바람을 기다리는 집과는 반대 방향에서 보는 그 도시의 불빛은 평소 눈에 익은 불빛과는 전혀 다른 모습을 보이며 펼쳐져 있었다. 아카네는 가즈히로를 등지고 서서 그의 두 손을 잡고 자기 앞쪽으로 당겼다. 가즈히로가 아카네를 뒤에서 꺼안는 모양새가 되고 말았다.

그대로 뒤에 선 가즈히로에게 체중을 맡기고 시간을 기다렸다. 가즈히로는 자신이 '해야 할 일'을 알면서도 감히 그러지 못하는 모양이었다. 아카네는 흥 하고 콧방귀를 뀌고 그의 팔 안에서 물고기처럼 몸을 틀어 가즈히로를 마주보았다.

"싫지 않아?"

아카네의 목소리가 갈라져 나왔다. 가즈히로는 얼른 고개를 저었다.

"그래……?"

아카네는 한껏 까치발을 해 자기 입술을 가즈히로의 입술로 가져갔다. 부드러운 붓끝으로 캔버스를 누르듯 입술을 맞추었다. 아카네가 '괜찮아?'라고 물었다. 살짝 노크하듯이.

가즈히로가 거부하지 않는다는 걸 확인하고 다시 한 번. 이번에는 긴 입맞춤을. 문을 열고 천천히 고개를 숙인 뒤 안으로 들어가듯이…….

바람에 앞 머리카락이 흔들려 아카네는 입술을 뗐다. 숨을 멈추고 있었던지 가즈히로가 크게 숨을 내쉬었다. 아카네는 상기한 표정으로 그를 바라보았다. 슬픈 기분이 들었다. 그것은 '입맞춤'이 아니었기에.

입맞춤이 단순히 입술을 포개는 게 아니라 마음을 포개는 것이라는 사실은 아카네도 알고 있었다. 껴안아 주는 팔도 부드럽기는 했지만 아카네가 뒤로 넘어지지 않을 정도로 떠받치는 정도였을 뿐이다.

아카네가 원하는 것은 확실하고, 마음이 담긴 포옹이었다. 사랑스럽다는 듯이, 하지만 너무 강하게 껴안기는 불쌍해서…… , 그런 망설임이 따르는 안타까운 마음을 공유하면서 달콤하고 기분 좋은 아픔과 함께 맛보는 두 팔에 의한 구속.

지금 가즈히로한테서는 그걸 얻을 수 없다는 사실을 알았기에 아카네는 무척 쓸쓸했다. 가즈히로는 지금 바로 눈앞에 있는데도.

가즈히로의 가슴을 살며시 밀고 몸을 뺐다. 아카네는 그의 젖은 입술을 검지로 살짝 쓰다듬었다.

"아직 네 마음은 여기 없는 거네."

가즈히로가 할 말이 없다는 듯이 고개를 숙였다. 오히려 아카네가 미안한 마음이 들었다.

"널 좋아해. 많이."

하지만……. 아카네는 그의 말을 가로채려 하자 가즈히로가 먼저 말을 이었다.

"그런데 내 안에는 사랑하는 누군가를 잃은 상실감이 아직도 지워지지 않아. 그게 누군지는 몰라."

아카네는 도시의 잔광을 내려다보았다.

"넌 왜 그림 전시를 계속하는 거지? 손님도 거의 없고 나는 보지 못했지만 분명히 심한 일도 많이 당했을 텐데."

대답이 없다. 아카네가 다그치듯 물었다.

"속죄하고 있는 거 아니야? 애인을 지켜주지 못했다고 자책하고 있는 거 아니야? 하지만 아무리 그래봐야 돌아오지 않아."

가즈히로는 대답을 하려 들지 않았다. 하지만 그의 침묵은 대답이나 마찬가지였다.

"내 마음은 계속 불안정한 상태일지도 몰라. 나도 모르겠어. 앞으로 어떻게 해야 좋을지를. 그래서……."

"그래서 뭐?"

아카네는 구개를 숙인 가즈히로에게 다가가 얼굴을 들여다보았다.

"그러니 나를 그냥 내버려 둬……."

가즈히로의 얼굴을 들여다보며 까치발을 세워 입술을 포개 말을 잇지 못하게 했다. '너무 걱정하지 마!'라고 하듯 가즈히로의 등을 두드렸다.

"난 여기서 확실하게 뿌리를 내리고 살기로 했어. 그러니 괜찮아. 네가 불안정한 만큼 내가 똑바로 서서 버텨 줄 테니까."

아카네는 그 말을 증명하기라도 하듯이 두 다리에 힘을 주고 사라진 도시를 내려다보았다. 오늘밤의 '잔광'은 사라질 것이 예정된 반딧불이의 빛처럼 아카네의 눈에는 부질없어 보였다.

◇

그 집에는 문패가 없었다.

회수 작업이 끝난 집인데 체크가 되지 않은 것이라고 생각했지만 처음부터 문패가 있던 흔적이 없었다. 우편함에도 이름이 없어 아카네와 신야는 맥 빠진 기분으로 안으로 들어갔다.

여느 때와 마찬가지로 거실부터 작업을 시작했다. 가구 서랍을 열어 편지 종류를 확인하고 장롱을 열었다. 한동안 서로 등을 지고 회수물을 찾고 있던 두 사람은 당황한 듯이 손길을 멈추고 고개를 돌려 얼굴을 마주보았다. 편지도 없고 예금통장도, 영수증도, 앨범도 없었다.

"아무것도 없네요."

"그렇군."

다시 '회수 작업을 마친 집인가?' 하는 의문이 일었다. 하지만 이미 세 달 동안이나 회수 작업을 해 온 아카네는 그런 생각을 바로 지워 버렸다. 회수 작업이 끝난 집에서 느껴지는 '손이 간' 느낌이 전혀 들지 않았기 때문이다.

마치 이렇게 회수될 것을 미리 안 사람들이 흔적을 남기지 않으려 살았던 듯이, 집주인의 숨결은 느껴지지만 그 모습은 떠오르지 않았다. 땀이 흥건히 나는 가라앉은 공기 속에서 몸이 부르르 떨리는 오한이 느껴졌다.

기운을 차리고 2층으로 올라갔다. 처음에는 애들 방, 다음이 침실이었다. 애들 방에는 장난감이나 인형, 그림책이 가지런히 정돈되어 있었다.

침실에도 깔끔하게 침구가 준비되어 있는데 사람이 누웠던 흔적은 전혀 없었다. 마치 모델하우스를 보는 기분이 들었다.

사람이 생활한 이상 일상생활 속에서 생길 수밖에 없는 때와 틈새. 그런 것이 존재하지 않는 생활을 상상이나 할 수 있을까. 하지만 이 집은 분명히 '누군가'가 그런 생활을 하고 있었다. 2층에는 방이 세 개였다. 마지막 방문을 신야가 열었다. 안은 캄캄했다. 아카네는 허리에 찼던 손전등을 건넸다. 벽을 따라 빛을 비춰 갔다. 아무런 장식도 없는 회색 벽이 밋밋하게 펼쳐졌다. 좁고 긴 방이었다. 이 도시에 드나들 때 타는 트럭 짐칸에서 느끼던 것과 같은 음산함과 압박감이 느껴졌다.

신야가 손전등으로 바닥을 비췄다. 비로소 바닥에 뭔가가 있는 게 보였다. 신야가 먼저 방으로 들어가 쭈그리고 앉아 그것을 안아 들었다.

세 살쯤 된 여자아이였다. 귀를 가까이 대니 마치 잠든 아이처럼 규칙적인 숨소리가 작게 들려왔다.

"살아있어……."

신야가 한숨 섞인 쉰 목소리로 말했다. 아카네는 고이 잠든 어린애의 얼굴을 말없이 들여다보았다. 만약 도시가 소멸할 때 여기 있었다면 세 달 동안이나 계속 잤다는 이야기가 된다.

"No.34, 관리국 사람을 불러와 주겠어? 될 수 있으면 다른 회수원들은 눈치채지 못하도록."

"예, 알았어요."

아카네는 관리국 텐트로 달려가 다른 회수원들이 보이지 않는 틈을 타 상황을 간략하게 설명했다. 담당자는 감정 억제 때문만은 아닌 무표정한 얼굴로 고개를 끄덕이더니 어딘가로 연락을 취하고 아카네에게 회수 작업을 하던 집으로 돌아가라고 했다. 미리 예정된 듯이 신속하고 재빠른 행동이었다.

여자아이는 여전히 새근새근 잠을 자고 있었다.

"내내 혼자서, 쓸쓸했겠구나."

신야는 여자아이의 얼굴을 사랑스럽다는 듯이 여러 차례 쓰다듬었다.

작업을 하지 않자 도시의 정적은 더욱 깊어진 듯했다. 물론 지금은 차도 다니지 않고, 사람도 없지만 매미소리가 요란할 텐데, 사라진 도시에서는 매미소리나 새소리 한 번 들린 적이 없었다.

이윽고 세 명의 담당자가 왔다. 한 사람이 말없이 신야로부터 여자아이를 받아들고, 또 한 사람이 아이를 숨기듯 천을 덮었다. 남은 한 사람은 손에 든 기록 용지에 속기를 하듯 빠른 속도로 뭔가를 적어 넣었다.

아카네와 신야를 완전히 무시하고 일련의 작업을 마친 담당자들은 일제히 뒤를 돌아보더니 감정이 억제된 무표정한 얼굴로 말했다.

"그럼 실례하겠습니다."

"작업을 계속 진행해 주십시오."

"이 문제에 대해서는 외부는 물론 다른 회수원에게도 발설하지 말아주십시오."

세 사람은 제각각 감정이 담기지 않은 한 마디씩을 남기고 나갔다. 아카네는 신야와 얼굴을 마주보며 서로 질렸다는 표정을 짓고 다시 작업을 재개했지만 효율은 오르지 않았다.

평소와 마찬가지로 고사포탑이 있는 쪽에서 사이렌이 울려 퍼졌다. 작업 종료 신호다.

다른 회수원들과 함께 트럭 짐칸에 올라타자 아카네와 신야를 관리국 직원이 불렀다. 트럭이 출발하는 것을 지켜보고 관리국 사람의 안내를 따라 걷자 큰길 안쪽 골목에 똑같은 트럭이 서있었다.

17분 15초.

여느 때와 같은 시간이 흐른 뒤에 열린 문 밖은 드넓은 주차장이었다. 아카네와 신야가 타고 온 트럭 이외에 다른 차는 한 대도 없었다. 천장이 덮여 햇빛이 들어오지 않는 것으로 보아 지하주차장인 모양이었다. 일정 간격으로 서있는 커다란 기둥 때문에 멀리까지는 보이지 않았지만 보이는 범위 안에서는 안내 표지도 없고, 입구나 출구도 어디에 있는지 알 수가 없었다.

어디선가 문이 열리는 소리가 났다. 철문이 녹이 슬었는지 힘겹게 열리는 소리. 하지만 폐쇄된 공간이라 소리가 어느 쪽에서 나는지 알 수가 없었다. 이어서 누군가가 걸어오는 딱딱한 발소리가 났다. 메아리 때문에 다가오는 것인지 멀어지는 것인지 분간이 가지 않았다.

이윽고 발소리가 나는 방향이 파악되었을 때는 이미 그들이 등 뒤에 다가와 있었다. 발소리는 하나밖에 들리지 않았는데 뒤에는 두 명이 서있었다.

발소리의 주인은 30대로 보이는 여성이었다. 절도 있는 발소리가 그 여자의 성격을 이야기해 주는 듯했다. 그 여자 또한 관리국원 특유의 무표정한 얼굴로 아카네와 신야를 바라보았다.

또 한 사람은 남자였다. 그는 맨발이었다. '폐잘'이라고 불리는 천으로 얼굴을 완전히 가려 앞이 보이지 않을 텐데도 걸음 걸이는 전혀 흐트러짐이 없었다.

"여기까지 걸음을 하게 하여 송구스럽군."

얼굴을 가린 사람이 쉰 목소리로 말했다. 얼굴을 가리고 있어서 제대로 알 수는 없지만 나이가 들었다는 것만은 알 수 있었다. 예스러운 말투로 남자가 말을 이었다.

"지금까지 회수원으로서 하신 일은 크게 보탬이 되었소. 그 공적을 감안하여 잔여 임기 기간의 임무가 면제됨을 알려드리오."

아카네는 일종의 위화감에 싸였다. 그의 목소리를 어디선가, 그것도 가까이에서 들었던 것 같은 느낌이 들었다. 물론 이런 예스런 말투를 쓰는 사람은 주위에 없다. 하지만 그 톤이 누군가와 닮은 것 같았다.

"그러므로 오늘 오염구역 안에서 보고 들은 일에 관해서는 일체 발설하지 않도록. 이상이오."

마지막까지 예스러운 말투를 쓰며 냉정하고 엄격하게 말하더니 남자는 몸을 돌려 역시 흐트러짐 없는 걸음으로 혼자 가 버렸다.

남은 여성은 아카네와 신야의 시선이 그 남자에서 자기 쪽으로 옮겨온 것을 확인하더니 목에 감은 스카프에 손을 대고 살짝 헛기침을 하더니 입을 열었다.

"관리국 수도본국에 있는 시라세라고 합니다. 방금 통감님으로부터 지시가 있었던 바와 같이 두 분은 오늘 날짜로 회수원으로서의 임무가 해제되었습니다."

차분한 톤의 목소리는 적잖이 그늘진 가지런한 얼굴과도 닮아 있었다.

"내일은 회수원 집합 장소가 아니라 사전 연수를 받았던 쓰가와 역 앞에 있는 제2 다카하시 빌딩 회의실로 와주십시오. 거기서 임무 해제 수속을 밟고, 또한 직장 복귀 수속도 밟아 주시기 바랍니다."

여성은 감정이 억제된 관리국원 특유의 무표정한 얼굴로 설명을 이어나갔다. 저 여자는 어떤 생각으로 이 일을 하고 있는 것일까? 아카네는 아무것도 읽어낼 수 없는 그 얼굴을 바라보았다.

◇

두 사람이 내린 곳은 쓰가와 교외에 있는 가장 큰 슈퍼마켓의 옥외 주차장 한구석이었다. 멀어져 가는 트럭의 후미등을 멍하니 바라보고 있었다.

"어때, 아카네 씨. 임무도 끝나서 이제 다시 보기 힘들 텐데 한잔하지 않겠나?"

"어머, 좋죠."

신야가 데리고 간 곳은 은방울꽃 거리에서 한 블록 안으로 들어간 길에 있는 선술집이었다. 중년남자가 혼자 드나들 만한 자그마한 가게였다.

생맥주로 건배를 하고 서로 넉 달에 걸친 노고를 치하했다. 둘이서 큰 잔을 반쯤 단숨에 비웠지만 해방감은 느껴지지 않았다.

"그 아이는 어떻게 될까?"

아카네가 툭 내뱉은 말에 뜨거운 물수건으로 눈두덩을 누르고 있던 신야는 눈을 껌뻑거리며 낮은 천장을 올려다보았다.

"글쎄. 특별 오염 대상일 테니 관리국에 구속되어 평생 밖에 나오지 못하고 지내게 될지도 모르지."

아카네는 특별 오염 대상자를 경멸하여 부르는 '그 말'을 떠올리다가 얼른 지워 버렸다.

"그냥 계속 자는 게 더 나았을까요?"

아카네는 대답이 돌아오지 않을 거라는 걸 알면서도 물어보았다. 인생에서 무엇인가를 선택한다는 것이 어느 쪽이 옳았는가는 숨을 거둘 때나 알 수 있는 노릇이다.

'불쌍해요.'

별 생각 없이 중얼거리려다 아카네는 얼른 말을 삼켰다.

계속 잠을 자는 것, 구속되어 살아가는 것. 둘 다 불쌍하기는 마찬가지일 것이다. 하지만 '불쌍해요'라고 경솔하게 말을 하여 그 여자아이의 삶을 가벼이 여기며 위선적인 만족을 얻는 짓은 하고 싶지 않았다.

의욕이 없어 보이는 아르바이트 여자아이가 임연수어 말린 것과 풋콩 삶은 것, 무 샐러드를 대충 내려놓고 가 버렸다.

"난 낙천적인 인간이니까."

신야는 임연수어 살을 젓가락으로 뜯으며 말 그대로 낙천적인 목소리로 말했다.

"사람이란 어떤 삶을 살건 반드시 뭔가 역할을 하고 있는 거라고 생각해."

"뭔가 역할을?"

"예를 들면 도시의 소멸로 사라진 사람들도 그렇지. 그 생명의 무게를 통해 누군가가 뭔가를 이어받으려고 한다면 그건 필요한 생명이고 필요한 소멸이지. 다음 시대로 희망을 이어가기 위한."

그렇게 말하며 신야는 반쯤 남은 생맥주를 단숨에 들이켰다. 달관한 듯한 말투였다. 하지만 아카네는 이해가 가지 않았다. 아카네와 마찬가지로 신야도 가까운 누군가를 잃었기 때문에 회수원으로 선발된 것이다. 그걸 물어볼 생각은 없고, 자기 이야기를 할 마음도 없다.

사라진 것을 슬퍼하고, 분노하고, 멍하니 보내는 나날을 대체 얼마나 보내면 신야처럼 달관할 수 있게 될까. 아카네는 신야의 마음속에 차곡차곡 쌓였을 그 시간들을 떠올렸다.

"그런데 오래간만에 봤군. 예전 모습의 검색사를."

"예? 검색사라고요?"

맥주잔을 내려놓은 신야는 입가에 묻은 거품을 닦으며 약간 놀란 표정을 지었다.

"그런가? 역시 나하고는 열다섯 살이나 차이가 나니 그 모습을 본 적이 없으려나? 그 사람은 맨눈으로 오염 회수를 하던 예전 검색사지. 아마 오랜 세월에 걸친 오염 때문에 시력을 잃고 얼굴에도 영향이 있었을 거야. 그래서 그렇게 얼굴을 가리고 있는 것이고."

"어머, 그랬군요."

"헝겊으로 얼굴을 가리고 게다가 맨발이었잖아. 우리 어렸을 때는 그런 모습을 보면 '유괴범이 왔다!'며 도망쳤지."

"흐음."

기묘한 차림을 한 남자를 떠올리다가 퍼뜩 정신이 들었다. 그의 목소리는 나카니시를 닮았다. 하지만 왜? 답을 찾지 못한 채로 아카네도 술잔을 들이켰다.

"아저씨는 앞으로 어떻게 할 거예요?"

"응? 아아, 물론 이전 생활로 돌아갈 거야. 사랑하는 아내가 돌아오기를 학수고대하고 있으니까. 아카네 씨도 돌아갈 거지?"

"음. 저는 말이에요, 여기 머물 거예요."

두 번째 잔을 마시려던 신야가 놀란 듯이 술잔을 내려놓았다.

"아니, 대체 어째서? 이곳이 그렇게 마음에 들었나?"

아카네는 그가 이상하다는 표정으로 바라보자 생긋 웃으며 고개를 크게 끄덕였다.

"제가 살아가면서 해야 할 역할을 이곳에서 할 거예요."

◇

아카네의 이삿짐은 이삿짐센터에서 제일 작은 경트럭으로도 충분했다. 가즈히로의 짐은 나카니시의 승용차 뒷자리에 넣어도 다 들어갔다.

두 사람에게는 각각 별채의 방이 주어졌다. 원래는 딸 부부가 묵을 때 쓰던 방이었지만 나카니시는 추억이 담긴 물건들을 아예 창고에 집어넣고 셋이서 하는 생활의 첫걸음을 떼기로 했던 것이다.

나카니시의 사위가 가구를 만들던 작업실이 가즈히로의 아틀리에가 되었다.

셋이서 지내는 첫날 아침. 식사를 마치고 여전히 화랑 전시를 계속하고 있는 가즈히로를 배웅했다. 가즈히로는 오늘 나카니시의 차를 빌려 타고 나갔다.

"그럼 한바탕해 볼까요?"

팔을 걷고 나선 아카네가 시작한 '바람을 기다리는 집'에서의 첫번째 일은 홈페이지의 복구였다. 지도나 주변 관광지 안내에 쓰키가세가 표시되어 있고 사진이 있기 때문에 관리국의 '전자정보 대책계'에 의해 격리되어 있었던 것이다.

관리국에 전역 접속 요구를 하고 나카니시의 식별 ID를 써서 홈페이지를 열었다. 검열을 받은 상태이기 때문에 쓰키가세 관련 항목은 모두 삭제되어 있었다. 새로 문장을 적어 넣고 쓰키가세 풍경이 삭제된 화상 부분은 일러스트로 교체했다.

나카니시에게 문장에 관한 어드바이스를 받으면서 일단 변경을 마치고 수정 파일을 관리국에 보냈다. 관리국으로부터 '복구 허가'가 나오면 정식으로 전역에 게시할 수 있는 것이다.

점심은 어떻게 할까 하는 생각을 할 무렵 자동차 소리가 났다. 복도 창문으로 주차장을 내다보니 가즈히로가 차 뒤에서 짐을 내리려 하고 있었다.

"가즈히로, 오늘 화랑은?"

샌들을 신고 주차장으로 나간 아카네는 그가 안고 있는 크고 평평한 짐을 보고 눈이 휘둥그레졌다. 그것은 포장된 캔버스였다.

"이제 됐어, 전시는."

"이제 됐다니…… 무슨 소리야?"

가즈히로가 도와달라는 듯이 캔버스를 건네면서 멋쩍은 웃음을 지어 보이며 머리를 긁었다.

"슬슬 다음 그림을 그려야겠다는 생각이 들어서."

"그래?"

무뚝뚝하게 대꾸하면서도 아카네의 얼굴에는 절로 미소가 떠올랐다. 다음 그림을 그리겠다는 말이 새로운 생활의 첫걸음을 내디디려 하는 의지의 표현으로 여겨졌기 때문이다.

주방에서는 나카니시가 점심 준비를 시작하고 있었다. 아카네도 감자 껍질을 벗기면서 가즈히로 이야기를 해주었다.

"그래? 그거 잘 되었구나."

나카니시는 냄비의 불을 조절하며 등을 진 채로 그렇게 말했다.

"너나 가즈히로나 여기 뿌리를 내리게 되었구나."

"예. 아저씨와 가즈히로하고 함께 여기서 살 거예요."

나카니시가 뒤를 돌아보았다. 여느 때와 마찬가지로 온화하기는 했지만 갑자기 심각한 표정을 짓고 있었다.

"가즈히로가 이런 말을 했었지? 너무도 큰 상실감 때문에 슬픔을 느낄 수가 없다고."

"예."

"가즈히로가 자신의 슬픔을 슬픔으로 제대로 처리하지 못한 채로 살아가는 것은 어떤 의미에서는 대단히 위험하다는 생각이 들어. 언제 터질지도 모를 폭약을 안고 있는 것처럼 말이야. 가즈히로와 함께 살아가는 길을 선택할 거라면 그만한 각오는 해두어야 한다."

"그렇다고 해도 겁먹을 것은 없죠. 그렇죠?"

나카니시는 아카네의 짧은 머리에 손을 얹더니 사랑스럽다는 듯이 쓰다듬어 주었다.

"나나 가즈히로나 언젠가 갑자기 사라질 때가 올지도 몰라. 지금 이 순간에도 나는 사라질지 모르는 거야. 그걸 명심해 두거라."

아카네는 나카니시의 따스한 마음을 느꼈다. 그게 언젠가

'사라질' 것이기 때문에 더 애틋하게 느껴졌다.

◇

바람을 기다리는 집은 본격적으로 영업을 재개해 서서히 손님이 늘어나고 있었다.

그날 밤은 세 쌍의 손님이 들어 바람을 기다리는 집으로서는 대성황이라고 할 수 있었다. 식사가 끝난 뒤에 차 대접을 마치고 겨우 한숨 돌린 나카니시는 또래 부부와 담소를 즐기고 있었다. 휴업하기 전에도 자주 들르던 단골인 모양이었다.

"그러고 보니 소문이 났더군."

찻잔을 손에 들고 남자 손님이 문득 생각났다는 듯이 나카니시에게 말했다.

"한 사람 확인되었대. 여자인 모양이던데……."

다른 손님이 있는 앞이라 두 사람의 대화는 애매한 표현을 쓰고 있었다. 하지만 아카네는 알고 있다. 그게 아카네가 발견한 잠자고 있던 여자아이 이야기라는 사실을. 물론 아카네나 신야나 비밀을 지키느라 입 밖에 내지 않았다. 하지만 역시 어디선가 정보가 샌 모양이었다.

반사적으로 가즈히로를 돌아보았다. 대화 내용을 듣지 못했는지 늘 앉는 조금 떨어진 자리에 앉아 고주기를 조용히 퉁기고 있었다.

일단 정리가 끝나 아카네는 자기 방으로 돌아갔다. 컴퓨터로 메일을 체크하자 전에 이용했던 손님이 인사 메일을 보내와 답장을 쓰기로 했다.

그때 조심스러운 노크 소리가 들렸다. 요즘은 노크 소리로도 나카니시인지 가즈히로인지 알 수 있게 되었다. 별일 아니지만 아카네에게는 자기가 여기서 살아가고 있다는 것을 확실하게 느끼게 해주는 행복한 소리였다.

"가즈히로? 괜찮아, 들어와."

의자에 앉은 채로 뒤를 돌아보니 가즈히로가 '방해되지 않아?' 라는 표정으로 고개를 들이밀었다. 왠지 망설이듯 머뭇거렸다.

"왜 그래?"

"저어, 부탁이 있는데."

난처할 때는 늘 그렇듯 가즈히로는 머리를 긁기 시작했다.

"너를……그려도 되겠어?"

웅얼거리는 말투를 알아듣는 데 시간이 걸렸다. 하지만 조금 있다가 그게 아카네를 모델로 그리겠다는 이야기라는 사실을 깨달았다.

"날 모델로 할 거야? 좋아. 하지만 예쁘게 그려 줘야 해."

가볍게 대꾸했지만 가즈히로에게는 아직 더 할 말이 있는 모양이었다. 아카네는 의자에서 일어나 아직도 우물거리는 가즈히로 앞으로 다가가 머리 하나는 더 높은 곳에 있는 그의 얼굴을 쳐다보았다.

"저어, 아카네……."

가즈히로가 침을 꿀꺽 삼키는 소리가 들렸다.

"이 그림이 완성되면 네게 하고 싶은 이야기가 있어."

두 사람의 동작이 멈췄다. 똑바로 바라볼 수 없는지 가즈히
로는 고개를 돌리고 있었다. 그 뺨을 두 손으로 잡고 억지로 자
기 쪽을 보게 했다. 가즈히로의 눈을 들여다보며 '하고 싶은 이
야기'의 의미를 찾았다. 어색하게 마주보는 가즈히로의 눈동자
에는 망설임 같은 것은 담겨 있지 않았다.

"나라도 괜찮아?"

천천히 물었다. '정말 나라도 괜찮아'라고. 가즈히로는 조용
히 고개를 끄덕였다. 그의 가슴에 살며시 얼굴을 묻었다. 쿵쿵
거리는 심장 고동과 그림물감 냄새가 뒤섞여 아카네는 행복감
에 젖어들었다.

◇

아틀리에에는 아무것도 그리지 않은 캔버스가 놓여 있었다.
아카네는 자꾸만 긴장이 되었다. 새하얀 캔버스가 아카네와 가
즈히로의 앞날을 상징하는 듯했기 때문이다.

"잘 부탁드립니다."

묘하게 진지한 아카네의 인사에 가즈히로는 '아, 오히려 내

가 잘 부탁해야지'라고 우물우물 대꾸했다.

"어떤 포즈를 취하면 돼?"

창가에 놓인 의자에 앉았다. 그는 데생용 연필을 들고 불쑥 표정을 바꿨다. 고주기를 연주할 때처럼 주위 공기가 팽팽해지는 듯했다.

가즈히로는 캔버스와 아카네 사이를 오가며 아카네의 허리와 턱에 손을 대고 원하는 모습을 취하도록 만들었다. '이제 됐어'라고 하듯이 가즈히로가 캔버스 옆에서 팔짱을 꼈다.

아카네는 꼼짝도 하지 않고 슬픔에 잠겨 있었다. 그가 원하는 포즈는 그 그림 속의 여자가 취하고 있던 자세였다.

슬픔은 질투 때문이 아니었다. 기억을 잃었어도 가즈히로의 마음속에는 그녀에 대한 생각이 아직 숨을 쉬고 있다. 사라졌지만 아직도 이어져 있는 두 사람 사이의 끈. 그런 강한 마음으로 이어진 두 사람이 터무니없이 헤어지게 된 현실. 그 부조리 앞에서 어찌해 볼 수도 없는 자신과 가즈히로가 마냥 슬펐다.

아카네는 등을 쭉 폈다. 가즈히로가 고주기를 연주할 때처럼, 그리고 눈을 뜬 채로 울고 있었다. 어차피 울려면 미련이 남지 않도록 실컷 운다. 그게 아카네의 방식이었다. 하염없이 흐르는 눈물을 닦으려 하지도 않고.

"왜 울어?"

캔버스를 진지한 표정으로 들여다보던 가즈히로는 아카네가 갑자기 눈물을 흘리자 깜짝 놀라 연필을 떨어뜨렸다.

"됐어. 이대로 그려줘. 부탁이야."

아카네는 눈물을 흘리면서도 표정은 웃으며 꼼짝도 하지 않고 앉아서 계속 울었다. 가즈히로는 당황하면서도 아카네에게 다가와 조심스럽게 머리에 손을 얹고 껴안았다. 아카네는 흐느껴 울며 그의 품에 안겼다.

◇

기척을 느끼고 잠에서 깼다. 아니, 정확하게 이야기하면 기척이 없어서 아카네는 눈을 떴다. 손을 뻗으면 닿을 곳에 있었던 가즈히로의 부드러운 머리카락. 머뭇거리면서도 꼭 껴안아주던 팔. 조금 전까지만 해도 가까이에 있던 온기가 사라졌다.

벌거벗은 채로 자고 있던 아카네는 어둠 속에서 잠옷을 걸치고 방을 나왔다. 아틀리에를 들여다보았지만 전깃불은 꺼져 있었다. 펜션 주방과 거실에도 그는 없었다.

혹시나 싶어 현관을 확인해 보았다. 가즈히로의 구두가 보이지 않았다. 편의점에라도 간 걸까? 그런 생각을 하며 방으로 돌아와서야 깨달았다. 그는 휴대전화와 지갑 등을 모두 두고 밖에 나간 것이다.

약간 망설였지만 아카네는 나카니시의 방문을 노크했다. 뭔가 이상하다는 느낌을 받았는지 나카니시가 바로 문을 열었다.

"가즈히로가 없어요."

나카니시는 약간 심각한 표정을 짓더니 고개를 끄덕였다. '괜찮아'라고 말해 주었다면 마음이 놓였을 텐데. 하지만 아카네는 알고 있었다. 마음씨 좋은 나카니시였지만 결코 잠시 마음을 놓으라고 마음에 없는 소리를 하지는 않는다는 사실을.

"혹시 도시에 간 게 아닐까요……?"

아카네는 가즈히로가 없어졌다는 사실을 안 순간부터 생각했던 말을 입 밖에 냈다.

"한 번 더 집 안을 찾아보자."

나카니시는 펜션으로 향했다. 아카네는 아틀리에를 다시 한 번 살펴보았다. 불을 켜지 않고 안으로 들어갔다. 커튼이 젖혀 있어 달빛이 아틀리에에 가득했다. 가즈히로와 함께 여기 있을 때는 커튼이 드리워져 있었다.

달의 화신처럼 흰 캔버스가 눈부시게 빛나고 있었다. 그는 아카네가 잠이 든 뒤에 다시 캔버스 앞에 앉아있었던 것이다. 아카네는 숨을 멈췄다. 캔버스 안에 있는 여성은 쇼트커트의 아카네가 아니라 어깨까지 머리를 기른 여자였다.

그 사람은 사라진 도시의 가즈히로 방에서 보았던 그의 애인이었다. 달빛을 받은 캔버스가 '도시'에 의해 빼앗긴 기억을 되살리기라도 했다면…….

어느새 나카니시가 등 뒤에 서있었다. 캔버스를 들여다보고 있었다. 그도 무슨 일이 일어났는지 눈치를 챈 모양이었다.

"아저씨, 저 관리국에 다녀올게요."

"나도 가자."

나카니시가 절박한 목소리로 말하며 차를 꺼내러 달려 나갔
다. 아카네도 뒤를 따라 아틀리에를 나오다가 다시 캔버스를
보고 입술을 꼭 깨물었다.

◇

'관리국 쓰가와 사무소'는 쓰키가세가 사라진 뒤에 급히 설
치되었는지 폐공장에 있었다. '노구치野口 철강(주)'라고 하는
반쯤 칠이 벗겨진 간판이 그대로 걸려 있었다.

낡은 공장 특유의 음울한 낙엽색 벽이 이어지고, 그 위에 새
로 설치한 철조망이 몇 겹이나 쳐져 있었다. 요소요소에 침입
을 막기 위한 가드 시스템이 있었다.

정면 입구는 경비용 장비를 착용한 억세 보이는 경비원들이
지키고 있었다. 사정 설명을 하고 직원 면회를 신청했지만 융
통성 없는 태도로 면회 접수가 가능한 시간에 다시 오라고 할
뿐이었다.

"무슨 일이죠?"

승강이를 벌이고 있자 밖에서 돌아온 관리국 마크를 단 차가
멈춰 서더니 한 여자가 차에서 내려 아카네에게 물었다. 여자
는 타이트스커트에 정장 차림을 하고 목에는 얇은 스카프를 두
르고 있었다.

며칠 전 회수원 임무가 해제될 때 나타났던 시라세라는 여자였다. 처음에는 그 사람인지 몰랐다. 억제가 풀린 그녀에게서 쓸쓸함은 느껴졌지만 근심이 있는 듯한 단아한 아름다움이 있었기 때문이다.

아카네의 설명을 듣고 시라세는 그늘진 얼굴에 더욱 어두운 표정을 지으며 말했다.

"만약 그분이 도시에 들어가 버렸다면 한시바삐 데리고 나와야 하겠군요. '도시'에 빨려 들어가고 말 겁니다."

"도시에 들어가도록 허가를 내려 주세요. 제가 데려오겠습니다."

"당신은 회수원이었죠? 회수원이 날이 밝을 때만 회수 작업을 하는 이유를 압니까?"

"예? 그건 그냥 전기가 공급되지 않기 때문 아닌가요?"

"물론 그런 이유도 있어요. 실은 다음 소멸을 최대한 늦추기 위해 24시간 내내 회수 작업을 하고 싶죠. 하지만 그럴 수가 없는 것은 '도시'에 빨려 들어가지 않기 위해서입니다. 잔광이 빛나고 있을 때는 '도시'가 매우 불안정하고 변덕스럽습니다. 아카네 씨, 아무리 당신이 쓰키가세와 관계가 없는 분이라 해도 '도시'는 가차 없이 당신을 삼킬 가능성이 있어요. 그런데도 들어가겠어요?"

아카네는 심호흡을 한 번 했다. 그리고 스스로 생각하기에도 놀랄 정도로 그럴 각오가 되어 있다는 사실을 깨달았다. 마음을 굳히고 아카네는 대답을 했다.

"약속했습니다."

"약속이라고요?"

시라세가 조용한 목소리로 물었다.

"불안정한 그 사람의 마음이 제자리를 잡을 때까지 제가 도와주겠다고."

시라세는 아카네를 가만히 바라보고 있었다. 뭔가 판단을 하려고 하는 듯했다. 아카네는 그 여자의 차분한 표정에서 불쑥 그림자가 드리우는 숙명 같은 슬픔의 빛깔을 보고 있었다.

"알겠습니다. 그러면 도시에 들어갈 준비를 합시다. 안으로 들어가시죠."

◇

나카니시는 차에서 대기하고 아카네만 사무소 안으로 들어 갔다. 도시에서 가족을 잃은 나카니시는 오염 위험성이 있었기 때문이다.

안내된 곳은 공장 종업원들이 휴게실로 쓰던 것 같은 작은 방으로 담배 냄새가 숙명처럼 배어 있었다. 수명이 다 되어 가는 형광등이 깜빡거리는 실내는 서랍을 모두 빼낸 철제 사무용 책상 네 개가 한복판에 대충 놓여 있는 것 이외에는 아무것도 없었다. 벽에 걸린 '창립 20주년 기념'이라고 적힌 시계는 무슨 까닭인지 시침이 없어졌고 분침만 '47분'을 가리키고 있었다.

한동안 기다리자 시라세를 따라 들어온 것은 졸린 눈을 한 세 살쯤 되는 여자아이였다. 저도 모르게 소리를 질렀다.

"저 애는?"

"예, 아카네 씨가 첫번째 접촉자였죠. 그래요. 그 앱니다."

여자아이는 쭈그리고 앉은 아카네의 큼직한 눈을 바라보며 몇 차례 눈을 깜빡거렸다.

"아직 '도시'의 영향에서 빠져나오지 못했기 때문에 말은 할 수 없지만……. 이 아이는 소멸 내성을 지니고 있으니 도시에 들어갈 수 있을 겁니다. 우리를 인도해 줄 겁니다."

"예? 우리라뇨……?"

아카네의 물음에 시라세는 조용히 웃으며 대꾸했다.

"저도 함께 갑니다. 아마 아카네 씨 혼자서는 무리일 테니까요."

"하지만 시라세 씨도 도시에 들어가면 오염이 되잖아요? 그런 부탁은 드릴 수가 없어요."

"저는 괜찮을 겁니다. 아니, 괜찮아요. 그러니 신경 쓰지 마세요. 준비할 테니 조금만 더 기다려주시죠."

괜찮다는 건 무슨 의미일까. 깊이 생각할 틈도 주지 않고 시라세가 무슨 천 같은 것을 손에 들고 방으로 돌아왔다.

"도시에 들어갈 때는 이걸 입어 주세요."

그렇게 말하며 건네준 것은 그 통감이라고 불리던 인물이 얼굴을 가리고 있던 것과 같은 폐잘이었다.

"만약 가즈히로 씨가 도시에 들어가 버렸다면 '도시'는 다른 날 밤보다 더 불안정한 상태일 겁니다. 최대한 자극하지 않도록 신중하게 행동해 주세요."

위협으로 들리지는 않는 시라세의 심각한 표정에 아카네는 비로소 낮의 쓰키가세에서는 깨닫지 못했던 공포가 느껴졌다. 여자아이는 그제야 잠에서 깬 표정으로 아카네를 이상하다는 듯이 쳐다보고 있었다.

"이 아이는 이름이 뭐죠?"

"호적이 없어진 아이기 때문에 이름은 없습니다."

이름도 호적도 없는 아이. 법률상 아무런 보호 규정도 없는 '특별 오염 대상자'의 현실. 이 아이는 앞으로 어떤 인생을 살아가게 될까. 아카네는 암담한 기분에 휩싸였다. 아카네의 그런 마음을 알 리 없는 여자아이는 지금은 '53분'을 가리키는 시계를 물끄러미 바라보고 있었다.

"잘 부탁한다. 가즈히로가 있는 곳에 데려다다오."

아카네는 여자아이 앞에 쭈그리고 앉아 무슨 말인지 알아들을 리도 없다는 생각을 하면서도 눈동자를 들여다보았다. 여자아이는 고개를 끄덕였다.

◇

나카니시는 차를 완충지대로 몰았다.

"나도 도시에 들어갈 수 있으면 좋겠는데."

핸들을 잡은 나카니시가 미안하다는 듯이 말했다. 안 되는 일이라는 것을 알기에 아카네는 말없이 고개를 저었다.

말뚝에 로프를 걸어 놓은 간략한 완충지대의 바리케이드 앞에서 차가 멈췄다. 주위는 사람들의 출입도 끝나 조용했다.

"회수원으로 일했으니 아시겠지만 도시 안에서는 절대 이름을 부르지 마세요. '도시'는 이름에 유난히 민감하니까요."

아카네는 고개를 끄덕이고 하늘을 올려다보았다. 달은 스스로 빛을 내는 것처럼 밝게 빛나고 있었다. 가즈히로도 지금 도시에서 저 달빛을 보고 있을까.

"그러면 들어갑시다."

앞장서서 걷기 시작한 시라세는 아카네를 돌아보며 슬픔이 느껴지는 미소를 지었다.

"저는 지금부터 감정 억제를 할 테니 지금까지와 느낌이 다를 겁니다. 부디 신경 쓰지 마세요."

그렇게 말하더니 목에 두른 스카프 매듭에 손을 얹고 눈을 감았다.

"조심해."

나카니시의 말에 아카네는 말없이 고개를 끄덕이고 바리케이드를 지나 도시를 향해 걸음을 뗐다.

잠시 가로등이 꺼진 길을 걸었다. 여자아이는 조금 앞서 종종걸음으로 걸으며 이따금 확인하듯 아카네를 돌아보았다.

시라세가 걸음을 멈추고 뭔가를 가늠하듯이 한 부분을 둘러보았다. 감정 억제 상태에 있는 모양이었다. 처음 만났을 때와 마찬가지로 무표정한 얼굴이었다.

"이제 폐잘을 장착해 주세요."

아카네는 폐잘을 꺼냈다. 뻣뻣한 낡은 천으로 얼굴을 가리자 시라세가 매만져 주었다.

"괜찮습니까?"

외계로부터 차단된 어둠 밖에서 시라세의 목소리가 들려왔다. 헝겊 한 장 사이라는 게 믿을 수 없을 정도로 멀리서 울렸다.

"앞으로는 그 애가 도시 안까지 데려가 줄 겁니다. 절대로 손을 놓지 마세요."

아카네는 '잘 부탁한다'는 뜻을 담아 작은 손을 잡았다. 그 작은 손은 아카네의 손을 꼭 쥐고 길을 인도하듯 잡아당겼다.

앞을 볼 수 없어 여자아이의 손에만 의지해 계속 걸었다. 걸은 거리로 하면 이미 도시에 들어온 상태일 것이다. 아카네는 회수원으로 일하던 때 타던 트럭을 떠올렸다. 왜 도시에 출입할 때는 이렇게 시야를 막아야만 하는 걸까.

마치 도시에 들어가는 순간을 보게 되면 무슨 일이 일어나기라도 한다는 듯이.

여자아이의 작은 보폭을 따라가기 때문인지 아카네는 점차 이상한 느낌을 받았다. 한 걸음씩 디디는 다리의 감각이 불안했다. 땅은 분명히 있고 딱딱한 감촉도 있다. 하지만 왠지 그것이 '만들어진 것' 같은 느낌이 들었다. 아카네가 내딛는 걸음에 맞추어 지면이 그 부분만 만들어져 있고, 실은 아무것도 없는 텅 빈 공간을 걷고 있는 게 아닐까 하는 생각이 들었다.

트럭으로 드나들 때 느꼈던, 어디론가 가고 있기는 한데 그 방향이 가늠되지 않던 것과 같은 초조함이 느껴졌다.

'절대로 손을 놓지 마세요.'

시라세의 말을 떠올렸다. 손 안에 쏙 들어오는 여자아이의 작은 손. 지금은 그것만이 또렷하게 느껴졌다. 이 아이의 눈동자에는 대체 어떤 광경이 보이는 걸까.

거리 감각을 완전히 잃었을 무렵 여자아이가 걸음을 멈추었다. 주위를 두리번거리는 것 같았다.

"이제 폐쇄을 벗어도 괜찮습니다."

시라세의 메마른 목소리에 아카네는 폐쇄을 벗으며 크게 숨을 내쉬었다. 무심코 확인한 시계는 오전 3시 23분을 가리키고 있었다. 트럭을 타고 도시에 출입할 때와 마찬가지로 역시 17분이 걸렸다.

쓰키가세의 밤 풍경을 도시 안에서 보기는 처음이었다. 바람을 기다리는 집에서 보면 또렷하게 보이던 잔광은 지금 아카네의 주위에서는 보이지 않았다. 불을 켜지 않은 집들과 가로등이 조용히 늘어서 있을 뿐이었다.

불쑥 먼 곳을 보니 거기에는 잔광이 있었다. 하지만 그 빛도 아카네가 그쪽 방향으로 걸어가면 흔들리다가 환상이었던 것처럼 사라져 버렸다.

아카네를 비웃듯이 다가가면 꺼지는 빛. 마치 신기루 같았다. 가즈히로의 마음에는 결코 다가갈 수 없다는 듯이 빛은 아카네가 다가오는 것을 받아들이지 않았다.

불안과 초조가 가슴속에서 소용돌이쳤다. 억누르려 해도 치밀어 올랐다. 마치 무슨 꾐에 넘어가고 있는 듯했다.

'그 원인은……'

아카네는 하늘을 올려다보았다. 거기에는 타원형으로 일그러진 달이 또렷하게 모습을 드러내고 있었다. 베일을 벗은 듯한 그 달빛이 아카네에게 그대로 쏟아졌다.

어둠과 대치해야 할, 혹은 어둠을 능가하여 밀어내야 할 빛의 존재 의의가 그 달빛에서는 느껴지지 않았다. 어디까지나 어둠에 끌려 들어가려고 하는 듯한 둔한 빛. 분명히 쓰가와에서 보던 달과는 이질적인 빛이었다.

"도시의 영향 아래 있다는 증거죠."

시라세가 한층 더 억양이 없는 목소리로 말했다. 아카네는 심장을 얼음처럼 차가운 손이 천천히 쓰다듬는 것 같은 공포를 느끼며 저도 모르게 여자아이의 손을 꼭 쥐었다.

'가즈히로, 어디 있는 거야?'

아카네는 마음속으로 가즈히로를 불렀다. 혼신의 힘을 다해, 영혼을 담아서.

무슨 소리가 희미하게 들렸다. 바람이 없는 가라앉은 공기를 깨고 드문드문 끊기기는 하지만 또렷하게 들려왔다. 가즈히로가 고주기를 연주하는 소리였다.

소리가 나는 쪽으로 달려갔다. 지금까지와는 반대로 여자아이의 손을 잡아끌다가 멈춰 서서 아이를 업고 다시 달렸다. 가느다란 팔이 목에 감겨왔다. 여자아이는 떨어지지 않으려 필사적으로 매달려 있었다.

여자아이를 통해 '도시'의 차가운 숨결을 느꼈다. 여자아이에게 달라붙어 떠나려하지 않는 차가운 '도시'의 숨결을. 아카네는 자기도 '도시'에 끌려 들어갈 것 같은 착각을 느껴 더욱 속도를 냈다.

고주기 소리는 점점 가까워지는가 싶더니 다시 도망치는 잔광처럼 불쑥 멀어졌다. '도시'가 가즈히로를 넘겨주지 않겠다고 고집을 부리는 듯했다.

이윽고 앞쪽 높은 지대에 달빛을 받아 더욱 이채를 띠는 것이 보였다. 도시 한복판에 있는 고사포탑이었다. 아카네는 이제 망설이지 않았다. 가즈히로는 자기가 그린 그 그림의 풍경 속에 있는 것이다.

언덕으로 가는 길로 나왔다. 가즈히로는 고주기를 안고 길가에 앉아있었다. 얼굴에는 표정이 사라졌다. 그는 과연 자기 집을 기억해 내고 여기까지 찾아온 걸까? 캔버스에 그리던 애인의 모습을 확인한 걸까?

"데리러 왔어."

아카네는 가즈히로의 앞에 섰다. 그제야 깨달았다는 듯이 고개를 든 그는 부드러운 햇살 같은 미소를 지었다. 아카네의 뺨에 손을 대더니 살짝 쓰다듬었다.

"……이제야 만났네……."

가즈히로가 중얼거리다가 말꼬리가 끊어졌다. 하지만 아카네는 놓치지 않았다. 처음 듣는 여자 이름이었다. 그래도 상관없었다. 지금은 가즈히로가 간절하게 원하는 그 여자 대신이라도 좋았다.

"외로웠지?"

아카네의 팔에 안겨 가즈히로는 행복한 표정을 지으며 눈을 감았다. 그대로 잠이 든 듯이 다시 눈을 뜨지 않았다. 힘을 잃은 팔에서 고주기가 떨어지며 묵직한 불협화음을 만들어냈다.

여자아이는 언덕 쪽을 물끄러미 바라보고 있었다. 그 광경을 눈에 새겨 넣기라도 하듯이 꼼짝도 하지 않고.

시라세가 아직도 빛을 발하고 있는 타원형 달을 올려다보며 조용히 입을 열었다.

"슬슬 돌아갑시다. 오늘밤 '도시'는 별로 기분이 좋지 않은 것 같아요. 그 사람을 태울 수 있는 짐수레 같은 거라도 있나 찾아봅시다."

"아뇨. 제가 업고 갈 거예요."

아카네의 단호한 말투에 시라세가 약간 놀란 눈을 했다.

"하지만 당신은 또 페잘을 쓰고 걸어야만 하는데요."

아카네는 가즈히로의 몸을 일으켜 업고 일어서려다 실패하고 다시 힘을 모아 겨우 일어섰다. 의식이 없는 가즈히로는 유난히 무거웠다. 앞으로 자기가 짊어지고 살아가야 할 무게처럼 느껴졌다. 시라세를 향해 미소를 지었다.

"그래도 제가 업고 가야만 해요."

◇

바람을 기다리는 집으로 옮겨진 가즈히로는 계속 잠만 자고 있었다. 도시에서 그 여자아이를 발견했을 때처럼 편안한 표정이었다.

하지만 이 잠은 '도시'에 오염된 결과였다. 새삼 도시에 미련이 남은 사람일수록 도시에 들어가면 더 쉽게 오염되는 현실을 또렷하게 깨닫게 되었다.

"시라세 씨. 그 여자아이는 앞으로 어떻게 되는 건가요?"

가즈히로를 구해 준 여자아이가 특별 오염 대상자로서 힘겹게 살아가야 한다는 것이 견디기 힘들었다. 아카네의 심정을 눈치챘는지 시라세는 조용히 미소를 지었다.

"걱정 마세요. 어느 분이 맡아 주실 겁니다. 그리고 호적에도 올려 그분 딸로 자라게 될 겁니다."

감정 억제를 풀었지만 시라세가 다른 종류의 무표정한 얼굴을 보이며 이따금 고통을 참는 듯이 관자놀이를 누르고 있었다. 밤샘을 했기 때문만은 아닌 피로가 느껴졌다. 이것이 '도시'의 오염에 맞서는 관리국원이 치러야 할 대가일까.

아침이 조금씩 다가오고 있었다. 여명과 함께 도시의 잔광은 하나둘 모습을 감추었다. 마치 오늘밤에 있었던 일을 모두 씻어내려는 듯했다.

"가즈히로는 어떤 오염에 노출된 걸까요?"

시라세는 한동안 창밖을 바라보았다.

"물론 목숨에 지장은 없을 거라고 생각합니다……. 이런 사례가 적기 때문에 확실한 말씀은 드릴 수 없지만."

신중하게 표현을 고르는 모습을 보고 아카네는 시라세의 손을 살짝 만지고 고개를 저었다.

"저어, 시라세 씨. 각오는 되어 있으니 아는 범위에서 가능한 한 정확하게 저 사람이 앞으로 어떻게 될지 가르쳐 주시면 좋겠습니다. 그건 제 장래에 관한 문제이기도 하니까요."

아카네는 웃음을 지으며 그렇게 말했다. 시라세도 아카네의 웃는 얼굴에서 '각오'를 보았으리라. 미소를 지으며 고개를 끄덕였다.

"아마 저 사람은 며칠 지나면 깨어날 겁니다. 하지만 일단 '도시'의 촉수에 잡혀 버린 이상 '도시'는 저 사람을 집요하게 뇌주지 않을 겁니다."

시라세는 간결하면서도 사무적으로 가즈히로에게 일어날 수 있는 오염 후유증을 설명해 주었다. 그것은 아카네가 여태까지 들어온 어떤 오염과도 다른, 특수한 것이었다.

아마 가즈히로는 지금 나이, 즉 스물일곱인 상태로 마음의 성장과 기억이 멈춘 채로 살아가게 될 것이라는 사실. 그리고 혼수상태에서 깨어나더라도 뭔가 후유증이 남을지도 모른다는 사실.

"아카네 씨에게는 괴로운 이야기가 되겠군요. 저 사람은 아마 앞으로 여기서 아카네 씨와 지낼 세월을 기억할 수 없게 될 겁니다."

"그게 언제까지 계속되는 거죠?"

"모릅니다. 그게 언제인지는 '도시'에 달려 있습니다. 10년 뒤가 될지 20년 뒤가 될지, 아니면 더 오래 걸릴지도……."

"그럴 수가."

앞으로 가즈히로와 하루하루를 살아가려 생각하고 있었다. 하지만 그는 추억을 쌓아갈 수가 없다는 이야기다.

"하지만 아카네 씨. 딱 한 가지 희망이 있습니다. 그의 기억은 '사라진' 것이 아닙니다. '도시'가 그를 뇌주면 기억은 돌아올 가능성이 있습니다. 그때를 기다릴 수 있다면……."

시라세의 말이 중간에 끊어졌다. 언제 돌아올지도 모르는 기억. 그것만을 바라며 기다려야만 하는 세월은 너무나도 잔인하다고 생각했으리라.

아카네는 멍하니 일어서서 방을 나갔다. 발길이 향한 곳은 가즈히로의 아틀리에였다. 방 한복판에는 그리던 캔버스가 놓여 있었다. 언젠가 그가 이 캔버스에 나를 그려줄 수 있을까. 그때를 기다리며 살아갈 수 있을까. 가즈히로를 향한 마음은 변함이 없다. 하지만 앞으로 몇 십 년은 이어질지도 모르는 '오염'. 과연 그것을 짊어지고 살아갈 수 있을까. 한때의 감정만으로는 결단을 내릴 수가 없었다.

가즈히로는 애인에 대한 기억을 잃은 채로 상실감만 안고 살고 있었다. 그것은 누구도, 아카네마저도 대신할 수 없는 것이었다. 하지만 아카네는 앞으로 같은 슬픔을 안고 살아가야 하는 것이다. 눈앞에 있고, 만질 수 있고, 껴안을 수도 있는데 기억을 공유할 수 없는 가즈히로와 함께 살아가려면.

캔버스 앞에 서서 '차렷' 자세를 취하고 아카네는 고개를 끄덕였다. 그리고 가즈히로의 방으로 돌아왔다. 시라세가 걱정스러운 눈길로 아카네를 바라보았다. 미소를 지으며 아카네가 말했다.

"잠시 단둘이 있게 해주세요."

머리맡에 있는 의자에 앉아 편안하게 잠들어 있는 가즈히로의 뺨으로 살며시 손을 뻗었다. 따스한 체온이 느껴졌다. 가즈히로가 지금 여기 존재하고 있다는 사실을 확인하고, 아카네는 귓가에 살며시 속삭였다. 말을 걸듯이.

"내가 살아가며 해야 할 역할을 이곳에서 해낼 테야."

바람을 기다리는 집은 찾아오는 사람들이 새로운 바람이 불어올 때까지 잠시 머무는 '바람을 기다리는 항구' 다. 여기서 잃어버린 슬픔을 드러내지 않는 사람들을 받아들이면서 나도 기다리자. 기다리고 싶다. 언젠가 가즈히로의 기억이 돌아와 둘이서 지낸 추억을 되살릴 수 있는 그날을. 그것이 내게 주어진 역할이고 내 소망이다. 아카네는 그렇게 생각했다.

창밖에서는 조금 전까지만 해도 그토록 빛나던 도시의 잔광이 어느새 희미해져 있었다.

어두운 여명이 찾아오려 하고 있었다.

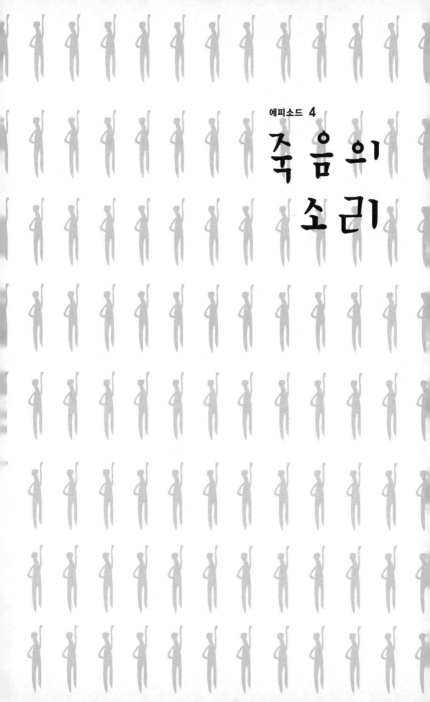

에피소드 4

죽음의
소리

한 사람 몫의 빨래는 금방 끝났다.

행주로 싱크대를 닦고, 아내가 여기 서있던 무렵의 질서를 언제까지 지킬 수 있을까를 생각했다.

히데아키英明의 아내는 '별체別體'였다.

처음에는 그런 사실을 전혀 모른 채로 아내를 만났다. 다른 사람들은 '분리자分離者'라는 것을 감각적으로 아는 모양이다. '차별'이라고 할 정도는 아닌 자연스러운 '구별'을 주위로부터 계속 받아왔던 아내 입장에서는 자신이 분리자라는 사실을 신경도 쓰지 않고 만나 주는 히데아키가 희한했을 것이다.

"대개는 아는데."

나중에 아내는 그렇게 말하며 웃었다.

이제는 히데아키도 '분리'가 무엇인지 조금은 알게 되었다.

분리에 관한 이론 자체는 과학적, 유전공학적, 심지어 주술적인 다양한 접근 방법이 있지만 '그 전쟁' 이전부터 '그리 멀지 않은 미래에 실현될 기술'로서 확립되어 있었다.

하지만 분리가 실현된 역사는 오래지 않다. 반세기 전의 드러그 문화로 거슬러 올라간다. 분리는 지금처럼 합법적인 약물인 '내추럴'이 유통되기 이전에 쓰이던 강화 유인제인 '하이 포지션' 남용에 의해 생겨났다. 말하자면 우연의 산물이었던 셈이다.

반세기 전의 젊은이들 사이에 은밀하게 나돌던 하이 포지션이 이른바 '황천黃泉'이란 이탈감을 낳는다는 사실에 착안한 학술통합원이 '자기 동일성 장애'의 치료에 활용하면서 완전한 분리에 성공한 것이 30년 전의 일이었다.

'본체'와 '별체'라고 하면 마치 주종관계가 있는 것처럼 보이지만 그저 편의상의 구분일 뿐이다. 쌍둥이라 해도 형과 언니, 동생으로 구분되는 것과 마찬가지로.

분리를 선택하는 사람이 많아지고 있기는 해도, 아직 분리자는 눈에 보이지 않는 차별과 호기심의 대상이었다. 그런데도 전혀 선입관 없이 대하는 히데아키에게 아내는 분명 호감을 느꼈으리라.

두 사람은 나중에 돌이켜 생각하면 우연이라고도 할 수 없고 필연이라고도 할 수 없는 만남과 많은 남녀가 지나는 과정을 거쳐 연인이 되었고, 특별하다고도 할 수 있고 보편적이라고도 할 수 있는 기쁨과 평안한 나날을 반복한 뒤에 결혼을 했다.

아내는 다른 사람과 아무런 차이가 없었다. 반년에 한 번 '분리통합국'에서 검사를 받고, 본체와 별체 어느 쪽이 사망하면 또 한 사람도 사망하게 된다는 점을 제외하면.

"그거 불안하지 않아?"

"왜?"

나란히 접시를 닦으며 아내는 질문이 이해가 안 된다는 투로 되물었다.

"그야, 예를 들면 네 본체가 교통사고로 뜻하지 않게 죽는다면 네가 아무리 건강해도 느닷없이 세상을 떠나게 되는 거잖아?"

소매가 흘러내려오자 아내는 거품이 잔뜩 묻은 손을 내밀었다. 히데아키는 아내의 소매를 걷어 올려 주었다. '고마워'라고 소리 없이 입 모양으로 말한 아내는 콧등에 살짝 주름을 잡으며 웃었다.

"생명이 끝나는 순간은 누구도 미리 알 수 없어. 지금 당장일지도 모르고 백년 뒤의 일이 될지도 모르는 거지. 그건 혼자 살건 본체와 별체로 나뉘어 살건 다를 게 없어. 그러니……"

아내는 한 걸음 다가와 젖은 팔을 뒤로 감았다. 히데아키는 아내를 끌어안고 눈꺼풀 위에 살짝 입술을 맞췄다. 히데아키가 늘 입맞춤하는 위치였다. 눈꺼풀의 부드러운 감촉. 늘 그곳에 입맞춤을 하는 편안함과 행복에 싸여 부드러운 아내의 몸을 두 팔로 감싸 안았다.

"언제 사라지더라도 괜찮도록 나를 네 안에 새겨 넣어 둬."

그렇다. 아내의 말이 맞았다. 언제 생명이 끝날지는 아무도 모른다. 그것은 아내 자신도 아니고, 아내의 본체도 아닌 전혀 다른 것에 의해 정해지는 것이다.

도시의 소멸에 의해.

◇

빨래를 마치고 전에 아내가 쓰던 방이었던 공간으로 들어갔다. 주인을 잃은 방은 히데아키와 마찬가지로 사실을 받아들이는 데 시간이 걸리는 모양이었다. 히데아키의 등장에 방이 조용히 체념 섞인 한숨을 쉬는 듯한 느낌이 들었다.

관리국의 통보가 시청을 거쳐 도착한 것은 아내의 고향인 쓰키가세가 사라진 지 2주나 지났을 때였던가? 내용은 출산을 위해 친정에 돌아가 있던 아내와 쓰키가세에 살던 처가 식구들과 관계가 있는 소멸 오염물의 공출에 관한 통보였다.

그때 이미 공출물을 정리해 두고 있던 히데아키는 고분고분 시청이 지정한 장소에 그것들을 가지고 갔다. 스스로 생각하기에도 너무나 순종적인 반응이라는 생각이 들었다. 하지만 원래 모든 정보가 국민 식별 ID로 관리되는 이상 소멸자에 관한 공출을 빠져나갈 길은 없다.

소멸 관계 물품의 공출을 부탁합니다

1. 귀 세대에서 공출해야 할 물건은 다음 소멸 해당자에 관한 것입니다.

    BQL-39872-091

    GHJ-89208-980

    DTE-29341-719

    SWA-18862-864

    HAO-67309-396

2. 공출해야 할 사물
    (1) 소멸지에 관한 물품
        - 소멸지의 지명 및 그 주소가 기입된 물건
        - 소멸지의 풍경 및 사물을 촬영한 사진
        - 기타 소멸지에 관한 묘사물
    (2) 소멸 해당자에 관한 물품
        - 상기 소멸 해당자 및 기타 소멸의 우려가 있는 자의 이름이 적힌 물품
        - 소멸 해당자를 촬영한 사진
        - 기타 소멸해당자를 묘사한 물품
3. 공출을 면하는 물품
    (1) 소멸지와 소멸 해당자에 관한 그림
    (2) 소멸 해당자와 관계있는 물품이라 해도 소멸 해당자의 기명이 없는 물품

상기 공출 대상물에 관하여 정해진 기일까지 거주 자치단체가 지시한 공출 장소까지 제출할 것.

소멸 관계 물품을 고의로 은닉하는 자는 법률에 의거하여 처벌 대상이 됩니다.

앨범을 펼쳤다. 풍경사진만 남아 벌레가 파먹은 것 같은 참혹한 상태였다. 물론 히데아키가 아내와 함께 찍은 사진이라도 아내가 찍혀 있는 부분만 잘라 제출할 수도 있지만 추억의 땅에서 자기만 남아 있는 사진을 보면 더 허전해지기만 하리라.

'슬프냐?' 라고 묻는다면 '잘 모르겠다' 라고 대답할 수밖에 없다. '아내의 죽음' 이라면 히데아키도 받아들일 준비와 각오가 되어 있고, 언젠가는 체념도 할 수 있을 것이다. 세월의 흐름이라는 가차 없고 무자비한 섭리에 따라.

하지만 '아내가 사라진다' 고 하는 상상도 못했던 사태에 히데아키는 대책도 없이 보이지 않는 거대한 적과 맞서는 듯한 어처구니없는 무력감과 막연한 공허감에 계속 지배되고 있었다. 그 일로부터 반년이나 지났는데.

그래도 또 각오를 해 두어야 하는 걸까? 아내가 분리자라는 것을 알면서 함께 살았던 것 이상의 각오를?

아내가 쓰던 책상 서랍을 열었다. 히데아키의 마음 그대로 공출을 끝낸 서랍 안은 텅 비어 있었다. 남겨진 한 장의 쪽지. 아내의 글씨로 낯선 주소가 적혀 있었다. 예전에 거류지와의 교역지로서 열렸던, 방문한 적이 없는 지방도시다.

언제였던가. 히데아키가 아내에게 물어본 적이 있다.

"분리된 네 본체는 지금 어디 있어?"

"서쪽 도시에서 혼자 살고 있어. 공장에서 사무를 보고 있다고 했어. 그 애는 또 다른 일을 갖고 있는데, 그쪽은 별로 수입이 되지 않아서."

이 주소는 아내의 본체가 사는 주소일지도 모른다.

'본체도 사라진 걸까?'

일반적으로 별체가 사망하면 본체도 순식간에 사망할 것이다. 하지만 아내는 '사망'한 것이 아니다. 사라진 것이다. 혹시 아내의 본체가 아직 살아있어서 아내의 소멸을 모른 채로 살아가고 있는 게 아닐까?

'만약 그렇다면······.'

본체가 만약 지금도 살아있다면, 별체인 아내의 소멸을 알리는 것이 자기가 해야 할 역할인 것 같았다. 그리고 그 이상으로 아내를 잃고 그 추억을 떠올리게 하는 것들을 모두 공출한 지금은 아내의 본체를 만나고 싶었다.

벽에 걸린 캘린더를 바라보았다. 아직도 캘린더만은 4월이었다. 3일에는 히데아키가 사인펜으로 빨간 동그라미를 그려 넣었다. 아내의 출산 예정일. 그리고 쓰키가세 도시가 사라진 날이기도 했다.

아내는 캘린더를 넘기는 행위에 성실하고 규칙적이었다. 꼭 날짜가 바뀌는 순간에 넘기려 했던 것이다. 11시 55분부터 캘린더 앞에 서서 시계바늘을 계속 바라보았다. 그러다 바늘이 모두 '12' 위에 겹쳐진 순간에 새로운 달의 시작을 스스로 새기듯이 캘린더를 넘기곤 했다.

"분리된 뒤로 시간이 경과하는 것에 무척 민감해졌어. 나하고 나뉜 본체가 소리에 민감해진 것처럼."

아내는 그렇게 말했다. 그 행위를 볼 때마다 캘린더가 일력이 아니라는 사실에 왠지 마음이 놓였다.

정성껏 넘기는 주인을 잃고 캘린더는 시간이 멈춘 듯했다. 히데아키는 캘린더를 넘겨 10월을 펼쳤다. 아내가 사라진 뒤의 나날들을 새삼 머릿속에 떠올렸다.

"10월 7일, 오늘은 목요일. 아침에 영업전략 회의를 하고 상담이 두 건. 다음 주 프레젠테이션 자료도 만들어야 하고. 내일도 무척 바쁘겠군!"

말은 그렇게 했지만 히데아키는 이미 결정을 내렸다. 장롱에서 보스턴백을 꺼냈다.

◇

역 앞으로 나가 보스턴백을 손에 들고 돌아보았다. 생각했던 것보다 훨씬 작은 역이었다.

"인구 50만 명. 도노하遠羽 강 하구에 펼쳐진 평야에 있는 도시. 예전에는 거류지와의 교역 도시로서 번영하여 지금도 상업, 문화의 중심도시로 번창하고 있다. 서역의 세시풍속이 뒤섞인 독자적인 문화를 지니며 이국적인 정취가 넘치는 도시다."

손에 든 가이드북에 적힌 이 도시를 소개하는 문장을 읽었다. 눈을 감고 낯선 도시의 공기를 가슴 가득 들이켰다. 히데아키가 여행지에 도착하면 늘 하는 의식이었다.

처음 보는 이름의 슈퍼마켓. 무척 자극적인 오렌지색 시내버스. 낯선 교복을 입은 여고생들. 낯선 도시의 풍경을 일상으로 살아가는 사람들이 있고, 그 안에 아내와 똑같이 생긴 본체도 여기 있다는 사실이 왠지 향수를 불러 일으켰다.

역에 인접한 버스 터미널 안내소에서 메모한 주소를 보여주고 어느 버스를 타면 되는지 물었다. 창구의 작은 구멍으로 약간 촌스러운 어두운 초록색 제복을 입은 여성에게 메모를 건넸다.

안내 창구의 여성은 거기 적힌 글씨를 의아하다는 듯이 바라보더니 표정도 바꾸지 않고 히데아키를 보더니 다시 시선을 메모로 떨어뜨렸다. 옆에 있던 낡은 버스 노선도를 만지며 메모에서 고개를 들지 않고 말했다.

"7번 승차장에서 '연구소' 행 버스를 타세요. 아홉 번째 서는 '노와키하마野分浜'가 제일 가까운 정류장입니다."

"하마라면 바닷가라는 뜻인데……, 바다가 가깝습니까?"

히데아키의 물음에 여자가 고개를 들고 매우 사무적인 표정과 말투로 대꾸했다.

"바다는 없습니다."

◇

버스는 저녁 시간이라 학교가 파한 학생들과 장바구니를 든

204

주부들이 많았다. 히데아키는 가운데 부분에 있는 좌석에 앉아 버스가 출발하기를 기다렸다. 톤이 높은 여자 목소리로 안내 방송이 나오더니 버스가 생각보다 거칠게 움직이기 시작했다.

그런데 '연구소'라는 것은 대체 무슨 연구소일까. 차 안을 둘러보아도 연구소와 관계가 있을 만한 사람은 보이지 않았다. 수상한 실험의 피실험자가 된 듯한 불안을 느끼며 흔들리는 버스에 몸을 맡겼다.

15분 정도 달린 뒤, 안내방송이 '노와키하마'에 정차한다고 알려 히데아키는 버스에서 내렸다. 버스 터미널 안내 창구의 여성이 알려준 것처럼 거기에는 바다가 없었다. 바다 냄새조차 나지 않았다.

동네 중심지에서 벗어난 곳으로, 이 부근은 예전부터 주택가였던 모양이다. 넉넉한 마당과 정원수가 있는 오래된 집과 새 건축자재를 사용한 새로 지은 집들이 뒤섞여 있고, 곳곳에 악센트를 주듯 10층 정도의 아파트가 서있었다.

다시 메모를 꺼냈다. 주소 끝부분이 '504'이니 어느 아파트인지는 몰라도 5층에 살고 있을 것이다.

"아파트 이름까지 적어 두지."

곁에 있지도 않은 아내에게 불만을 토로하고 나서 뒷길로 들어가 아파트를 한 동씩 조사해 보기로 했다. '프레그런스 노와키하마', '라코트 노와키하마'에서는 허탕을 치고 세 번째 아파트의 504호실 우편함에서 아내가 결혼 전에 쓰던 성을 발견했다.

504호의 인터폰을 눌러 보았지만 응답이 없었다. 아마 집에 없는 모양이었다.

벌써 오후 6시였다. 아내가 이야기한 것처럼 지금도 공장에서 일을 하고 있다면 기다리면 돌아올 것이다. 시간을 때울 만한 곳이 있는지 주위를 둘러보았지만 주택가라서 찻집이나 편의점도 보이지 않았다.

뒤를 돌아보니 생울타리 너머에 정글짐이 보였다. 아파트에 사는 어린이용 놀이기구일 것이다. 울타리를 돌아들어가 살펴보니 정글짐과 모래밭뿐인 작은 공터였다. 모래밭에는 빨간 플라스틱 양동이와 노란색 삽이 있었다.

정글짐 꼭대기로 올라가 보았다. 가느다란 쇠막대 위에 겨우 엉덩이를 걸치고 하늘을 쳐다보았다. 복잡하게 엇갈리는 전선 위로 거리가 약간 줄어든 달이 보였다.

달은 그물처럼 얽힌 전선의 저주에서 벗어나려는 듯이 조금씩 떠오르고 있었다. 아내를 잃은 지금도 달은 변함없이 잔혹하리만치 밝았다.

아내가 사라진 도시에서나 히데아키가 사는 도시에서도 이 달이 보일 것이다.

"달구경 하십니까?"

불쑥 목소리가 들려 발을 헛디딜 뻔했다. 수상하게 여겨 거는 목소리는 아니었지만 '뭔가' 가 느껴졌다.

아래서 올려다보는 여성은 검푸른 남색 사무복을 입고 있었다. 지극히 평범한 '사무원'임을 증명하기 위해 존재하는 듯한 사무복이었다.

히데아키는 슬금슬금 내려와 그 여자 앞에 섰다. 오른손에는 작은 핸드백을 들고 왼손에는 슈퍼마켓 봉투를 들고 있었다.

바깥으로 굵게 웨이브가 진 머리카락은 아내의 생머리와는 달랐지만 얼굴은 틀림없이 아내와 꼭 닮았다.

무엇보다도 마주섰을 때의 키가 가슴을 옥죄었다. 살포시 안고 눈꺼풀에 입맞춤을 할 수 있는 바로 그 높이……

"저어, 혹시, 504호에 사는?"

히데아키의 물음에 그녀는 약간 눈을 크게 뜨고 고개를 끄덕였다.

"아, 저는, 댁의……, 저어, 뭐라고 해야 좋을지."

어쩔 줄 몰라 하는 히데아키에게 그녀가 살짝 고개를 기울이고 웃으며 말을 가로챘다.

"알아요. 그 애의 남편이죠? 처음 뵙겠습니다."

고개를 숙이자 슈퍼마켓 봉투가 부스럭거리는 소리를 냈다. 봉투에서 튀어나온 파의 끄트머리가 히데아키의 무릎에 닿자 그녀는 봉투를 얼른 뒤로 물렸다.

그런 행동 덕분에 히데아키는 겨우 마음을 가라앉힐 수 있었다.

"설마 이렇게 똑같이 생겼을 줄은 몰랐네요."

"우리는 자연분리니까요."

환하게 웃으며 히데아키를 바라보았다. 그 태도로는 아내의 소멸을 알고 있는지 어떤지 판단을 할 수가 없었다. 어떻게 말을 꺼내야 할지 머뭇거렸다.

"괜찮다면 들어가시겠어요?"

그녀는 살짝 고개를 기울이고 말했다.

"폐가 되지 않겠어요?"

"아파트 베란다에서도 달구경은 할 수 있으니까요."

그녀는 달을 올려다보며 미소를 지었다.

"미안합니다. 옷 좀 갈아입을게요. 소파에 앉아계세요."

마음은 편했지만 위화감이 느껴지는 집이었다. 옅은 초록색 2인용 소파나 약간 흐린 흰색 하이체스트, 벽에 걸린 석판화. 거기에는 아내가 쓰던 것과 같은 물건은 하나도 없었다. 하지만 어느 것이나 다들 같은 '뿌리'를 지닌 것처럼 느껴졌다. 한 조상에서 나와 다른 진화를 해 온 동물을 비교하는 기분이었다.

이윽고 그녀가 핑크색 터틀 니트와 갈색 롱스커트로 갈아입고 나타났다. 손에 든 쟁반 위에는 투명한 내열유리 포트와 찻잔이 놓여 있었다. 그녀는 히데아키 맞은편 소파에 앉았다.

"그 애가 사라졌다는 것은 이래저래 알고 있었습니다."

"아니, 어떻게요?"

"글쎄요. 불길한 예감 같은 것이라고나 해야 할까요? 우리 분리자에게는 이따금 그런 일이 있습니다. 그리고 관리국으로부터도 통보를 받았으니까요."

'드시죠' 하며 차를 권하고 그녀는 자기 찻잔을 집어 들었다.

'이 냄새는······.'

그것은 히데아키의 아내가 자주 마시던 약초차였다. 그러고 보니 아내는 이 차를 어렸을 때부터 마셔 왔다고 했다. 본체가 같은 차를 마셔도 이상한 일은 아니었다. 아내가 이 차를 끓여 줄 때는 솔직히 쓴맛 때문에 피했지만 지금에 와서는 그마저도 그리웠다.

"관리국도 흥미를 갖고 있는 모양이군요. 어쨌든 분리자 가운데 한쪽만 소멸된 경우는 처음인 모양이니까."

그녀는 콧등에 주름을 지으며 웃었다. 아내와 똑같았다. 벌써 몇 번째 가슴을 쑤시는 듯한 아픔.

"왜 그러세요?"

물끄러미 바라보는 히데아키를 보고, 그녀는 눈을 깜빡이며 물었다.

"아뇨, 이렇게 닮았을 줄은 생각도 하지 못했기 때문에 도무지 어떻게 해야 할지 모르겠어서요."

"우리는 아까도 말씀드렸듯이 자연분리이기 때문일 거예요."

아내에게 들은 설명으로 분리에는 '강제분리'와 '자연분리'의 두 가지 타입이 있다는 사실을 히데아키도 알고 있었다. '동체험오同體嫌惡' 때문에 발생하는 자해행위를 피하기 위한 강제 분리와는 달리 서로가 동의한 상태에서 분리를 선택한 보기 드문 사례이기도 했다.

"난 별체인 아내와 결혼하고도 분리자에 관해서는 잘 모르죠."

그녀는 고개를 살짝 두 번 끄덕였다. 그런 동작도 아내와 똑같았다.

"아내와 분리한 계기가 뭐였어요?"

투명한 다기를 눈앞에 들어 올리고 가라앉은 찻잎을 들여다보면서 그녀는 기억을 떠올리듯 아득한 표정을 지었다.

"중학교 1학년 때였던가? 제가 다른 사람들과 다르다는 사실을 깨달았습니다."

"다르다니, 어떻게요?"

"음, 그러니까 다른 사람들도 '나'가 둘이 있고, 번갈아 그 몸을 사용한다고 생각하고 있었죠."

"그랬군요."

"다른 분리자와 마찬가지죠. 제2차 성징이 찾아오면서 몸은 하나인데 정신은 둘이기 때문에 생기는 폐해가 나타났어요. 부모님도 놀랐습니다. 몸은 하나인데 갑자기 둘이서 대화를 하기 시작했으니까…… 그래서 열다섯 살이 되어 분리통합국의 처치를 받았어요. 그때부터는 편의상 제가 언니, 그 애가 동생으로 살아왔던 거죠."

"아내는 이렇게 말했죠. 분리자의 생활은 보통 사람과 다를 게 없다고. 단 한 가지만 제외하고……."

그 이상의 이야기를 할 수는 없었다. 어떻게 이야기할 수 있겠는가. 너는 언제 사라지느냐고. 그녀는 히데아키가 하려던 이야기가 무슨 내용인지 눈치를 챘을 것이다. 다기 안에서 흔들리는 미세한 찻잎의 움직임을 쫓으면서 끊어진 히데아키의 말을 이어받아 입을 열었다.

"그래요. 딱 한 가지. 어느 한 쪽이 죽으면 다른 한 쪽도 바로 죽는다는 것만 다르죠. 그리고 그 애는 사라졌고, 저는 아직 남아 있고."

침묵이 찾아왔다. 멀리서 경보기 소리가 들렸다. 철도 건널목에서 들려오는 소리일까? 히데아키가 사는 도시의 경보와는 다른 소리가 왠지 구슬프고 메마르게 들렸다.

그녀는 일어서서 베란다로 나갔다. 히데아키도 그 뒤를 따랐다. 달이 조금 전보다 더 높은 곳에서 낮은 지붕이 늘어선 주택가를 비추고 있었다. 길가의 간판에 불빛이 들어오고, 신호등이 깜빡거렸다. 히데아키에게는 낯선 거리의 풍경이고, 또 어디서나 볼 수 있는 야경이기도 했다. 그가 사는 도시에서도 볼 수 있고, 쓰키가세 시에서도 볼 수 있고, 그리고 이 나라 어디서나 볼 수 있는.

"그 애와 살아왔으니 알고 계시겠지만 우리 분리자는 반년에 한 번씩 분리통합국에 가서 검사를 받아야만 합니다."

아내도 늘 반년에 한 번씩 검사를 받으러 갔다.

"지난번 검사는 쓰키가세가 소멸한 지 한 달 되었을 때였죠. 보통은 담당 카운슬러와 간단히 이야기를 나누고 검사를 받는 것뿐인데 그날은 좀 달랐어요. 낯선 여자가 검사에 입회했습니다. 그 사람은 관리국 국원이었죠."

그녀는 담담하게 이야기했다. 관리국 여성에게 '나는 앞으로도 살아갈 수 있는가' 라고 물었다고 한다.

분리된 한쪽이 소멸한 예는 지금까지 없지만, 아마 쓰키가세의 여멸이 사라지고 마지막 잔광이 꺼질 때 그녀의 의식도 도시가 거두어갈 것이라는 게 관리국의 예상이었다고 한다.

"거둬들인다고요?"

"육체는 그대로인 채로 의식만 도시에 빼앗겨 버리는 상태라고 합니다."

그녀는 남의 일처럼 설명해 주었다. 그 말을 현실에 적용해 보고 히데아키는 소름이 끼쳤다. 그것은 바로 '죽음' 과 같은 뜻이었다.

그녀는 히데아키를 염려하듯 바라보았다.

"도시는 아직 저를 발견하지 못했대요."

하지만 뒤집어 말하면 언젠가는 '도시' 가 그녀를 찾아내 소멸로 끌어들이고 말 것이라는 이야기였다.

"그런데 상상할 수 있어요? 예전에는 여기가 바다였답니다."

"아, 그래서 버스정류장 이름이 '노와키하마' 인가요?"

"맞아요. 옛날에 바다였기 때문에. 이제 바다는 없는데도 이름은 그대로 남아 있죠."

히데아키는 눈을 감았다. 다시 들려온 건널목 경보와 열차 소리를 배경으로 예전에 이곳이 바다였을 무렵의 파도소리가 들리는 듯했다.

"쓰키가세와는 완전히 반대죠. 쓰키가세는 남아 있는데, 그 이름만이 사라져 가는 거니까요."

눈 아래 펼쳐지는 도시의 불빛. 어디서나 볼 수 있는 풍경이라고 해서 사라져도 괜찮은 것은 아니다. 사소하기 때문에 더 지켜야만 하며, 사라져서는 안 되는 것이다.

"사실은 사무 업무를 그만두려고 하고 있어요."

갑작스러운 이야기에 히데아키는 잠시 그녀의 얼굴을 멍하니 바라보았다.

"다행히 여러 해 일을 하지 않아도 먹고살 수 있을 만큼 저축해 둔 게 있고, 뭐 얼마 남지 않았다면 자유롭게 살아볼까 싶어서요."

"그런가……? 그렇군요. 그게 좋을지도 모르겠네요."

그렇게 말할 수밖에 없었다. 분리를 선택한 사람은 자신의 최후가 불쑥 찾아오지 않기 때문에 행운인지도 모른다.

"여기서도 이사할 생각이겠군요."

테이블 위에 이삿짐센터 전단지가 여러 장 놓여 있었다.

"친정이 있는 쓰키가세가 사라졌으니 어딘가 모르는 곳으로 이사를 갈까 생각하고 있었죠. 다른 일 한 가지도 이제 곧 끝날 테니까요⋯⋯."

중얼거리는 듯한 그 말에 히데아키는 아내가 했던 말이 생각
났다.

"그런데 또 한 가지 일이란 게 뭐죠?"

"알고 싶으세요?"

그녀는 수수께끼를 내듯 웃음을 지었다.

◇

먼지가 묻어 이젠 젖빛유리처럼 된 창문 너머로 파도 하나
없이 조용한 바다가 보였다.

거류지로 가는 화물선 뱃머리가 물을 가르며 천천히 창밖으
로 모습을 드러냈다. 상형문자 같은 페놀문자가 적힌 화물을
쌓고 외항 쪽으로 빠져나가고 있었다.

그녀가 동료와 함께 2층을 빌려 쓰는 창고는 예전에 거류지
와의 교역으로 번창했을 것 같은 부둣가의 낡은 창고 지역 한
모퉁이에 있었다.

그녀는 벽 쪽에 있는 낡은 문짝을 열고 오래된 낡은 촛대를
네 개 꺼냈다. 잠시 멍하니 방을 둘러보고 살짝 고개를 끄덕인
뒤에 그 촛대를 바닥에 내려놓았다.

옅은 갈색 스커트에 흰색 윗옷을 걸친 모습은 청초해 보이면
서도 약동하는 느낌이 들었다.

"뭐랄까, 작업할 옷차림은 아니군요."

"작업이라 해도 뭔가를 만드는 건 아니니까요."

그녀는 바닥에 살짝 무릎을 꿇고 몸을 구부렸다.

일어서서 거리를 재듯 한걸음씩 신중하게 걸으며 남은 세 개의 촛대를 바닥에 놓았다. 네 개의 촛대가 일그러진 사각형을 이루었다.

그 삐뚤어진 사각형에 익숙한지 그녀는 한동안 그 한복판에 서있었다.

조심스럽게 정해진 움직임을 취하듯 촛대에 불을 붙여 갔다. 마치 무용수가 정해진 스텝을 밟는 느낌이었다.

스커트가 흔들리는 모습이 마치 물 위에 퍼져가는 잔물결처럼 보여 히데아키는 눈을 가늘게 떴다.

"이건 무슨 의식 같은 겁니까?"

"이념상의 벽을 만들고 있는 거죠."

"이해가 잘 안 되는군요."

그녀는 어쩔 수 없다는 듯이 웃음을 지었다. 그리고 벽 쪽에 놓인 나무상자 안에서 악기 하나를 꺼냈다.

지금부터 시작하겠다는 투로 다시 히데아키를 바라보았다.

"제가 하는 또 다른 일. 그것은 소리가 나지 않는 고주기에 음을 되찾아주는 일이죠. 흔히 '재혼再魂'이라고 부르지만."

"그러면 망가진 악기를 고친다는 건가요?"

히데아키는 고주기의 재혼이란 것이 무엇인지 잘 몰라 그렇게 물었다. 그녀는 고무줄로 머리를 묶고 악기를 집어 들었다.

"아, 수리라는 말과는 좀 다르다고 해야 할까요? 보면 알 수 있겠지만 망가졌거나 부품이 없어진 건 아니니까요."

그녀는 손에 든 악기를 사랑스럽다는 듯이 어루만졌다.

"우리는 악기를 고친다고 하지 않고 '치료한다'고 합니다."

그녀는 검지를 들어 허공에 글씨를 써 보였다. 히데아키는 그 손가락을 바라보았다.

"제게 오는 고주기는 오랫동안 악기로 사용하지 않았거나, 뭔가 마음을 닫을 사건이 있어서 자신이 악기라는 걸 잊고 있는 거예요. 그러니 소리가 나지 않는 게 아니라, 소리 내는 법을 기억하지 못하게 된 거죠. 제가 하는 일은 이 고주기들에게 그 기억을 되돌릴 계기를 주는 겁니다."

"만져 봐도 괜찮습니까?"

히데아키는 조심스럽게 고주기라는 악기를 받아들었다. 광택이 있고, 윤기마저 감도는 곡선을 지닌 몸통은 오래전에 만들어진 악기 특유의 고귀한 자태를 보이고 있었다. 살짝 줄을 퉁겨보았다. 물론 배운 적이 없어 연주를 할 수는 없었지만, 그래도 소리는 났다.

"소리는 나는군요."

음을 되찾아준다고 해서 아무 소리도 나지 않는 줄 알았다.

"고주기는 단순한 소리가 아니라 저마다 독자적인 소리의 빛깔을 지니고 있어요."

"소리의 빛깔······?"

"켜는 사람이나 듣는 사람의 생각은 물론이고 대대로 고주기를 연주해 온 사람들의 생각에 의해 새겨진 울림. 그것이 소리의 빛깔이죠. 저는 그걸 고주기에게 되찾아주는 일을 해요."

그녀는 작업을 진행하며 그렇게 설명했다. 촛대가 그리는 사각형 안에 축음기의 혼horn을 연상시키는 집음기가 달린 기계를 꺼내왔다.

"기계가 없던 옛날에는 수반에 물을 담아 그 파문으로 소리의 공명을 살피는 공명사라고 불리는 사람들이 있었지만 이제는 완전히 기계로 하죠."

기계에 스위치를 넣었다. 낡은 영사기에서 나는 듯한 소리가 들리더니 작은 모니터에 세 개의 파장이 제각각 다른 파형을 그렸다.

바닥에 아무렇게나 놓인 낡은 타입의 스피커에서 '징조予兆'의 노랫소리가 흘러나왔다.

"이 고주기는 그 여자 노랫소리와 잘 어울리는 것 같네요."

과연 '징조'의 노랫소리에 반응하듯 모니터의 파형 하나가 파란 빛을 내며 위아래로 천천히 꿈틀거리기 시작했다.

또 다른 기계를 꺼내왔다. 그것은 조금 전보다 약간 새 기계였는데, 음악을 연주할 때 쓰는 샘플링 머신을 흉내낸 것인 모양이었다.

이미 이 고주기의 재혼은 여러 날 계속해 왔는지, 오늘이 마지막 조정이라고 했다. '치료'를 위해 조합한 다양한 소리를 기계에서 끄집어내 고주기에게 들려준다. 그녀는 메마른 대지에 물을 뿌리는 듯한 표정이었다. 모니터의 표시는 때로는 크게 흔들리고 때로는 잔물결처럼 잘게 출렁거렸다.

파장 하나하나를 신중하게 들여다보며 그녀는 '징조'의 노랫소리에 몇 가지 소리의 베일을 입혀 갔다. 히데아키는 그런 모습을 계속 흥미롭게 바라보았다.

"초조해하지 마. 천천히 떠올리자, 응?"

그녀는 고주기에 말을 걸었다.

고주기의 마음에 달라붙기라도 하듯 빛이 바뀌는 파장. '징조' 천부적인 스캣scat이 손바닥만 한 이 세상을 가지고 놀듯 자유롭게 울려 퍼졌다. 그 목소리에 장엄한 종소리를 바탕으로 한 소리의 빛깔이 마치 얇은 베일을 여러 겹 겹치듯 연주되고 있었다.

이윽고 고주기와 그녀가 화합하는 듯한 착각을 느꼈다. 그 순간 세 개의 파형은 하나로 합쳐져 커다란 파도를 이루어 갔다.

고주기가 치료된 것이다.

◇

"이 고주기는 어디서 온 거죠?"

부두의 창고에서 그녀의 아파트로 돌아오며 히데아키가 물었다. 아까 그 화물선의 짐에 적혀 있는 것과 같은, 페놀 문자로 적힌 화물표가 붙어 있는 것을 보았기 때문이다.

"아, 이건 거류지를 거쳐 내게 온 거예요. 의뢰한 사람은 이 사람. 알아요?"

그녀가 손가락으로 가리키는 화물표를 들여다보았다. 보낸 사람의 이름이 '石祖開祖'라고 적혀 있었다. 히데아키의 머릿속에 떠오르는 사람이 있었다.

"아, 혹시 그 SEKISO KAISO인가?"

SEKISO KAISO. 거류지를 거점으로 삼아 이 나라, 그리고 서역으로 경계를 가리지 않고 요즘 활동의 폭을 넓히고 있는 핸들마스터였다. 결코 사람들 앞에 모습을 드러내지 않는 수수께끼의 인물이기도 했다. 장엄하면서도 휘황찬란한 그의 창작곡과 고주기는 잘 어울렸다.

"친구가 쓰던 고주기인 모양인데 그 친구가 이제는 연주할 수 없게 되어 넘겨받았대요. 그 뒤로 이 애가 마음을 닫아 버렸고, 그래서 제게 보낸 거죠. 이 고주기로 인해 그의 음악이 어떻게 변화하게 될지, 왠지 좀 기대가 되는군요."

머지않은 미래를 생각하며 그녀는 고주기를 품에 안은 손에 힘을 주었다. 마치 아기의 성장을 바라는 어머니 같았다. 그녀는 그 소리의 빛깔을 들을 수 있을까. 히데아키는 그게 궁금해졌다.

"이 고주기를 보내면 이제 이일도 끝인가요?"

창고 사이로 난 돌이 깔린 보도 위에 두 사람의 발소리가 울려 퍼졌다.

"이사할 곳은 정했어요?"

그녀는 고개를 저었다. 한동안 말없이 계속 걸었다. 히데아키는 오른쪽에서 걷고, 그녀는 그 왼쪽 반걸음 뒤. 아내의 정해진 위치이기도 했다. 히데아키는 살짝 용기를 얻어 입을 열었다.

"어제 처음 만난 사람에게 이런 제안을 하면 어떨지 모르겠는데……."

앞을 보면서 그렇게 말을 꺼냈다. 그녀의 시선이 옆얼굴에 느껴졌다.

"괜찮다면 새로 살 곳을 마련할 때까지 내 아파트에서 살아 보면 어떻겠어요? 어차피 아내가 애를 낳으면 살 생각으로 구입한 아파트라 혼자 사는 내겐 너무 넓어서. 게다가……."

"게다가?"

"게다가 아내가 쓰던 방이 아직도 그 사람이 사라진 것을 받아들이지 못해 정서 불안정 상태죠. 와주면 그 방도 안정을 되찾을 것 같은데."

'정서 불안정한 방'을 상상했는지, 그녀는 고개를 숙이고 킥 웃은 뒤에 히데아키에게 말했다.

"생각할 시간을 줘요."

바로 대답이 나올 거라는 생각은 하지 않았기 때문에 히데아키는 고개를 끄덕였다. 그리고 그녀의 말은 거래처에서 듣던

'생각할 시간을 달라' 보다는 훨씬 진심이 담긴 것이었다.

"그런데 어제부터 내내 의문이 들었지만 묻지 못한 게 있는데요."

그녀는 뭐냐고 묻듯이 고개를 갸웃했다.

"마치 내가 올 걸 알고 있었던 것 같더군요. 처음 보았을 때도 꼭 나를 알고 있는 사람 같았고요. 아내가 사진이라도 보냈었나요?"

그녀는 고개를 저었다.

"그럼 어떻게……?"

"그 애가 사라지기 전에 내게 전했어요. 당신을 잘 부탁한다고. 그리고."

장난스러운 웃음을 지으며 환한 표정을 지었다. 히데아키는 그 모습에 마음이 끌렸다.

"그 애가 좋아하는 사람을 내가 모를 리가 없잖아요."

이삿짐이 전에 아내가 살던 방으로 들어와, 본체인 그녀의 손에 의해 생활의 질서가 조금씩 잡혀 갔다. 둘은 함께 살기로 결정하고 말도 편하게 하기로 했다.

히데아키는 이따금 거들며 아내가 남긴 흔적과 본체의 숨결이 녹아들듯 섞여 가는 모습을 보며 복잡한 심정이 들었다. 별체였던 아내와 지내온 나날의 기억이 다른 빛깔로 덧칠되어 가는 것에 대한 안타까움 비슷한 슬픔과 언젠가는 사라질 기억이 아내와 똑같이 생긴 본체에 의해 연결되는 것에 대한 안도감. 그 두 가지가 뒤섞여 있었다.

'역시 둘이 함께 살기 전에 물어 두는 게 나으려나?'

히데아키의 그런 심정을 민감하게 알아차렸을 것이다. 짐을 정돈하고 한숨 돌리던 그녀는 히데아키 앞에서 약간 미안한 표정을 지었다.

"당신은 날 좋아하게 될 것 같아?"

히데아키는 잠시 생각한 뒤, 또렷한 대답을 할 수 없다는 사실을 깨닫고 솔직하게 털어놓았다.

"솔직히 잘 모르겠어. 지금은 아직도 내 마음속에 아내가 숨쉬고 있어. 하지만 함께 살다 보면 아마 아내에 대한 그런 마음이 네 위에 겹쳐질지도 모르지."

그녀는 팔짱을 낀 팔을 바꾸며 천천히 고개를 끄덕였다.

"부탁이 있어."

그녀는 히데아키의 머리카락을 살짝 만졌다. 익숙한 위치에서 아내와 똑같이 생긴 얼굴이 있었다. 그것이 히데아키를 슬프게 만들었다.

"날 좋아하게 되더라도 상관없어. 하지만 말이야, 어디까지나 그 애 '대용품'으로 좋아해 주었으면 좋겠어."

그녀가 무슨 이야기를 하려는 것인지 이해가 되지 않았다.

"그러면 당신에게 실례가 되지 않나?"

그녀는 히데아키와 시선을 마주치지 않고 웃으며 고개를 저었다.

"같은 고통을 두 번씩이나 맛볼 필요는 없잖아? 당신 아내는 이미 사라졌어. 난 그 대신이야. 그것도 한정된 기간만."

쉽게 결론이 날 일이 아니라는 사실은 둘 다 알고 있었다. 하지만 애써 배려해서 한 이야기라는 것도 이해가 갔다. 히데아키는 본체의 그 마음을 존중해 말없이 고개를 끄덕였다.

"그럼 약속했어?"

"그래, 약속했어."

이렇게 해서 두 사람은 결코 '우리들'이 될 수 없는, '히데아키'와 '본체인 그녀'로서의 공동생활을 시작했던 것이다.

◇

달이 바뀌어 캘린더를 넘겼다. 살아가고 있음을 상징하는 확실한 행위다. 히데아키는 캘린더를 넘긴다. 전에 아내가 그러했듯이.

본체는 아내만큼 시간의 흐름에 얽매이지는 않았다. 꼭 그래서는 아니지만, 아내의 그 규칙적인 행동은 히데아키가 이어받게 되었다.

지금 이 시간이 그리 머지않아 목숨을 다할 본체와의 덧없는 시간이란 걸 알고 있기에 시간의 흐름에 대해 민감하지 않을 수가 없었다.

아무리 덧없는 공동생활이라 해도 흐르는 시간에는 차이가 없다. 캘린더를 넘기지 않더라도 시간은 거침없이 흘러간다.

히데아키는 여전히 직장에 나갔다. 집에 돌아오면 아내 대신 본체가 기다리고 있다는 차이뿐이었다. 본체도 자신에게 남겨진 시간이 흐르고 있다는 비장한 표정을 보이는 일 없이 담담하게 빨래를 하고, 청소를 하고, 히데아키의 귀가 시간에 맞춰 저녁을 짓고 기다렸다.

"여행이라도 다녀오지?"

몇 차례 그렇게 권했다. 언제까지 이 세상에 머물지 모르니까 좀 편하게 지내라는 속뜻을 담아서. 하지만 그녀는 웃으며 고개를 저을 뿐, 뭔가 특별한 일을 하려는 기색은 보이지 않았다.

히데아키는 생각했다. 자기가 본체와 같은 입장이라면 어떻게 할까. 자서전이라도 쓸까? 세계일주 여행이라도 할까? 아니면 그녀처럼 변함없는 일상을 성실하게 보내고 떠날까? 모르겠다. 옛날부터 누군가의 삶을 자기 것으로 바꾸어 생각하는 일에는 서툴렀다.

휴일이면 함께 드라이브를 가거나 하루 묵고 오는 짧은 여행을 하기도 했다.

아내와 갔던 곳은 피했다. 의식적이기도 했고, 무의식적인 행위이기도 했다. 그런 곳에 함께 가면 아무래도 아내와의 추억을 떠올릴 수밖에 없다. 그러면 본체는 그 추억을 공유할 수 없다는 사실에 말할 수 없는 쓸쓸함을 느끼게 될 것이라는 사실을 알고 있었기 때문이다.

본체와 지내는 하루하루는 자기 내부에서 아직 분화하지 않은 채로 있던, 아내가 사라졌다는 사실을 서서히 인식해 가는 나날이었다.

당연한 이야기지만, 아무리 닮았어도 본체는 아내 그 자체가 될 수는 없었다. 오히려 똑같이 생겼기 때문에 일상 속에서 드러나는 차이에 히데아키는 때로 당황하고, 약간 슬프고, 결국에는 체념 비슷한 느낌으로 그런 현실을 받아들여 갔다.

"벌써 2년……"

자정을 알리는 시계소리와 함께 캘린더를 넘기며 히데아키는 중얼거렸다. 소멸 이후 달력을 스물네 장 넘기고 지금이라는 시간을 맞이했다. 긴 세월인 것 같기도 하고, 눈 깜빡할 사이였던 것처럼 느껴지기도 했다.

매년 은행에서 보내주는 캘린더에는 쓸데없는 장식이 없어 스케줄을 적어 넣기 편하다면서 아내는 좋아했다. 히데아키는 '3'이란 숫자에 본체가 사인펜으로 그려 넣은 동그라미 표시를 보았다.

4월 3일. 본체가 아기를 낳을 예정일이었다.

세월의 흐름은 때론 잔혹하기도 하지만, 또 때로는 세월만이 해결할 수밖에 없는 문제를 처리해 준다. 2년이라는 세월은 히데아키로 하여금 본체를 허물없이 대할 수 있게 만들어 주었다.

아내를 잊은 것은 아니다. 히데아키는 아내의 추억을 가슴속에 오롯이 간직한 채로 본체를 본체 자체로 사랑할 수 있게 되었다. 그렇다. 히데아키는 약속을 깬 건지도 모른다. '그 애 대신 좋아하겠다'는 약속을.

본체는 히데아키 곁에서 미소 짓고, 기뻐하고, 그리고 이따금 슬퍼하며 화를 내기도 했다. 그런 몸짓이나 동작은 아내와 꼭 닮은 부분도 있었고, 본체의 독자적인 모습도 보였다. 히데아키는 그런 것들을 구분하지 않고 사랑하고 아낄 수 있었다. 그래서 아기를 낳기로 마음을 먹을 수 있었던 것이다.

하지만 참으로 기묘한 인연이다. 출산 예정일이 쓰키가세 도시가 사라진 날, 그리고 히데아키와 아내 사이에 생겼던 아이가 태어날 예정일과 같은 4월 3일이었다.

히데아키는 본체와 나눈 이야기를 떠올렸다. 그 이야기를 나눈 게 언제였더라?

"왠지 딸일 것 같은 느낌이 들어."

부엌에서 함께 설거지를 하면서 본체는 그렇게 말했다. 그랬다. 이미 배가 잔뜩 불러 접시를 닦기도 불편하다고 중얼거렸다.

"하지만 아들이라잖아?"

그녀로부터 건네받은 접시를 닦으며 히데아키가 물었다. 그 날 산부인과에서 '아들입니다'라는 말을 들었으니까.

"그렇기는 하지만."

그녀는 뭔가 불만스러운 표정을 지었다.

"이름, 지었던 거야?"

"응? 무슨 이름?"

"그 애가 낳을 애는 여자아이였잖아. 이름 정했었나?"

"아, 그래. '소리의 울림'이라는 의미를 가진 '히비키'로 하려고 했었는데."

"히비키? 왠지 사내아이 이름 같네."

"응, 그 사람이 그렇게 짓고 싶대서."

소매가 흘러내려오자 그녀는 거품이 잔뜩 묻은 손을 내밀었다. 히데아키는 그녀의 소매를 걷어 올려 주었다. 고마워, 라고 소리 없이 입 모양으로 말한 그녀는 콧등에 살짝 주름을 잡으며 웃었다.

"그럼 이 아이 이름 '히비키'라고 해도 돼?"

"난 괜찮아. 넌 괜찮아?"

그녀는 히데아키의 코에 검지를 대고 웃었다.

"나하고 그 애는 이런 부분에서는 마음이 맞아."

◇

　히비키는 예정대로 4월 3일에 태어났다. 밤중에 보채는 일도 거의 없이 잘 자랐다. 히데아키와 본체는 처음 경험하는 육아에 당황하면서도 아기를 중심으로 한 생활에 충족감을 느끼고 있었다. 이런 생활이 그리 멀지 않은 언젠가 끝날 거라는 사실조차 잊을 정도로.

　마른 잎이 떨어지는 늦가을, 히데아키는 병원 안뜰 벤치에 히비키와 함께 앉아있었다. 오늘은 본체인 그녀의 정기 검사일이었다. 검사가 끝날 때까지 여기서 기다리기로 했다.

　분리자의 검사는 통상적으로 분리통합국에서 한다. 하지만 별체인 아내가 소멸에 의해 사라진 뒤, 소멸 관련 특수 사례라는 이유로 그녀의 검사는 관리국이 맡게 되었다. 다분히 관리국의 의도가 보였지만 그녀는 별로 신경 쓰지 않았다.

　히데아키는 벤치에 앉아 병원의 위압적인 건물을 쳐다보며 한숨을 쉬었다. 여태 이렇다 할 병을 앓은 적이 없는 그는 큰 병원 특유의 분위기에 기분이 매우 답답했다.

　물론 병원이란 병을 치료하는 곳이고 생명을 구하는 장소이기도 하다. 결코 생명을 경시하는 곳이 아니다. 하지만 거대하고 위압적인 모습은 때로 피할 수 없는 운명 앞에서 어찌할 수 없는 한 인간의 나약함이나 보잘것없음을 떠올리게 만든다. 그런 막연한 불안은 도시의 소멸과 한 인간의 소멸이란 관계에서도 비슷하게 느껴졌다.

그 불안은 최근 그녀에게 일어나는 현상과도 관계가 있다. 그녀의 꿈에 사라진 도시, 쓰키가세의 풍경이 보인다는 것이다.

물론 쓰키가세는 그녀가 태어나고 자란 고향이기 때문에 꿈에 보이는 것이 이상한 일은 아니다. 하지만 꿈속에서 보는 그 광경은 그녀의 추억 속 쓰키가세가 아니었다.

도시의 고사포탑을 중심으로 한 아무도 없는 창백한 달밤의 풍경. 아마도 쓰키가세의 지금 모습일 것이다. 도시의 소멸로부터 3년 반이란 세월을 거쳐, 그녀의 의식이 서서히 도시에 다가가고 있는 것은 아닐까.

히비키는 벤치에 얌전히 앉아있지 못하고 잔디 위를 아장아장 걸어 다니며 따스한 햇살에 눈을 가늘게 뜨고 행복한 표정을 지었다.

낙엽을 날리는 바람이 쏴아 불고 지나갔다. 발아래 있는 잔디를 열심히 뜯고 있던 히비키가 고개를 들어 뭔가를 바라보았다. 히비키가 바라보는 쪽에 한 여성이 서있었다.

그녀는 똑바로 히데아키가 앉아있는 벤치로 다가왔다. 또박또박 규칙적인 하이힐 소리가 들렸다. 목에 두른 스카프가 이따금 바람에 살짝 나부꼈다.

그녀는 큼직한 선글라스를 쓰고 있었다. 히데아키의 앞에 멈춰 서서 딱딱한 소리를 내며 핸드백을 열었다.

"처음 뵙겠습니다. 관리국에 있는 시라세라고 합니다."

명함을 내밀었다.

'시라세 게이코.'

적혀 있는 것은 그 여자의 이름뿐이었다. 히데아키는 무심코 명함을 뒤집었지만 거기에는 아무것도 적혀 있지 않았다.

"죄송합니다. 관리국 사람들은 직함을 일반에 공개할 수가 없어서요."

그녀는 히데아키의 옆에 앉아 잠시 히비키를 바라보았다. 바람이 낙엽을 날리고, 그녀의 머리카락을 흔들었다. 히데아키는 하늘을 우러러보았다. 가을 특유의, 다가오는 겨울을 예감하게 만드는 맑게 갠 하늘이었다.

"앞으로의 일에 관해서 관리국의 입장을 말씀드려도 괜찮겠습니까?"

시라세가 차분한 목소리로 말했다. 차분하면서도 확고부동한 무엇인가가 느껴졌다. 관리국에 근무한다는 이 사람은 이렇게 줄곧 사라진 사람들과, 거기 관계된 사람들을 접해 왔으리라. 히데아키는 말없이 고개를 끄덕였다.

"쓰키가세의 잔광 현상이 거의 끝나가고 있습니다."

시라세의 설명은 본체의 말을 뒷받침하는 것이었다. 그녀의 존재를 '도시'가 발견해 거둬들이려 하고 있다. 피할 수 없는 현실이었다. 히데아키는 아내에 이어 또 그녀를 잃어야 하는 것이다.

"우리 관리국은 소멸에 관한 일을 하고 있는데, 현재로서는

'도시'의 움직임을 막을 수가 없습니다. 다만 그 시기를 전달하는 것밖에는 할 수 없군요. 죄송합니다."

히데아키는 조용히 웃으며 고개를 저었다.

"아뇨, 사실은 그 사람이나 저나 언젠가는 그런 때가 오리라고 각오를 하고 있었으니까요."

"그분께는 소멸의 정체를 밝히기 위해 협력을 부탁드리겠습니다. 부디 마지막 순간을 맞이하실 때 뭔가 저희가 도울 수 있는 일이 있다면 도와드리고 싶습니다만."

시라세의 제안을 듣고 히데아키는 잠시 생각한 뒤에 말했다.

"그 사람은 마지막 순간을 우리 가족끼리 조촐하게 사라진 도시의 빛을 바라보며 맞이하고 싶다고 했습니다. 어디 좋은 곳이 없겠습니까?"

시라세는 선글라스를 낀 얼굴의 입가에 살짝 웃음을 지었다.

"그러시다면 좋은 곳을 소개해 드리죠."

◇

택시가 언덕 너머 옆길로 꺾어져 자갈길을 잠깐 달리다 멈췄다. 히데아키가 짐을 들고 본체가 히비키를 안았다. 건물 현관으로 다가가 초인종을 눌렀다.

조금 기다리자 키가 큰 남자가 나왔다. 차분한 표정으로 히데아키 일행을 내려다보았다. 묘하게 감정이 없는 얼굴이었다.

"저어, 예약을 한······."

히데아키가 그렇게 말하자 남자는 크게 고개를 끄덕이더니 두 손을 잡고 서역 스타일로 고개를 숙였다. 그러더니 '자, 들어오시죠'라고 하듯 문을 열고 긴 팔로 안쪽을 가리켰다. 한 마디도 하지 않았다. 그리고 얼굴에 드리운 슬픔도 흔들리는 일이 없었다.

"가즈히로, 손님 오셨어?"

안에서 기운찬 여자 목소리가 들리더니 팔을 걷은 자그마한 여자가 얼굴을 내밀었다. 단발머리 아래서 생기 넘치는 눈이 깜빡거렸다.

"아, 게이코 씨한테 소개를 받은 분이시군요. 기다리고 있었습니다. '바람을 기다리는 집'에 잘 오셨어요. 내 집이다 생각하고 편하게 지내세요."

아카네라고 자신을 소개한 여성은 히데아키의 손에서 짐을 받아들더니 2층 객실로 안내했다. 히데아키와 본체, 히비키는 신기한 듯 두리번거리며 그 뒤를 따랐다. 펜션이라고는 하지만 상상했던 것과는 달리 오래된 민가라는 느낌이 들게 하는 차분한 분위기였다.

"미안합니다. 가즈히로는 지금 말을 할 수가 없어요. 놀라셨죠?"

짐을 들고 가뿐하게 계단을 올라가면서 아카네는 미안하다는 듯이 웃어 보였다.

"아뇨."

'지금 말을 할 수 없다니, 무슨 소릴까' 하는 생각을 하면서도 히데아키는 웃으며 고개를 저었다.

안내된 방은 결코 고급스럽지는 않지만 손질이 잘 되어 있어 마음에 들었다. 그녀의 마지막 시간을 조용하게 맞이할 수 있게 되었다는 생각을 하며 내심 안도했다.

"잠시 쉬시다가 아래 테라스로 내려오세요. 마침 차 마실 시간이니까요."

아카네는 꾸벅 고개를 숙이고 나갔다. 낮잠에 빠져 있는 히비키를 침대에 눕히고, 히데아키는 그녀와 창가에 서서 바깥 풍경을 바라보았다.

"저기가 쓰키가세인가?"

결혼 승낙을 얻으러 간 뒤로 몇 차례밖에 방문한 적이 없는 히데아키는 도시를 한눈에 내려다보는 경치로는 판단할 수가 없었다.

"응, 저게 나하고 그 애가 자란 쓰키가세야. 저기 봐. 도시 한복판에 있는 언덕 위에 고사포탑이 보이지? 저게 쓰키가세의 상징이야."

희미한 안개가 끼어 깨끗하게 보이지는 않았지만, 그녀가 가리키는 방향에는 옅은 먹으로 그린 듯한 탑의 실루엣이 상징적인 모습을 드러내고 있었다.

"사라진 도시……라."

내려다보이는 도시가 사라진 도시라고 해서 특별하게 달라 보이지는 않았다. 하지만 저 도시에는 아무도 살지 않는다. 피도 없고 아픔도 없이 사라진 수많은 사람들. 그 때문에 도시의 소멸에는 고요함이 감돈다.

그녀는 말없이 도시를 내려다보고 있었다. 도시의 소멸로 인해 히데아키는 아내를 잃었지만, 그녀는 부모와 친구, 그리고 태어난 고향……그런 모두를 잃은 것이다. 그녀 마음속의 상실감은 히데아키보다 더 클 것이다.

그녀가 마음을 추스르듯 표정을 바꾸며 미소를 지었다.

"그럼, 테라스로 내려가 차 한잔 얻어 마실까?"

"아, 이 차……."

메뉴를 더듬던 그녀의 손가락이 멈췄다. 히데아키는 그 손가락 끝을 들여다보았다. 아내와 그녀가 어렸을 때부터 자주 마셨고, 두 사람 모두 히데아키에게 끓여주던 약초차였다. 쓰키가세에 있는 친정에서 보내주었다던 그 차는 그녀가 지니고 있던 것까지 다 마셔서 한 해가량 맛을 보지 못했다.

펜션 주인인 나카니시도 그녀의 친정과 같은 가게에서 약초차를 구해왔던 모양이라 한동안 이야기꽃을 피웠다. 히데아키는 차 맛을 오래 음미했다.

"저기가 사라진 쓰키가세로군요."

테라스 난간에 기대어 아래를 내려다보며 히데아키는 나카니시에게 말을 걸었다.

"예, 그렇습니다. 이제는 그 이름도 사라졌습니다만……."

소멸한 지 2년이 되었을 때, 오염 대상물의 공출, 회수가 일단 마무리되어 관리국은 1월에 쓰키가세의 소멸을 선언했다. 그로 인해 쓰키가세는 처음부터 '없었던' 도시가 되어 이름도 사라진 것이다.

"요즘은 거의 빛이 나는 일은 없군요. 2주일에 한 번 정도인가?"

두 잔째 차를 따르며 나카니시는 아카네를 바라보았다.

"글쎄요. 요 1주일간은 보지 못했나? 이제는 빛이라고 해봐야 한두 개 정도니까요."

아카네가 대답했다.

"그렇습니까?"

히데아키는 저도 모르게 목소리가 작아졌다. 도시의 잔광이 사라진다. 그 시간이 바로 눈앞에 다가와 있는 것이다.

◇

저녁식사는 부근에서 채취한 야채를 이용한 소박한 것이었다.

"식사는 마음에 드셨습니까?"

식사에 마실 차를 따르며 나카니시가 조심스럽게 물어왔다. 히데아키와 그녀는 함께 웃는 얼굴로 고개를 끄덕였다.

"무척 맛있게 먹었습니다. 이 요리는 나카니시 씨가 하신 건가요?"

"아뇨, 바람을 기다리는 집 요리사는 가즈히로 군입니다."

창밖 테라스에서 가즈히로가 아까부터 꼼짝도 하지 않고 사라진 도시를 내려다보고 있었다. 마치 잔광이 나타나기를 기다리기라도 하듯이.

"오늘은 손님이 우리뿐인가요?"

본체인 그녀가 새삼스럽게 식당을 둘러보았다. 두 개가 더 있는 4인용 테이블에는 흰 식탁보가 덮인 채로 손님을 기다리고 있었다.

"여긴 관광지가 아니기 때문에 만원이 되는 일은 거의 없습니다. 한동안 전세를 냈다고 생각하셔도 괜찮습니다."

나카니시는 조용한 목소리로 그렇게 대답했다. 관리국의 시라세는 본체가 관리국의 조사에 협력해 준 답례라며 이 펜션을 소개해 주었던 것이다. 시라세가 조용히 최후를 맞이할 수 있도록 배려를 해준 것인지도 모른다.

차를 마신 뒤, 거실로 옮겼다. 거기는 숙박객을 위한 휴식 공간으로 되어 있었다. 나무토막 쌓기 놀이를 발견한 히비키는 얼른 성을 쌓기 시작했다.

오래된 목재로 짠 품격 있는 책꽂이에는 이전 숙박객이 남기고 간 것으로 보이는 갖가지 책들이 꽂혀 있었다. 히데아키의 시선은 자연히 책장으로 향했다.

"저어, 이 그림 좀 봐."

그녀가 가리킨 곳에는 액자에 그림이 들어 있었다. 이야기해 주지 않으면 발견하기 힘들 정도로 작은 그림이었다.

"그 그림이 왜?"

히데아키가 그림으로 다가갔다. 한가운데 탑이 그려진 야경 같았다.

"같아."

그녀는 유난히 조용한 목소리로 그렇게 말했다. 의아해하는 히데아키에게 그녀가 다시 말했다.

"꿈속에서 본 풍경과 같아."

불쑥 인기척이 느껴져 돌아보니 아카네가 서있었다. 불을 붙이지 않은 담배를 물고 기둥에 기대서서 두 사람이 대화하는 모습을 지켜보고 있었다.

"이 그림은 누가 그린 건가요?"

아카네는 두 사람을 바라보더니 천천히 그림 쪽으로 시선을 옮겼다.

◇

아카네는 펜션 별채에 있는 가즈히로의 아틀리에로 안내했다. 들어선 순간 히데아키는 숨을 들이켜고 말았다. 마치 다른 세계에 들어와 버린 듯한 이상한 기분에 휩싸였다.

아틀리에에는 가즈히로가 그린 그림들이 놓여 있었다. 캔버스 크기는 다르지만 그려진 풍경은 모두 똑같았다.

쓰키가세 도시의 밤 풍경. 한가운데 우뚝 솟은 것은 오래된 고사포탑. 달이 뜬 도시는 묘하게 냉철하고 딱딱하게 느껴졌다.

"가즈히로가 어째서 저렇게 되었는지 아직 가르쳐드리지 않았고요."

불을 붙이지 않은 담배를 문 아카네는 캔버스를 하나하나 소중한 듯이 바라보며 설명을 해주었다.

금기를 깨고 쓰키가세에 들어간 가즈히로를 덮친 '도시'에 의한 오염. 그로 인해 가즈히로는 말을 하지 못하게 되었다. 그날부터는 기억을 쌓아갈 수 없게 되었다고 한다.

"그 뒤로 가즈히로의 생각은 그날에 머물러 버린 거죠. 그래서 그리는 그림도 모두 똑같아요. 그날 달이 떠 있던 쓰키가세의 풍경이에요."

히데아키와 본체는 그 그림들을 다시 바라보았다. 그녀의 팔에 안긴 히비키도 이상하다는 듯한 눈빛으로 그림을 보고 있었다.

"덕분에 이 펜션도 여러 가지 좋지 않은 소리를 듣고 있죠."

택시 운전기사가 이 펜션의 이름을 댔을 때 복잡한 표정을 지으며 백미러로 히데아키를 바라보던 모습이 떠올랐다.

"하기야 사라진 도시의 그림을 좋아해서 사 가시는 분도 계시니 이럭저럭 펜션의 적자를 보충하고 남기는 하지만요."

아카네는 피지도 않으면서 물고 있던 담배를 그냥 재떨이에 눌러 버렸다.

"아, 혹시……."

본체인 그녀가 뭔가를 발견했는지, 캔버스가 쌓여 있는 벽 쪽으로 다가갔다. 그녀가 꺼내든 것은 한 대의 고주기였다. 자주 사용한 악기 특유의 아름답고 묵직한 빛을 머금은 고주기였다.

"아, 그건 가즈히로 것입니다. 누가 맡긴 모양인데 망가져서 소리가 나지 않아요. 제가 현을 퉁겨 보아도 전혀 소리가 나지 않고, 가즈히로는 그 뒤로 전혀 만지지도 않고요."

히데아키는 본체와 얼굴을 마주보았다. 뜻하지 않은 만남이었다.

◇

"어때?"

히데아키는 고주기를 손에 들고 진지한 표정을 짓는 그녀 옆에 히비키를 안고 앉아있었다.

"응, 시간이 좀 걸리지 않겠어? 도구도 없고."

그녀는 고주기를 들어 올려 여러 각도에서 이리저리 살피며 입술을 살짝 깨물었다.

"아카네 씨 말로는 가즈히로 씨가 도시에 들어간 뒤로 소리가 나지 않게 되었다고 하던데."

"그래. 가즈히로 씨의 마음이 이 고주기에 영향을 미친 건지도 모르지."

창문으로 테라스를 내려다보니 가즈히로는 여전히 꼼짝도 하지 않고 거기 서서 도시 쪽을 내려다보고 있었다. 아카네가 나타나 가즈히로에게 윗옷을 입혀 주고 있었다.

"이 아이에게 소리를 되찾아주기 위해서는, 그 도시와 연관이 있는 뭔가에 공명시켜야만 할 것 같아."

"하지만 도시와 관계가 있는 것들은 모두 사라졌어⋯⋯. 소리를 되찾는 건 그 도시에 들어가지 않으면 힘들지 않겠어?"

그녀는 대답하지 않았지만 근심스러운 표정에서 얼마나 어려운 일인지 짐작할 수가 있었다.

"어쨌든 할 수 있는 만큼은 해보려고. 내 마지막 일이 될 테니까 말이야."

아카네에게 부탁해 빈방을 하나 빌려 재혼 작업을 시작했다. 장비 같은 것은 구할 수가 없기 때문에 그녀는 수반에 물을 따라서 파문을 측정하는 옛날 방식을 시도했다.

그렇게 해서 그녀는 아카네와 나카니시에게 물어보며 사라진 도시와 관계가 있을 가능성이 있는 소리를 찾아내 고주기에게 들려주기 시작했다. 몰두해 있는 모습을 보고 있자니 마지막을 맞이하기 위해 이곳에 와 있다는 사실을 까먹은 모양이었다. 그녀 입장에서 보면 마지막 작업이니 더 제대로 된 결과를 남기고 싶은 것인지도 몰랐다.

그로부터 이틀간 그녀는 방에 틀어박혀 작업을 계속했다. 엄마가 놀아주지 않는데도 얌전히 있는 히비키가 기특했다. 얼마 남지 않은 가을햇살을 아쉬워하며 테라스에서 히비키와 해바라기를 하고 있는데 아카네가 다가와 걱정스러운 표정으로 그녀가 작업하는 방을 올려다보았다.

"너무 무리하지 마시라고 해주세요."

그녀가 하고 싶은 대로 해주고 싶었지만 히데아키도 걱정이 되기는 마찬가지라 히비키를 안고 살피러 들어갔다.

갖가지 악기와 공구, 식기와 가전제품, 책, 잡지, 심지어 목재와 쇠막대기, 길가의 돌까지 거의 세상에서 '소리를 낼 수 있는 것' 모두가 아무런 맥락도 없이 온통 어질러져 있었다. 방한복판에 수반을 놓고 조금 떨어져 앉아 고주기와 대치한 그녀는 꼼짝도 하지 않고 있었다. 무서운 집중력이었다.

"미안, 방해해서. 좀 어때?"

그녀는 그제야 정신이 들었는지 바닥에 앉은 채로 약간 피곤한 표정으로 웃음을 지으며 히데아키를 바라보았다.

"응, 좀처럼. 역시 옛날 공명사 흉내는 무리일 것 같아."

수반은 잔물결 하나 없이 고요했다.

"아카네 씨도 걱정하고 있어. 너무 애쓰지 말래."

히데아키는 그녀 앞에 쭈그리고 앉아 앞머리를 쓸어 올리고 눈꺼풀에 살짝 입을 맞췄다.

무슨 장난감이라고 여긴 걸까. 히비키가 히데아키에게 안긴 채로 고주기에 손을 뻗었다.

"요 녀석, 그건 중요한 거라서 만지면 안 돼."

히데아키는 히비키를 달래며 창가로 갔다. 히비키는 탐나는 장난감을 손에 넣지 못한 아이처럼 불에 덴 듯이 울음을 터뜨렸다. 떼를 쓰는 일도 없이 순한 히비키로서는 드문 일이었다.

다독이기도 하고 다른 쪽으로 관심을 돌려보려고도 했지만 울음은 그치지 않았다. 보다 못한 그녀가 일어서 손을 뻗었다. 역시 이럴 때는 엄마가 최고다. 울음을 그칠 거라고 생각했는데 그녀의 품에서도 그치지 않고 뭔가를 호소하듯이 계속 울어댔다.

밥도 먹었고, 기저귀도 갈았고……. 그런 생각을 하며 히데아키는 고주기를 바라보았다. 저 악기의 무엇이 히비키의 관심을 그토록 끌어당긴 것일까?

불쑥 부자연스럽게 흔들리는 것에 눈길이 머물렀다. 고주기가 아니다. 그 앞에 놓여 있는 물을 담은 수반이었다. 수면에 고주기에서 히비키를 향해 자연 상태에서는 있을 수 없는 파문이 일고 있었다.

"공명하고 있어……."

히데아키가 갈라진 목소리로 중얼거렸다. 사라진 도시에서 마음을 담은 고주기의 소리는 사라진 도시와 연관된 것에 의해서만 되돌릴 수 있다. 그렇다면 히비키의 목소리가 '도시'와 연관이 있다는 것일까?

어느새 히비키는 울음을 그치고 있었다. 하지만 파문은 사라질 기미를 보이지 않고, 새로운 파형을 보이고 있었다. 때로는 낙숫물처럼 규칙적으로, 때로는 작은 물고기 떼처럼 자유분방하게. 수반이 반응하고 있는 까닭은……

그녀가 속삭이듯 노래하고 있었다. 자장가였다. 예전에 아내가 부른 배를 쓰다듬으며 조용히 노래했다. 히데아키는 본체인 그녀가 이 노래를 부르는 것은 처음 들었다.

그녀는 수반의 파문을 보고도 놀란 기색이 없이 벌써 잠들어버린 히비키를 안은 채로 고주기를 사랑스럽다는 듯이 바라보며 이렇게 말했다.

"널 연주해 줄 사람 품으로 돌아가거라."

가즈히로는 여전히 테라스에서 도시를 내려다보고 있었다. 난간에 손을 얹고 꼼짝도 하지 않는 뒷모습은 돌아오지 않는 누군가를 기다리는 듯이 슬퍼 보였다. 그가 기다리고 있는 사람은 바로 자기 자신인 것 같았다.

본체가 고주기를 손에 들고 살며시 가즈히로에게 다가갔다. 기척을 느끼고 돌아본 가즈히로는 그녀의 품에 안긴 고주기에 시선을 떨어뜨렸다. 히데아키는 불을 붙이지 않은 담배를 물고 팔짱을 낀 아카네와 나란히 서서 지켜보고 있었다.

고주기를 건네받은 가즈히로는 아무런 감정이 담기지 않은, 받아들 수 없는 것을 떠안은 듯한 모습이었다.

"소리로 이어진 오랜 세월에 걸친 인연. 그대의 손에 돌려 드립니다. 이제 다시 소리의 빛깔을 한 가락 울려 주세요."

본체가 예스러운 투로 말하더니 뒤로 물러섰다.

가즈히로는 어찌할 바를 모르겠다는 듯이 아카네에게 구원을 청하는 눈길을 보냈다. 아카네는 팔짱을 낀 채로 말없이 고개를 저었다.

가즈히로의 손가락이 줄에 닿자 희미한 소리가 났다. 그는 감전된 듯이 몸을 떨더니 고주기를 뚫어지게 바라보았다. 그러더니 뭔가를 확인하듯 손가락으로 줄을 조심스럽게 만졌다.

긴 시간에 걸쳐 뭔가를 기억해 내려는 듯이 줄 하나를 누르고 천천히 퉁겼다.

현이 떨리며 단단한 나무 몸통이 울림을 증폭시키자 음 하나가 울려나왔다. 하지만 그것은 아직 진동 이상의 소리가 아니었다.

모두들 참을성 있게 기다렸다. 가즈히로가 고주기를 통해 자신과 대치하는 모습을 지켜보면서. 그것은 도와줄 수도, 대신할 수도 없는 그 자신의 내면적인 싸움이었다.

현을 누르고 소리를 냈다. 여섯 줄 위를 따라 순서대로 하나씩. 가즈히로는 밤하늘을 올려다보며 기억의 끈을 잡아당기듯 아득한 눈빛을 했다.

이윽고 현이 만들어내는 울림이 또렷한 의지를 지닌 소리로 변했다. 하나하나의 소리가 나름의 빛깔을 지니고 있다는 것이 분명했다.

가즈히로의 얼굴에 표정이 되살아났다. 눈이 녹아내리듯 온화한 표정으로 변해갔다. 긴 손가락이 시원한 바람이 부는 듯 부드럽게 움직이며 줄을 퉁겼다.

히데아키의 귀에는 낯선 곡이었다. 가슴을 옥죄는 듯한 향수와 '일관된 그 무엇'을 꾸준히 드러내는 그 소리가 마음에 거세게 밀려들었다.

아카네의 입술에서 담배가 떨어졌다. 그녀는 울고 있었다. 팔짱을 끼고, 흘러내리는 눈물을 닦을 생각도 않고 하염없이 우는 그 모습이 그녀에게 잘 어울렸다.

"다행이야……."

본체가 살짝 중얼거렸다. 그리고 힘이 다한 듯이 그 자리에 쓰러지고 말았다.

◇

본체는 그 뒤로 계속 잠을 잤다. 평온한 표정이었다. 히데아키는 어린이 침대에 히비키를 눕히고 그녀가 깨어나기를 줄곧 기다렸다. 벽에 걸린 시계만 조용히 시간의 흐름을 재고 있었다.

긴 잠이 될 거라는 예감이 들어 침대에 누웠지만 잠을 이루지 못한 채 새벽 4시가 되었다. 히데아키는 책을 빌리려 거실로 내려갔다.

두 권의 책을 손에 들고 고르고 있는데 불빛 때문에 깼는지 아카네가 잠옷 위에 카디건을 걸친 모습으로 고개를 내밀었다.

"아, 미안합니다. 주무시는데 깨운 모양이군요."

아카네는 사람 좋아 보이는 미소를 지으며 고개를 저었다.

"아뇨, 저도 깨어 있었습니다. 좀 이상한 일이 있어서요. 잠깐 보여드리고 싶은 게 있습니다."

히데아키를 안내한 곳은 가즈히로의 아틀리에였다.

"가즈히로가 밤중에 그림을 그리는 눈치였는데, 눈 깜빡할 사이에 그려낸 것 같아요."

아카네가 한 장의 그림 옆에 서서 말없이 히데아키를 바라보았다.

"이건 우리들……."

히데아키의 '조촐한 가족'이 그려진 초상화였다. 히데아키와 본체가 나란히 서있고, 두 사람 사이에 아이가……둘?

"가즈히로가 여기서 쓰키가세 이외의 그림을 그리기는 처음이에요. 그런데 히비키 말고 아이가 또 한 명 그려져 있어서 마음에 걸리더군요."

도대체 어떻게 된 걸까. 히데아키는 히비키 옆에 있는 또 한 명의 아이를 들여다보았다. 여자아이였다. 키는 히비키보다 크고 몇 살 위로 보였다.

"혹시……, 아니. 하지만 그럴 리가."

머릿속에 떠오른 생각을 얼른 지워버렸다. 아내와의 사이에 태어날 예정이었던 첫 아이 '히비키'. 그 애가 만약 그때 태어났다면 분명히 이 그림에 있는 아이 정도로 컸을 것이다. 하지만 가즈히로에게 그런 이야기는 한 마디도 한 적이 없었다.

"덕분에 가즈히로가 표정을 되찾았어요. 뭐라 감사를 드려야 좋을지."

"아닙니다. 고주기를 치료하는 것이 그 사람이 하는 일이니까요."

"왠지 가즈히로 때문에 부인이 쓰러진 것 같은 생각이 들어서요."

아카네의 목소리가 가라앉았다. 히데아키는 그녀가 걱정하지 않도록 웃어 보이며 고개를 저었다.

"아뇨. 어차피 그 사람은 여기서 삶의 마지막을 보내기로 했으니까요. 게다가 떠나기 전에 그런 도움을 드릴 수 있게 되어 기쁘게 여길 겁니다."

그림 속에서 부드럽게 웃고 있는 본체를 바라보았다. 그게 본체인지 아니면 별체인 아내인지 히데아키는 구분을 할 수가 없었다.

◇

　본체는 그로부터 사흘간 계속 누워 있었다. 그렇다고 혼수상
태는 아니었다. 이따금 깨어나 히데아키와 몇 차례 이야기를
나눈 뒤 다시 눈을 감았다. 그런 식이었기 때문에 히데아키는
잠시도 곁을 떠나지 않고 그녀 곁에 있었다. 침대 옆에 의자를
놓고 앉아, 편하게 잠든 얼굴을 계속 지켜보았다. 히데아키는
다시 헤어질 시간을 기다리고 있었던 것이다. 천천히 받아들여
가듯이.

　이따금 가즈히로가 찾아와 히데아키의 식사를 전해 주었다.
그리고 걱정스러운 표정으로 그녀의 잠든 얼굴을 내려다보았
다. 여전히 말은 못했지만 고주기 소리를 되찾은 이래, 그의 얼
굴에는 분명히 표정이 되살아났다.

　겨울이 가즈히로 오후의 햇살은 창밖에서 따스한 온기를 던
지고 있었다. 히데아키는 의자에 앉은 채로 꾸벅꾸벅 졸았다.
문득 정신을 차리니 그녀가 깨어나 히데아키의 조는 모습을 재
미있다는 듯이 올려다보고 있었다. 그녀는 천장을 바라보며 뭔
가 떠올리듯 아득한 표정을 지었다.

　그녀는 둘이 갔던 곳의 추억들을 이야기했다. 하나씩 매만지
듯. 히데아키는 깨달았다. 아내와 함께 갔던 곳도 그 안에 포함
되어 있다는 사실을. 방의 온도가 단숨에 내려간 느낌이 들어
저도 모르게 몸을 떨며 그녀를 바라보았다. 그녀는 평온한 얼

굴로 히데아키를 바라보았다.

"추억, 고마워."

그녀의 안에 본체와 별체의 의식이 뒤섞여 있었다. 사전에 관리국의 시라세가 미리 귀뜸했던 위험한 조짐이었다. 사라진 아내의 의식을 통해 도시가 그녀를 붙들어 버린 것이다. 마지막 잔광과 함께 그녀의 의식은 '도시'에 거두어들여져 다시는 돌아오지 않게 되리라.

◇

그날 저녁, 관리국의 시라세가 펜션을 찾아왔다. 여전히 커다란 선글라스를 쓴 모습이었다.

"게이코 씨, 눈은 좀 어때요?"

아카네와는 아는 사이인 모양이었다. 친숙한 목소리 안에 염려하는 마음이 묻어 있었다.

"아, 언젠가는 이렇게 될 거라고 각오하고 있었으니까. 하지만 아직 한참 남았으니 괜찮아."

그 말에 비로소 선글라스가 눈을 보호하기 위한 것이라는 사실을 깨달았다.

시라세는 히데아키를 향해 엄숙한 표정으로 말했다.

"오늘밤이 마지막이 될 겁니다."

밤이 찾아왔다. 히데아키는 본체의 머리맡에 앉아 그때를 기다렸다. 그렇다. 기다리는 것이다. 그녀와 처음 만났을 때부터 천천히 오늘을 기다리기 위해 시간이 흘러가는 것이라는 사실을 늘 의식해 왔다. 그 요령은 아내가 가르쳐준 것이다.

침대를 창가로 옮겼다. 본체가 누운 채로 도시를 내려다볼 수 있도록 하기 위해서였다. 나카니시를 비롯한 '바람을 기다리는 집' 사람들과 관리국에서 나온 시라세는 방구석 쪽에서 지켜보고 있었다.

"가즈히로 씨. 당신의 고주기 연주를 들으며 떠날 수 있도록 해주시겠습니까?"

가즈히로가 빙긋 웃으며 고개를 끄덕였다.

그녀의 의식을 본체와 별체 어느 쪽이 지배하고 있는지는 이제는 판단할 수가 없다. 그것은 이미 상관없는 일이었다. 어느 쪽이건 히데아키에게는 둘도 없는 존재이기는 마찬가지였다.

"아, 저기 봐. 빛이……."

그녀가 가리킨 곳에 분명히 빛이 보였다. 이 펜션을 찾아와 처음 보는, 그리고 아마도 마지막이 될 잔광이었다.

잔광은 도시에서 사라진 사람들의 흔적이라는 이야기를 들었다. 하지만 그 빛은 히데아키가 상상했던 것과는 달랐다. 소리도 없이 하늘에서 꽃처럼 퍼지는 그 빛은…….

"저건……불꽃놀이 대회 불빛이군요."

나카니시는 감정을 억누를 수 없다는 듯이 중얼거렸다. 잔광은 사라져가는 그녀에게 작별을 고하듯 반짝반짝 빛났다. 소리가 없는 빛의 난무. 그녀는 홀린 듯이 그 불빛을 바라보고 있었지만 히데아키의 마음은 눈치챘으리라. 고개를 돌려 히데아키를 바라보며 평소처럼 웃었다.

"그러고 보니 내가 전에 당신에게 불꽃놀이 대회 이야기를 했었군. 애가 태어나면 함께 구경하러 가자고. 그 약속을 지킬 수 있게 되어 다행이야."

그 약속은 본체가 아니라 아내와 한 것이었다. 히데아키는 고개를 끄덕일 수밖에 없었다.

"히비키, 이리 온."

엄마가 사라질 텐데도 아랑곳하지 않고, 히비키는 그새 친해진 아카네의 무릎 위에 앉아있었다. 아카네가 히비키를 안아들어 본체의 무릎에 내려놓았다.

히비키는 엄마에게 응석을 부리듯 손을 뻗었다. 그녀는 그 작은 손을 쥐고 어르며 가슴께로 가져갔다.

"저걸 봐, 히비키. 불꽃놀이가 보여."

엄마가 신경을 써 주자 기쁜 표정을 짓던 히비키는 그 빛을 보더니 불쑥 동작을 멈췄다. 소리도 없는 그 빛의 난무를 뚫어지게 바라본 뒤 본체를 다시 쳐다보았다.

"우리가 끝낼 거야."

아직 말도 할 줄 모르는 히비키가 말을 했다. 또렷한 말투였다. 게다가 여자아이의 목소리로. 본체는 놀라는 기색도 없이 웃는 얼굴로 고개를 끄덕이며 히비키를 꼭 끌어안았다.

히비키는 엄마 품에 안긴 채 히데아키를 가만히 쳐다보며 다시 입을 열었다.

"다시는 엄마 아빠를 슬프게 만들지 않을 테야."

어린애의 목소리이기는 했지만 또렷한 의지를 지닌 말투였다. 그 얼굴에는 결의가 담긴 조용한 미소마저 떠올라 있었다.

히비키의 안에는 쓰키가세에서 태어나지 못하고 사라진 여자아이 히비키가 살아 있는 것인지도 몰랐다.

한바탕 커다란 불꽃이 빛을 터뜨렸다. 그것이 마지막 잔광이었다.

"지금까지 고마웠어. 여보, 슬퍼하면 안 돼."

그녀는 웃는 얼굴로 조용히 말하고 천천히 눈을 감았다. 잠에 빠져들 듯이 편하게. 그리고 다시는 눈을 뜨지 않았다.

가즈히로가 배웅하듯 고주기를 연주했다. 시간을 초월해 사람의 마음을 자아내어 아름다운 무늬로 색칠해 가는 고주기의 음색이 그녀를 잘 데려다 줄 것이다.

히데아키는 슬퍼하지 않았다. 그게 그녀의 소망이었으니까.

히데아키는 히비키를 팔에 안고, 이별의 시간을 새기듯 마음속의 달력을 천천히 넘겼다.

"난 히비키와 함께 살아갈 거야."

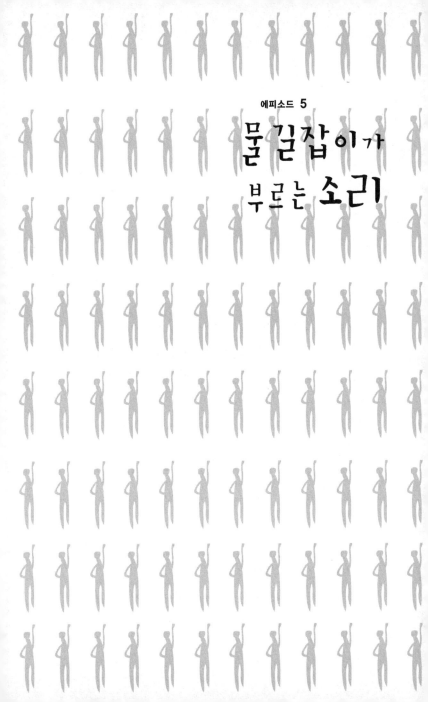

에피소드 5

물 길잡이가
부르는 소리

"회수 상황에 관한 정기 보고입니다."

회수 수임관이 조금 긴장한 표정으로 보고를 시작했다.

소멸 예측위원회. 이번에는 자문회의이기 때문에 위원 이외에 주요부서의 멤버들도 참석했다. 오늘 회의의 입실 조건은 '억제 차단막 필요 없음'으로 되어 있지만, 국원들은 습성이 된 무표정한 얼굴로 자료를 바라보고 있었다.

"앞에 있는 자료를 봐 주십시오. 우선 유통도서에 관한 도서 협회 자료입니다. 종별로는 제1종 6.98%, 이하 제2종 93.5%, 제3종 88.2%, 제4종은 추측치입니다만 79.2%, 제5종은 서적원 부서들이 정리한 자료 예측치에 따르면 61.4%가 됩니다."

"제5종의 폐기 수치는 어떤가?"

안쪽에 앉은 통감의 쉰 목소리가 울려 퍼졌다. 수임관이 더욱 긴장한 목소리로 답변했다.

"예……. 예측 폐기율 13.2%, 입증 불능 8.9%, 합계 22.1%입니다."

"위반사항 및 검거율은?"

통감이 틈을 주지 않고 질문을 퍼부었다. 게이코에게는 질문이라기보다 오히려 규탄에 가까운 말로 들렸다. 심기가 불편할 때 보이는 통감의 버릇이다. 회의 참석자들이 긴장했다.

페잘로 얼굴을 가린 통감의 표정은 제대로 짐작할 수가 없었다.

"그것은……."

수임관이 초조한 기색을 숨기지 못하며 쌓여 있던 자료를 뒤졌다.

"에……올해 제 일사분기와 이사분기 합계입니다만……. 사찰 대상이 수도권에 128건, 문서경고에 의한 개선이 63건, 방문경고가 23건, 강제 출두가 5건입니다."

"구속에 의한 검거는 어떠한가?"

"그 부분에 관해서는……올해는 없습니다."

"왜지?"

"……아무래도 작년의 검거 방침에 관해 국무원의 지시가 있었기 때문에……."

"미지근하기는."

통감이 단죄하듯 말했다. 무거운 침묵이 회의실 분위기를 지배했다. 내압을 높이기 위한 컴프레서의 나직한 소리가 침묵을 증폭시키는 듯했다.

"여러분은 자신의 사명을 직시하지 못하나?"

통감의 질문. 물은 것이기는 하지만 동시에 규탄이며 스스로를 추스르라고 촉구하는 말이기도 했다.

"여러분은 직업으로서 이 책무를 어떻게 이해하고 있나? 사명이 아닌가? 사라진 사람, 가족을 잃은 사람의 원망과 한탄의 목소리가 들리지 않는가? 회수를 게을리하지 말고, '도시'를 얕보지 말라."

통감은 그렇게 말하더니 회의 종료를 기다리지도 않고 자리에서 일어섰다. 뒷모습이 이중문 밖으로 사라지자 편치 않은 듯 수런거리는 소리가 퍼져갔다. 젊은 멤버들은 십년감수했다는 표정이었다.

마음을 가다듬은 듯이 진행 담당인 수임관이 회의를 계속 진행했다.

"그러면 기타 개별조사 항목의 현재 상황에 관해 보고를 부탁합니다. 먼저 시라세 서기관부터."

"보고 드리겠습니다."

게이코는 한 손을 살짝 들고 자리에서 일어섰다.

"소멸 때부터 계속 조사 대상이었던 분리 개체의 소멸에 관해서는, 며칠 전인 12월 3일 오후 11시에 비소멸 개체가 '도시'의 의식에 접수된 것으로 확인되었습니다."

"소멸로부터 3년하고……8개월이 지났나……?"

웅성거리는 소리가 났다. 진정되기를 기다려 게이코는 말을 이었다.

"여하튼 분리 개체의 소멸은 첫 케이스이기 때문에 비소멸 개체의 협력을 얻어 정기적인 검사 태세를 갖추고 있었습니다. 예측되던 소멸 개체와의 기억 동화가 일어났고 소멸 잉여파인 '잔광'의 종언과 함께 '도시'에 접수되었습니다."

"대상자를 도시에 접근하게 할 수 있었던 건가?"

관리국 서부분실의 데라시마寺島가 살짝 놀란 목소리로 물었다.

"어디까지나 본인 및 가족들의 뜻에 따라 도시 가까운 곳에서 최후를 맞이하게 하고 있습니다."

"조작을 했나?"

"예, 검사 때 '주입'을 했습니다. 그에 따라 대상 개체를 쓰가와 시에 있는 숙박시설로 유도하는 데 성공했습니다. 시설 쪽의 협력을 얻어 모든 행동을 촬영, 녹음했습니다. 앞으로 분석에 들어갈 예정입니다만, 결과에 따라 다음번 정례 회의에서 보고를 드리겠습니다. 그리고 또 한 가지, 후속 조치로 관찰을 해야 할 문제가 있기 때문에……."

"후속 조치로 관찰을 하다니? 관찰 개체는 사망한 것 아닌가?"

데라시마가 다시 질문을 던졌다.

"예, 관찰 개체 자체는 사망했습니다. 하지만 그 유전자 계승체에서 흥미로운 사례가 발생했기 때문에 계속 관찰하게 해주셨으면 합니다. 분리통합국과의 조정 문제도 있기 때문에 아직 자세한 내용은 공표할 수 없습니다만."

"내친 김에 그 문제에 관한 보고를 듣고 싶군."

이상하게 톤이 높고 빈정거리는 듯한 목소리가 들려왔다. 총무국으로 파견을 나가 있는 마에하타前畑였다.

"그 문제라고 하시면?"

"그 '소멸내성' 문제 말일세. 자네가 담당하고 있지 않나? 이제 슬슬 우리에게도 경과를 알려주지 않겠나?"

마에하타의 말투는 뭔가 트집을 잡으려는 투로 들렸다.

"소멸내성은 현재 추정연령 6세 8개월로 성장했습니다. 아시다시피 발견한 회수원의 희망에 따라 그 딸로 양육되고 있으며 수도 근교의 신흥주택지에서……."

게이코의 거침없는 설명을 마에하타는 짜증난다는 듯이 가로막았다.

"그런 건 다 알아. 언제부터 '연구'를 시작할 것인가를 묻고 있는 거지. 설마 내버려두고 있는 건 아니겠지? 그렇다면 직무태만 아닌가, 이 비상시국에."

감정이 담기지 않은 게이코의 표정이 더욱 무표정해졌다. 게이코는 잠깐 뜸을 들였다가 입을 열었다.

"지난번 소멸내성으로부터 얻은 교훈에 따라 보호막을 일찍 개방하는 것이 오히려 정보 보관이란 측면에서는 역효과가 난다는 사실은 이미 알고 계실 것입니다. 그렇기 때문에 이번에는 보호막 형성이 완료될 때까지는 최대한 접촉시키지 않고 지켜보고 있는 상황입니다."

'지난번 소멸내성'이 그녀 자신을 가리킨다는 사실은 여기 모인 사람이라면 누구나 알고 있지만, 그 이야기를 꺼내는 사람은 없었다.

"그런 사정이 있다면 납득이 가지만."

마에하타는 여전히 비위에 거슬린다는 투로 말하며 빈정거리는 시선을 보냈다.

"귀중한 '실험대상'이니 사심이 작용하면 곤란해. 부디 무엇 때문에 소멸내성 같은 위험물을 방치하고 있는 것인지 생각해야 할 걸세."

"알겠습니다."

감정을 억누르고 있음을 고스란히 드러내는 가면처럼 무표정한 얼굴로 게이코는 고개를 깊숙이 숙였다.

◇

"이야기 들었어. 마에하타와 한바탕했다면서?"

청소원인 소노다가 어디서 이야기를 들었는지 대걸레와 양동이를 들고 흥분한 표정으로 휴게실에 들어왔다. 휴게실은 창문이 없어 폐쇄된 창고 같아 왠지 마음이 편치 않았다.

"한바탕이라뇨. 그렇지 않아요. 그냥 회의한 거예요."

"하지만 그 녀석은 여전히 배알이 꼴리게 만드는 녀석이야. 자기는 오염되지 않는 곳에서 구경이나 하겠다는 건가?"

소노다는 화가 풀리지 않는 모양이었다.

"어때? 그 자식 쫓아가서 이 양동이에 든 구정물을 뿌리고 올까?"

당장이라도 실행에 옮길 것 같아 게이코는 그녀를 가로막았다.

"그러지 마세요. 그리고 전 무슨 소릴 들어도 할 말이 없으니까요."

"또 그런 소릴 한다. 물론 네가 관리국을 고맙게 생각하는 것은 알아. 하지만 너는 이미 국가를 위해 충분히 할 만큼 하고 있잖아."

게이코는 종이컵 안에 든 차를 들여다보며 살짝 웃음만 지었을 뿐 아무 대꾸도 하지 않았다. '국가를 위해'라고 하는 소노다의 케케묵은 표현이 남의 일처럼 느끼고 있었다. 게이코가 관리국에서 일하는 것은 누구를 위해서도, 자신을 위해서도 아니었다. 이 일 이외에는 자신의 인생에서 선택할 수 있는 항목이 없었기 때문이다.

◇

옅은 구름이 낀 맑은 겨울 하늘이었다. 겨울인데도 거침없는 햇빛은 주위 빌딩 창에 반사해 따갑게 쏟아졌다. 게이코는 손으로 해를 가리며 눈을 가늘게 뜨고 핸드백에서 선글라스를 꺼냈다.

지하철역으로 가는 길에는 공원이 있다. 잔디가 깔려 있을 뿐, 울타리도 없고 놀이기구도 없다. 대도시 속의 오아시스. 잔디 위를 비스듬하게 가로지르며 살짝 입술을 깨물었다.

이 공원을 지날 때마다 그 사람은 이제 없다고 스스로를 타이르면서도 자꾸 찾게 된다. 작은 1인용 텐트를. 무엇에든 거침없이 렌즈를 들이대던 와키사카의 모습을.

마지막으로 만났던 모래언덕에서 와키사카는 언젠가는 게이코에게 다시 돌아오겠다고 약속했다.

"거류지로 돌아가 정리를 해야만 해."

와키사카는 그렇게 말했다. '정리'가 무얼 뜻하는지는 굳이 묻지 않았다. 그리고 무엇을 잃어 사진을 찍을 수 없게 되었는지도.

다시 나타나지 않은 것은 정리가 아직 되지 않았기 때문일까? 아니면 단순히 게이코를 이미 잊은 것일까. 생각해 보면 두 사람 사이에 연결고리로 볼 수 있을 만한 끈은 아무것도 없었다.

그 뒤로 게이코 나름대로 와키사카를 찾아보았다. 그래봤자 게이코가 아는 것은 와키사카라는 성과 사진가라고 하는 사실뿐이었다. 관리국은 우수한 정보수집 기관이기도 하다. 그 정보망을 이용하여 와키사카에 관해 검색해 보았지만 아무런 정보도 얻을 수 없었다.

"물길잡이……."

이국적인 느낌을 지닌 그 단어를 발음해 본다. 거기 담긴 마음을 믿고, 계속 기다리는 나날들. 3년 반이란 세월의 흐름 속에서 어느새 게이코의 마음에는 얇은 체념의 베일이 드리우게 되었다.

하지만 자신은 그래도 괜찮은 건지도 모른다. '도시'에서 둘도 없는 누군가를 잃은 사람들보다는. 그들은 다시는 돌아오지 않을 사람들을 떠올리며 슬퍼하지도 못하고 계속 기다리는 것이다. 그에 비하면…….

문득 뭔가가 느껴졌다. 그게 뭔지는 알 수 없다. 하지만 놓쳐서는 안 된다고, 게이코의 감각이 호소하고 있었다. 선글라스를 껴 어두운 주위를 둘러보았다.

하늘 높이 날아가는 비행기. 잎이 떨어진 가로수. 양복을 입은 사람들. 그리고 신호등을 기다리는 차. 갓길에 정차한 차……차?

"와키사카 씨!"

저도 모르게 소리를 질렀다. 거기 정차해 있는 것은 예전에 와키사카가 타던 차였다. 번호까지 외우지는 못했지만 그 뒤로 이 수도에서 같은 차를 본 적은 없었다.

약간 열린 창문으로 게이코의 목소리가 들렸는지 운전석에서 누군가가 내렸다.

게이코와 마찬가지로 검은 선글라스를 쓴 남자였다. 대개는 여자들밖에 입지 않을 새빨간 포의包衣를 입고 있었다. 헤어스타일은 몸을 중심으로 중앙선을 그은 듯이 우측은 박박 깎아 머리카락이 한 오라기도 없고, 왼쪽은 길게 기르고 있었다. 그리고 얼굴 왼쪽에는 옅은 화장까지 하고 있었던 것이다.

다양한 인종의 도가니라고도 할 수 있는 수도에서도 '특수한 문화' 속에 생활하는 인종 가운데 한 사람이라는 것을 알 수 있었다. 물론 와키사카도 처음 만났을 때는 별로 좋은 인상은 아니었지만, 이 정도까지 엉뚱한 차림은 아니었다.

"불렀어, 지금. 와키사카라고?"

차림새와 마찬가지로 목소리도 두 사람의 목소리가 하나로 합성된 것처럼 들린 것은 단순한 착각이리라. 독특한 반어법으로 질문을 던지기에 거류지 출신이라는 것을 알 수 있었다.

"아, 미안합니다. 잘못 보았습니다."

고개를 숙이고 지나가려 하자 남자는 게이코의 앞을 가로막았다.

"아니야, 잘못 본 거. 알아, 나. 와키사카를."

게이코는 기억을 떠올렸다. 와키사카가 이 차를 친구한테 빌렸다는 이야기를. 그리고 와키사카 자신도 거류지 출신이란 사실을.

"와키사카 씨 친구인가요?"

친구라는 말에 반응하듯, 그 남자가 웃었다. 좌우의 얼굴이

제각각 다른 생각을 가지고 웃는 것만 같았다.

"마시면서 이야기하자, 차라도. 단골로 가는 데가 있어, 근처
에."

믿어도 좋을 사람인지 어떤지 알 수가 없었다. 하지만 여기
서 그의 권유를 뿌리치면 와키사카와의 연결고리는 또 툭 끊어
지고 만다. 이상한 웃음을 짓고 있는 남자에게 게이코는 조심
스럽게 고개를 끄덕이고 그가 시키는 대로 조수석에 올라탔다.

◇

차가 멈춘 곳은 50층짜리 고급 호텔 지하주차장이었다. 와키
사카가 전에 데리고 갔던 해변 호텔과 마찬가지로 이 호텔도
거류지 자본이 세운 것이었다.

특별회원용 엘리베이터로 꼭대기 층까지 단숨에 올라가 라운
지의 전망 좋은 칸막이 자리로 안내를 받았다. 남쪽으로 크게
난 창문 밖에는 바다가 내려다보였다.

"당신은 와키사카 씨 친구인가요?"

맞은편 소파에 앉아 게이코는 아까 했던 질문을 반복했다.

"드문 일이네, 와키사카라니. 그 이름을 쓰다니, 그녀석이."

그가 혼잣말을 하기에 게이코는 고개를 갸웃거렸다.

"실례. '가명'을 쓰기 때문에, 보통. 아, 거류지 출신이라서,
그 녀석은."

게이코도 그제야 이해가 갔다. 거류지에서 습관적으로 쓰이는 '가명'. 여러 나라와 교역을 하는 거류지이기 때문에 상거래 관습에서 온 것이라고도 하고, 독자적인 종교관에 따라 그 지역에 적응하기 위해서라고도 한다. 거류지 출신자는 원래 이름과는 별도의 이름을 지니며, 상황에 따라 적합한 것을 쓴다는 것이다.

"그럼 와키사카 씨는 거의 쓰지 않는 '가명'을 내게 쓴 거로군요."

그는 잠시 생각에 잠겼지만, 이윽고 웃는 얼굴로 고개를 저었다.

"아니, 그렇지 않아. 본명이야, 와키사카라는 게 말이야."

"예? 하지만 그럼……."

말을 이을 수 없었다. 게이코도 알고 있었기 때문이다. 거류지 사람들은 친인척 이외에는 결코 본명을 가르쳐주지 않는다는 것을. 그것은 계율이라고도 할 수 있을 정도로 엄격한 것이고, 그러한 수많은 관습이 거류지를 신비스럽고 폐쇄적으로 보이게 하는 것도 사실이었다.

"그렇지. 결국. 인정한 거야. 친인척으로. 처음부터, 그녀석이."

그는 다리를 꼰 발을 바꾸며 턱에 손을 대고 게이코를 바라보았다. 선글라스를 쓴 그의 표정은 게이코를 시험해 보는 것 같기도 하고, 재미있어 하는 것 같기도 했다.

"어쩌면 오늘 당신을 만나게 된 건 우연이 아닌 모양이군요."

"그런 것 같아. 뭐랄까. 그럴지도 몰라."

검은 옷을 입은 초로의 남자가 조용히 다가와 차를 준비해주었다. 게이코 앞에 흰 다기를 내려놓았다. 큼직한 술잔 같은 다기였다. 거의 맹물로 보일 정도의 투명한 차를 따르고 조용히 고개를 숙인 뒤 물러갔다.

"저어, 와키사카 씨는 지금 어디에 있나요?"

캐묻는 인상을 주지 않도록 애쓰며 자연스럽게 물었다.

"만나고 싶은가?"

그는 몸을 살짝 앞으로 내밀고 게이코의 눈을 들여다보았다. 게이코는 머뭇머뭇 고개를 끄덕였다.

"만나고 싶은가. 정말로? 모든 것을 극복하고?"

조용히, 하지만 집요하게 되물었다. 건성으로 대답하는 것은 허용하지 않겠다는 분위기였다. 게이코는 자세를 가다듬고 자신의 생각을 솔직하게 털어놓았다.

"만나고 싶다기보다, 만나야만 한다고 생각하고 있어요. 거기부터 시작해야만 한다고 생각합니다. 그 사람은 '물길잡이'라는 표현을 썼습니다. 항로가 바다 위에 표시되어 있지 않은 것처럼, 어떤 길로 가더라도 만나고 말게 되는 사람이 있다고. 그게 만약 저에게 한 이야기라면 요 3년 반의 공백에 어떤 의미가 있는지 묻고 싶습니다."

게이코의 말에 그는 선글라스를 벗었다. 생각보다 부드러워 보이는 길쭉한 눈이 게이코를 가만히 바라보았다. 압도당할 만한 시선이었다. 사니와審神者:일본 고대 신앙에서 제사를 올릴 때 신탁을 받고, 신의 뜻을 해석해 전달하는 사람가 자기 마음속을 들여다보는 것처럼 꼼짝도 할 수가 없었다.

"마셔요, 차를."

그가 조용히 말했다. 게이코는 다기를 집어 들었다. 위화감을 느꼈지만 남자의 시선을 받으며 단숨에 들이켰다. 무색투명한 겉보기와 마찬가지로 차 맛은 느껴지지 않았다. 느껴질듯 말듯 한 찻잎 향기.

"올 거야. 빛이 없는 밤에. 만나. 처음 만난 장소에서."

게이코가 차를 마시는 모습을 끝까지 지켜보고 그는 자리에서 일어났다.

"만나겠지. 당신과는. 또 언젠가. 생각이 들 거야, 그런."

그는 나가다 고개를 돌려 게이코를 엄숙한 표정으로 바라보았다.

"그대, 물길잡이를 얻고 싶은가?"

가슴 위에 손을 모으고 하는 서역 특유의 인사를 하고 그는 떠나갔다.

혼자 남은 게이코는 창가에 섰다. 창밖으로 스모그가 낀 수도의 풍경이 내려다보였다. 빌딩들 너머로 바다가 보였다.

사람의 기척이 유리에 반사되었다. 뒤를 돌아보니 조금 전 그 검은 옷을 입은 남자였다. 그 사람을 다시 보자 문득 생각이

낳다. 와키사카를 마지막으로 만난 날, 해변 리조트 호텔에 있던 남자다.

"방금 나가신 분은 '몸깎기身削'를 하셨습니다. 지금 드신 차는 그분의 '몸깎기' 피를 넣은 청결차입니다."

"그 '몸깎기'란 게 뭐죠?"

그 말에서 불온한 느낌이 들어 물었지만 남자는 대답할 수 없다는 듯이 조용히 고개를 숙이고 물러갔다.

"부디 좋은 물길잡이를 얻으시기를."

게이코는 다시 유리창 너머로 바다를 바라보았다. 무겁게 가라앉은 그 바다에서 자신을 인도해 줄 물길을 발견할 수는 없었다.

◇

소멸 예측위원회 정례회의.

게이코가 보고해야 할 제목은 '도시의 소멸이 분리개체에 주는 여러 가지 영향'이었다.

정면 오퍼레이트 보드 앞에 서서 게이코는 목에 건 스카프에 손을 댔다. 살짝 헛기침을 하고 발표를 시작했다.

"지난번에 말씀드린 대로 이번 소멸에서 분리 개체의 '본체' 사망 사유에 관해 일반적인 '동시 사망'이 일어나지 않았던 문제에 관해 자세한 내용을 보고 드리겠습니다."

소멸에 의한 '분리자'의 특수 사례에 대한 조사는 게이코의 업무였다. 지난번 '구라쓰지'가 사라졌을 때는 그러한 사례가 없었다. 그래서 관리국은 분리자의 동향에 주목하고 있었다.

일반적으로 분리자 가운데 한쪽이 사망하면 동시에 다른 곳에 있는 분리자도 사망한다. 하지만 이번 쓰키가세의 소멸에 의한 분리 개체의 사망에서는 다른 한쪽 분리자가 동시 사망을 하지 않은 것이다. 살아남은 분리자는 3년 8개월이나 지난 뒤에야 소멸한 개체의 잔류 의식에 끌려들어가게 되어 비소멸 개체의 사망이 확인되었다.

"소멸 개체의 잔류 의식이 비소멸 개체로 유입된 것은 원래 예상했던 것보다 6시간 늦었습니다. 사망 30시간 전이었습니다. 하지만 그전부터 징조로 보이는 거동이 확인되었기 때문에 앞으로도 검증을 계속할 것입니다."

"잔광이 끝나면서 그 개체가 사망한 점은 예상했던 그대로입니까?"

첫 정례회의에 참석한 사카가미坂上가 질문했다. 아직 젊은 테크니컬 코디네이터인데, 관리국을 단순한 취직자리로밖에 여기지 않는 요즘 젊은 직원들과는 달리 관리국의 사명을 제대로 이해하고 있었다.

"예상했던 대로 동시였습니다. 분리자에 대한 계속적인 조사에 관해서는 다음 달 보고서를 작성할 예정이니 그 문서에서 확인해 주시기 바랍니다. 그러면 다시 본론으로 돌아가겠습니다. 그 건에 관련하여 흥미로운 사례가 확인되었기에 보고 드립니다. 감시 영상에 그 모습이 기록되어 있으니 직접 보시겠습니다."

게이코가 스위치를 누르자 뒤에 있는 보드에 영상이 나타났다. '바람을 기다리는 집'에 설치되어 있던 조사 카메라 영상이었다. 나타난 것은 한 쌍의 가족. 침대에 누운 아내와 옆에 앉은 남편. 아내의 팔에는 자그마한 사내아이가 안겨 있었다.

"비소멸 개체의 유전자 계승체에서 자연분리의 조짐이 보였습니다. 조사에 따르면 소멸 개체 쪽의 유전자 계승체는 쓰키가세의 소멸 때 태어날 예정이었다는 것입니다. 그에 따라 특수한 '결합체'가 생긴 것으로 보입니다."

"앞으로 분리 가능성이 있다는 거로군."

오쿠다 수임관의 목소리는 자연히 기대에 찼다. 분리자인 '결합체'는 도시의 소멸에 의한 소멸 순화에 저항하는 수단으로서 주목받고 있었다. 분리자라면 소멸 순화가 시작되어도 '결합체'에 의해 일정한 형태로 정보를 전달할 수 있는 것이 아닐까, 하는 주장이 있었기 때문이다.

보고를 마치고 자리에 앉은 게이코는 자연히 안쪽을 보게 되었다. 통감의 자리는 공석이었다. 통감이 오랜 세월에 걸쳐 '도시'로부터 받은 오염은 이제 정화를 해도 회복할 수 없을 정도로 치명적인 축적 상태에 있었다.

상급관청인 국무원에서는 통감의 상황을 감안하여 은밀하게 차기 통감을 물색하고 있다고 한다. 총무원에 파견되어 있는 마에하타가 요즘 자주 회의에 얼굴을 내미는 것도 그런 영향 때문일 것이다.

관리국이라고 하는, 사명을 지닌 기관마저도 정쟁이라고나 해야 할 출세 경쟁의 무대가 되고 있다는 사실에 게이코는 달랠 길 없는 무력감을 느껴 조용히 한숨을 내쉬었다.

◇

회의실을 나오니 낯익은 사람이 서있었다.

"노시타野下 씨."

통감 전속 운전기사인 노시타가 모자를 벗고 고개를 숙였다.

"통감님께서 만나고 싶답니다."

게이코는 고개를 끄덕이고 뒤를 따라 걸었다. 모자를 벗은 그의 머리는 머리카락이 많이 빠져 있었다. 게이코는 세월의 무상함을 느꼈다.

"노시타 씨. 통감님은 좀 어떠신가요?"

노시타는 대답을 하려 들지 않았다. 게이코는 잠시 뒷좌석에서 핸들을 조작하는 흰 장갑의 움직임을 바라보고 있었다. 노시타가 백미러로 게이코를 바라보았다.

"용서하십시오. 통감님이 이야기하지 말라고 하셔서요."

정면에 수도환상방위군首都環狀防圍軍 라인 2진에 자리 잡은

'203'이란 숫자가 적힌 고사포탑이 솟아 있었다. 차는 그 바로 아래서 왼쪽으로 꺾어졌다.

한동안 달리자 하얀 종합병원의 위압적인 모습이 나타났다. 드넓은 부지 안의 한 구역, 높은 방호벽에 둘러싸인 건물은 관리국 생체반응연구소와 오염정화센터였다.

정화센터 5층에 있는 통감이 입원한 특별실 문 앞에 서서 노크를 했다. 잠시 기다렸지만 응답이 없었다. 게이코는 전성관傳聲管을 향해 말했다.

"시라세 서기관, 부름을 받고 왔습니다."

건조하고 소리 없는 시간이 흘렀다. 이윽고 전성관을 통해 통감의 잔뜩 쉰 목소리가 들려왔다.

"입실을 허락한다."

바로 문의 잠금장치가 해제되었다. 내압을 높인 방 안에서 공기가 천천히 흘러나왔다. 방 안으로 들어선 게이코는 죽음에 가까운 냄새를 맡았다.

실내에는 커튼이 쳐져 통감의 모습을 볼 수는 없었다.

"혼자인가?"

커튼 안쪽에서 통감이 물었다.

"예, 저 혼자입니다."

"그런가…… 들어오게."

통감은 폐잘을 쓰지 않은 맨얼굴이었다. 관리국에서는 게이코와 소노다 이외에는 보지 못한 얼굴이다. 머리맡에 앉았다.

낯익기는 하지만 거기에는 통감의 기형적인 모습이 있었다.

오랜 세월에 걸친 오염도서 검안검색으로 인해 눈은 이미 20년쯤 전부터 제 역할을 할 수 없게 되어 하얗게 변해 있었다. 게다가 축적된 오염은 피부 조직에도 영향을 미쳤다. 혹 모양의 부종이 잔뜩 생겨 원래 얼굴의 윤곽은 찾아볼 수 없게 되었다.

"벌써 많이 안 좋은가?"

회의 때와는 전혀 다른, 통감의 온화한 목소리. 꼼짝도 할 수 없을 정도로 쇠약해진 몸으로도 게이코를 염려해 주고 있었다.

게이코는 아무 말도 하지 않았다. 아무리 눈이 보이지 않는다 해도 통감을 속일 수는 없었고, 무엇보다 통감이 몸소 겪어 온 오염 과정이었기 때문이다.

"미안하군……."

통감이 무겁게 입을 열었다.

"30년 전, 자네를 실험대에 세우려는 녀석들을 난 저지할 수 없었네. 조금만 기다렸다면 그 나이에 그토록 오염이 진행될 일도……."

게이코는 조용히 웃으며 고개를 저었다.

"하지만 그것도 제가 실험대에 섰기 때문에 알게 된 거니까요. 걱정 마십시오, 다음 소멸내성은 제가 잘 지켜 갈 테니까요."

정화센터에는 관리국과 마찬가지로 창문이 없다. 창이 있어야 할 곳에는 그림이 걸려 있었다. 그 그림 안에는 쓰키가세의

고사포탑이 솟아 있었다. 바람을 기다리는 집에 있는 가즈히로
가 그린, 사라진 도시의 풍경이었다.

◇

세 달에 한 번씩 있는 전력조정일.

오후 6시에 모든 교통기관이 멈춘다. 일반적인 사무실이라면
사원들은 퇴근을 서둘 테지만 관리국에 한해서는 평소와 다름
없는 시간이 흐르고 있었다. 그것은 관리국이 전력조정 제외
기관이기 때문이기도 하고, 건물 자체가 빛이 외부로 흘러나가
지 않는 구조로 되어 있기 때문이기도 했다.

어둠을 틈타, 게이코는 평소보다 훨씬 더 민감해진 감각에
몸을 적셨다. 시력을 잃어가는 게이코에게는 빛이 없는 거리가
훨씬 걷기 편했다.

예전에는 강력한 감정 억제 차단막을 친 뒤에나 얻을 수 있
었던 민감한 감각. 그것이 '오염'의 진행에 따라 다른 감각기관
의 감퇴와는 반대로 일상화되어 이제는 완전히 다른 감각을 지
니고 살게 되었다. 게이코에게도 드디어 오염에 따른 '체내규
화'가 시작된 것이다.

오염 축적에 따른 감각기관의 규화硅化는 오염을 동반하는 만
큼 그 구조가 제대로 밝혀지지 않았다. 규화는 도시의 오염을
장기간, 지속적으로 받아온 사람에게 일어나는 특이한 현상이

었기 때문에 그것을 파악하려면 용기가 필요했고, 오염 우려가 크기 때문에 제대로 된 연구 성과가 쌓이지 않은 것이다.

그렇기 때문에 실제로 그런 감각을 느껴볼 수 없었던 과거의 연구자들이 이름 지은 '규화'란 매우 개념적인 표현이며, 게이코 처지에서 이야기하자면 그 단어에서 느껴지는 감각의 '경직화나 경화'와는 크게 차이가 나는 현상이었다.

물론 감각기관의 감퇴, 특히 시각 기관에서 나타나는 결상 능력의 극단적인 기능 저하는 일반적으로 이야기하면 비극일 테지만, 부산물로서 나타나는 '감각의 예민화'는 시력 감퇴를 메우고도 남을 정도였다.

규화에 의해 '도시'의 감각기관 일부가 발달해 '확대의식(의식확대가 아니다)'이 생기는 것이다. 일반인의 '개체'에 대한 감각이 '자기를 중심으로 하여 그 주위에 펼쳐지는 세계'인 것과 달리 오염 결과로 얻어지는 세계는 '펼쳐진 세계 속에 있는 개체'라는 감각이었다.

게이코는 예민한 세계 속에 서있다.

"올 거야, 빛이 없는 밤에……."

며칠 전 만난, 거류지 사투리를 쓰던 남자의 목소리가 떠올랐다. '빛이 없는 밤'이란 오늘을 말하는 걸까?

아무도 없는 공원 잔디 위에서 게이코는 구두를 벗었다. 차가운 겨울 대지의 감각이 맨발바닥에 느껴져 몸을 부르르 떨었다. 하지만 대지와 직접 접촉하자 감각이 대번에 예민해졌다.

'넓어진다' 고 하기보다 오히려 '침투한다' 는 표현이 어울렸다. 의식의 테두리가 녹아 사라지는 듯했다.

게이코의 의식은 이미 '뭔가' 를 느끼고 있었다.

누군가에 이끌리듯 걸음을 옮겨 점점 걸음이 빨라졌다. 그 느낌은 예전에 알았던 '누군가' 에 가까운 것이었다. 그 느낌은 점점 더 강해졌다.

"와키사카……씨. 와키사카 씨죠? 거기 있는 거죠?"

잊을 수 없는 따스한 감각이었다. 와키사카가 텐트를 치고 있던 곳. 하지만 거기에는 텐트도 와키사카의 모습도 보이지 않았다.

실망해 걸음을 멈춘 게이코의 발아래 잔디 위에 길쭉한 나무 상자가 놓여 있었다. 무슨 용도로 쓰는 상자인지 알 수 없지만, 와키사카와 관련이 있는 물건이라는 것이 또렷하게 느껴졌다. 잠깐 망설인 뒤 상자로 손을 뻗었다. 윗면이 뚜껑이라 쉽게 열렸다.

어두워서 상자 안에 담긴 것이 무엇인지 잘 보이지 않았다. 게이코는 얼굴을 가까이 대고 안을 들여다보았다.

저도 모르게 소리를 지를 뻔했지만, 겨우 참았다. 아무렇게나 담겨 있는 것은 사람의 왼쪽 팔이었다. 어깨 언저리부터 삭둑 절단된 사람의 팔. 잘린 지 오랜 시간이 흘렀는지 거의 미라가 된 팔은 수분을 잃고 말라붙어 호박색을 띠었다.

손목에 감긴 것을 보고 게이코는 깜짝 놀랐다. 시간이 흘러색이 변했지만 틀림없이 그날 와키사카에게 준 게이코의 스카프였다.

믿고 싶지 않았다. 하지만 며칠 전 그 남자의 말을 생각하면 와키사카의 팔이 틀림없었다. 게이코는 호텔에서 보았던 검은 옷을 입은 남자가 말했던 '몸깎기' 가 무엇을 뜻하는지 깨달았다.

"그대, 물길잡이를 얻고 싶은가?"

남자의 목소리가 공허하게 울렸다. 게이코는 와키사카의 팔을 집어 들었다. 그가 말한 정리를 상징하듯이 무거웠다. 그 팔을 끌어안았다. 전에 게이코의 팔을 꼭 끌어안아 주었던 그 팔을.

상자 안에 종이쪽지 한 장이 있었다. 서역 스타일의 포장지. 적혀 있는 글씨를 보고 게이코는 그 팔을 더 꼭 끌어안았다.

"앞으로 7일 뒤, 달이 중천에 떠오르는 시각까지 물길잡이를 구해야 한다. 구하지 못하면 모든 것을 잃게 되리라."

◇

거리의 불빛이 천천히 멀어져 갔다.

도바가와遠羽川 강 하구에 있는 항구에서 거류지로 가는 배가 출항했다.

바다의 민족과 교역을 하면서 번영한 오랜 상업도시로 갈 때는 지금도 주로 배를 이용한다. 현재 비행장은 폐쇄되어 있다. 게이코는 앞을 바라보며 칠흑 같은 어둠에 휩싸인 도시로 향하는 마음을 가라앉혔다.

"게이코 씨, 여기 있었군. 어서 안으로 들어와, 감기 걸려."

리틀 필드의 주인이 바닷바람에 몸을 웅크리며 갑판에 나타
났다.

"미안해요. 가게를 열지 못하게 해서."

"괜찮아. 누구 부탁인데. 그리고 거류지는 처음 가는 사람에
겐 여러 가지로 위험하기도 하고 어리둥절하기도 할 거야."

주인은 대수롭지 않다는 듯이 방글방글 웃었다. 와키사카는
연락처도 가르쳐주지 않고 모습을 감췄다. 지금 게이코에게는
그를 찾아내기 위한 몇 안 되는 실마리 가운데 하나가 리틀 필
드에 남아있던 사진 한 장이었다.

사진을 빌리려고 리틀 필드를 찾아가 사정 이야기를 하자 거
류지 공용어를 할 줄 아는 주인이 함께 가주겠다고 나섰다.

"앞으로 닷새……."

배가 나아가는 방향을 바라보며 게이코가 중얼거렸다. 달빛
이 파도에 부서졌다.

◇

서역 남서쪽에 인접한 작은 섬이 단순히 '바람을 기다리는
항구'에서 서역과 교역하기를 원하는 바다의 민족이나 동부 열
강 여러 나라의 '거류지'가 된 것은 지금으로부터 150년 전의

일이다. 섬의 둘레는 겨우 50킬로미터밖에 되지 않는다.

그 뒤로 여러 차례 전쟁과 역사상의 거친 파도를 지나며 거류지로서의 실체는 사라졌지만 이 땅에는 그 이름이 그대로 남아 다들 '거류지'라고 불렸다. 게이코가 사는 나라, 서역, 동부 열강, 그리고 예전 바다의 민족이 뒤섞여 사는 곳이 되었다.

과거에 전쟁을 겪으며 서역에서 피난 온 왕족과 그들이 신봉하는 종교를 바탕으로 한 문화를 생활 기반으로 삼고 있는 이곳은 표면적으로는 무역항으로 번영을 누리고, 이면적으로는 강화 유인제인 하이 포지션의 이권을 이용해 번영을 누리면서 '거류지문화'라고 불리는 독특한 문화 양식이 조성되어 있다. 요즘은 국역을 넘나드는 음악의 거점으로 자리 잡아, 여러 핸들마스터가 이곳에서 창작 활동을 하고 있는 것으로 유명하다.

거류지에 도착해 숨 돌릴 틈도 없이 두 사람은 정보를 수집하느라 분주했다. 사진을 손에 들고 리틀 필드 주인의 거래처나 아는 사람들을 찾아 돌아다녔다. 하지만 이렇다 할 결과는 얻지 못했다. 게이코가 안타깝게 느낀 것은 와키사카라는 본명을 사람들에게 이야기할 수 없다는 점이었다.

거류지에서는 본명을 경솔하게 입 밖에 내면 안 된다는 사실을 알고 있었다. 그렇다고 해서 그가 사진 촬영을 할 때 사용한 가명이 무엇인지는 모른다.

도서관이나 서점에서 사진집을 뒤지고, 사진가 단체도 찾아가 보았지만 결과는 마찬가지였다. 와키사카와 관련된 정보는 얻을 수가 없었다.

성과가 없이 이틀이 지났다.

"쉽지 않네. 정말로 거류지에 있었던 걸까, 그 사람?"

노천카페에서 차를 마시며 리틀 필드 주인이 한숨을 내쉬었다.

"저도 왠지 자신이 없어져요."

내내 통역을 해 준 주인에게 미안한 마음이 들어 게이코는 고개를 숙였다. 보이지 않는 바다의 항로처럼 게이코를 이끌어 줄 수 있는 사람은 아직 아무도 없었다.

핸드백에서 종이 한 장을 꺼냈다. 그날 와키사카가 명함 뒤에 써준 '물길잡이' 란 글씨를 가만히 들여다보았다.

문득 고개를 드니 맞은편 자리에 앉은 리틀 필드 주인이 게이코보다 더 심각한 표정으로 명함을 뚫어지게 보고 있었다.

◇

낡은 승강기가 천천히 위로 올라갔다. 철책이 쳐진 승강기는 각 층의 어두컴컴한 조명을 차례차례 받으며 12층으로 올라갔다.

거류지의 다운타운인 이 지역에는 재개발되지 않은 낡은 중간층 아파트가 빽빽하게 서 있었다. 그런 아파트의 12층에 있는 한 집의 주소가 그 명함에 적혀 있었다.

노인의 헛기침 소리 같은 불길한 진동을 마지막으로 승강기가 멈췄다.

"여기네, 몇 호지?"

"3호예요."

벽 쪽에 쌓여 있는 주민들의 생활 도구가 통로를 반쯤 차지했다. 호수를 확인하면서 걸었다. 1호실, 2호실……4호실.

"어머, 이상하네. 3호실은 건너뛴 건가?"

"아니에요, 그럴 리가. 한 집씩 확인했잖아요."

게이코도 이해가 가지 않아 고개를 갸웃거렸다. 안쪽까지 통로를 걸어 전부 확인해 보았지만 소용없었다. 12층에는 9호까지 있었는데 3호실만 빠져 있었던 것이다.

"저어, 거류지에서는 3이 불길한 숫자라 빼놓은 건 아니겠죠?"

"아니야. 거류지 사람들과 오래 거래를 해 왔지만 3이 불길한 숫자라는 이야기는 들어본 적이 없어. 오히려 3은 동천東遷의 삼황전설三皇傳說 때문에 운이 좋은 숫자로 여기지."

그러면 대체 어째서? 게이코는 한숨을 쉬고 주위를 둘러보았다. 의미도 없이 복도를 몇 차례 왕복해 보았다. 오염이 진행되면서 함께 나타난 다른 감각이 뭔가를 느끼고 있었다. 뭔가가 숨어 있다.

"저어, 눈을 감고 저하고 손을 잡아 주세요."

"응? 아, 그래."

주인은 시키는 대로 게이코의 손을 잡았다. 게이코도 눈을 감았다.

'규화'에 의해 '도시'와 이어진 감각기관을 따라 의식을 몸 밖으로 연장해 갔다. 물론 무제한 확대해 버리면 '도시'와 연결된 매듭을 넘어 '도시'와 합쳐져 버리기 때문에 이 층 전체를 둘러볼 수 있는 정도에서 멈췄다.

확대한 의식에 의해 각 문 안에 사는 사람들의 숨결이 전해져 왔다. 어느 부분만 '열리지 않는다'는 느낌이 왔다. 굳게 닫힌 것이 아니라 일종의 착각을 일으키는 것으로, 바로 앞에 있는데도 교묘하게 시야에 들어오지 않고 빠져나가고 있는 듯했다.

게이코는 눈을 감은 채로 착각의 원천으로 다가갔다.

"이제 눈을 뜨세요."

두 사람의 눈앞에 있는 문, 그것은 바로 3호실의 문이었다.

"어? 어떻게 된 거지? 여기를 몇 번이나 지나갔을 텐데. 어째서 둘 다 보지 못했을까?"

주위를 둘러본 리틀 필드의 주인이 영문을 모르겠다는 듯이 분한 표정을 지었다.

"아마도 안에 사는 사람이 뭔가 특별한 조작을 해 둔 모양이에요. 별로 환영받지는 못할 것 같군요."

"어쨌든 사는 사람을 만나 봐야지."

리틀 필드의 주인이 초인종을 눌렀다. 구식 버저 소리가 울렸다. 잠시 기다렸지만 반응은 없었다. 주인이 다시 초인종을 눌렀다.

"아무래도 집을 비운 모양이네."

"아뇨, 있어요. 분명히."

게이코에게는 확신 같은 것이 있었다. 이 숨겨져 있던 방은 안에 있는 누군가에 의해 인위적으로 조작되어 있는 거라고. 세 번째로 초인종을 눌렀다.

질렸다는 듯이 안에서 사람이 움직이는 소리가 나더니 문이 천천히 열렸다. 나타난 것은 게이코와 또래로 보이는 여자였다. 서역 스타일의 세 줄이 들어간 옷자락이 긴 옷을 입고 있었다.

"남자 사진가를 찾고 있다고 이야기해 주세요."

리틀 필드의 주인이 고개를 끄덕이고 현지 언어로 물었다. 여자는 표정 변화도 없이 기계처럼 고개를 저었다. 마치 감정이 억제된 사람처럼 보였다.

"모른다고 하는데."

여자는 게이코를 감정이 담기지 않은 눈으로 바라보았다. 게이코는 핸드백에서 명함을 꺼냈다. 적혀 있는 주소는 여기이고, 이름은 아마 앞에 있는 이 여자 이름일 것이다.

게이코는 명함을 뒤집어 거기 적힌 글씨를 보여주었다. 여자는 그걸 들여다보더니 이윽고 눈을 감았다.

잠시 뒤, 여자는 천천히 입을 열었다.

"당신 나라 말, 압니다. 조금."

◇

여자는 사진을 손에 들고 시간이 멈춘 듯이 계속 바라보았다. 그 얼굴에서 여러 가지 감정이 읽혔다. 슬픔, 분노, 용서. 그런 것들이 뒤섞여 흔들리고 있었다.

이윽고 여자는 마음을 가다듬듯이 미소를 지었다.

"이 집, 용케, 찾았군요."

거류지까지 멀리 찾아온 것을 이야기하는 건지, 그렇지 않으면 이 집을 찾아온 것을 이야기하는 건지 알 수 없었다. 특징적인 말꼬리의 억양으로 서역 출신이라는 사실을 짐작할 수 있었다.

게이코는 여자에게 이 사진을 찍은 남자를 찾고 있다고 했다. 그가 뭔가 정리를 하기 위해 한쪽 팔을 잃었고, 앞으로 이틀 안에 그를 찾지 못하면 영원히 잃어버리게 된다는 이야기도. 리틀 필드 주인의 통역으로 사정 이야기를 들은 여자는 한동안 굳은 듯이 움직이지 않았다.

"지금 어디 있는지 모르세요?"

"당신은, 이 사진 말고, 그 사람이 찍은 사진, 본 적이 있습니까?"

"아뇨, 이 사진밖에 못 보았습니다."

"당신은, 생각하지 않았습니까? 그 사람처럼 재능이 있는 사진가의 작품이 한 장도 나돌아 다니지 않는다는 일에 대해서?"

역시 그렇다. 게이코는 옳다구나 싶어 고개를 끄덕였다.

"혹시 그 사람에 관해 뭔가 알고 계신다면 이야기해 주시겠어요?"

"알았습니다. 그런데 당신은, 이 거류지의 독특한 세시풍습에 관해 어느 정도 알고 있습니까?"

게이코는 눈을 감고, 자기가 알고 있는 거류지에 관한 지식이 어떤 것인지 되새겨 보았다.

이국정서로서 관광객에게 인기가 있는 이 땅의 문화는 바로 여러 문화의 충돌과 융합에 의해 생겨난 것이다. 서역에서 들어온 계율이라고도 할 수 있는 생활양식이 사람들의 일상생활을 엄격하게 지배하고 있다. 거기에 바다의 민족이 가지고 들어오는 개방적인 기질과 동부 열강으로부터 새로운 문명이 끊임없이 흘러들어와 다문화 사회의 바탕을 만들어내고 있었다.

"제가 사는 나라와는 달리 특수한 생활양식이 있다고는 알고 있습니다만, 그 실태는 잘 모릅니다."

여자는 고개를 끄덕이며 이야기를 시작했다. 전문적인 이야기였기 때문에 여자는 거류지 언어로 말하고 리틀 필드의 주인이 통역했다.

여자는 거류지 특유의 '음족陰族'이라는 사상에 관해서 이야기했다. '핏줄'이라는 관계와는 별도로 또 하나의 관계를 지닌 인연이 존재한다. 혈족 관계인 '양족陽族'에 대하여 또 하나의 특이한 인연으로 결합된 사람들을 '음족'이라고 한다.

사람들은 이 땅에서 태어났을 때 토속적인 제사에 의해 자신의 음족이 정해지며 그 뒤로 취직, 결혼 등 여러 인생의 분기점에 처할 때마다 음족의 영향 아래 선택을 하며 살아가게 된다.

음족이라는 명칭처럼 그 인연은 결코 겉으로 드러나는 일이 없어, 극단적으로 이야기하면 부모자식간이나 형제간에도 서로가 속한 음족을 모르는 일마저도 있다.

와키사카는 가장 강력하고 영향력 있는 음족의 일원이며 동시에 음족 전담 '어용 사진가'이기도 했다.

어용 사진가에 관해서는 게이코도 어렴풋이 알고 있었다. 탄생에서부터 취학, 성인식, 취직, 결혼 등 인생의 중요한 계기마다 거류지 사람들은 결코 남들에게 보여주지 않는 인물사진을 찍는다. 그 사진은 인생의 마지막 고비, 본인의 죽음을 마지막으로 찍는데 아무에게도 보여주지 않고 본인과 함께 매장한다. 그 인물사진을 찍는 사람이 어용 사진가인 것이다.

와키사카는 음족 전담 어용 사진가가 되어 안정적인 수입과 지위를 얻을 수 있었다. 하지만 그 대가로 와키사카는 음족이 아니면 사진을 찍을 수 없게 되었다. 또한 사진은 같은 음족 이외의 사람에게는 보여줄 수 없게 되었다.

"아마 그 사람 자신도 답답하게 여겼겠죠. 자신의 재능을 평가받을 수도 없고, 평생 남들에게 보여줄 수도 없는 사진만 계속 찍어야만 한다는 사실 때문에."

팔짱을 낀 팔을 테이블에 얹은 여자는 와키사카의 사진을 바라보았다. 그의 재능이 숨김없이 드러나 있었다.

마가 끼었다고나 해야 할까? 와키사카는 가명을 써서 사진을
콘테스트에 출품했다. 국외에서 열리는 콘테스트이기는 했지
만 그 사실은 즉시 음족에게 알려졌다.

"그 결과, 그는 제재를 받았습니다."

"제재라뇨?"

"그는 아내와 자식을 잃었습니다. 사고를 당한 것으로 되어
있지만 다들 압니다. 제재를 받았다는 사실을."

게이코와 마스터는 동시에 숨을 삼켰다.

"아니 어떻게……. 그런 일로 어떻게 사람 목숨을."

'그런 일로'라고 하는 리틀 필드 주인을 여자는 강렬한 시선
을 보냈다.

"이 땅에 관해 모르는 당신들에게는 말도 안 되는 일이라고
여겨질지도 모르겠습니다. 하지만 우리들에게는 어용 사진사
에게 찍힌 사진이 육체와 마찬가지로 존중되어야 합니다. 그는
사람들의 목숨마저도 쥐고 있는 입장인 것입니다. 다른 사진을
찍어 사람들의 영혼을 더럽혔기 때문에 제재를 받는 것은 당연
합니다."

조도가 낮은 천장의 램프가 외풍에 흔들렸다. 벽이 얇은 아
파트이기 때문에 이웃 방에서 나는 이런저런 소리가 들렸다.
아기 우는 소리가 희미하게 들려왔다.

눈을 감으면 멀리 떨어진 거류지에 있다는 사실을 잊을 정도
로 다른 곳과 다를 바 없는 세계였다.

"어처구니없이 사라지는 사람들을 저는 많이 보아 왔습니다."

게이코가 조용히 그렇게 말했다. 세계는 어처구니없는 죽음으로 넘쳐나고 있었다.

"세상에는 어처구니없이 사라지는 목숨이 존재합니다. 그는 그 슬픔, 그리고 고통을 등에 지고 있었던 거죠."

◇

여자는 잠시 침묵하더니 와키사카가 명함에 적은 '물길잡이'란 글씨를 뚫어지게 들여다보고 있었다.

"당신은 그 사람에게 가는 길을 느끼고 있습니까?"

게이코는 약간 생각하고 자기 마음을 전했다.

"지금은 아직. 저는 그 사람과 연결될 수 있는 것을 아무것도 갖고 있지 못합니다. 그런 제가 그 사람에게 갈 수 있는 길을 느낀다는 주제넘은 소리는 할 수 없겠죠. 하지만 만약 저와 그 사람이 서로를 원한다면 저는 그 사람과 함께 살아갈 수 있을 거라고 생각합니다."

여자는 조용히 고개를 끄덕였다. 뭔가 감정을 억누르고 있는 것 같았다.

"그 사람이 한쪽 팔을 잃은 것은 자신이 속한 음족과 결별하고 당신과 살아가기 위해 '정리'를 한 것입니다. 그 사람은 이미 당신을 향해 한 걸음 내디뎠습니다."

이 여자가 하는 말이 분명히 맞는 이야기이리라.

"그 사람이 있는 곳을 아세요?"

"거류지 어딘가에. 그럴 겁니다. 그 사람은 음족의 우두머리가 숨겨두고 있을 겁니다."

"이 3호실이 특수한 형태로 숨겨져 있듯이?"

"그렇습니다."

"이 방이 숨겨져 있었던 것은 당신의 능력 때문인가요?"

그 여자는 이 거류지에서는 그다지 특별한 기술이 아닌, 인위적인 장벽 형성 기술에 관해 설명해 주었다. 이 방을 숨긴 것은 간단하면서도 규모가 작은 기술이었다고 한다.

"그 사람을 데리고 나갈 수 있는 사람은 물길잡이를 얻은 사람뿐입니다. 물길잡이를 얻지 못하면 그 사람 또한 사라질 것입니다."

"지금 어디 있을까요?"

아마 여자는 와키사카와 같은 음족으로, 그의 행방에 관한 단서를 갖고 있을 것이다. 하지만 그것을 알려줄 수 없을 것이라는 사실은 게이코도 잘 알고 있었다. 여자는 잠시 생각에 잠겼다. 게이코 뒤에 있는 벽을 바라보며 망설이는 듯했다.

"남옥벽南玉壁……."

"예?"

"그 사람이 있는 곳은 저도 모릅니다. 하지만 남옥벽에 가면 그 사람에 관해 아는 사람을 만날 수 있을지도 모르죠."

"아니, 남옥벽이라니. 거기는……."

리틀 필드의 주인이 통역을 하면서 말을 잇지 못했다. 그 표정에는 주저와 두려움이 스며 있었다. 말을 가로채듯 게이코가 말했다.

"가겠습니다. 그 사람을 찾을 수 있는 정보만 얻을 수 있다면."

◇

"무슨 짓이야. 이런 곳에 내려주다니."

도망치듯 유턴한 택시의 후미등을 분하다는 듯이 바라보며 리틀 필드의 주인은 혀를 찼다. 그 목소리에 긴장감이 숨겨져 있다는 것이 느껴져 게이코는 몇 번이나 한 소리를 다시 했다.

"저어, 아무래도 저 혼자 가는 게 낫겠어요."

"무슨 소리야. 이런 곳에서 말도 통하지 않는데 어떻게 찾으려고. 자, 가자."

리틀 필드의 주인은 스스로 용기를 북돋우듯이 게이코의 팔을 잡고 걷기 시작했다.

주위에는 주택이라고 표현하기는 어려운 가건물 형태의 건물이 빽빽하게 늘어서서 정체를 알 수 없는 냄새를 풍기고 있었다. 침입자인 두 사람을 보는 몇몇 어두운 시선이 날카롭게 꽂혀 왔다.

거류지의 관광 안내에 이 지역이 소개된 적은 없다. 이 일대
는 지도에도 공백으로 표시되어 있으며, 여행자에 대한 주의
사항이 적힌 칸에는 반드시 '관광객은 절대 들어가면 안 된다'
고 적혀 있는 곳이다.

거류지의 '부정적 유산'을 상징하는 거리⋯⋯남옥벽.

원래 남옥벽이란 지명은 예전에 거류지 중심부에 성채가 있
었을 무렵의 남문과 그 성벽 때문에 생긴 이름이며, 서역의 해
방전쟁解放戰爭에 의해 대륙으로부터 흘러들어온 난민들이 배수
상태가 좋지 않은 저지대인 이 일대에 정착하게 된 것이 발단
이었다.

거류지를 발판으로 삼아 서역의 이권을 확보하려고 하는 게
이코의 나라, 동부 열강 제국, 그에 대항하는 서역의 속셈이 뒤
덮인 가운데 이곳 남옥벽은 정치적으로 공백 상태가 되었고 동
시에 장벽이 되어, 각국이 손을 대지 않는 완충지대로서의 기
능을 하기 시작했다.

정치적인 간섭에서 벗어난 이 땅은 자연히 '어둠'의 집적지
가 되었다. 전쟁의 먹구름이 짙었던 시절, 남옥벽은 드디어 전
쟁 때 전투약으로 이용되었던 하이 포지션의 거래처가 되었다.

거리는 크게 붐볐다. 그리고 하이 포지션의 남용과 한도를
넘어선 추출에 의해 폐인이 된 사람도 넘쳐났다. 이권에 따른
이런저런 암거래의 온상이 되어 남옥벽은 악명을 세계에 알리

게 되었다.

남옥벽은 유별나게 비합법적이고 치외법권 지역임을 유난히 주장했다. 건물로부터 멀리 떨어졌기 때문에 어둠 속에 떠 있는 그 위용은 더욱 또렷하게 느껴졌다.

얼핏 보니 거대하고 위압적인 건축물이 보였다. 하지만 가까워지자 거대한 건물 하나가 아니라 첩첩이 겹쳐진 왜소한 빌딩들의 집합체라는 것을 알 수 있었다. 서로를 지탱해 주듯 달라붙어, 안쪽에 있는 건물을 숨기듯 밖으로 펼쳐져 나가는 끔찍할 정도의 불법 건축물들이었다. 그 모습은 거대하면서도 위태롭게 일그러져 있어, 이 지역의 특수성을 상징하는 것만 같았다.

차갑고 딱딱한 시선을 받으며 근처 입구를 통해 안으로 들어갔다. 채광도 주거성도 고려하지 않은 건물 내부는 어두컴컴하고, 쉰내와 곰팡이 냄새가 심했다. 제대로 물이나 나올까 염려스러운 수도 배관이 천장을 온통 뒤덮고 있었다.

커다란 쥐가 버젓이 발 옆을 가로질렀다. 두 사람은 어두운 건물 안을 향해 계속 걸음을 옮겼다.

◇

남옥벽에서 조사를 하는 일은 생각보다 어려웠다.

원래 다른 지역과는 단절된 곳이고, 주민들은 대체로 배타적이었다. 그런 곳에 다른 나라에서 온 방문자가 주제도 모르고 어슬렁어슬렁 비집고 들어온 것이다. 상대는 속고 속이는 일을 일상적으로 하는, 드세고 교활한 주민들이다. 제대로 된 대답이 돌아올 리가 없었다. 와키사카의 얼굴 사진조차 없으니 더더욱 그러했다.

물어도 냉담하게 슬쩍 웃기만 할 뿐 대답을 하려 들지 않는 사람. 은근히 말을 걸어 불법 유출된 하이 포지션을 팔려는 사람. 리틀 필드 주인과 잠깐 떨어진 사이에 억지로 팔을 잡아끌고 어디론가 데려가려는 사람도 한두 명이 아니었다. 이곳에는 인신매매를 하는 지하조직도 있다는 이야기를 들었다. 그 때문에 늘 신경을 곤두세우고 다니다보니 정신적으로 매우 피곤했다.

남옥벽 특유의 건축 양식도 두 사람을 더욱 지치게 만들었다. 건물들은 완만한 경사를 이룬 땅에 서있었는데 서로 이웃한 건물들은 마구잡이식 통로와 계단으로 연결되어 있었다. 그 때문에 3층인 줄 알았는데 어느새 7층에 있거나, 갑자기 길이 막히는 등 익숙지 않은 사람은 당황할 수밖에 없었다. 게다가 건물 안으로 들어가면 햇빛이 전혀 들어오지 않아 점차 시간감각이나 방향감각이 마모되어 버렸다.

아무런 성과도 없이 하루가 저물어가고 있었다. 통역을 맡은 리틀 필드 주인의 표정에도 피로의 기색이 역력했다.

"오늘은 이만 끝내죠."

게이코는 거의 억지로 조사를 종료했다. 점심도 걸렀기 때문에 두 사람 다 배가 고팠다. 남옥벽을 나와 비교적 제대로 된 식당으로 갔다. 묻고 다니던 중에 조금은 제대로 된 대답을 해주 었던 여주인이 '아직까지 있었나?' 라는 듯한 표정으로 바라보 았다. 리틀 필드 주인이 인사를 하자 그녀는 고개를 끄덕였다.

이가 빠진 사발 안의 내용물은 이런 곳에서 이런 맛을 내다 니 하고 놀랄 정도로 국물 맛이 뛰어난 국수였다. 솟아오르는 김을 보며 게이코가 웃는 표정을 짓자 식당 여주인은 재미있다 는 듯이 웃었다.

조금 전부터 가게 안을 들여다보던 소년이 있었다. 마음을 굳힌 듯이 다가오더니 리틀 필드 주인의 소매를 잡아당기며 뭔 가 귓속말을 했다. 그의 눈이 휘둥그레졌다.

"이 애가 알고 있대, 찾는 사람."

얼른 식사를 마치고 소년과 가게를 나왔다. 등 뒤에서 식당 여주인이 뭐라고 중얼거렸다.

"저 아주머니가 뭐라고 하는 거죠?"

"응? 아아, 못 보던 애라고 하네."

소년의 안내를 받아 들어간 곳은 남옥벽 중심부로 '봉위' 라 고 붉은 글씨가 적혀 있는 구역이었다. 벽이나 천장 곳곳이 무 너지기 시작한 상태였다. 내구연한을 넘어섰지만 주위 건물들 에 둘러싸여 있기 때문에 철거할 수도 없는 위험구역인 모양이 었다. 사람들이 살지 않는 공간에는 조명도 없고, 발소리만 유 난히 크게 울렸다.

소년이 한 발 앞에서 멈춰서더니 손전등을 비추며 안을 가리켰다. 소년과 리틀 필드의 주인, 그리고 게이코 순서로 안으로 들어갔다. 그 순간 손전등이 꺼지더니 완전히 캄캄해졌다.

"잠깐, 이게 무슨……"

리틀 필드 주인이 소리를 지르자 밖을 향해 달려 나가는 발소리가 나더니 동시에 문이 닫혔다. 그리고 자물쇠를 채우는 소리. 소년은 문 밖에서 뭐라고 말을 하더니 다시 달려 사라졌다. 안은 정적에 휩싸였다. 소년이 한 말 가운데 일부는 게이코도 알아들을 수 있었다. '미안'이라고 소년이 말했던 것이다.

"저 애는 누군가에게 부탁을 받은 모양이군요. 미안하다고 한 다음에 한 말은 뭐였어요?"

"이틀 지나면 꺼내 주겠다고……"

앞으로 이틀. 그러면 와키사카를 찾아내야 할 기한이 지나 버린다. 우연 치고는 지나치다. 7일이라는 기한을 아는 사람, 그리고 그것을 막으려는 사람이 있는 것이다.

손전등은 앞장서서 걷던 소년에게 맡긴 상태였다. 아마 그것도 지시를 받았을 것이다. 불을 밝힐 수 있는 도구는 아무것도 없었다. 둘이서 주위를 더듬어 보았다.

시멘트벽으로 둘러싸인 실내에는 버려진 곳이라 그런지 아무것도 없었다. 입구 맞은편에 작은 창이 있었고 쇠창살로 막혀 있었다. 예전에는 바깥의 빛을 받아들이는 창으로서의 역할을 제대로 했을 테지만 주변 건물들이 뒤덮어 버려 손만 뻗어도 옆 건물에 닿을 정도였다.

문에 귀를 대고 바깥에서 나는 소리를 들으려 했지만 출입이 금지된 곳이라 사람이 지나가는 기척도 나지 않았다. 한동안 둘이서 문에 몸을 던지거나 벽을 걷어차 보기도 했지만 조잡하게 지었다고는 해도 사람의 힘으로는 어떻게 할 수 있을 정도로 허술하지는 않았다.

어쩔 수 없이 둘은 벽에 기대어 주저앉고 말았다. 시간만 하염없이 흘러갔다. 어둠 속에 있다 보니 자연히 와키사카를 생각하지 않을 수 없었다. 게이코가 언젠가 그에게 물었다. 왜 사진가가 되었느냐고. 그는 대답했다. 어떤 인생을 살았더라도 자기는 사진가가 되었을 것이라고. 사진가밖에 될 수가 없었다고.

그것은 와키사카가 남긴 한 장의 사진을 봐도 너무 쉽게 이해되었다. 그의 동요와 망설임, 그리고 그러한 것들을 넘어서 또 자기를 규율하고 북돋우려는 의지. 와키사카의 사진에는 그의 살고자 하는 의지 자체가 담겨 있었다.

와키사카는 자신이 저지른 경솔한 행동 때문에 사랑하는 사람을 잃었다. 게다가 그 행위는 그의 존재를 증명하는 '사진을 찍는' 일이었다. 그래서 그는 그날 게이코를 찍을 수가 없었으리라.

게이코 앞에 나타나지 않은 3년 반이란 세월. 하루하루 자신에게 계속 묻지 않았을까? 그가 살아가면서 느끼는 용서, 소망, 속죄, 그리고 희망이 무엇인가를.

벽에 기대어 생각에 잠겨 있던 게이코에게 희미한 소리가 들려와 귀를 기울였다. 악기 소리 같았다.

"이 소리는 뭘까요?"

어둠 속에서 리틀 필드의 주인도 귀를 기울였다.

"무슨 현악기 소리 같은데."

게이코는 일어서서 소리가 들려오는 쪽으로 다가갔다. 창 쪽에서 비교적 잘 들리는 것 같았다. 틈새에 소리를 전달할 만한 공간이 있는 것인지도 모른다.

쇠창살을 잡고 흔들어 보았다. 녹이 슨 감촉이 느껴졌다. 고정된 나사가 조금 느슨한지 쇠창살이 흔들렸다. 둘이서 교대로 끈덕지게 흔들자 이윽고 쇠창살이 빠졌다.

창틀로 기어 올라가 밖을 향해 천천히 발을 뻗었다. 게이코의 발은 울퉁불퉁한 시멘트 바닥에 닿았다. 바닥을 차자 안쪽 바닥과는 달리 무른 시멘트가 무너지는 소리가 들렸다. 구조상 필요한 부분이 아니라서 그다지 단단하지 않은 모양이었다. 여기를 무너뜨리면 아래층으로 내려갈 수 있을지도 모른다는 생각이 들었다.

리틀 필드 주인이 쇠창살에서 하나를 빼냈다. 그것을 받아들고 두 건물 사이에 있는 공간의 바닥 시멘트를 파기 시작했다. 옆 건물과의 틈새가 좁아 약간 통통한 리틀 필드 주인에게는 무리였기 때문에 게이코가 할 수밖에 없었다.

지루한 작업이었다. 두께가 얼마나 되는지 알 수 없는 바닥을 어두워 정확하게 겨냥도 못하는 상태에서 계속 팠다. 손수건으로 쇠막대를 감아서 쥐고 있었지만 손수건은 바로 해져 버려 손바닥의 살갗이 벗겨졌다.

그래도 게이코는 계속 쇠막대를 내리찍었다.

'그 소리는 분명히 나를 부르고 있었어……'

시각은 이미 자정을 넘었을 것이다. 이제는 현악기 소리도 들리지 않았다. 하지만 그 소리에서 와키사카와 연결되는 그 무엇인가를 느꼈다.

쇠막대를 한 번 내리찍을 때마다 기도를 했다. 시간 감각조차 상실해 가고 있었다. 몇 번이나 리틀 필드 주인이 쉬라고 했지만 듣지 않았다. 어두워서 알 수 없지만 양쪽 손바닥에서는 피가 흐르고 있을 것이다. 하지만 상관없었다. 팔을 잃은 것에 비하면 이런 아픔은 아무것도 아니었다.

붕괴는 단숨에 찾아왔다.

쇠막대가 푹 꽂힌다고 생각한 순간, 바닥이 무너져 내리고 게이코는 시멘트 덩어리와 함께 떨어졌다. 어둠 속에서 바닥을 알 수 없이 떨어져 내리는 공포는 끔찍한 것이었다. 다행인 것은 1층 정도 높이만 떨어졌다는 것이었다.

"게이코! 괜찮아?"

놀란 리틀 필드 주인이 힘겹게 좁은 공간을 빠져 내려왔다. 공포가 사라지자 게이코는 오른손에 묵직한 통증을 느꼈다. 아마도 바닥에 떨어질 때 부딪힌 모양인지 오른손 손가락이 마비되어 움직이지 않았다.

아래층 창문에는 다행히 쇠창살이 없었다. 일단 리틀 필드 주인이 창문을 통해 방으로 들어가 게이코를 끌어당겨 주었다. 그 방 또한 아무것도 없는 폐허였다. 두 사람은 그 방을 통해 간신히 밖으로 빠져나올 수 있었다.

오랜만에 보는 바깥 불빛. 주위는 이미 어둠에 싸여 있었다. 그리고 하루가 흘러 있었다.

오늘밤, 달이 중천에 뜨면 와키사카는 사라진다.

두 사람은 일단 어제 들렀던 식당으로 피신했다. 어젯밤과 같은 옷차림인 데다 흙투성이로 나타난 두 사람을 보고 뭔가 눈치를 챘는지 여주인은 놀라는 손님들을 무시하고 안쪽 방으로 데리고 갔다.

"아무래도 부러진 것 같지는 않아. 금이 갔나?"

리틀 필드 주인이 오른손에 부목을 대고 붕대를 감아주었다. 계속 쇠막대를 쥐고 있던 손바닥은 양쪽 다 피부가 벗겨져 처참한 상태였다. 지칠 대로 지친 게이코에게 뭐라고 말을 해야 할지 망설여지는 모양이었다. '이제 그만둬'라고. 리틀 필드 주인이 그렇게 이야기할 거라는 사실을 알고 있었기 때문에 게이코는 고개를 들지 않았다.

이제 와키사카에게 가는 물길잡이는 얻을 수 없는 것일까?

포기와 함께 그렇게 생각했을 때 게이코는 깨달았다. 어젯밤과 같은 현악기 소리가 들려오고 있다는 사실을.

"또 들려요. 저 소리, 나를 부르고 있어요."

게이코는 식당 여주인에게 고맙다는 인사도 제대로 하지 못하고 밖으로 뛰쳐나갔다. 리틀 필드의 주인이 서둘러 뒤를 따라 나왔다.

"위험해! 게이코!"

'저것은······.'

얼굴 바로 옆을 뭔가가 스쳐 지나더니 땅바닥을 울리는 둔한 소리가 났다. 그것은 여러 개의 벽돌이었다. 옥상에서 던졌다면 충분히 살상 능력을 지닌 흉기가 될 수 있는 것이었다.

"괜찮아요?"

게이코를 밀쳐낸 리틀 필드 주인이 머리를 감싸 쥐고 신음하고 있었다. 식당 주인이 눈치를 채고 달려 나와 부축했다. 뒤통수를 맞았는지 피가 났다. 여주인과 함께 리틀 필드 주인을 부축하려고 하자 그가 뿌리쳤다.

"게이코. 아직 소리가 들리지? 어서 가."

"하지만······."

머뭇거리는 게이코의 말을 끊고 리틀 필드 주인이 말을 이었다.

"목적을 잃어버리면 안 돼. 네 인생에서 첫번째 선택이니까."

생각도 못했던 표현에 게이코는 당황했다.

"통감님이 부탁했어. 너를. 그러니 어서 가!"

여주인이 내게 맡기고 어서 가라는 듯이 게이코의 등을 두드렸다. 마치 소노다가 등을 토닥이는 것 같았다.

◇

더 이상 망설이지 않았다. 게이코는 불빛이 없는 계단에 발을 디뎠다. 다행히 아직도 소리는 이어지고 있었다. 벽에 손을 짚고 한 걸음씩 올라갔다. 그 한 걸음이 와키사카에게 다가가는 길인지 현재로서는 알 수가 없었다. 하지만 자기가 자신의 의지로, 인생의 선택을 하고 있다는 것이 느껴졌다.

아직 이어지지 않는 마음. 끊어지려던 관계를 더듬어 한 걸음씩 나아갔다. 계속 위로 걸어 올라갔다.

소리는 출입금지구역 제일 꼭대기 층에 있는 어느 방에서 흘러나오고 있었다. 문이 없는 입구에서 불빛이 비치고 있었다. 게이코는 입구로 다가갔다.

한 노인이 앉아있었다. 좌불 같은 반가부좌로 모닥불을 앞에 두고 낡은 악기를 퉁기고 있었다. 게이코의 기척을 느꼈는지 고개를 들었다. 그 움직임으로 노인이 시력을 잃은 사람이라는 것을 알 수 있었다. 뭐라고 말을 걸어왔지만 게이코는 이해할 수 없었다.

"죄송합니다. 여기 말을 모릅니다."

그렇게 사과하자 노인의 얼굴에 의외라는 표정이 떠올랐다.

"아니, 먼 나라에서 온 여행자입니까?"

"우리나라 말을……?"

"그 전쟁이 일어났을 때 나도 그 나라에 있었다오. 자, 여기 불 옆으로 오세요."

권하는 대로 노인 곁에 앉았다. 불에 타는 나무가 터지는 소리와 따스함 덕분에 잠시 편안함을 느꼈다.

"연주를 계속해 주실 수 있겠어요?"

노인은 주름이 깊이 새겨진 얼굴에 온화한 미소를 지으며 다시 연주 자세를 취했다. 아득한 기억을 떠올리는 듯한 표정으로 노인은 연주를 시작했다.

결코 화려하지 않은 어눌한 연주였다. 하지만 노인의 옛날이야기를 무릎에 앉아 듣는 것처럼 편안했다. 그리고 이어져야 할 것을 이어가는 소리였다. 노인이 악기와 일체가 되어 소리를 자아내는 것처럼 느껴졌다.

과거에서 이어지는 소리의 인연 속에서 와키사카의 숨결을 느낄 수 있었다.

"물길잡이……."

저도 모르게 그 말이 입에서 나왔다. 분명히 지금 자신은 연결되고 있는 거라는 생각에서. 3년 이상의 공백을 거쳐 아직 모습도 보이지 않고 목소리도 들리지 않지만, 게이코는 지금 인도받아 여기에 있다.

연주하던 손길이 멈췄다.

"먼 나라 아가씨가 이런 곳에 오시다니 이상하다 생각했는데, 뭔가에 이끌려 오시게 되었구려."

게이코는 모든 이야기를 했다. 오늘밤 달이 중천에 뜨기 전에 그를 찾아내지 못하면 영원히 사라지게 될 거라는 이야기도.

"이렇게 이야기하면 이상하게 들릴지 모르지만 이 악기에서 전해져 오는 소리가 그 사람과 연결이 되어 있는 것 같은 느낌이 들어요."

"아가씨. 이상한 게 아니라오. 고주기의 음색에는 그 고주기를 지녔던 사람들의 마음이 이어져 내려오고 있으니까. 어젯밤부터 오래간만에 켜고 싶었던 것이 그 때문이었나 보군."

노인은 고주기를 사랑스럽게 쓰다듬고 줄을 퉁겼다. 소리 하나하나가 시간과 공간을 초월해 게이코의 마음을 울렸다.

"이 고주기의 지난번 주인에 관해 아십니까?"

"미안하구려. 삼 년 전에 손에 넣었는데 지난번 주인에 관해서는 전혀 모른다오."

"그러세요……?"

게이코는 실망한 표정을 숨기지 않고 한숨을 쉬었다.

"아, 참. 한 가지 아는 게 있지. 이 고주기는 한 쌍이 만들어졌는데, 이건 그중 하나랍디다."

"다른 한 대는 어디 있는지 아시나요?"

노인은 면목이 없다는 듯이 고개를 저을 뿐이었다.

"하지만 행방을 찾을 수 있을지도 모르죠. 내가 아는 아이를 부를 테니 조금만 기다리시구려."

잠시 후 한 여자아이가 왔다. 검고 긴 머리를 두 갈래로 땋아 둥글게 묶었다. 크고 예쁜 눈을 깜빡거리며 그 아이는 게이코를 뚫어지게 바라보았다.

"이 애는 고주기 공명사로서는 아직 햇병아리지만 소리를 구분하는 능력은 보통이 아니라오. 아가씨를 또 한 대의 고주기가 있는 곳으로 안내해 줄 수 있을지도 몰라요."

공명사. 소리를 전하고, 소리를 인도하는, 과학의 발전과 함께 사라져가는 기술. 게이코가 사는 나라에서는 이미 사라진 능력이지만 거류지에서는 지금도 맥을 잇고 있다는 사실에 게이코는 깜짝 놀라 이곳의 깊이를 느꼈다.

소녀의 부축을 받으며 노인은 계단을 올라가 게이코를 옥상으로 안내했다. 높이가 미묘하게 다른 건물의 집합체인 남옥벽은 위에서 보니 울퉁불퉁한 대지처럼 주위로 퍼져나가고 있었다. 어마어마한 수의 텔레비전 안테나가 앙상한 나뭇가지처럼 빽빽하게 서있었다.

옥상 난간에 걸터앉은 노인은 다시 고주기를 들고 소녀에게 뭐라고 말했다. 소녀는 게이코를 바라보며 천천히 고개를 끄덕였다.

"먼 나라에서 온 여행자여. 그대의 마음을 이 고주기 소리에 담아요. 이 애가 찾아줄 테니."

노인은 보이지도 않는 눈으로 정확하게 달을 올려다보았다.

◇

    택시 운전기사에게 잔소리를 들으면서도 소녀는 창문을 활짝 열고 소리에 귀를 기울이고 있었다. 남옥벽의 노인은 지금 옥상에서 고주기를 연주하고 있을 것이다. 소녀는 그 소리에 반응할 다른 한 대의 고주기가 내는 '공명'을 들으려고 귀에 두 손을 대고서 밤하늘에 의식을 집중하고 있었다.

    소녀는 택시 운전기사에게 갈 길을 정확하게 지시했다. 아마 거류지의 중심부로 향하고 있는 것 같았다. 앞쪽에 고층빌딩들이 신기루처럼 솟아 있었다.

    다운타운과 중심지를 가르는 운하를 건너자 소녀는 택시를 세웠다.

    주위는 낮보다 더 밝았다. 반짝이는 깔끔한 장식용 조명으로 데코레이션한 고급 상점이 늘어서 있었다. 소녀가 손가락으로 가리킨 곳은 그 가운데 한 곳인 '록커 소쥬'라는 가게였다. 겉만 봐서는 무슨 가게인지 알 수 없었지만, 검은 옷을 입은 경비원이 입구에 서있는 것으로 보아 가게의 격은 짐작할 수 있었다.

    하룻밤 사이에 게이코는 거류지의 빛과 그림자 양쪽을 본 셈이 되었다. 조금 전까지 있던 곳과 너무나 차이가 나, 반신반의하는 눈빛으로 소녀를 바라보았다. 소녀는 고개를 끄덕이고 가게를 가리켰다.

    택시 운전기사에게 출발했던 곳으로 돌아갈 요금을 주고, 소녀에게도 돈을 주려 했지만 고개를 저으며 받아들이지 않았다. 그리고 지폐를 쥐고 내민 게이코의 손을 밀치며 꼭 쥐었다.

"힘, 내, 세, 요."

소녀는 눈을 반짝이며 그렇게 말한 뒤 택시를 타고 돌아갔다.

가게 안으로 들어가려 하자 검은 옷을 입은 경비원이 제지하며 수상하다는 듯이 게이코를 훑어보았다. 당연한 노릇이었다. 어제부터 계속 입고 있는 옷은 흙투성이였고, 부목을 댄 팔에는 붕대가 감겨 있었기 때문이다. 택시를 태워준 것이 이상할 정도였다.

초조한 마음을 억누르며 게이코는 바로 말이 통하는 옆가게 부티크로 들어갔다. 부목은 어쩔 수 없었기 때문에 차분한 반소매 원피스와 얇은 코트, 그리고 옷차림에 어울리는 굽 낮은 비닐 구두를 사서 갈아 신었다. 그리고 화장실로 가서 엉망인 화장을 고쳤다.

다시 록커 소쥬 앞에 서자 경비원은 태도를 완전히 바꾸고 빙긋 웃으며 게이코를 맞이했다. 오른손의 붕대를 숨기기 위해 코트를 맡기지 않고 안으로 들어갔다.

독특한 냄새가 풍겼다. '고급스러운 썩는 냄새'라고나 해야할까? 달콤하고, 바닥에 사향 냄새가 깔린 듯한 '유혹적인' 냄새. 그것은 게이코가 정화 센터에서 늘 맡던 냄새이기도 했다.

"하이 포지션……."

게이코의 나라에서는 의료용으로만 유통되는 비합법적 추출약. 그 냄새로 이 '록커 소쥬'가 PURE TRAD라는 것을 깨달았다.

PURE TRAD는 알코올을 제공하는 '살롱'과 핸들마스터의 연주로 스파이럴spiral 하는 '존', 그리고 고급 회원용 폐쇄 공간인 '크 루 와'로 이루어져 있다.

이런 가게는 게이코가 사는 나라에도 있어, 몇 차례 들어가 본 적이 있다. 다른 것은 이곳에서는 '존'에서의 '흥분'을 조장하기 위해 알코올에 강화 유인제인 하이 포지션을 넣는다는 점이었다.

최하층 지역인 남옥벽의 지하 공장에서 추출해 정제한 하이 포지션이 최상층인 이 지역에서 소비된다. 게이코는 조금 전했던 생각을 지웠다. 자기가 본 것은 이곳의 빛과 그림자가 아니라 그림자의 양쪽 면이었다고.

◇

시중을 드는 사람은 새끼손가락의 제2관절을 멋지게 구부리고 탁자에 도자기로 만든 잔을 내려놓았다. 잔에 든 녹색 액체가 묘한 파문을 일으키고 있었다.

게이코는 내용물이 뭔지 몰라 짧은 거류지 공용어로 '안에 뭐가?'라고 물었다. 하지만 그는 표정을 흐릴 뿐 대답하려 들지 않았다. 아무래도 그런 질문은 이곳에서는 세련되지 못한 것인 모양이었다.

시중을 드는 사람은 파문이 가라앉기를 마치 태고의 유적에서 발굴한 도자기 조각을 연결해 붙이기라도 하는 표정으로 지켜보더니 연미복을 우아하게 펄럭이며 돌아섰다.

서역 스타일의 벽시계는 이미 건곤乾坤을 가리키고 있었다. 앞으로 세 시간 뒤면 달이 중천에 이른다. 초조한 마음을 감추듯 게이코는 파문이 가라앉은 액체를 입에 머금었다. 늘 그렇지만 입안에서 미각이 저항하는 느낌이 들었다. 바로 잔류사념殘留思念이 게이코의 의식에 반응해 균질화되었다. 혈관을 확장시키듯 온몸에 퍼져가는 알코올과는 다른 이질적인 흥분이 천천히 스며들었다.

게이코에게는 하이 포지션이 제대로 기능하지 않는다. 예전에 관리국에서 인체실험 비슷한 검사를 받으며 대량 투여한 일이 있기 때문에 완전히 내성이 생겨 버린 것이다.

존에서 '흥분'이 시작될 기미가 보였다. 게이코는 어중간한 취기를 느끼며 비틀거리는 걸음으로 존을 향해 나아갔다. 바로 그때 손님들의 열광적인 환호와 함께 핸들마스터가 등장했다.

무대에 모습을 드러낸 핸들마스터는 온몸을 페잘로 가리고 있어 어떻게 생긴 사람인지 알 수가 없었다. 하지만 그 동작과 자세, 효과를 미리 계산하고 던지는 관객에 대한 제스처. 그 모두가 보통 핸들마스터가 아님을 드러내고 있었다.

그가 손짓을 하자 열광하던 손님들이 순식간에 조용해졌다. 마치 갑자기 바람이 그친 것 같은 정적이 찾아왔다.

그의 연주는 시작 인사도 없었다. 처음 접하는 핸들링인데 전주가 없어도 게이코에게 즉각적으로 다가왔다. 정신을 차리니 게이코는 이미 솟구치는 흥분을 주체하지 못하고 다른 손님들과 함께 스파이럴에 몸을 맡기고 있었다.

강약을 반복하는 단조로운 소리에 손님들이 몸을 움직였다. 그러다 이따금 이어지는 가락이 손님들의 발목을 휘감는 것 같았다.

음률이 춤을 추듯, 소용돌이치듯, 이리저리 무한운동을 계속하며 핸들마스터의 손에서 울려나왔다.

그의 연주는 뛰어났고, 동시에 '범죄적'이기도 했다. 존에 있는 손님들의 '흥분'은 바로 최고조에 이르렀다.

핸들마스터가 악기를 하나 꺼냈다. 게이코의 심장이 더 빨리 뛰기 시작했다. 그것은 틀림없는 고주기였다. 하지만 핸들링에 고주기가 사용되는 일은 거의 없기 때문에 그 낡고 세련되지 못한 악기가 '흥분'을 더욱 높이기 위한 무대장치라고는 생각할 수가 없었다. 손님들이 웅성거렸다.

청각적인 불쾌감을 불러일으키면서 반복하고, 뇌의 일부를 긁어내는 듯한 박탈감을 주는 텅잉 노이즈가 존을 가득 채우는 가운데 핸들마스터가 고주기의 현을 퉁겼다.

고주기의 음색이 매끄럽게 울렸다. 수다스럽지는 않지만 허술한 연주는 아니라는 것을 쉽게 알 수 있었다. 고주기는 함께 해 왔던 시간과 주인들의 역사가 빚어낸 음색을 내고 있었기 때문이다.

손님들은 어느새 스파이럴을 멈추고 있었다. 모두 다 우뚝 서서 꼼짝도 하지 않았다. 하지만 다들 알고 있었다. 존의 '흥분'은 계속되고 있었다. 아니 오히려 흥분은 더 높아지고 있었다.

게이코는 다른 이유로 꼼짝도 할 수 없었다. 그 고주기의 음색 안에는 분명히 와키사카와 연결되는 그 무엇이 있었다.

"물길잡이······."

고주기는 듣는 사람의 마음에 따라 그 소리의 빛깔이 달라진다. 지금 게이코에게는 환희의 가락이며, 자신이 찾고 있는 것을 향해 나아가는 마음의 울림이었다.

제각각 다른 빛깔의 소리를 듣고 있을 손님들과 함께 고주기 가락에 몸을 맡겼다. 눈물이 흘렀다. 아직 내가 찾아 헤매는 누군가를 생각하며 울 수 있다는 사실, 그것이 소중해 견딜 수가 없었다.

게이코는 알고 있었다. 페잘로 얼굴을 가리고 있지만, 고주기를 든 핸들마스터가 자기를 뚫어지게 바라보고 있다는 사실을.

◇

연주가 끝나자 멍하니 서있는 게이코에게 경비원 한 명이 다가왔다. 존과는 격리된 귀빈 전용 '크루와'로 안내되었다.

존과는 분명히 다른 조명과 채광으로 호화롭게 치장된 공간은 질 좋은 하이 포지션 냄새로 가득 차있었다.

구석진 곳에 놓인 소파에 조금 전 무대에 있던 핸들마스터가 게이코를 기다리듯 앉아있었다.

"대단한 연주였어요."

게이코는 솔직한 심정을 전했다. 말이 통할까 하는 의문은 전혀 없었다. 페잘 뒤에 감추어진 그 얼굴을 이미 짐작하고 있기 때문이었다.

"여기까지 올 줄이야. 놀랐어."

귀에 익은 그 목소리. 그 인물은 기다릴 틈도 없이 페잘을 벗었다. 머리의 반만 깎은 특이한 모습. 거류지 사투리를 쓰던 그 남자였다.

"걱정했지, 어떻게 될까 싶어서. 남옥벽에 갔을 때는."

처음 만났을 때처럼 그의 표정은 게이코를 떠보는 것 같기도 하고 재미있어 하는 것 같기도 했다.

"혹시 내 행동을 줄곧?"

"미행하고 있었지, 물론. 끝까지 지켜보는 사람이니까, 나는."

"그럼 우리가 감금을 당했던 것도?"

그는 고개를 끄덕였다. 당연하다는 듯이.

"불가능했어, 돕는 것은. 무슨 일이 있어도 그럴 수 없어, 끝까지 지켜보는 사람은. 네가 개척해야 해, 네 앞길은."

"그럼, 우리를 가둔 사람은? 그리고 남옥벽 옥상에서 벽돌을 떨어뜨린 사람은……?"

그는 대답하지 않았다. 하지만 그걸로 대답이 되었을 거라는 사실을 알고 있는 듯했다.

"서둘러. 최후의 물길잡이가 있는 곳으로."

◇

차에서 내린 곳은 남옥벽의 어수선함에서도, 중심가의 번잡함에서도 벗어나 밤의 정적에 둘러싸여 있었다.

이 섬에 이토록 조용한 공간이 있다는 사실이 믿어지지 않을 정도였다. 산으로 둘러싸여 다른 곳과 단절된 풍경을 보여주었다.

등 뒤에는 절의 대웅전이나 성주가 머무는 건물처럼 품격을 갖춘 큰 건물이 있었다. 정원 저 너머에 따로 세 개의 건물이 보였다. 서역 특유의 지붕은 각각 빨강, 하양, 녹색, 남색으로 칠해져 있었다.

정원은 드넓었다. 한복판에 있는 연못에서는 정원 전체가 한눈에 들어왔다. 여기저기 피워놓은 화톳불이 정원의 넓이를 말해 주었다. 샘은 깊은 땅속에서 솟아나는지, 밤공기와의 차이 때문에 주위에 안개를 피워 올리고 있었다. 연못 한가운데 있는 나무로 만든 다리만이 작은 섬처럼 안개 속에 떠올라 있었다.

남자가 열쇠를 건넸다.

"안에 있을 거야. 저 흰 건물. 그 열쇠로 열 수 있어. 그 건물의 문을."

게이코는 반신반의하며 열쇠를 들여다보다가 남자의 얼굴을 쳐다보았다. 남자의 눈은 선글라스에 가려져 있어 그 의도를 짐작할 수 없었다.

"가. 어서. 시간이 얼마 남지 않았어."

그의 말에 등을 떠밀리듯이 애매한 기분으로 걸음을 내딛었다. 이렇게 간단한 걸까? 그런 생각이 들었다.

하지만 남자가 말했듯이 머뭇거릴 시간은 없었다. 달은 게이코의 마음은 아랑곳하지 않고 조금씩 더 높이 떠오르고 있었다.

게이코는 똑바로 걸어갔다. 바닥에 깔린 녹색 모래 위를 지나고, 대나무 잎이 깔린 곳을 걸어 연못 위에 걸린 다리 위를 지났다. 와키사카가 있을 곳을 향하여. 오로지 그곳을 향하여.

흰 건물은 아직 저 앞에 있었다. 뒤를 돌아보고 녹색 모래 위에 찍힌 자기 발자국을 보고 깜짝 놀랐다. 똑바로 걸은 것 같은데 그 발자국은 오른쪽으로 크게 휘어져 있었다. 그리고 녹색 모래가 꿈틀거리며 마치 그 발자국을 숨기듯이 지워 버렸다. 믿을 수가 없었다.

게이코는 다시 걷기 시작했다. 똑바로. 하지만 흰 건물에 이를 수가 없었다. 도무지 다가갈 수가 없었다. 그 '3호실'이 숨겨져 있었던 것처럼 바로 앞에 있는 저 건물에 다가갈 수 없었다.

하늘을 올려다보니 달이 방추_{紡錘} 모양을 하고 있었다. 게이코는 깨달았다. 이 공간이 누군가에 의해 조작되어 있다는 사실을. 마치 밤의 '도시'에 들어갔을 때처럼.

게이코는 신발을 벗었다. 맨발로 녹색 모래 위에 섰다. 민감한 감각을 더욱 정확하게 느끼기 위해.

확대되는 의식 속에서 자신을 둘러싸고 있는 뭔가를 느꼈다. 투명하면서도 밖이 내다보이지 않는 베일이 게이코를 감싸고 공간을 왜곡하고 있었다.

'그 근원은……'

게이코는 뒤를 돌아보았다. 큰 건물의 높은 누각에 서서 페잘로 얼굴을 가린 사람. 와키사카와 관계가 있는 음족일까? 그의 시선을 거부하듯 게이코는 다시 한 걸음을 내딛었다. 악몽 속에서 허우적거리듯이 느리고 움직이지 않는 자신의 발을 질책하면서 주술에서 벗어나려 했다.

문득 마음속에 멜로디가 들려왔다. 고주기의 멜로디였다. 혹시 남옥벽에 있는 그 노인이 아직도 게이코를 위해 고주기를 연주해 주고 있는지도 모른다. 불쑥 서늘한 바람이 분 것 같은 느낌이 들었다.

심호흡을 했다. 게이코는 이제 저항하지 않았다. 비상하는 새처럼 마음을 활짝 펼쳤다. 주술을 깨려고 하지 않고, 주술 그 자체를 감싸 버릴 듯이. 그 주술이 외부에서 걸린 것이 아니라 자기 안에 있는 이런저런 쇠사슬이 구체화되고 증폭되어 있음을 깨달았기 때문이다.

"믿어. 와키사카에게 다가갈 수 있다는 사실을."

망설임도, 당황도, 주저도 아직 남아 있다. 넘어서는 것이 아니라 그것을 그대로 안고 와키사카를 생각하는 마음으로 부딪쳐 가면 되는 것이다.

게이코는 지금 분명히 와키사카에게 가는 길을 걷고 있다. 똑바로.

문득 또 하나의, 앞을 가로막는 강한 의지를 느꼈다.

그 칼날은 똑바로 게이코의 심장을 향했지만 게이코가 조금 먼저 눈치를 챘다. 쏜살같이 달려온 여자의 팔을 잡았다. 그 손에는 단검이 들려 있었다.

팔을 잡은 채 필사적으로 저항했지만 오른손에 입은 부상 때문에 뜻대로 힘을 쓸 수가 없었다. 게이코가 쓰러지자 그 여자도 게이코의 몸 위에 함께 쓰러졌다.

뜨거운 물을 뒤집어쓴 것 같은 통증과 몸 깊숙이 고드름이 파고드는 듯한 오한. 단검이 허벅지를 찌른 것이었다. 녹색 모래가 피에 젖어갔다.

일어선 여자가 게이코를 내려다보았다.

3호실에서 만났던 그 여자였다.

게이코는 확신했다. 남옥벽에서 벽돌을 떨어뜨린 사람은 역시 이 여자였다. 그리고 아마 소년에게 게이코를 가두게 한 사람도. 하지만 대체 왜?

여자는 게이코에게 원한을 품거나 분노를 느낀 것 같지도 않았다. 조용한 미소를 머금고 있었다. 손에는 어느새 새 단검을 꺼내 들고 있었다.

"이것도 내 역할이야. 부디 원망하지 말기를."

또박또박한 말투로 이야기하더니 다시 찌르려 했다. 게이코는 대항할 무기를 찾았다. 발에 꽂혀 있는 단도밖에 없었다. 그걸 뽑자 피가 솟구치는 것이 보였지만 머뭇거릴 틈이 없었다. 심한 통증과 몸이 부들부들 떨리게 만드는 오한과 싸우며 단도를 뽑아든 채 떨리는 발에 힘을 주고 일어섰다. 피 묻은 칼을 상대방에게 디밀었다. 칼날이 달빛을 받아 빛을 냈다.

높은 누각에 서있던 인물이 낮은 목소리로, 하지만 울려 퍼지는 목소리로 여자를 제지했다.

여자는 단검을 거두더니 게이코에게 다가와 격려하듯 어깨를 감싸 안았다.

"흐르는 피가 당신의 '몸깎기'가 되었습니다. 부디 좋은 물길잡이를 얻게 되시기를."

그 여자는 고개를 숙이더니 사라졌다. 마치 무슨 역할을 끝냈다는 듯한 모습이었다. 게이코는 힘이 빠져 다시 모래 위에 주저앉았다.

높은 누각 위에 서있는 그 남자도 조용히 지켜보고 있었다. 게이코는 아직 물길잡이를 찾으러 가는 길에 있는 것이다.

멈추지 않는 피. 심장 박동이 고스란히 머릿속까지 울리는 것 같았다. 그 울림이 게이코의 마음속에 있는 바다를 불러냈다.

"바다가, 가까워……."

아픔 때문에, 자칫하면 혼탁해질 것 같은 의식에서 기어 나아가면서 게이코는 자기 안에 있는 바다에 지배당하고 있었다.

문득 '도시'의 촉수를 느꼈다. 기회가 있을 때마다 게이코를 소멸로 이끌려고 획책하던 '도시'가 지금 또 '소멸 잔여물'인 게이코를 집어삼키려고 촉수를 뻗고 있었다.

'하필 이런 때에…….'

절망적인 생각이 들어 입술을 깨물었다. 규화된 감각기관과의 매듭을 비집고 '도시'가 게이코의 의식에 침투하려 했다. 이겨내기 위해서는 의식을 단단한 껍질 안에 가둬 두어야 한다. 절대로 '도시'가 건드리지 못하게 하겠다는 의지를 보여야만 한다.

이곳의 주술과 싸우기 위해 의식을 열어둔 상황에서는 그렇게 하기도 만만치가 않았다. 하지만 간신히 찾아낸 물길잡이를 잃을 수는 없었다. 각오를 굳히고 걸음을 뗐다. '도시'와 접촉하면 '오염'이 더 축적되는 것은 당연한 노릇이지만 지금은 어쩔 도리가 없었다.

무방비 상태로 펼쳐진 의식 위에 '도시'의 촉수가 천천히 닿

앉다. '도시' 특유의 얼음 같은 촉감을 예상하고 몸을 웅크린 게이코는 이윽고 이상한 감각에 지배당하기 시작했다. 마치 중력에 좌우되지 않고 고요한 물위를 떠서 걷듯 부축 받고 있는 느낌.

그 이유가 무엇인지 눈치채고 게이코는 깜짝 놀랐다. 고주기의 음색. 지금 게이코의 귀에는 남옥벽에서 만난 노인이 연주하는 고주기 소리가 또렷하게 들려오고 있었다.

거부하고 멀리하려 했던 '도시'의 의지. 그것이 얼마나 거대하고 무거운 것인지는 뼈저리게 경험했고 지긋지긋할 정도로 잘 알고 있었다. 하지만 고주기의 음색에 마음을 싣자 '도시'는 게이코에게 손을 대지 못하는 것 같았다. 물론 '도시'가 게이코를 집어삼키려 꾸며낸 감각인지도 모른다. 하지만 아무래도 '도시'는 시간과 공간을 넘어서는 소리 앞에서는 힘을 못 쓰는 것 같았다.

망설임도 두려움도 없이 게이코는 걸음을 옮겼다. 걸음을 디딜 때마다 허벅지에서는 피가 뿜어져 나왔지만 이상하게도 통증은 별로 느껴지지 않았다. 문 앞에 섰다. 떨리는 손이 몇 번이나 열쇠를 떨어뜨릴 뻔했지만 간신히 문을 열었다.

팽팽했던 의식의 끈이 끊어지고, 그대로 문에 기대듯이 쓰러지고 말았다. 멀어져가는 의식 속에서 게이코는 따스한 기운이 자신을 감싸주는 것을 느꼈다. 그것은 틀림없이 그날과 똑같은 느낌이었다.

"그대, 물길잡이를 얻은 자이니라."

게이코를 바라보는 목소리가 멀리서 희미하게 들려왔다.

◇

"그러면 그밖에 개별 보고 사항은 없습니까?"

사회를 담당한 사이토齋藤가 참석자들을 둘러보자 게이코가 손을 들고 일어섰다. 스카프 매듭에 손을 대고 보고를 시작했다.

"2년 전부터 진행하고 있는 생체반응연구소와의 공동사업에 관하여 그간의 경과를 보고 드리겠습니다. 우선 처음 보고 드리는 사항이 되겠는데, 소멸 순화에 저항해 소멸시의 정보를 외부에 제공한 사례가 보고되었습니다. 연구소에서는 이 제공 정보를 바탕으로 정보 분석 및 차기 소멸 회피를 위한 응용 가능성을 검토하여 올 2월부터 새로운 프로젝트로 가동하고 있습니다."

참석자들이 웅성거렸다.

"잠깐만, 왜 지금까지 그런 내용을 보고하지 않았나?"

새로 통감이 된 마에하타가 자신이 파악하고 있지 못했던 안건이 하나라도 있는 것은 용서할 수 없다는 표정으로 게이코의 말을 가로막았다.

"그게 무슨?"

게이코는 매우 진지한 표정으로 간결하게 되물었다. 마에하타 통감은 순간 허를 찔린 듯한 표정을 지으며 또렷하게 분노가 담긴 눈빛으로 게이코를 노려보았다.

"그게 무슨? 무슨 그런 말이 있나. 보고도 하지 않고 멋대로 하고 있다는 이야기야. 자네가 언제부터 그렇게 대단해졌나?"

"그 건에 관해서는 전임 통감님으로부터 특별히 위임을 받은 상태였습니다. 위임 사항이 통감 퇴임 뒤에도 계속되어야 한다는 점은 사업통괄위원회를 통해 확인을 마쳤습니다. 따라서 보고를 유보해도 좋다는 허락을 받았습니다."

거침없이, 마치 미리 예상하기라도 한 듯한 답변이었다. 새 통감의 신경을 거슬릴만한 발언에 회의실 안에는 불편한 분위기가 감돌았다.

"아니, 무슨 건방진, 이 ×××가."

마에하타 통감은 얼굴이 시뻘개져서 오염자를 가리키는 욕인 '그 말'을 입에 담으며 게이코를 윽박질렀다. 회의실 분위기가 얼어붙었다. 하지만 게이코는 전혀 물러서지 않고 대치하며 똑바로 마에하타 통감을 바라보았다. 그 눈빛은 차분하기는 했지만 힘이 있었다.

"괜찮겠습니까, 저 같은 오염자와 가까이 있어도?"

게이코는 불쑥 표정을 바꾸고 입가에 미소를 지었다.

"자칫하면 오염됩니다."

조용하기는 하지만 흔들리지 않는 자신감에 찬 게이코의 모습에 다들 기가 눌렸다. 게이코는 웃음을 지은 채로 마에하타에게 한 걸음 다가갔다.

'오염'이라는 단어를 떠올리자 그의 얼굴이 창백하게 일그러졌다. 게이코는 픽 웃으며 한 걸음 더 다가갔다. 마에하타는 놀란 표정으로 한 걸음, 또 한 걸음 뒤로 물러서더니 통감석에 주저앉고 말았다.

"보고는 이상입니다."

게이코는 다른 참석자들을 돌아보며 스카프 매듭에 손을 얹고 고개를 깊숙이 숙였다.

◇

전임 통감이 입원한 '정화 센터' 특별실에는 먼저 온 손님이 있었다.

"소노다 씨도 병문안 오셨나요?"

"아아, 통감하고는 지겨운 인연이 있어서. 숨넘어가기 전에 얼굴이나 봐 두려고."

노골적인 말투였지만 통감이 더 오래 버텨주었으면 하는 소노다의 마음이 담겨 있었다. 통감은 스스로 자신의 수명이 다했음을 알고 있었다.

"오늘은 웬일이지?"

모든 것을 달관한 통감의 부드러운 목소리가 게이코의 마음을 아프게 했다. 하지만 그런 심정을 말로 표현하지는 않았다.

"다음 달부터 그 애를 인수해야 합니다. 그래서 오늘은 그 준비 때문에 이쪽에 들렀습니다."

통감이 감개무량한 표정을 지었다.

"그래, 드디어 새로운 이론 연구에 착수할 수 있게 되었군."

게이코의 목소리에 통감은 문득 뭔가를 느꼈다는 듯이 고개를 돌렸다. 앞이 보이지도 않는 희게 흐려진 눈동자가 게이코를 향했다.

"내가 공연히 이러는 게 아니야. 분명히 자넨 분위기가 바뀌었어. 무슨 일이 있었나?"

통감이 손을 뻗었다. 게이코는 그 손을 꼭 쥐었다. 피부의 메마른 감촉. 죽음을 앞둔 사람의 냄새가 났다. 게이코를 줄곧 지켜주었던 단 한 사람의 손이었다. 복받치는 슬픔을 억누르며 게이코는 통감의 손바닥을 들어 자기의 두 뺨을 감쌌다.

"아뇨, 아무 일도. 별일은……."

하지만 통감은 뭔가를 감지한 모양이었다. '그래?' 라고만 말하고 웃음을 지은 것 같았다. 물론 오염이 진행된 통감의 표정에서는 이미 웃음을 읽어낼 수가 없었지만.

"게이코. 이제 일을 그만두면 어떻겠나? 자넨 충분히 역할을 했네. 더 이상 도시의 오염에 노출될 필요가 없어. 자네만 괜찮다면 내가 마지막으로 국무원에 요청을 하지."

통감이 상급관청의 이름을 입에 올렸지만 게이코는 담담하게 웃으며 고개를 저었다.

"저 같은 존재를 다시는 만들지 않기 위해서라도, 소멸의 연쇄를 단절하기 위해서라도 살아갈 겁니다. 마지막 그날까지."

그런 생각은 예전과 다름이 없었다. 하지만 그런 생각에 따라다니던 자신의 운명에 대한 비장한 체념이나 규칙에 따르려는 사명감 같은 것은 이제 옅어져 있었다. 대신에 자신이 선택한 길을 걷겠다는 의지가 그 빈 공간을 메웠다.

"만약 우리가 아무리 발버둥쳐도 도시의 소멸을 막을 수가 없다면, 그래도 자넨 도시의 소멸과 계속 싸울 텐가? 오염 때문에 자기 목숨마저 깎아내 가면서도?"

통감이 다시 물었다. 그 말에 머리맡에 있던 소노다가 반응을 보였다. 뭔가를 감정하는 듯한 눈으로 게이코를 뚫어지게 바라보았다.

"가령 내일 사라진다 하더라도 그 순간까지 제가 해야 할 일을 하며 살아갈 겁니다. 분명 누군가가 제 뒤를 이어줄 거라고 생각합니다. 그리고……."

게이코는 조용히 미소를 지으며 말을 이었다.

"어쩌면 우리들에게 소멸자란 '도시에 휩쓸려 사라진 사람들'일 테지만 '도시' 입장에서 보면 평화롭고 차분한 세상으로 이끌고 있는 것인지도 모르죠. 그러니 '도시'는 우리가 소멸에 저항하려는 움직임을 도저히 이해할 수 없을지도 모릅니다. 요즘 그런 생각이 들었습니다. 저는 그런 '도시'와 함께 살아가려고 생각합니다."

"그런가……?"

"통감님께서 늘 하셨던 '도시를 얕보지 마라. 하지만 도시를 두려워하지도 마라' 라고 하셨던 말씀이 이제야 이해가 될 것 같은 생각이 듭니다."

소노다가 살짝 의자에서 일어서 게이코 뒤에 섰다. 늘 그렇듯 등을 두드려주려나 보다 생각했지만 오늘은 어깨 위에 부드럽게 손을 얹었다.

"그 여자아이가 이렇게까지 클 줄이야. 네가 통감 대신 앞으로 관리국을 끌어가야만 해."

그 말에는 게이코를 지켜주고 격려하려는 마음이 가득 담겨 있었다.

"저어, 통감님. 바람을 기다리는 집 주인에게 연락은……?"

게이코는 머뭇거리며 말끝을 흐렸다.

"아니, 필요 없네. 피차 언젠가 불쑥 죽을 거라고 각오한 인생이니까."

희게 흐려진 통감의 눈동자는 벽에 걸린 그림을 향했다. 가즈히로가 그린, 창백한 달이 떠있는 쓰키가세 도시의 풍경이었다. 오늘은 그 그림이 왠지 부드러운 빛에 싸여 있는 것처럼 보였다.

◇

두드리면 딱딱한 소리가 날 것만 같은 맑은 겨울 하늘. 높고 낮은 건물들이 솟아 있는 수도의 하늘을 올려다보았다. 선글라스 때문에 어둡게 보이지만 또 다른 감각은 넓고 푸른 하늘을 느끼고 있었다.

이렇게 일상으로 돌아오자 거류지에서 일어났던 일련의 사건들은 환상이었던 것만 같았다.

거류지에서 칼에 찔려 의식을 잃은 게이코가 눈을 떴을 때는 정화 센터에 이송되어 있었다. 찔린 상처나 골절된 팔에도 분명히 통증이 남아 있었다. 하지만 상처가 나은 지금은 마치 아무 일도 없었다는 듯이 변함없는 일상이 이어지고 있었다. 방에 숨겨두었던 와키사카의 팔마저도 감쪽같이 사라졌다. 변함없는 일상 속에서 이렇게 걷고 있는 자신이 있다.

'그래도, 반드시⋯⋯.'

이 하늘 아래, 같은 세상 속에, 서로 찾는 상대가 존재한다. 아무리 떨어져 있더라도, 바닷 속의 보이지 않는 길에 의해 인도되듯이 연결되어 있다. 믿으면 살아갈 수 있다. 그렇게 생각했다.

게이코는 공원에 섰다. 봄은 아직 멀었다. 하지만 이 얼어붙은 겨울 뒤에 찾아올 봄의 숨결이 느껴졌다. 햇빛 때문에 눈을 가늘게 뜨고 잔디 위를 똑바로 걸었다. 처음 만났던 그곳으로.

거기에는 텐트가 없었다. 하지만 팔이 한쪽뿐인 남자가 게이코를 향해 조용히 카메라를 겨누고 파인더를 들여다보고 있었다.

　게이코는 피하지 않았다. 피할 필요가 없었다. 지금 이 순간을 잡아내는 와키사카의 존재 자체에 그녀의 몸을 맡기고 날아오르는 새처럼 마음을 활짝 펼쳤다.

　지금 이 한순간을 살아가겠다. 설령 내일 사라지게 된다 하더라도.

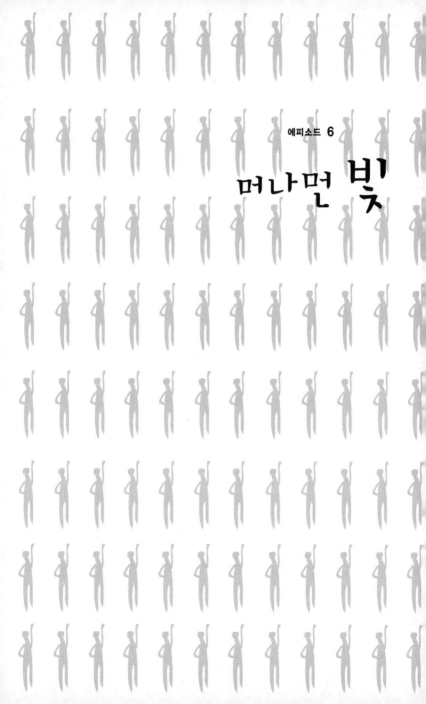

에피소드 6

머나먼 빛

'존'이 한창 무르익었다.

주말 밤. PURE TRAD '풍화제도風化帝都'는 하룻밤의 향락을 찾아 나선 잘 차려입은 손님들로 붐볐다.

장르도 특화되지 않았고, 손님들을 까다롭게 가리지도 않는 PURE TRAD라서 수도 관광을 하러 온 지방 손님들도 많았다. 유지勇治도 아르바이트 상대인 '사모님'이 졸라서 들어왔지만, 사실 이곳은 이미 세 번째였다.

무대에 선 핸들마스터도 손님들이 핸들링의 기술에 대해 이러쿵저러쿵하기보다 '존'이라는 공간의 분위기와 가벼운 퇴폐를 원하고 있다는 걸 알고 있기 때문에 수준 높은 연주를 구사하기보다 요즘 유행하는 곡이나 흘러간 명곡 가운데 듣기 좋은 부분을 짜깁기하여 들려주고 있었다. 그래도 손님들은 불평하기는커녕 자기 기분에 취해 더 퇴폐적인 스파이럴에 몰두했다.

연주의 클라이맥스. 술렁거림이 핸들링 때문인지 손님들의 열광 때문인지 구분하기 힘들 정도로 존의 분위기는 최고조에 이르렀다.

처음에는 위화감이 들지는 않을 정도의 변화였다. 스피커 고장이 아닌가 싶은, 낮게 깔리는 불협화음. 새로운 연주로 넘어가기 위한 소리가 아니라 전혀 다른 비트수를 들려주는 그 소리는 점차 커져 이윽고 원래 연주되던 음악을 밀어냈다. 어느새 부자연스러운 소리가 존을 가득 채웠다.

무대에 있던 핸들마스터의 모습이 사라지고, 가게 종업원이나 경비원도 보이지 않았다. 꼼짝도 하지 않는 손님들만 존에 남겨졌다.

함께 온 '사모님'은 부드러운 미소를 지으며 뭔가에 이끌린 듯이 한곳을 바라보고 있었다.

"아니, 왜 그래?"

어깨를 잡고 흔들어보았지만 아무런 반응도 없었다. 주위에 있는 다른 사람들도 다들 미소를 머금은 채 제각각 허공을 올려다보고 있었다.

유지는 영문 모를 소리에 짜증을 내면서 주위를 둘러보았다. 존이 내려다보이는 위치에 자리를 잡은 고급회원 전용 '크루와'가 보였다. 유리 너머로 이쪽을 뚫어지게 바라보고 있는 사람들이 있었다.

한 사람은 짙은 색 선글라스를 쓰고 있어 표정을 읽을 수가 없었다. 또 한 사람은 유지와 비슷한 또래의 여성이었는데 마치 관찰하듯 유지 쪽을 바라보고 있었다.

"아니, 혹시……, 설마!"

우두커니 서있는 손님들 사이를 헤치며 유지는 '크 루 와' 쪽으로 다가갔다.

"유카! 나야, 유지!"

소리를 질렀지만 두꺼운 유리에 가로막힌 안쪽에는 들리지 않는 모양이었다. 하지만 입 모양으로 소리를 지르고 있다는 것은 알 수 있었으리라. 여자의 표정이 살짝 흔들렸다. 옆에 있는 선글라스를 낀 여자에게 뭐라고 말을 건넸다. 선글라스를 낀 여자가 고개를 끄덕였다. 그리고 두 사람은 일어서서 등을 돌렸다.

유지는 얼른 두 사람의 뒤를 쫓으려 했다. 존과 크 루 와는 완전히 가로막혀 있어 서로 오갈 수가 없었다. 유지는 가게 밖으로 나와 크 루 와 쪽 출구로 가서 기다릴 생각이었다. 하지만 복도로 나서자 경비원 두 명이 가로막았다.

억지로 밀치고 지나가려 했지만 오른쪽에 있는 경비원이 유지의 오른팔을 잡았다. 마치 춤을 추는 것 같은 자연스러운 동작이었다. 그는 유지의 팔을 등 뒤로 돌려 움직이지 못하게 했다. 왼쪽에 있는 경비원에 유지의 입을 헝겊으로 틀어막았다.

흐려져 가는 의식 속에서 유지는 중얼거렸다.

'사카가미 유카……수도에 왔구나…….'

◇

사카가미 유카를 표현할 수 있는 말로는 '고고하다'라는 단어밖에 떠오르지 않았다.

유카와 유지는 6년 전 지방도시에 있는 고등학교에 같은 학년으로 입학했다. 유카는 여러 의미에서 돋보이는 소녀였다.

일단은 아름다웠다.

고등학생, 열다섯에서 열여덟이라고 하는 여성의 아름다움이 가장 미묘하게 흔들리는 시기. 하지만 유카는 다른 아이들과는 달리 흔들림이 없는 차분한 아름다움을 지니고 있었다.

차분하면서 깊이 있는 눈동자는 커다란 꽃송이 같았다. 의지를 숨긴 기품 있는 입술.

완벽한 구도로 그려진 그림이 그 완전함 때문에 보는 사람으로 하여금 숨이 막힐 정도로 불안감에 빠지게 하듯이, 유카는 선생님들에게나 학생들에게나 마주하기 힘든 존재였다.

그리고 또 한 가지는 유카의 지성이었다.

남들이 따라가지 못할 정도로 압도적인 성적으로 유카는 계속 전체 수석을 유지했다. 시험공부의 결과가 아니었다. 전혀 다른 큰 목적 아래 하고 있던 공부가 그냥 그런 성적으로 나타났다는, 마치 '취미' 같은 인상을 주었던 것이다. 그 증거로 유카는 대학 입시에 대비한 모의시험에는 한 번도 응시한 적이 없었다.

문화제나 체육대회에도 참석하지 않았고 소풍에도 따라나서지 않았다. 진로 지도를 위한 학부모 면담마저도 '필요 없습니다'라며 조용한 미소로 자신의 의지를 관철했다.

유지는 반이 달라 유카와 이야기해 본 적도 없었다. 물론 그 나이 또래의 젊은이들에게 흔히 있는 거의 자각하지 못할 정도의 악의와 노골적인 성적 소문은 들은 적이 있지만.

유지는 성적으로는 유카에 비할 바가 아니었지만 외모로는 유카에 손색이 없었다.

몰래카메라에 찍힌 사진이 지역정보지의 남자 고등학생 랭킹에 게재되어 독자 투표를 한 결과 2위를 차지한 적이 있었다. 1위를 한 남학생의 학교 아이들이 단체로 몰표를 던지지만 않았더라도 1위였을 거라고 주위 사람들이 말했지만 유지는 별 관심이 없었다. 물론 유카도 그 지역정보지의 여학생 랭킹에 당연히 오를 뻔했다. 하지만 사전에 미리 눈치챈 유카는 초상권 침해라고 주장하며 제동을 걸어 실리지 않았다.

그래서 접점은 없었지만 유지는 유카라는 여학생에게 신경을 쓰고 있었다.

유카는 벽을 만들지도 않았고, 머리가 좋다고 해서 다른 사람들을 바보 취급하지도 않았지만 다른 아이들과 적극적인 교류를 하려 들지도 않았다. '난 먼저 갈 테니 너희들은 거기서 놀다 와' 라고 하는 듯한 태도였다.

유카가 목표로 하는 곳은 아무도 알 수 없었다.

유카의 '남자친구' 가 된 유지마저도.

◇

"요코야마 유지, 잠깐 시간 낼 수 있니?"

시작은 1학년 가을이었다. 학교가 파한 뒤, 교문을 나서는데 유카가 말을 걸어왔다.

여학생들이 기다리고 있다가 고백을 하거나 선물을 건네주는 일은 많이 겪었지만 이번에는 깜짝 놀랐다.

"어, 사카가미……? 무슨 일이지?"

그래도 태연한 척 웃으며 되묻자 유카는 훨씬 더 태연한 표정으로 말을 했다.

"부탁이 있어서. 여기서는 좀 곤란하니 차라도 한잔하면서, 어때?"

싫다는 소리를 꺼낼 여지도 없었다. 유카는 앞장서서 걷기 시작했고 유지는 그 뒤를 따랐다.

역 근처 뒷골목에 있는 카페 '웨스트 필드' 에 들어가 구석진 자리에 앉았다.

"부탁이라니, 나한테?"

탁자에 팔꿈치를 괴고 깍지를 낀 손 위에 턱을 살짝 얹으며 유카가 고개를 끄덕였다.

"나랑 사귀지 않을래?"

"뭐?"

등받이에 팔을 걸치고 비스듬하게 앉아있던 유지는 의자에서 떨어질 뻔했다.

"정확하게 이야기하자면 나랑 사귀고 있는 걸로 해줄 수 없겠느냐, 그런 제안이야."

속셈을 알 수가 없어 유지는 유카를 물끄러미 바라보았다.

"난 혼자 있다 보면 이런저런 남자들과 트러블에 휘말리게 돼. 나도 그리 한가하지 않으니 공연한 스캔들은 피하고 싶어. 그래서 남자친구가 있는 걸로 해두는 게 좋겠다는 생각이 들었어."

카페까지 함께 걸어오면서도 유카가 아름답다는 생각이 들었을 정도라 대략 무슨 이야기인지 짐작이 갔다.

"그런데 왜 나한테 부탁을 하는 거지? 여태 한 번도 이야기를 나눈 적도 없는 사이인데."

"밤에 아르바이트까지 할 정도이니 여자는 잘 다루겠지?"

"너, 어떻게 그걸……?"

"조사를 좀 했어."

유카는 별일 아니라는 듯이 말하며 가방에서 뭔가를 꺼냈다. '요코야마 유지橫山勇治에 관한 보고'라고 적힌, 흥신소에서 작성한 걸로 보이는 보고서였다.

"조사한 바에 따르면 아르바이트는 그 지역정보지 콘테스트 상위 입상자의 은밀한 기득권이라더구나. 역대 입상자들에게 이어져 내려왔다면서? 너는 세 명의 여자와 사귀고 있고, 뭔가 보수를 받고 있겠지. 한 명은 33세의 귀금속 체인점을 운영하는 젊은 여사장. 두 번째는 28세, 남편이 해외에 파견나간 대기업 샐러리맨의 부인. 세 번째는……."

넋이 나간 유지를 흘긋 보면서 유카는 보고서를 읽어 나갔다. 사진까지 떡하니 붙어 있었다. 유지가 '사모님' 가운데 한 명과 호텔에 들어가는 장면이 찍혀 있었다.

"그런 아르바이트를 할 정도니 내게 마음이 기울어질 리도 없을 테고, 게임하듯 편하게 대할 수 있을 것 같아서."

"이봐, 사카가미. 너 말이야, 아무렇지도 않게 흥신소에 동급생 뒷조사를 시킬 수 있는 거야?"

유지가 따져 물었다. 하지만 약점을 잡힌 꼴이라 거칠게 몰아붙일 수는 없었다.

"아, 오해하지 마. 조사한 건 약점을 잡거나 위협하기 위해서 그런 건 아니야. 내게 편한 상대인지 어떤지를 알아보기 위해서 했을 뿐이지 다른 뜻은 없어."

"그게 무슨 소리야?"

단순한 이용가치만 생각하고 한 조사라는 이야기를 듣자 복잡한 심정이 들었다.

"분명히 이상한 부탁일 거야. 그리고 네게 줄 대가도 없어.

아르바이트를 하고 있으니 돈이 궁하지도 않을 테고 말이야. 이렇게 하면 어떻겠어? 네가 내 남자친구인 척하는 대신 이따금 관계를 갖는다. 하기야 네가 내게 성적 매력을 느낄지 어떨지는 모르겠지만."

"무슨 말인지 잘 모르겠는데."

"그러니까, 보수 대신에 이따금 나를 네 뜻대로 해도 괜찮다는 이야기야."

유지는 컵을 내려놓고 물끄러미 유카를 바라보며 입을 열었다.

"내가 이런 이야기하는 건 우스울지도 모르겠지만, 그렇게 예쁜데 너 자신을 좀 더 소중하게 여겨."

"난 그런 일로 내가 더럽혀졌다거나 하는 생각은 하지 않아."

유카는 눈을 가늘게 뜨며 웃었다. 분명히 어떠한 성적 모욕이나 능욕을 당하더라도 '더럽혀졌다'는 의식을 갖지 않는 한 유카는 더럽혀지지 않을 것 같았다. 유카에게 '더럽혀지다'라는 말의 의미는 전혀 다른 차원에 있을 것이다.

"어때, 받아 줄래?"

살짝 깍지를 낀 손을 탁자 위에 얹고 유카는 대답을 기다렸다. 유능한 영업사원에게 상품 구입을 권유받고 있는 듯했다.

"좋아, 알았어. 게임으로 너하고 사귀는 것도 재미있겠지. 하지만 방금 이야기한 것처럼 관계를 갖는다는 이야기는 없었던 걸로 하고. 순수한 게임으로 너하고 사귈게."

'그럼 그렇게 해'라고 하듯이 유카는 찻잔을 집어 들며 조용히 웃었다.

◇

두 사람이 사귄다는 뉴스는 바로 학교 안에 퍼졌다. 워낙 돋보이는 두 사람이었기 때문에 소문은 상승작용을 일으키며 부풀어 올랐다. 함께 있기만 해도 주목을 받게 되어 오히려 역효과가 나는 게 아닐까 하는 생각이 들었지만, 어느 정도 지나자 소문은 가라앉았다.

그 뒤로 유지의 '필요성'은 오로지 학교 밖에서만 발휘되었다. 유지는 유카가 원할 때마다 함께 행동했다.

진학을 목표로 하는 고등학교였기 때문에 방과 후에 만나는 곳은 거의 시립도서관이나 외부에 개방된 지역 대학 도서관이었다.

"도서관이라는 데가 안전한 것 같아도 야릇한 속셈으로 오는 사람들이 꽤 많아."

유카는 한숨을 섞어 말했다. 실제로 유카가 다른 사람들 눈에 잘 띄지 않는 서가에 서있으면 '무슨 책을 읽니?' 하며 다가오는 남자들이 끊이지 않아, 그때마다 유지가 나서야 했다.

유카가 도서관에서 펼치는 책은 입시 공부와는 관계없는 책들뿐이었다. 물리나 수학 관련 책이 많았는데, 때로는 음악 이론에 관한 책이나 다른 도서관에서 빌린 고문서인 경우도 있었다. 유카가 어떤 목적으로 그런 책을 보는지는 전혀 알 수 없었다.

도서관 이외에 유카가 동행을 요구한 것은 어느 묘지에서 '무엇인가'를 찾으러 돌아다닐 때나 무슨 학회의 연구발표회에 갈 때였다. 유카가 읽는 책과 마찬가지로 유지로서는 이해할 수 없는 것들이었다.

고등학생에게는 어울리지 않는 PURE TRAD에 간 적도 있었다. 하지만 유카는 스파이럴을 하지는 않았다. 맨 뒤에 있는 벽에 기대어 핸들마스터의 움직임을 주의 깊게 관찰하고 음의 구성을 측정하는 듯 눈을 감고 서있기만 할 뿐 즐기려는 마음은 없어 보였다.

대학 연구실에 이야기를 들으러 간 적도 있었다. 유지는 도서관이나 식당에서 시간을 때웠지만 두 번째 갈 때는 유카가 연구실까지 함께 가자고 요구하는 일도 있었다.

그런 경우 상대는 늘 남자 교수였고, 그 교수는 내색하지는 않지만 유지를 거북해하는 눈치를 보였다.

"남자 교수들은 꼭 나중에 식사를 하자고 하는 바람에 골치야."

교수와 이야기를 마치고 나와 함께 복도를 걷는데 유카가 메마른 목소리로 그렇게 말했다. '역시' 하는 생각이 든다. 유카로부터 이런 의뢰를 받았을 때는 자의식 과잉이 아닐까 하는 생각이 들었다. 하지만 밖으로 나오면 늘 달라붙는 끈적끈적한 시선들을 보면 이런 이유 때문에 자신의 '필요성'이 생기는 거로구나 하는 생각이 들었다. 남들보다 아름다운 외모로 살아간다는 것도 참 고역일 것이라는 생각이 들었다.

◇

두 사람의 '게임'은 2학년, 3학년으로 올라가면서도 이렇다 할 차질이나 갈등 없이 계속되었다. 일주일에 몇 차례 점심시간에 유카가 찾아와 '오늘, 시간 있어?'라고 한마디만 한다. 유지는 쏟아지는 주위의 시선을 느끼며 '아, 그래'라고 대꾸한다. 그리고 방과 후, 다른 사람들의 선망의 눈길을 받으며 유카를 만난다.

"널 남자친구로 선택한 건 정답이었어."

유지 스스로도 유카가 원하는 역할에 자기가 적임자라고 생각했다.

평범한 고등학생이라면 유카와 오래 함께 있게 되다보면 성적인 충동이 생길 테지만 밤에 아르바이트를 하는 유지에겐 여유가 있었다. 굳이 '애인'을 만들 생각도 없었고, 유카와 성적인 접촉을 하지 않는다고 해서 손해날 것도 없었다. 물론 유카의 남자친구 행세를 하는 것도 기분이 나쁘지는 않았다.

"왠지 나는 네 남자친구라기보다 매니저 같구나."

"늘 고마워, 매니저 님."

유지가 중얼거리자 유카도 대꾸하며 밝게 웃었다. 어른스러운 표정 사이로 역시 어린 여학생의 모습이 얼핏얼핏 드러나 마음이 흔들렸다.

유카와 지내다 보니 자기가 복잡한 감정에 사로잡혀 있다는 사실을 깨달았다. 그것이 유카가 요구하는 역할에서 벗어난 것이라는 사실은 충분히 알고 있었다.

평소 유카는 웃는 모습을 보이는 일이 거의 없었다. 어디론가 나아가려는 의지와 언제 어디로 사라져버릴지 모를 것만 같은, 조용하고, 그러면서도 힘 있는 표정. 그 표정이 불쑥 부드러워지는 때가 있었다. 마치 어두운 구름 사이로 잠깐 햇살이 비치듯이.

그 순간을 자기 것으로 만들고 싶어 유카와 함께 있고 싶은 마음이 들었다.

1년 반을 함께 지내다 보니 유지도 약간은 유카의 감정을 움직이는 요령을 익히게 되었다. 하지만 유카의 웃는 얼굴을 본 뒤로는 자기가 전보다 훨씬 고독하고 멀리 떨어진 곳에 있는 것처럼 느껴졌다. 왜냐하면 유카의 마음은 '여기'에는 없었기 때문이다. 바로 앞에 있기는 하지만 유카의 마음은 머나먼 곳에 있었다.

여느 때와 마찬가지로 도서관 좌석에 마주앉아 있는데 유지의 전화가 진동을 했다. 밤 아르바이트 상대로부터 온 전화였다.

"유카, 미안하지만 나 가야해."

유카는 책을 들여다보는 시선을 들지도 않고 알았다는 듯이 고개를 끄덕였다.

"질투 같은 걸 좀 해도 되지 않겠어?"

농담처럼 이야기하자 유카는 손에 든 펜을 빙글빙글 돌리면서 유지를 바라보았다.

"유지, 넌 왜 아르바이트를 계속하는 거니? 돈 때문이야? 아니면 역시 섹스 때문이니?"

유카의 입에서 '섹스' 라는 단어가 나와 유지는 당황했다. 주위에 있던 사람들이 이쪽을 바라보았지만 유카는 아무렇지도 않은 모양이었다.

"글쎄. 굳이 이야기하자면 연기하는 게 재미있기 때문이라고나 해야 할까?"

"연기?"

"상대에 따라 원하는 것은 다 달라. 돈을 받는 이상 열심히 상대에게 맞는 남자를 연기해 주고 싶기는 해."

유카는 흥미롭다는 표정으로 유지의 '연기' 하는 모습을 머릿속에서 그려보는 모양이었다. 그리고 태연한 얼굴로 물었다.

"너는 좋아하는 사람 없어?"

사적인 질문은 절대 하지 않는다기보다 흥미가 없는 유카로서는 드문 질문이었다.

"있으면 이러고 있지 않겠지. 넌 어때? 좋아하는 녀석을 만들 생각은 없어?"

"그럴 마음이 있다면 이럴 필요도 없지 않겠어?"

"그럼 얼른 나를 진짜 남자친구로 만들지 그래?"

유카는 처음엔 늘 하던 농담으로 흘려들었지만 곧 유지의 말투에서 진지함을 발견하고 심각한 표정을 지었다.

"넌 내 남자친구로 연기를 하는 일에 흥미가 없어진 거야?"

"그렇지는 않아. 그렇다기보다는……."

유지는 유카가 어떤 반응을 보일지 궁금해하며 말을 이었다.

"연기만 하기에는 성에 차지 않는다고나 해야 할까?"

"적어도 너는 그런 말 하지 않을 거라고 믿었는데."

실망한 표정을 지으며 '잠깐 바깥 공기 좀 쐬고 올게'라며 유카는 자리에서 일어섰다. 유지는 멍하니 혼자 남겨졌다.

할 일이 없어 유카가 펼쳐 놓은 책을 집어 들었다. 다른 지역 도서관에서 빌린 책이었다.

그 책은 군데군데 페이지가 빠져 있고, 수선한 흔적이 있었다. 혹시나 싶어 책의 면지를 펼쳐 보았다. 역시 '관리국 검열 필'이란 글자가 있었다. 이른바 '오염제거 자료'라는 이야기다.

유카가 쪽지를 끼워놓은 페이지가 있었다. 펼쳐서 대충 훑어보다가 '쓰키가세'란 글자를 발견했다. 검열에서 빠뜨린 페이지였다.

도시의 소멸이 일어난 지 2주 뒤 학교는 강제 휴교되었고, 통일 공출일에 맞추어 유지를 포함한 모든 사람들이 집에 있는 '쓰키가세'나 그밖의 오염대상 문자를 찾아내 시청에서 지정한 장소에 제출했다. 소멸로부터 반년이 지나면 그 문자는 강력한 오염을 일으킨다고 배웠다.

저도 모르게 내던지듯이 책을 밀쳤다. 어느새 돌아온 유카가 그 모습을 조용히 바라보고 있었다. 유지는 멍하니 유카를 올려다보았다.

"유카, 이 책 위험해."

"뭐가?"

"뭐가라니? 네가 보는 페이지 오염되었어. 얼른 돌려주고 와."

유카는 묘하게 뭔가 깨달았다는 표정을 지었다.

"오늘은 이제 됐어. 고마워."

쌀쌀맞게 말하더니 유카는 돌아갈 차비를 했다. 오래 사귀었기 때문에 유카가 말없이 화를 내고 있다는 사실을 깨달았다.

"유카, 아직 시간이 있으니까 바래다줄게……."

"괜찮아. 잘 가."

등을 돌린 유카는 한 번도 돌아보지 않고 가버렸다.

유지는 그 뒷모습을 바라보며 어쩌지도 못하고 그 자리에 우두커니 서 있었다.

그날 이후, 유카는 유지 앞에 나타나지 않았다. 수업이 끝나 유지가 유카를 만나러 가면 이미 교실에 없었다. 전화나 이메

일에도 응답이 없다는 것은 그때까지 경험으로 알고 있었다. 방과 후에 유카와 만나는 일이 없어지자 유지는 목적도 없이 거리를 돌아다녔다.

문득 정신을 차리자 유카가 그 기묘한 제안을 했던 카페 웨스트 필드 앞이었다. 안을 들여다보니 관엽식물 너머로 같은 학교 여자아이들 몇 명이 차를 마시고 있었다. 그 가운데 미나美奈의 모습이 있었다. 미나는 분명히 유카와 같은 중학교 출신일 것이다.

유지는 약간 망설인 뒤에 가게로 들어가 놀란 표정을 짓는 미나에게 말을 걸었다.

"저어, 미나. 이야기 좀 할 수 있겠어?"

다른 여자아이들이 이야기를 듣지 못하도록 미나를 데리고 구석 자리로 가서 앉았다. 미나는 유지 맞은편에 앉아 불안한 모습으로 카페라테에 꽂은 빨대를 젓고 있었다.

"유카하고 같은 중학교 다녔지? 그 애 옛날부터 그런 식이었니?"

화가 난 듯이 부은 볼을 하고 있는 것은 어떤 표정을 지어야 좋을지 모르기 때문이리라. 미나가 손을 멈췄다.

"그런 식이란……무슨 소리야?"

"응. 그러니까 다른 애들하고 잘 어울리지 않고 혼자였느냐는 거지."

미나의 표정이 흐려졌다.

"준潤 문제만 아니었으면……"

그 말은 '준'이란 존재를 유지가 알고 있다는 전제에서 꺼낸 것이다.

"준이라니, 누구지?"

미나는 유지의 반응을 살피듯이 눈을 가늘게 떴다. 이윽고 살짝 한숨을 내쉰 미나가 포기했다는 듯이 말했다.

"혹시 아무 말도 듣지 못했어? 남자친구인데?"

유지는 못 들었다는 표정으로 미나의 다음 이야기를 재촉했다.

"유카의 소꿉친구야. 아니, 소꿉친구라는 말로는 제대로 표현이 되지 않을 정도로 가까운 사이였지. 유카도 머리가 좋았지만 준은 그 이상이었어. 아니, 마치 우리들과는 다른 세계에 사는 사람 같았어. 살아있다면 분명히 세계를 움직이는 사람이 되었을 거라고 생각해."

"살아있다면이라니……. 그럼 죽었나?"

미나는 주위를 둘러보더니 점원이 이쪽을 쳐다보지 않는다는 걸 확인하고 겨우 들릴까 말까한 목소리로 말했다.

"사라졌어. 소멸 때문에."

유지는 '준' 이야기를 자기에게 하지 않은 까닭이 이해가 되었다. 도시의 소멸에 관한 이야기였기 때문이다. 소멸에 관한 이야기는 금기로서 입에 올리지 않는 것이 사회의 암묵적인 룰이었다. 강제할 필요도 없이 피해야 할 화제라는 것은 고등학생들도 너무 잘 알고 있었다.

"그 준이라는 녀석과 유카가 사귀었던 거야?"

허공을 쏘아보듯 생각에 잠겨 있던 미나는 웃으며 고개를 저었다.

"사귄다거나 하는 그런 단순한 말로는 표현할 수 없는 단단한 관계. 신뢰와 서로 더 발전하려고 하는 의지……. 제대로 표현할 수가 없네. 실제로 두 사람을 보지 않았다면 이해할 수 없을 거야. 그 둘 사이엔 누구도 끼어들 수 없었어. 절대로. 그래서 솔직히 이야기하면 준이 사라진 뒤에 유카가 다른 사람과 사귀게 되는 일은 절대로 없을 거라고 생각했지……. 미안해."

미나는 '넌 유카에 대해 대체 얼마나 알고 있는 거냐?' 라고 묻고 있는 듯했다. 묻지 않아도 유지 자신의 마음속에서 소용돌이치고 있는 의문이었다. '나는 유카를 얼마나 알고 있는 걸까?' 하는.

"도시의 소멸이라……?"

귀에 익은 단어. 그리고 무의식중에 기피해 온 단어를 입에 올리며 유지는 몸을 부르르 떨었다. 유카의 차분한 눈동자 속에 깃든 어둠을 건드린 것만 같은 기분이 들어 저도 모르게 몸을 떨었다.

미나에게 고맙다는 인사를 하고 유지는 가게를 나와 달렸다.

시립도서관에서 겨우 유카를 발견했다. 늘 앉던 그 자리. 아니나 다를까, 중년남성이 유카의 옆자리를 차지하고 무시를 당하면서도 뭐라고 말을 걸고 있었다.

"꺼져."

불쑥 폭언을 들은 상대는 어리둥절한 표정을 지었다. 유지는 얼굴을 바싹 들이대고 천천히 말했다.

"얘 남자친구야, 꺼져."

험악한 말투에 기가 죽어 남자는 얼른 자리에서 일어섰다. 유카는 말없이 보고 있다가, 남자가 사라지자 살짝 한숨을 쉬며 다시 책으로 시선을 돌렸다.

유지는 작은 의자에 큰 키를 걸치듯 깊숙이 주저앉아 등받이에 어깨를 걸치고 천장을 바라보았다. 두 사람 모두 아무 말도 없었다. 나지막한 공기조절기 소리만 규칙적으로 들려왔다.

"지난번에는 미안했어."

유지가 툭 중얼거렸다. 유카는 유지를 흘깃 보더니 다시 시선을 돌렸다.

"들었어, 미나한테. 준이라는 녀석 이야기."

건드리기만 해도 먼지가 될 것만 같은 고문서의 글씨를 들여다보고 있던 유카의 손가락이 멈췄다.

"유카, 너 혹시……."

"밖에서 이야기하자."

유지의 말을 가로막은 유카는 앞장서서 걷기 시작했다.

유카는 도서관 옆에 있는 공원 연못가에서 걸음을 멈췄다. 수면을 뚫어지게 바라볼 뿐 유지는 쳐다보려 하지 않았다.

"네가 지금 조사하고 있는 건 소멸에 관한 것 아니야?"

유카가 천천히 유지 쪽으로 향했다. 거기에는 아무런 표정도 없었다.

"지나치게 얽매여 있는 거 아니야? 네가 소멸을 어떻게 해결해야 한다고? 이런 이야기하고 싶지 않지만 아무리 네가 소멸을 조사한들 그 녀석은 돌아올 리 없잖아?"

유지의 말은 건드려서는 안 될 것을 건드리고 만 것 같았다. 유카의 눈이 무섭게 빛났다.

"넌 몰라. 내가 무슨 생각으로……"

"모르지, 나는."

유지가 말을 끊었다.

"그 녀석은 잊어. 왜 내겐 이야기하지 않은 거지? 이렇게 가까이서 네가 그런 식으로 살아가는 걸 보고 있으면 괴로워. 네 인생은 너를 위한 거잖아. 이제 그만 이쪽 세계로 돌아와."

늘 생각하고 있던 말이 저도 모르게 입 밖으로 나오고 말았다.

"뭐? 이쪽 세계라고?"

바로 대답할 수가 없었다. 하지만 유카의 눈빛이 대답을 요구하고 있었다.

"……내 말은 이거야. 내가 그냥 옆에 멍하니 있었던 건 아니야. 너는 여기 있는데 네 마음은 여기 없다는 것도 알아. 이런 상태면 넌 여기로 돌아올 수 없게 돼. 난 어렸을 때 '이쪽 세계'로 돌아오지 못할 뻔한 적이 있어. 그래서 지금 내가 여기 '있다'는 것만으로도 중요하다고 생각해. 너를 좋아하고 싫어하고의 문제가 아니야. 그냥 네가 이쪽 세계로 돌아와서 자기 자신을 위해 살아 주었으면 좋겠다고 바랄 뿐이야."

물새가 일제히 연못에서 날아오르며 저녁노을이 수면에 반짝거렸다.

"네가 도와줄 거야?"

유카가 유지를 바라보았다. 맑은 눈동자에 저녁노을이 비쳤다. 빛의 윤곽이 유카의 아름다움을 더욱 돋보이게 만들고 있었다.

"그 소멸 이후 내내 준이 없는 세계에서 산다는 것이 의미가 없다고 생각하고 있었어. 그래서 준을 앗아간 도시에 복수하는 것으로 내가 이 세계에 있는 의미를 찾으려고 한 거야. 내 마음은 준밖에 움직일 수가 없어. 그래도 넌 그런 나를 보고 있을 수 있겠어?"

"여태까지 내내 그렇게 해왔잖아?"

집으로 가는 버스 안에서 유카는 내내 말이 없었다. 하지만 그 침묵은 평소와 같은 어른스러운 것이 아니라 주저와 망설임이 담긴 또래 여자아이의 것처럼 보였다.

"아까 그 이야기 말이야."

창가에 앉은 유카가 창밖을 내다보며 중얼거렸다. 밖은 이미 어두워져 유카의 얼굴이 유리창에 비쳤다.

"네가 내 마음을 움직일 수 있는 사람이 된다면 그때는 생각해 볼게."

유리창 너머를 바라보는 유카에게 유지도 웃는 표정을 지어 보였다.

"난 배우가 되어 이 세상 사람들의 마음을 움직이고 싶다는 꿈이 있어. 너 한 사람의 마음을 움직이는 건 문제도 아니지."

"무슨 소리야, 그게?"

농담으로 받아들였는지, 유카는 어깨를 들썩이며 웃었다. 그 움직임이 옆에 앉은 유지에게도 전해 왔다. 지금 유카가 여기 있다. 작기는 하지만 또렷한 감각이었다.

유카가 먼저 내렸다. 유카는 뒤를 돌아보고 유지를 향해 손을 흔들며 살짝 웃었다.

"그럼 학교에서 또 봐."

◇

월요일, 유카는 학교에 오지 않았다. 그리고 그 다음날도.

유카를 만나지 못한 채로 여름방학을 맞았다. 대학 진학을 목표로 하는 고등학교였기 때문에 여름방학이라고는 해도 며칠 쉴 뿐 매일 보충수업이 있었는데 유카는 전혀 나오지 않았다. 유카는 원래 입시에 관계된 것들에는 전혀 흥미를 보이지 않았기 때문에 유지도 별로 신경 쓰지는 않았지만 연락은 완전히 끊어진 상태였다.

집에도 가 보았다. 유카는 아파트에서 어머니와 둘이 살고 있었다. 소문으로는 아버지는 어떤 회사의 사장이고, 어머니는 숨겨둔 애인이라는 이야기였다.

오토 록 현관에서 아파트 호수를 눌러 보았지만 아무런 대답도 없었다. 유지는 감시용 카메라를 가만히 올려다보았다. 유카가 저 안에 있는 걸까? 말로 표현하기 힘든 안타까움은 지금 유카와 자신의 관계를 그대로 드러내고 있는 것 같았다.

유카를 만나지 못한 채로 여름이 흘러갔다. 유카가 학교에 나오지 않는 것은 다른 학생들에게 좋은 소문의 표적이 되었다. 하지만 누구도 유지에게 유카에 대해 묻지 않았다.

고3의 여름은 정신없이 지나가고 유지도 수험공부에 몰두하지 않을 수 없었다. 유카와 함께 다니면서 생긴 버릇 때문에 자꾸 도서관에 가서 두리번거리곤 했다. 유카가 없는 세상에서 유지는 계속 질문을 던졌다. '유카, 넌 아직 이 세계에 있는 거니'라고.

"아니……저기 유카 아니야?"

유카가 학교에 나오지 않은 지 3개월이 되었을 무렵이었다. 지각할 것 같아 서둘러 학교로 가다가 우연히 유카를 보았다. 유카는 차분한 사복 차림이었다. 똑바로 앞을 향해 걷고 있는 그 모습은 말을 건네기 힘든 분위기였다. 유지는 어쩔 수 없이 뒤를 따라가게 되었다.

유카는 전철역에서 표를 사더니 개찰구를 빠져나갔다. 잠깐 고민한 뒤 유지도 적당한 곳까지 표를 끊어 안으로 들어갔다.

유카는 상행선 플랫폼에 서서 이 지방의 중심도시로 가는 특급 열차를 탔다. 바로 옆 칸에 타서 가끔 유카의 뒷모습을 확인하면서 유지는 결코 다가갈 수 없는 벽 같은 것을 느꼈다. 전부터 그런 느낌은 들었지만 지금은 더 심했다.

특급열차는 종점으로 미끄러져 들어갔다. 역에 정차할 때마다 올라탔던 승객들이 일제히 개찰구를 향해 밀려나갔다. 유지도 유카를 놓치지 않으려고 신경을 쓰다 보니 몇 사람과 부딪히고 몇 사람의 발을 밟기도 했다.

종점까지 오는 표를 사지 않은 유지는 돈을 더 내야만 했다. 추가 요금을 정산하고 서둘러 개찰구를 빠져나왔지만 유카는 이미 인파 속으로 사라져 버렸다.

속이 타서 한동안 주위를 의미 없이 어슬렁거렸지만 유카를 찾을 수가 없었다. 유지는 역 앞의 거대한 광고판 앞에 멍하니 서있었다.

그때 뒤에서 누가 팔을 잡았다. 뒤를 돌아본 유지는 긴장했다. 청소년육성담당 공무원이었다. 속으로 혀를 쯧쯧 찼다.

"여기서 무얼 하고 있는 거니? 학교는?"

"아뇨, 좀⋯⋯."

그럴 듯한 변명이 떠오르지 않았다.

"그렇게 잃어버리지 않도록 잘 따라오라고 했잖아."

"어?"

불쑥 옆에서 목소리가 끼어들었다. 유카였다. 유지의 반응은 아랑곳하지 않고 유카는 백 안에서 서류 한 장을 꺼내 공무원에게 건넸다.

"수고하십니다. 이 서류에 명시돼 있듯이 오늘 이쪽에서 출두해 달라는 연락을 받고 가던 중입니다. 문제가 있다면 학교에 확인해 주시겠습니까?"

어른스러운 태도에 공무원은 더 이상 추궁하지 않고, 두 사람의 학생증에서 식별 ID를 확인한 뒤 풀어주었다.

"가자, 유지."

유카는 유지의 손을 잡고 서둘러 걷기 시작했다. 유지는 유카에게 이끌려 뛰어가다시피 했다.

모퉁이를 돌더니 자연스러운 동작으로 뒤를 확인한 유카가 유지의 손을 놓았다. 그리고 유지를 바라보았다.

"아슬아슬했어."

"아……. 고마워. 살았네."

"아니야, 됐어. 그럼 난 급해서 이만."

그야말로 아무 일도 없었다는 듯이 가버릴 기세였다. 유지는 얼른 유카를 잡았다.

"아, 잠깐만. 유카……."

유카는 걸음을 멈추고 유지의 얼굴을 바라보았다. 귀찮아하

는 것 같지도 않고 당황하는 것 같지도 않았다. 뭐라 표현하기
힘들 정도로 차분한 표정이었다. 그 표정에 오히려 유지가 당
황했다.

"아니, 갑자기 학교에 오지 않아서 걱정했어. 명색이 남자친
구니까. 오늘은 그런 차림을 하고 어딜 가는 거야?"

"미안해. 사람을 만나야 할 일이 있어서. 그 이상은 모르는
게 나을 거야."

"따라오지 말라는 소리는 않는구나."

"그럴 작정이었다면 벌써 따돌렸겠지. 그 사람이 말했어. 한
가지 선택이 누군가의 삶을 좌우할 수 있다면 그 가능성을 제
거해서는 안 된다고."

"그 사람이란 건 준이란 녀석?"

그 이름을 듣자 유카가 살짝 반응했지만 긍정도 부정도 하지
않았다.

"지금 가려고 하는 곳은 네 일생을 좌우할 곳이야?"

유카는 고개를 끄덕였다. 너무도 자연스러운 태도였다.

◇

'연구소' 라는 행선지 표시가 붙은 버스를 탄 두 사람은 종점
에서 내렸다.

연구소 건물은 금방 찾을 수 있었다. 높은 벽과 그 위로 무시

무시해 보이는 여러 겹의 철조망. 정면에는 이중문이 있고, 경비원이 위압적인 눈빛을 하고 있었다. 그 경비원 뒤에 있는 벽에는 '관리국 생체반응연구소 서부분실'이란 글자가 적혀 있었다.

"저어, 유카. 여기는 혹시?"

"그래. 관리국이야. 어떻게 할 거야? 넌 그냥 돌아갈래?"

"그런데 넌 왜 관리국에 온 거야?"

"미안해, 시간이 별로 없어. 이제부턴 너 스스로 결정해."

그렇게 말하더니 유지에게는 흥미를 잃었다는 듯이 문 쪽으로 걸어갔다. 망설임이라고는 전혀 찾아볼 수 없는 걸음으로. 유지는 창문 하나 없는 연구소 건물의 위압적인 모습에 잠시 기가 죽었지만 얼른 유카의 뒤를 따랐다.

안내를 받아 들어간 방은 회의용 테이블과 접이식 의자만 있는 간소한 방이었다. 밖에서 본 모습과 마찬가지로 건물에는 창문이 하나도 없었다. 이 방도 예외는 아니었다.

아이보리색으로 칠한 벽에는 시계 두 개가 걸려 있었다. 팔각형으로 1부터 12까지의 숫자가 있는 서로 닮은 시계. 하지만 똑같은 시계는 아니었다. 오른쪽에 있는 시계는 짧은 바늘밖에 없고, 왼쪽에 있는 시계는 반대로 긴 바늘뿐이었다. 두 시계를 조합해 보면 10시 5분이라는 걸 알 수 있었지만 두 시계는 마치 서로 아무런 상관도 없다는 듯이 시간을 가리키고 있었다.

이윽고 문을 살짝 노크하는 소리가 나더니 검은 정장을 입은 여자가 모습을 나타냈다. 그 여자는 옅은 색 선글라스를 쓰고 있었다. 목에 두른 녹색 스카프에 손을 대고 살짝 헛기침을 했다. 그러면서도 표정의 변화는 전혀 없었다. 유지가 품고 있던 관리국원에 대한 이미지 그대로 감정의 기복이 거의 없는 사람인 것 같았다.

유카가 일어서서 인사를 했다.

"오늘 이렇게 시간을 내주셔서 감사합니다. 사카가미 유카라고 합니다."

선글라스를 쓴 여성은 자기 이름을 시라세라고 밝혔다.

"아뇨, 소멸의 해명에 관계된 일이라면 저희는 시간과 노력을 아끼지 않습니다. 저희야말로 연락을 주셔서 감사합니다. 단도직입적이지만 친구 분이 보내왔다는 편지를 보여주실 수 있겠습니까?"

"그 전에 확인해야 할 것이 있습니다. 이 건물에 대한 '도시'의 영향은?"

유카의 질문에 시라세는 허를 찔린 듯이 동작을 멈췄다.

"괜찮습니다. 이중 방호벽으로 되어 있습니다."

고개를 끄덕인 유카는 백 안에서 낡은 종이묶음을 꺼내 살며시 탁자 위에 내려놓았다. 매우 소중하게 여기는 물건을 다루는 동작이었다.

"3개월 전 제게 온 친구의 편지입니다. 친구는 쓰키가세 시의 소멸 때 사라졌습니다."

시라세는 무표정한 얼굴로 편지를 내려다본 뒤에 다시 기계적인 동작으로 유카의 얼굴을 바라보았다.

"3개월 전이라면, 쓰키가세 시가 소멸된 지 2년이 지난 뒤에 이 편지가 왔다는 건가요?"

"예, 그렇습니다."

유카가 백 안에서 또 꺼낸 것은 소포였다. 외국에서 보낸 것인지 다른 나라 글씨가 적혀 있었다. 소포의 내용물은 지저분한 유리병이었다.

"친구는 아마 소멸 직전에 이렇게 편지를 병에 넣어 강물에 떠내려 보낸 것 같습니다. 2년이란 시간 동안 병은 바다를 건너 서역 해변에 이르렀죠. 다행히도 친절한 분이 발견해 제게 보낸 겁니다."

요즘 세상에 보기 드물게 로맨틱한 녀석이구나 하는 생각이 들어 유지는 살짝 콧방귀를 뀌었다. 하지만 시라세는 이해가 간다는 듯이 고개를 크게 끄덕였다.

"아무래도 '도시'의 간섭을 배제하기 위해서는 그 방법밖에 없었겠죠."

"예. 아마 제 친구는 '도시'의 의지에 저항하며 이 글을 써야만 했을 거라고 생각합니다. '도시'가 직접 주민의 사고를 제어하는 이상 일반적인 전달 방법으로는 '도시'가 소멸에 관한 비밀을 누설하게 놔두지 않을 테니까요."

상상도 하지 못했던 이야기가 계속 나오는 바람에 유지는 영문을 알 수가 없어 멍하니 유카의 옆얼굴을 바라보았다. 그런 유지와는 상관없이 두 사람의 대화는 계속 이어졌다.

"편지를 봐도 괜찮겠습니까?"

"예, 물론이죠."

한동안 말없이 편지 내용을 읽고 있던 시라세는 뭔가를 확인하듯 종이를 손가락으로 매만졌다. 유지는 아무래도 내용이 궁금해 탁자에 팔을 얹어 턱을 괸 채로 편지를 들여다보았다.

거기에는 얼핏 보기에 아무런 규칙도 없어 보이는 숫자와 알파벳이 쭉 나열되어 있을 뿐이었다.

"뭐야……이 편지는?"

저도 모르게 비난하는 듯한 말투가 되어버렸다. 유카는 유지를 힐끔 보더니 아무 말 없이 다시 시라세 쪽으로 시선을 돌렸다.

"아마 그 친구는 '도시'에 들키지 않기 위해 여러 가지 복잡한 단계를 동시에 거쳐 이 편지를 쓴 것 같습니다. 도시의 소멸을 알리는 글을 머릿속에 떠올리기만 해도 '도시'가 봉쇄해 버릴 테니까요."

"그 작업은 말로 표현하기는 간단하지만 매우 어려울 텐데요."

팔짱을 낀 팔을 탁자 위에 얹고 있던 유카는 벽을 바라보며 아득한 표정을 지었다. 마치 옛날 일을 떠올리듯이.

"그 친구는 평소 대화를 할 때도 자주 암호를 즐겼습니다. 일종의 두뇌 트레이닝이라면서요. 한 문장을 일정한 규칙 아래 수치화하고, 다시 그 문장을 전혀 다른 규칙에 따라 수치화하죠. 그리고 그 두 가지 수치를 합쳐 또 다른 규칙성으로 추출한다고 하는 단순한 암호 시스템입니다. 원래 그건 단순한 놀이가 아니라 장래를 위한 실용성을 고려해하는 훈련이기도 했지만요."

"무슨 이야기죠?"

"그 친구의 행동은 10년 뒤, 20년 뒤의 자기 모습과 연결되어 있었습니다. 그 친구는 아마 10년 뒤에 자기가 학술적인 연구에 있어서 권위 있고 중추적인 역할을 할 것이라 생각하고 있었을 겁니다. 그때 자신의 논리를 방어하고 정보 누설에 대비하기 위해서는 일찍부터 암호 이론을 익혀두는 게 낫다고 생각했죠."

옆에서 말없이 듣고 있을 수밖에 없었던 유지는 어처구니없었다. 시라세도 표정이 변하지는 않았지만 살며시 한숨을 내쉬었다.

"그 친구는 2년 전이라면 고등학교 1학년 학생이었나요? 무척 어른스러운……아니, 일반적이지 않은 사고방식을 지닌 학생이었군요."

유카가 살짝 미소를 지었다.

"그 친구의 능력 자체가 일반적이지 않았기 때문에 어쩔 수 없는 일이었겠죠. 편지 내용으로 돌아가겠습니다. 제가 이 편지를 해석하기 위해 필요한 것은 그 친구와 제가 공유했던 규칙 코드. 그리고 공동 인식으로서의 '키워드'입니다. 다행히 그 친구가 남긴 규칙 코드의 모든 패턴을 제가 가지고 있습니다. 남은 문제는 두 사람만의 '패스워드'라고나 해야 할 '키워드'입니다. 이것은 간단하죠. 저하고 그 친구가 암송할 정도로 애독했던 키리에의 '모놀로그' 이외에는 생각할 수가 없으니까요."

"모놀로그라고요?"

"예. '기울어 쓰러져 멀리 떨어진 저 끝에 떠도는 예리한 기둥 모양은 때로 과감하게 풍화風化를 결단한다'로 시작되는 해학과 이상한 망상으로 가득 찬 말장난이죠. 그 키리에의 시를 수치화한 다음에 그것을 이용해 규칙 코드를 순열화하고 조합해 갔습니다. 나머지는 단순한 기계적인 조작에 불과하죠. 몇 차례 해보니 언어로서의 패턴을 지닌 배열이 떠올랐습니다. 하지만……."

유카는 시라세와 시선을 마주치더니 말을 이었다.

"중요한 부분은 의미를 알 수 없는 문자열로 변환되더군요. 마치 검열이 이루어진 것처럼……."

유카의 이야기가 끊어졌다. 시라세도 아무 말이 없었다. 두 사람이 침묵하자 벽에 걸린 시계가 기다렸다는 듯이 소리를 내며 째깍째깍 점액질의 소리를 냈다.

시라세가 그 소리를 밀어내듯 조용히 입을 열었다.

"결국 '도시'는 그의 암호마저도 간파해 간섭했다는 이야기인가요?"

"맞습니다. 그 친구는 '도시'가 눈치채지 못하도록 그야말로 단숨에 '편지'를 써야만 했고, 당연히 '역해석'할 수도 없었습니다. 그 친구 자신도 성공했는지 실패했는지 모른 채로 제게 보냈던 거죠. 결과는 염려한 대로였습니다. '도시'는 암호의 삼중 장벽마저도 뚫고 들어와 그 친구의 말을 봉쇄한 거죠."

다시 침묵이 찾아왔다. 유지가 침을 삼키는 소리가 크게 들렸다. '도시'와 준, 그리고 유카의 숨이 막히면서도 조용하고 치열한 싸움을 상상하며 새삼 '도시'에 관계하는 게 얼마나 무서운 일인지를 깨달았다. 게다가 애써 보낸 편지가 완전히 쓸모없어졌다는 사실에 유카가 얼마나 실망했을까를 생각했다.

그런 생각을 하고 있는 유지는 아랑곳하지 않고 유카가 담담하게 다시 입을 열었다.

"그 친구는 '도시'의 간섭을 백퍼센트 배제할 수 있을 거라고 확신하지 못했죠. 그래서 또 한 가지 수단을 택했습니다. 그래봐야 암호를 복잡하게 만들기만 해서는 결국 불안이 사라지지 않죠. 그래서 완전히 다른 형태의 어프로치를 시도했던 겁니다."

또 꺼낸 한 통의 편지. 이번에 꺼낸 편지는 가로쓰기가 되어 있었다. 오선지를 떠올리게 만드는 줄 위에 흩어진, 조금 전 편지보다 더 무질서한 배열이었다. 게다가 거기에는 유지가 본 적도 없는 기호가 나열되어 있었다.

새로 꺼낸 편지를 받아든 시라세는 역시 표정 변화를 보이지 않았다.

"이건 악보인가요? 고주기 연주용 코드처럼 보이는데, 하지만 처음 보는 배열인 것 같군요."

"맞습니다. 고주기 코드에 그 친구가 독자적인 코드를 조합한 거죠. 남들이 쓰는 규칙적인 코드만 이용해 암호화하면 '도시'의 영향을 완전히 차단할 수 없다고 생각한 모양입니다. 그래서 이용한 것이 자신만의 키로서 고주기 연주 코드를 사용한 겁니다. 아시다시피 고주기는 흔히 '음의 빛깔'이라고 불리는 '음파'를 지니고 있습니다. 각 고주기마다 다른, 오랜 세월에 걸쳐 축적된 그 음파 때문에 고주기는 듣는 사람에 따라 소리가 다르게 들릴 수 있는 거죠."

시라세가 유카의 말에 동의하듯이 천천히 고개를 끄덕였다.

"'도시'가 눈치채지 못하도록 고주기 소리의 빛깔을 고유 키로 사용했다는 이야기로군요."

"예, 소리로 사람을 제어하는 일이나 사람에게 마음을 전달한다는 것은 그 친구의 중요한 연구 테마였죠. 저는 그 친구 이론의 실험 대상이었기 때문에 그 친구가 지닌 고주기의 음파에 대응하는 저의 '반응값反應値'은 모두 남아 있습니다. 정확하게 이야기하면 그것은 '값'이라는 확고한 것이 아니라 소리가 이끄는 정동情動을 2차원 평면 위에 그린 것입니다. 그렇기 때문에 소리 하나가 하나의 단어를 표현하는 것이 아니고, 또 이어지는 소리가 문장으로 바뀌는 것도 아닙니다. 그야말로 여러 개의 점이 찍혀 하나하나의 점이 각각 독립되어 있으면서도 전체를 바라보면 유기적으로 기능하고, 상호작용하면서 하나의 그림이 완성되듯이 그 애가 쓴 곡은 제게 명확한 이미지를 남기고 있습니다. 저 자신의 반응을 고유한 '키'로 이용하여 '도시'의 개입을 막을 수가 있었던 겁니다."

유지로서는 이해할 수 없는 유카의 설명은 계속 이어졌다. 그렇게 해서 나온 것. 그것이 바로 '편지'였다.

"세 달에 걸쳐 해독했습니다."

세 달. 그 기간은 유카가 학교에 나오지 않은 시기와 일치했다. 유카는 해독한 문장을 옮겨 적은 종이를 펼쳤다.

유카에게

이 편지를 과연 네가 받아볼 수 있을지 모르겠구나. 만약 받아볼 수 있다고 하더라도 네가 정확하게 해독해 낼 수 있을지. 아마 몇 년 뒤에나 이 편지를 받아볼 수 있겠지. 미래의 너에게 실낱같은 기대를 걸고 이 편지를 쓰고 있어.

지금은 3월 말. 그래, 아마 사흘 뒤면 이 도시 사람들과 나는 사라질 거야. 이상한 느낌이야. 두렵지는 않아. 나나 누나나 부모님도 마찬가지야. 그리고 도시 사람들 모두 담담하게 소멸되기를 기다리고 있어.

미련은 있지. 하지만 누구도 그런 마음을 말로나 표정, 글로도 표현할 수 없어. 소멸에 관한 생각을 전하려고 하는 순간 '도시'는 바로 눈치를 채고 그럴 힘을 앗아가 버려.

이런 순간에 너하고 하던 '놀이'가 도움이 되리라고는 상상도 못했어. 번거로운 방법이기는 하지만 네게 내 마음을 전할 수 있을 거야.

본론으로 들어갈게.

너도 알겠지만 나는 특별한 귀를 가지고 있어. 그래서 도시의 소멸에 저항할 수단을 발견할 수 있었던 거지. 그건 소리야.

돌이켜보면 두 달 정도 전부터 나는 그 '소리'의 징조를 느끼고 있었던 셈이야. 지금 돌이켜 생각하니 그때부터 대처를 했다면 아마 나는 이 도시 사람들을 소멸로부터 벗어나게 할 수 있었을지도 몰라. 하지만 이제 와서는 아무 소용없는 이야기지만.

'도시'는 소리를 이용해 우리를 지배해. '도시'는 주변에서 나는 여러 가지 소리 속에 그 소리를 숨겨두고 있어. 사람들을 제어하고, 유도하고, 따르게 만드는 소리야. 그 소리는 천천히, 아주 천천히 도시를 뒤덮지. 눈치를 채면 짙은 안개처럼 눈앞을 가로막아 버려.

우습다는 생각이 들어. 소리로 사람을 제어하는 기술을 연구하던 내가 오히려 소리에 사로잡혀 버리다니. 하지만 어쩌면 이건 '도시'가 내게 도전한 걸지도 몰라. 그렇다면 나는 그 도전을 받아들여야겠지.

나는 내 연구의 집대성으로, 얼마 남지 않은 날들을 '도시'에 대항하기 위한 소리를 만드는 데 쓰기로 했어. 물론 '도시'의 영향 아래 있는 내겐 물리적으로나 시간적으로나 그 소리를 완성할 수는 없어. 그래서 나는 '소리의 씨앗'만 만들 거야. '도시'의 영향 아래서 내가 할 수 있는 일은 그 정도야. 앞으로 오랜 세월 '소리의 씨앗의 양조 작업'이 필요해.

'소리의 씨앗'은 내 방에 디스크에 담아 남겨둘 거야. '소리의 양조'에는 관리국의 힘이 필요해. 하지만 가령 관리국이라 해도 '도시'가 눈치 채지 못하게 그런 소리를 만들 수 있을지 어떨지 잘 모르겠어. 하지만 지금 나는 가능하다는 쪽에 도박을 걸 수밖에 없어.

유카. 나는 지금 네가 이 글을 해독해 주기를 바라는 마음과 함께 네가 해독하지 못하기를 바라는 마음도 있어. 해독하면 네가 새로운 소멸을 막는 일에 인생을 던지게 될 거라는 사실을 쉽게 상상할 수 있으니까. 그건 네 인생을 좌우할 선택이 될 거야.

유카. '도시'와의 싸움은 예상보다 훨씬 길고 고통스러운 여정이 될지도 몰라. 결코 '도시'를 얕잡아봐서는 안 돼. 하지만 '도시'를 두려워할 필요는 없어. '도시'는 마음이 자유로운 사람에게는 결코 두려운 존재가 아니야.

나는 사라질 거야. 그리고 도시 사람들도. 하지만 사람들 마음까

지 사라지는 건 아니야. 내일로 희망을 이어가기 위해서는 남은 날
들을 우리는 열심히 살아가야 해.

　유카, 널 다시 한 번 만나고 싶었어.

유카의 목소리가 끊어졌다. 눈에서 한 줄기 눈물이 흘러내렸
다. 시라세가 조용히 말했다.

"감사합니다. 이렇게 이야기를 해주러 와주셔서 정말 감사합
니다. 친구 분이 만든 소리의 씨앗은 관리국에서 회수해 앞으
로 소멸 연구에 귀중한 바탕으로 삼겠습니다."

유카는 손수건으로 눈물을 닦고 시라세를 바라보았다.

"저어, 시라세 씨. 부탁이 있습니다. 그 소리의 씨앗을 회수
하고 소리를 양조하기 위한 프로젝트에 저도 참가할 수 없겠습
니까?"

유지는 깜짝 놀라 유카의 옆얼굴을 뚫어지게 바라보았다. 진
지한 표정이었다. 이미 유지라는 존재는 유카의 의식 밖에 있
는 것 같았다.

"유카 씨는 매우 총명한 분이기 때문에 제가 충고하지 않아
도 관리국에서 일한다는 리스크에 관해서는 알고 있을 거라고
생각합니다. 어설픈 생각으로 도시의 소멸에 관계할 수는 없습
니다. '감정 억제'를 얻기 위한 훈련, 늘 주위에 있는 오염의 공
포, 주변 사람들의 몰이해에 따른 소외감……. 그래도 유카 씨

는 그 친구 분의 뜻을 이을 생각입니까?"

"예, 그렇습니다."

유카의 대답에는 일말의 주저도 없었다.

"만약 반대 입장이라면, 그러니까 사라진 것이 저였다면 준도 마찬가지 이야기를 했을 겁니다."

조용하면서도 강하게 의지를 관철하려는 유카의 눈동자. 유지는 그 의미를 오늘에야 비로소 깨달았다.

"준은 '도시'와의 조용하고 고독한 싸움을 홀로 계속해 왔습니다. 준은 도시가 소멸하는 날도 제게 전화를 걸었죠. 얼마나 이야기하고 싶었을까. 원치도 않는데 사라지는 게 얼마나 괴로웠을까. 그런 줄 알지도 못했고, 도와줄 수도 없었던 제 자신이 분합니다. 그따위 도시의 소멸에게 우리의 유대관계가 무릎을 꿇다니……그게 분해서 견딜 수 없습니다."

유카의 마음을 헤아리려는 듯이 듣고 있던 시라세는 그런 마음들이 느껴진 모양이었다.

"알겠습니다. 지금은 아직 '도시'의 움직임이 활발하니 친구 분이 남긴 디스크 회수는 곤란합니다. 언젠가 그 소리의 씨앗을 '도시'로부터 꺼내올 수가 있다면 그때는 유카 씨에게 제가 도움을 부탁드리겠습니다."

◇

　연구소를 나온 유카와 유지는 한동안 말없이 걸었다.

　유지는 유카에게 뭐라고 말을 걸어야 할지 알 수가 없었다. 호되게 얻어맞은 느낌이었다. 그걸 눈치챘는지 유카가 조용히 입을 열었다.

　"도서관에서 준의 이야기를 한날 집에 들어갔더니 편지가 와 있었어."

　멀리서 건널목 경보가 울리는 것을 유지는 멍하니 듣고 있었다.

　"그날 네게 한 말은 거짓말이 아니야. 준이 사라진 지 2년이 지나 내 마음이 흔들렸던 것은 분명하니까. 네가 이야기하는 '이쪽 세계'로 돌아올 때인 것 같다는 생각이 들었어. 하지만 이 편지를 받고 나니……."

　유카는 가슴에 손을 댔다. 준의 편지는 다름 아닌 유카의 마음에 도착했던 것이다.

　"나는 역시 사라졌어도 아직 준과 연결되어 있고, 준 이외에는 마음이 움직이지를 않아."

　간결한 사실만 이야기하려는 듯한 말투에 유지는 오히려 감동받았다. 결국은 자기는 유카의 인생에 아무런 역할도 할 수 없다는 사실을 잔혹하리만치 깨달았다. 유지는 저도 모르게 걸음을 멈췄다. 유카도 멈춰서 유지를 마주보았다.

　"넌 앞으로도 준이란 녀석을 위해 살아갈 거야?"

유카는 조용히 웃었다.

"나는 준이 이루지 못한 생각을 이어가야만 해."

유카는 다시 걷기 시작했다. 유지는 그 자리에 선 채로 유카를 배웅했다. 유카는 다시는 돌아보지 않았다. 앞으로 이어질 '도시'와의 고독하고 소리 없는 싸움을 홀로 계속해 나갈 뒷모습이었다. 그 가냘픈 몸에 눈에 보이지 않는 족쇄가 채워져 있는 것처럼 느껴졌다.

◇

눈을 뜨니 집이었다. 유지는 침대에 누워 있었다. 윗몸을 일으켜 한동안 멍하니 다시 수마睡魔와 각성覺醒 사이를 방황했다.

고등학교 시절을 떠올리게 만드는 기나긴 꿈이 마치 어제 일만 같았다.

어젯밤 상황을 다시 되새기며 두 손을 들여다보고 온몸의 감각을 확인했다. 아무런 이상도 없었다. 상처도 없었고, 짐이나 그 안에 든 지갑도 누가 뒤진 흔적은 없었다.

휴대전화에는 착신 문자 메시지가 몇 건. 모두 어젯밤 함께 있었던 '사모님'한테서 온 거였다. 문자를 열어보았다. 유지가 말도 없이 가버려 화가 났다는 내용이었다. 아마도 존에서 일어난 이상한 현상을 모르는 모양이었다. 바로 사과 전화를 하지 않으면 관계를 회복할 수 없을 것 같았다. 하지만 유지는 전혀 다른 생각을 하고 있었다.

◇

며칠 뒤, 유지는 어느 빌딩 정면에 서있었다.

수도의 비즈니스 거리에 있는 한 블록. 20층 정도의 유리로 된 빌딩은 정면 현관으로 보이는 것은 아무것도 없고 1층부터 꼭대기까지 밋밋한 유리 벽면이 무표정하게 침입을 거부하고 있었다.

주위를 둘러봐도 입주해 있는 기업을 표시하는 간판은 없었다. 한 바퀴 삥 둘러보았다. 뒤편도 마찬가지였다.

입구에 서있는 두 사람. 단순한 경비원이라고 생각했다. 하지만 자세히 보니 그들은 기관원이고 게다가 왼쪽 팔에 있는 노란색 세 줄이 그어진 휘장은 지문을 통한 ID 징수 권한을 지닌다는 사실을 의미했다. 잘못한 것이 없어도 ID 징수는 국민 누구나가 기피하고 싶은 일이었다.

기묘한 빌딩이라는 소문은 들은 적이 있었다. 작은 입구만 있을 뿐이고 회사 간판도 없고, 안에서 누군가가 일을 하는 모습도 보이지 않는 이상한 빌딩. 그리고 그 안에 있는 것은 관리국이라는 이야기.

그저 도시전설에 지나지 않는다고 생각하고 있었지만 이렇게 직접 보니 아무래도 신빙성이 있는 소문인 것 같았다.

기관원이 눈치채지 못하도록 산책하는 척하며 유지는 주위를 둘러보았다. 빌딩 뒤로 난 길 쪽에 도로를 사이에 두고 5층짜리 건물이 있었다. 1층에는 꽃집과 부동산중개소. 2층부터는 법률사무소와 작은 사무실들이 들어있는 전형적인 잡거빌딩이었다.

　두 명만 타면 꽉 찰 것 같은 엘리베이터로 꼭대기 층으로 올라갔다. 인기척도 없이 조용했다. 건물 벽에 난 창문으로 맞은편 빌딩이 보였다.

　건물 전체에 유리를 깔아 내부가 들여다보였다. 천장에 달린 형광등들. 사무용 책상과 정보 단말기가 놓여 있는 모습은 다른 사무실과 다를 바 없는 풍경이었다. 하지만 한동안 지켜보다가 이상한 것을 발견했다.

　5분을 기다려도, 10분을 기다려도 움직이는 사람이 보이지 않는다는 것이었다. 환하게 켜진 형광등 아래, 아무도 없는 방만 보였다. 그 층뿐만이 아니라 다른 층들도 마찬가지인 것 같았다.

　또 다른 소문. 그것은 이 무인 사무실이 실제 모습이 아니라 안에서 비추는 영상이라는 것이다. 내부에는 전혀 다른 사무실이 있다는 것이다.

　"기다릴 수밖에 없나?"

유지는 인근 편의점에서 주먹밥과 샌드위치를 샀다. 어디서 먹을까 생각하다가 아까 지하철역에서 걸어오던 중에 지나온 공원을 떠올렸다.

공원이라지만 놀이기구는 전혀 없고 잔디만 깔려 있는 공간이었다. 유지는 공원 한가운데 앉아 혼자 점심을 먹었다.

이따금 불어오는 바람에서 아직 약간은 겨울이 느껴졌지만 바람이 그치면 부드러운 햇살이 따스하게 감싸주었다. 유지는 점심을 먹고 잔디 위에 누웠다.

옅은 구름이 끼어 있었다.

"하늘이 높구나……."

저도 모르게 중얼거렸다. 밝게 갠 높은 하늘을 바라보니 자신이 하찮은 존재라는 느낌이 들었다.

고등학교 3학년 가을, 유카는 학교를 그만두고 모습을 감췄다. 그로부터 4년 반이 흘렀다. 그날 보았던 유카의 뒷모습은 늘 마음 한구석에 남아 있었다.

만약 유카를 만나게 된다고 하더라도 대체 어떻게 하겠다는 건지 스스로도 몰랐다. 아마 관리국에 들어가 소멸 저지를 위해 착실히 일하고 있을 유카.

유카는 지금의 나를 어떻게 생각할까. 목적도 없이, 별로 공부하지 않고도 합격할 수 있는 수도의 사립대학에 들어갔지만 공부를 제대로 하지 않아 유급을 했다. '배우가 되어 전 세계를 감동시키겠다'고 큰소리를 쳤지만 그런 노력은 전혀 하지 않았다. 일단 모델 사무실에 소속되어 있기는 해도 수도에 나와 깨달은 것이 있었다. 자기 정도의 외모를 지닌 남자는 수도에 넘쳐날 정도로 많다는 사실을. 그리고 남들보다 뛰어나기 위해서는 특별한 노력과 운 그리고 계기가 필요하다는 사실을.

스톤워시 가죽 코트를 벗고 아무 의미도 없이 물구나무서기를 했다. 세상이 거꾸로 보였다. 물구나무서기는 오래간만이었다. 자신의 초라함을 떨쳐내기 위해 유지는 세계를 자기 손으로 들어올렸다.

거꾸로 보이는 세계에 불쑥 왜곡이 생겼다. 사실은 그렇게 느꼈을 뿐이었다. 하지만 유지는 누르는 것 같기도 하고 찌르는 것 같기도 한, 말로 표현하기 힘든 박력을 느껴 물구나무선 팔에 힘이 빠져 넘어지고 말았다.

"카메라?"

주위를 두리번거린 유지는 잔디 위에 배를 깔고 유지에게 카메라 렌즈를 향하고 있는 한 남자를 발견했다.

"뭐야. 물구나무서기는 벌써 끝인가? 체력이 달리는군."

그렇게 말하면서도 남자는 계속 셔터를 눌렀다.

"이래봬도 일단은 모델이라 함부로 사진을 찍으면 곤란한데요."

"하하, 자기가 하는 일에 '일단은'이라고 한다면 별거 아니겠지."

남자가 그렇게 가볍게 받아넘기자 유지는 대답할 말이 없었다. 셔터 누르기를 마친 남자는 잔디 위에 책상다리를 하고 앉아 무릎 위에 카메라를 얹었다.

"제법 잘생긴 얼굴이야. 자기 존재가 얼마나 하찮은가를 한탄하면서 뭔가를 포기하지도 못하는, 그러면서도 나아갈 방향을 발견하지 못하는 그런 표정이었어."

수염이 난 남자의 말에 마음속을 들킨 듯해 유지는 저도 모르게 잔디 위에 무릎을 꿇고 앉았다.

"그걸 어떻게 아십니까?"

"바보로군. 그렇게 이야기하면 대부분의 젊은 녀석들은 다 자기 이야기로 받아들이게 마련이야."

"아니, 너무하군요."

남자가 소리 없이 웃었다. 아마 나쁜 사람은 아닌 것 같았다. 아무렇게나 자란 수염과 마찬가지로 대충 기른 앞 머리카락을 왼손으로 대충 쓸어 올렸다. 유지는 그제야 깨달았다. 남자에게 오른팔이 없다는 것을.

이상하게 사진을 찍는 남자에게서는 한 팔이 없는 부자유가 전혀 느껴지지 않았다.

아마 그는 팔이 몇 개건 '이것이 나다'라며 계속 사진을 찍을 것이다. 뭐랄까, 이런 게 프로라는 것이다. 유지는 막연히 그런 생각을 하며 자기에게는 없는 것을 지닌 남자가 부럽다는 생각이 들었다.

유지의 그런 생각은 아랑곳하지 않고, 남자는 느릿하게 말했다.

"모델료 대신 차나 한잔 사주지. 따라와."

일어선 남자는 잔디를 털지도 않고 카메라를 어깨에 걸치더니 걷기 시작했다.

◇

남자가 데리고 간 곳은 공원 옆에 있는 잡거빌딩 2층에 있는 '리틀 필드'란 카페였다.

"어머, 와키사카 씨. 잘생긴 애를 데리고 오셨네."

여성적인 말투의 오동통한 중년남자가 웃는 얼굴로 맞아주었다.

"마시고 싶은 것 시켜."

"잠깐, 와키사카 씨. 계속 외상을 해놓고 이젠 외상으로 남에게 한턱낼 생각이에요?"

와키사카라고 불린 남자는 개의치 않고 메뉴를 쭉 훑어보았다.

"그렇지. 모처럼 내가 사는 거니까 어른의 맛 여과차濾過茶라도 준비해 줘."

얼른 주문을 하고 유지는 메뉴를 집어 들었다.

주인이 '양심도 없이 비싼 걸 시키네'라고 투덜대면서도 부랴부랴 준비를 시작했다. 둥근 유리 안에서 펄펄 끓는 찻잎이 김을 내뿜으며 차의 진한 엑기스가 한 방울씩 다기에 떨어졌다.

서역 북부의 한랭지에서 즐기는 차 마시는 방법이다. 원래 일조량이 적은 그 지방에서는 이런 방식으로밖에 찻잎 성분을 추출할 수 없기 때문이지만, 지금은 찻잎 본래의 맛을 추구하는 마니아가 확산되어 일반화되었다.

처음 마시는 여과차의 작은 찻잔을 기울여 익숙한 척 입에 한 모금 머금었다. 진한 찻잎 맛 그 자체라고 하면 말은 좋지만 기침이 나올 것만 같은 발효된 냄새와 흙냄새가 입안에 가득차 콧구멍으로 빠져나왔다. 견디지 못하고 얼굴을 찌푸리며 뱉지도 못하고 있자 와키사카가 등을 두드려주어 간신히 목에 넘길 수 있었다.

"어때? 맛있지?"

"예, 중독이 될 것 같군요."

얼굴을 찌푸리며 기침을 참는 유지를 보며 주인이 웃음을 터뜨렸다. 이어서 와키사카도 웃음을 터뜨리자 유지도 웃음이 나왔다.

"혹시 이 가게에 장식되어 있는 사진이……."

"그래, 와키사카 씨 사진이야. 장식이라기보다 돈 대신 받아둔 것이라 장식할 만한 가치가 있다고 스스로를 달래지 않으면 손해라는 생각이 드는 사진이지."

그렇게 말하면서도 주인은 마음에 드는 모양이었다. 유지는 자리에서 일어나 몇 장의 사진을 정면에서 바라보며 감상했다. 모두 흑백 풍경사진이었다. 아침 햇살을 받는 수도의 빌딩들, 뒷골목의 어수선한 풍경, 아무도 없는 지하통로, 그리고 우뚝 솟아오른 고사포탑.

특징 없는 풍경에, 특이할 것 없는 구도다. 흔히 볼 수 있는 수도의 풍경이었다.

그런데도 유지는 뭔가를 느낄 수 있었다. 찍힌 풍경 안에서 나는 냄새나 소리, 심지어 바람소리까지도. 도시의 숨결을 그대로 찍어냈으면서도 분명히 찍는 이의 마음이 담겨 있었다.

사람은 한 명도 찍혀 있지 않았지만, 사진에 찍힌 곳을 오갈 사람들의 모습이나 마음까지도 눈에 보일 듯했다.

"사람을 찍은 사진은 없습니까?"

유지는 자기가 어떻게 찍혔을지 신경이 쓰였다.

"난 아직 재활 중이라서. 사람을 찍게 되면 신경이 상당히 소모돼."

"그럼 저는 재활치료를 위한 재료였다는 겁니까?"

"그래, 좋은 재료였지."

칭찬인지 야유인지 알 수가 없었다.

와키사카는 유지가 물어보자 선선히 자신에 대해 이야기해 주었다. 그는 텐트 생활을 하면서 세계를 여행하며 사진을 찍고 있다고 했다. 창문으로 내려다보니 공원 구석에 그의 텐트가 있었다.

와키사카는 다기를 내려놓고 왼손만으로 능숙하게 담배를 꺼내 불을 붙였다

"그런데 젊은이. 자네야말로 이런 데서 무엇을 하고 있는 거지? 젊은 친구가 놀 장소가 아닌데. 설마 물구나무서기 연습을

하러 온 것은 아닐 테고."

다기를 물리러 온 주인이 농담을 했다. 유지는 살짝 웃고 나서 정색을 했다. 왠지 이 와키사카라고 하는 인물이 제대로 파악은 안 되면서도 신뢰할 수 있는 사람이라는 생각이 들었기 때문이다.

"실은 관리국을 찾고 있었던 겁니다."

"관리국?"

와키사카는 담배를 비벼 끄고 눈썹을 찌푸렸다. '관리국'이라는 단어는 일상적인 대화에서는 결코 입에 올려서는 안 된다. 당연한 반응이었다.

유지는 유카 이야기를 했다. 그날 이후 모습을 감춘 유카와의 이상한 재회. 그리고 유카는 아마 관리국에 있을 것이라는 이야기를.

"이 부근에 관리국이 있다는 소문을 들은 적 없습니까?"

"모르겠네."

잔을 닦는 주인이 심드렁하게 대답했다.

"난 여행 중이기 때문에 이 근처는 전혀 몰라."

와키사카는 여과차를 두 잔째 들이켰다.

두 사람에게 인사를 하고 리틀 필드를 나와 관리국으로 여겨지는 건물을 지켜보았다. 밤까지 기다렸지만 유카는 나오지 않았다. 빌딩의 작은 출입구는 여전히 기관원이 지키고 있어 다가갈 엄두도 나지 않았다.

유지는 10시까지 기다렸다가 그만 돌아가기로 했다. 밤이 되어 기온이 떨어져 감기에 걸릴 것만 같았다.

지하철역으로 돌아가면서 유지는 다시 공원을 지났다. 가로등이 드문드문 켜져 있었다. 그 불빛이 인공적인 휴식 공간임을 강조하는 듯했다.

구석 쪽에 지저분한 1인용 텐트가 있었다. 불빛이 이따금 흔들렸다.

"와키사카 씨, 계세요?"

"아아, 자네 아직 있었나? 어때, 찾았나?"

와키사카가 얼굴을 내밀었다. 유지는 고개를 저었다.

"그래? 안은 좁은데, 차 한잔할 텐가?"

"아뇨, 한 군데 더 가봐야 할 곳이 있어서요."

"그래? 이런 밤중에 어딜 간다고?"

"지난번에 만났던 곳에 한 번 더 가보려고요."

풍화제도는 지난번 왔을 때와 마찬가지로 젊은이들로 붐볐다.

살롱에서 유지는 잘 시키지 않던 '합법 가루약'이 든 달콤한 술을 주문했다. 여과차의 쓴맛이 아직도 혀에 남아있는 것 같아 씻어내고 싶었다.

붉은 액체를 손에 들고 살롱을 둘러보았다. 천장 가까이에 배치된 조명이 동굴 모양으로 거칠게 만들어진 천장의 암석에 반사하여 플로어에 있는 손님들을 흐릿하게 비추고 있었다.

유행하는 옷과 헤어스타일을 한 말쑥한 젊은이들이 속삭이고 있었다. 언젠가는 찾아올 죽음과 노쇠를 잠시 잊고 '지금' 그 자체를 향락적으로 즐기려는 젊은이들을 유지는 맑은 정신으로 바라보고 있었다. 남의 일에 무관심한 것은 유지가 어린 시절 앓은 병 때문이었다.

유지는 선천성 신경계 접속장애를 지니고 태어났다. 말하자면 아무렇지도 않게 생활하는데 몇 시간 혹은 며칠씩 의식이 블랙아웃되어 버리는 난치병이었다.

이 병이 골치 아픈 점은 주위 사람들이 전혀 증상을 알지 못한다는 데 있었다. 환자 자신은 블랙아웃 중에도 남들이 보기에 별 문제가 없이 일상생활을 하고, 대화도 정상적이기 때문이다. 유지의 병을 발견하게 된 것도 초등학교 2학년 여름방학 그림일기에 의식이 블랙아웃된 사흘간의 페이지가 백지로 남아있었기 때문이다.

의식형성이 이루어지기 전에 치료하지 않으면 의식이 사라지는 시간은 비약적으로 늘어난다. 기록에 따르면 42세에서 시작해 8년간 블랙아웃 상태에서 생활한 사람도 있었다.

이 병이 고통스러운 까닭은 만약 블랙아웃 기간이 사흘이라고 한다면 '정신이 드니 사흘이 지났다'라고 느끼는 것이 아니라 그 사흘간의 부재를 계속 느끼고 있다는 점 때문이다. 물론 의식이 없기 때문에 무엇을 느끼거나 하지는 않는다. 하지만 언제 끝날지도 모르는 아무것도 없는 세계 안에 자기 자신만 그저 '있을' 뿐인 것이다.

그것은 말하자면 당장에 죽음으로 연결되는 공포였다. 지금은 완치되어 부모님과 웃으며 이야기할 수도 있지만, 유지는 자기 손을 들어 햇빛에 비춰보면서 거기 생명이 깃들여있다는 것이 믿어지지 않는 것이다. 블랙아웃 때 느낀 '없음'의 공포. 자신의 생명은 멈춰도 시간은 멈추지 않는다는 무력감 같은 것을 매단 채로 살아가고 있었다.

'합법 가루약'이 든 술과 여기저기서 태우는 파밀 오일의 달콤한 향. 합법약물에 의한 몽롱한 기운이 머릿속을 흐리게 만들었다.

'그러고 보니……'

한 가지 생각나는 것이 있었다. 지난번 주위의 손님들이 존에서 스파이럴을 멈췄을 때 합법약물과는 다른 냄새를 맡은 것 같았다. 그 냄새는 대체 무엇이었을까?

살롱의 바닥에 깔려있는 녹색 모래가 오가는 손님들의 발자국을 꿈틀거리며 지웠다. 잔을 한 손에 들고 그 모습을 계속 지켜보고 있자, 매끄러운 질감의 연미복을 입은 경비원이 등 뒤로 다가와 유지에게만 들릴 목소리로 말했다.

"귀빈께서 기다리고 계십니다. 크 루 와로 와주시죠."

유지는 말없이 경비원을 노려보았다. 며칠 전 유지를 뒤에서

붙잡아 의식을 잃게 만들었던 남자였다.

"나는 약속이 없는데."

거리를 두고 대치하면서 유지가 그렇게 말했다. 애써 허세를 부려본 것이었다.

"안내해 드리겠습니다."

유지의 의사는 아무 관계도 없다는 듯이 경비원은 등을 돌려 크 루 와로 향했다. 잠깐 망설인 뒤에 유지는 그 뒤를 따랐다.

고급회원인 귀빈 전용 크 루 와는 일반 손님들이 있는 장소와는 엄격하게 격리되어 있다. 유지는 경비원이 지키는 위압적인 문을 지나 크 루 와로 안내되었다.

앞에 선 경비원은 안내와 감시를 맡고 있었다. 유지에게 최소한의 경의를 표하면서도 어떤 행동에든 바로 대응할 수 있도록 경계 태세를 유지하고 있었다. 어설픈 행동은 할 수가 없었다.

크 루 와에는 몇 개의 별채가 있어 존이 내려다보이는 허공에 떠 있었다. 존에서 보면 그런 위치는 특권적 위치를 지닌 사람이 자기들을 내려다보는 듯해 기분이 좋을 리 없었다.

그 공간은 두꺼운 유리가 쳐져 조용한 분위기였다. 어두컴컴하게 아래쪽만 비추는 조명 속에 한 사람이 서 있었다. 꽉 끼는 검은 정장에 검은 스타킹을 신은 날씬한 다리가 조명을 받고 있었다.

"오래간만이야, 유지."

◇

"어떻게 내가 찾고 있다는 걸 알았지?"

눈앞에 찾아다니던 사람이 앉아있다. 푹신한 소파가 유지를 불안하게 만들었다. 조명이 닿지 않아 표정을 볼 수 없어 불안은 증폭되었다.

"결과적으로 나를 만났으니까 됐잖아? 아마 네가 묻고 싶은 것은 두 가지겠지. 첫째, 며칠 전 가게에서 일어난 일에 관하여. 둘째, 거기에 내가 관계되어 있는가. 그렇지?"

유카가 사무적으로 말했다. 오래간만에 만났지만 아무런 감정도 느끼지 않는다는 말투였다.

"가장 묻고 싶은 것이 빠졌어."

겨우 자기 페이스를 되찾은 유지는 소파에 앉아 발을 꼬며 말했다. 유카는 유지가 말을 잇기를 기다리는 듯이 아무 말도 하지 않았다.

"어째서 고등학교 때 아무 말도 없이 사라진 거지?"

"미안해. 나는 그런 감정에 지배될 시간은 없어. 바로 용건으로 들어갈게."

감정의 기복을 억누른 표정 없는 목소리. 관리국에 들어가 감정억제 기술을 익힌 걸까. 유지의 말은 모두 유카에게 부딪혀 바닥에 떨어져버리는 것 같았다.

"우선 지난번에 이 장소에서 네가 체험한 현상에 관해서야.

이 PURE TRAD '풍화제도'에서는 정기적으로 관리국에 의한 실험이 행해지고 있어. 지난번 실험은 강화 유인제인 하이 포지션과 소멸 유도음을 이용해 '도시'의 '소멸 순화' 상황을 만들어내 그 안에서의 사람들 행동 패턴을 유형화하는 것이었지."

"그런 일에 멋대로 수술대로 쓰지 마."

"상급 관청 및 업소 측의 허가를 받았으니 '멋대로'라는 표현은 맞지 않지."

"그게 아니라, 알지도 못하는 사이에 수술대에 오르는 사람들 이야기를 하는 거야. 하이 포지션도 허가가 나오지 않은 약이잖아? 중독되면 어떻게 해?"

유카의 갸름한 손가락 실루엣이 유리창 밖으로 내려다보이는 존을 가득 채운 젊은이들을 가리켰다.

"유지, 아래를 봐."

곧 스파이럴 시간이었다. 젊은이들이 느릿한 음악에 몸을 맡기고 있었다.

"사라져도 사회적으로 큰 손실은 아니야. 그렇게 생각하지 않아?"

터무니없는 소리에 어떻게 반론을 펼칠까를 생각하며 입을 열려고 하자, 유카는 마치 농담이었다는 듯이 웃었다.

"뭐 표현이 극단적이었지만, 걱정 마. 관리국이 사용하는 것은 뒷거래되는 하이 포지션처럼 정제가 제대로 되지 않은 물건이 아니니까. 한두 번 사용한다 해도 중독이 되지는 않아."

"여전히 이용가치만으로 사람을 판단하는군. 분명히 여기 모이는 녀석들은 노는 것만 생각하는 별 볼일 없는 녀석들이지. 나를 포함해서. 하지만 저 녀석들도 없어지거나 병이 들면 슬퍼할 사람들이 얼마든지 있어. 그런 건 생각하지 않나?"

"예를 들어 백 명을 희생해서 만 명의 목숨을 구할 수 있다면 나는 그 백 명의 희생을 주저 없이 선택할 거야."

목적을 위해서는 수단을 가리지 않는 예전과 똑같은 유카가 거기 있었다.

"여전하구나, 너."

"너도 마찬가지야."

이런 반목도 고등학교 때와 마찬가지다. 그런 생각이 들자 웃을 상황도 아닌데 그만 웃음이 나오고 말았다.

"유지, 너를 조사했어. 지난번 실험에서 너 혼자만 소멸 순화 상태에 빠지지 않았던 이유에 대해서."

유카는 보고서를 꺼내 꼰 다리 위에 얹어놓고 뒤적였다.

"너는 어렸을 때 병을 치료받은 일이 있지. 선천성 신경계 접속장애. 백만 명 가운데 한 명꼴로 발병하는 난치병. 치료를 위해 많은 양의 하이 포지션이 사용되었어. 그래서 후천적 소멸 내성을 얻었지……."

유카의 거침없는 설명을 유지는 한숨을 쉬면서 가로막았다.

"여전히 멋대로 사람 뒷조사를 하는군. 그건 내 트라우마야."

"이번에 네게 이 기밀을 알려주는 것은 내가 아는 사람이기 때문이 아니야. 네가 어렸을 때 하이 포지션 사용에 의해 후천적인 소멸내성을 얻은 거라면 관리국은 별로 흥미가 없어. 우리가 찾고 있는 사람은 선천적으로 소멸내성을 지니고 태어난 유전자니까. 그래서 다음번에는 만약 우리 실험일과 네가 여기 오는 날이 겹칠 경우 입장을 거절할 가능성이 있으니 그렇게 알도록 해."

유카는 자기 역할이라는 듯이 사무적으로 설명을 마치더니 다시 친근한 말투로 바꾸었다.

"자, 일 이야기는 이만하고, 오래간만에 만났는데 건배하자."

크 루 와가 밝아졌다. 예전과 마찬가지로 아름다운 유카가 거기 있었다. 조용한 미소를 지으며.

◇

"못 본 지 벌써 4년 반이나 됐네. 너는 성격도 그렇지만 외모도 별로 변하지 않았어."

유카가 잔을 입으로 가져가며 약간 장난스러운 시선을 던졌다. 성격은 여전한 것 같지만 외모는 4년 반 동안 분명히 진화했다.

세월에 의한 성숙은 그 아름다움을 다른 차원으로 진화시켜 놓았다. 아무런 동요나 의심도 느끼지 못하게, 자연스럽게 마음 깊은 곳으로 스며들어온다. 압도적이며 위태로움을 넘어선 '아름다움' 그 자체였다.

아직도 당황하고 있는 유지를 곁눈질하며 유카는 잔을 비웠다. 고등학교 때 보고 만나지 못했기 때문에 유카가 술을 마시는 모습은 처음 보았다. 그게 이상하게 낯설게 느껴졌다.

"기억나지? 고등학교 때."

유카가 옛이야기를 시작했다. 앞으로만 나아가려던 유카는 당연히 옛이야기를 한 적이 없었다. 혐오하는 편이었다고 해도 괜찮을 것이다. 그런 유카가 고등학교 시절의 교사와 친구들 이야기를 바로 앞에서 하고 있었다.

애매하게 고개를 끄덕이면서도 유지는 그 이야기들이 교묘하게 몇 가지 사실을 회피하고 있다는 것을 눈치챘다.

"유카, 넌 지금도 준이라는 녀석을 생각하고, 그 녀석 때문에 관리국에서 일하는 거니? 다시는 돌아오지 않을 텐데."

유카는 쓸쓸한 웃음을 지으며 고개를 저었다.

"그런 이야기는 그만두자, 오늘은."

딱딱한 반발을 예상하고 있던 유지에게는 맥 빠지는 반응이었다. 그 표정은 '알아, 나도'라고 하는 듯했다. 어쩌면 유카도 소멸로부터 7년 가까운 세월이 흘러 그 소멸을 객관적으로 볼 수 있게 되었는지도 모른다는 생각이 들었다.

그날 밤 유카는 말이 많았다. 예전에 둘이 '친구 계약' 사이였을 때의 에피소드, 특히 말을 걸어온 남자들과 그들을 물리친 유지에 관한 이야기는 끝이 없었다.

"생각해 보면 나도 참 억지 요구를 네게 했던 거야."

"생각해 볼 필요도 없이 순 억지였지."

유지가 질렸다는 투로 대꾸하자 유카는 '맞아'라며 진지한 표정으로 고개를 끄덕이며 얼굴을 마주보고 웃음을 터뜨렸다. 잔을 비우며 유지는 생각했다. 그 시절 이야기를 웃으며 할 수 있을 정도로 유카나 자기나 세월이 흘러 변한 건지도 모르겠다고. 이게 성장이라는 걸까? 유지는 알 수가 없었다.

◇

자정 무렵이 되어 풍화제도를 나온 두 사람은 전철역으로 가는 언덕길을 천천히 걸었다.

"4년 반이 흘렀나……?"

유카가 중얼거렸다.

뒷골목 길바닥은 사람들에게 밟힌 전단지와 담배꽁초가 숙명적인 무늬처럼 깔려 있었다. 가로등이나 알록달록한 네온사인이 두 사람의 그림자를 그 위에 그려냈다.

약간 뒤에서 따라오던 유카의 하이힐 소리가 멈췄다. 뒤를 돌아보니 유카는 고개를 숙이고 자기 그림자를 뚫어지게 내려다보고 있었다.

"유지, 도서관에서 네가 내게 했던 말 아직 기억하니?"

유지는 순간 말문이 막혔다. 고개를 든 유카가 눈을 깜빡거렸다.

"잊을 리가 없잖아."

"지금도 그 마음에는 변함이 없어?"

"그래, 물론이지."

유지는 자기 목소리가 갈라져 나오고 있다는 걸 깨달았다.

"뭐랄까, 소멸을 저지하겠다며 긴장해서 살아가는 데도 지쳤어. 유지, 나를 편하게 해 줘."

"편하게라니, 무슨 소리지……?"

"여자가 하는 말은 그 의미를 좀 생각할 줄도 알아야지."

유카의 손이 살며시 유지의 손을 잡았다. 차고 갸름한 손끝이 유지의 손가락 사이를 파고들며 깍지를 끼었다. 생각보다 훨씬 작은 손이었다. 꼭 쥐자 유카의 손은 힘을 빼고 유지의 힘을 받아들였다.

언덕길 저편에 있는 호텔의 네온사인에 빈 방이 있다는 표시가 보였다. 유카를 바라보자 살짝 고개를 끄덕였다.

다행히 방이 하나 비어 있었다.

방에 들어서자 코트를 벗은 유카는 어색하게 두 손을 맞잡고 불안한 표정으로 고개를 숙이고 있었다. 그 모습이 너무 어려 보이고 사랑스러워 견딜 수가 없었다.

껴안자 잠깐 어색한 저항을 했지만 이윽고 부드럽게 무너지듯 유카는 몸을 맡겨왔다.

차분한 표정으로 눈을 감은 유카는 유지의 움직임에 얌전히 따랐다. 유지는 마치 환상을 품는 듯한 느낌을 받으며 유카와 섹스를 했다.

고등학교 때부터 여러 명의 유부녀를 상대로 밤일 아르바이트를 해온 만큼 섹스의 쾌락에 빠질 시기는 이미 지났다. 그런 유지마저도 정신이 없을 정도로 엄청난 쾌락의 파도가 계속 밀려왔다. 그런데도 이상하게 사정에 이르지는 못하는 안타깝고 감미로운 시간이 이어졌다.

유카는 유지에게 안겨 얼굴을 찡그리며 고통스러운 표정을 지었다. 눈을 감고, 눈썹을 찡그리고 고개를 저으며 메마른 탄식을 흘렸다. 유카도 마찬가지로 쾌락의 파도를 타고 있는 걸까? 그렇게 보이지는 않았다. 하지만 그녀는 집중했다. 유지가 아니라 전혀 다른 목적을 위한 집중으로 느껴졌다.

육체의 흥분과는 달리 감정은 식어갔다. 그 찰나 냉정해진 의식에 위화감이 감지되었다. 희미하게 풍기는, 교묘하게 감춰진 그 냄새는……

'하이 포지션!'

"유카, 일어나! 뭔가 이상해!"

유지는 움직임을 멈추고 유카의 어깨를 흔들었다.

"제발, 그만두지 마."

몸을 떼려고 하는 유지를 유카가 부둥켜안았다. 하지만 거기에는 유카의 의지는 없었다. 천천히 눈을 뜬 유카는 부드러운 미소를 지으며 멍한 눈을 하고 있었다.

마치 그날 존에 있던 손님들처럼.

문득 정신을 차리자 스피커에서 흘러나오던 조용한 음악은 어느새 전혀 다른, '음악이 아닌 것'으로 바뀌어 있었다. 눈치 채지 못하게 교묘하게 바뀌어 강제로 사람을 이끌어가는 그것 은 역시 그날 존에서 유지가 들었던 소리였다.

"실험 실패입니다. 피실험자를 회수합니다."

소리가 끊어지고 스피커에서 딱딱한 여자 목소리가 울려 퍼 졌다. 밖에서는 열리지 않을 문을 통해 흰 가운을 입은 여러 사 람이 방 안으로 뛰어들어왔다. 투박한 방독 마스크를 쓰고 있 어서 남녀 구별이 가지 않았다. 그들은 유지는 쳐다보지도 않 고 벌거벗은 유카를 시트에 싸서 밖으로 운반했다.

침대 위에 멍하니 앉아있자 한 여자가 나타났다. 꽉 끼는 정 장을 입고 목에는 스카프를 둘렀으며 선글라스를 쓰고 있었다. 본 적이 있는 여자였다. 고등학교 때 '연구소'에서 유카와 유지 를 면담했던 그 여자였다. 역시 유카는 그 여자와 함께 행동하 고 있었던 것이다.

"뭐야, 이게. 설명해!"

"설명할 테니 옷을 입어요."

냉정한 목소리였다. 유지는 갑자기 창피해져 흐트러진 옷을 모아 이불 속에서 꿈지럭거리며 입었다.

"지금부터 당신에게 이야기하는 내용은 국방 3종에 해당하는 사항입니다. 비밀 유지 의무와 누설했을 때 패널티를 받게 되니 그 점 감안하고 들어 주십시오. 알겠습니까?"

어쩔 수 없이 유지는 고개를 끄덕였다. 여자가 설명을 시작했다.

"고순도의 하이 포지션이 '황천黃泉'이라고 불리는 이탈감을 낳는다는 것은 알고 있겠죠? 지금은 '분리'라는 의료적 기술로서 일반화되어 '자기 동일성 장애' 치료에 사용되고 있는 이론입니다. 우리는 분리자들이 서로 감각을 공유하는 것이 소멸의 정보 전달에 도움이 된다는 사실에 착안하여 분리인자를 지니지 않은 개체의 분리가능성을 탐색하고 있습니다. 그 일환으로 고순도 하이 포지션과 유인음을 사용하여 성교에 의한 '황천'을 재현하는 실험을 한 것입니다."

"그럼, 유카는 처음부터 그걸 목적으로 내게 접근한 건가?"

"예. 소멸내성을 지난 당신을 이 방으로 끌어들이기로 하고 준비를 했습니다."

유카가 이 호텔 앞길에서 그런 이야기를 꺼낸 이유, 이 방만 비어 있던 이유가 이해가 되었다. 모두 치밀하게 준비되어 있었던 것이다.

"하지만 유카는 내 소멸내성이 후천적인 것이라 관리국에서는 흥미가 없다고……."

"그렇게 이야기하지 않았다면 당신은 여기 오지 않았겠죠? 선천적이건 후천적이건 이 실험에는 소멸내성을 지닌 사람이 필수적이었습니다."

여자가 냉정한 목소리로 대답했다. 감쪽같이 속아 넘어간 자신의 어리석음을 탓할 수밖에 없어 대꾸할 말도 떠오르지 않았다.

"당신이 그런 내용을 의식하지 못한 상태에서 성교하지 않으면 의식 부유 후의 분리 정착에 성공할 수 없고, 유카의 의식이 흐려지지 않을 테니까요."

"만약에 이 실험이 성공했다면 유카는 어떻게 되는 거였지?"

"그건 알려드릴 수 없습니다. 그리고 모르는 편이 더 나을 거라고 생각합니다."

간결한 답변이 유카가 하려던 행동이 무엇이었는지를 더욱 명확하게 전달해 주었다. 다른 사람뿐만이 아니라 자기 몸까지도 이용가치로밖에 여기지 않는 유카.

유카는 먼 곳에 있었다. 물리적인 거리로는 멀지 않다. 두껍고 투명한 벽에 가로막혀 모습은 보이는데 결코 손에 잡히지 않는, 소리나 목소리도 닿지 않는 다른 세계처럼 아득한 곳이다.

"실연이라도 당한 표정이로군."

막무가내로 찾아들어간 1인용 텐트 안에서는 찻잎을 끓이는 주전자가 스토브 위에서 작은 공간을 데워주고 있었다.

유카에게 속은 뒤로 유지는 학교에도 가지 않고 밤에 하는 아르바이트도 하지 않았다. 오로지 방에만 틀어박혀 있었다.

속은 것이 쇼크는 아니었다. 자신이 유카에게 있어서 그런 존재밖에 되지 않는다는 사실이 분해서 견딜 수가 없었다.

아무데도 가고 싶지 않았다. 누구도 만나고 싶지 않았다. 침대 위에서 오로지 번민과 우울을 곱씹으며 뒤적이는 나날을 보냈다. 겨우 밖에 나갈 생각을 하게 된 것은 와키사카를 만나보고 싶었기 때문이었다.

"실연이오? 그런 건가? 아니, 실연도 아닌 건가?"

저도 모르게 풀이 죽은 목소리로 중얼거리는 유지에게 와키사카는 차를 따라주었다. 따스한 다기를 손에 들고, 유지는 약간 힘을 얻어 피어오르는 김을 바라보았다.

"비온 뒤에 땅이 더 굳어진다고 하지 않나? 젊었을 때는 실연도 많이 해 보고 좌절도 많이 해 보는 게 좋지."

"와키사카 씨, 저는 여자 경험은 풍부한 편인데 왜 좋아하는 애와는 서로 이해하지 못하는 걸까요?"

"사람과 사람이 서로 이해할 수 있을 리가 없지."

와키사카가 어이가 없다는 투로 대답했다.

"아니, 그렇게 말씀하시면 제가 할 말이 없잖아요. 좀 더 친절하게 상담에 응해 주세요."

와키사카는 유지를 바라보며 부드럽게 웃었다. 유지는 외아들이었지만 '형이 있다면 이런 표정일까' 하는 생각이 들었다.

"사람과 사람 사이에 확실한 것은 아무것도 없어. 아무리 좋아하는 사이라도, 아니 서로 이해하는 사이일수록 더 많은 것을 요구하게 돼. 그 결과 서로 이해하지 못하는 부분이 점점 더 늘어나게 되는 거야."

"그럼 어떡하면 좋죠?"

"함께 믿는 부분, 함께 원하는 부분을 찾아내는 거지. 그게 하나라도 있으면 무슨 일이 있어도 마음은 떠나지 않아."

유지는 자신과 유카를 생각했다. 두 사람 사이에는 함께 믿는 것, 함께 원하는 것이 전혀 없었다.

"와키사카 씨는 그런 상대를 만나셨나요?"

"물론."

와키사카는 태연하게 그렇게 대답했다. 정말일까 하는 의문이 들었지만 유지로서는 확인할 방법이 없었다.

와키사카는 묻지도 않았는데 자기가 여행하며 돌아다닌 세상 이야기를 해주었다. 대부분 이 나라보다 훨씬 가난한 사람들이 사는 나라거나 지금도 민족 간의 분쟁이 끊이지 않는 지역이었다.

"나는 내일 죽는다 해도 이상할 게 없는 곳에만 다녔으니까. 그래서 내일 죽는다 하더라도 오늘 있는 힘을 다해 원할 수 있는 상대와 만나고 싶어. 그렇게 생각하며 하루하루를 살고 있지."

와키사카의 담배연기가 천천히 소용돌이치면서 피어올랐다. 유지는 무릎을 껴안고 담배연기 저편에 펼쳐지는 아직 보이지 않는 아득한 세계를 생각했다. 텐트에 매달린 램프가 바람에 흔들렸다.

"와키사카 씨."

텐트 밖에서 부르는 여자 목소리가 나자 그가 나갔다. 유지는 엿들으려 하지 않았지만 밖에서 들려오는 두 사람의 대화 내용을 들을 수밖에 없었다. 단 두세 마디로 두 사람의 마음이 통하는 것을 알 수 있었다. 와키사카의 애인일 것이다.

문득 그 여자의 목소리가 최근에 들은 적이 있는 것 같아 유지는 텐트 밖으로 고개를 내밀었다. 와키사카에게 바짝 다가서 있는 여자는 정장 차림에 목에는 스카프를 두르고 있었다.

"아니! 관리국……시라세 씨였어요?"

시라세는 설마 유지가 텐트에 있을 거라고는 생각하지 못한 모양이었다. 순간 멍한 표정을 지었지만 바로 웃는 얼굴로 인사를 했다.

"요코야마 씨였군요. 지난번에는 폐가 많았습니다."

"아뇨……."

뭐라고 대답해야 좋을지 몰라 유지는 그만 얼버무리고 말았다. 그보다 시라세의 분위기가 완전히 바뀌었다는 사실에 당황했던 것이다.

감정억제를 하여 표정을 없애는 업무 중의 모습에서는 상상도 할 수 없을 정도로 부드러운 표정이었고, 성숙한 여성이 아니면 지닐 수 없는 매력을 풍기고 있었다.

이윽고 이야기가 끝났는지 와키사카가 텐트로 돌아왔다.

"와키사카 씨, 너무해요. 관리국이 어디 있는지 전혀 모른다고 해놓고."

그는 미안한 표정도 없이 웃으며 차를 따라주었다.

"내게도 비밀 유지 임무가 있으니까. 그런데 내일부터 한동안 텐트를 접어야만 할 것 같아."

"어디 여행을 하세요?"

"아니, 거류지로 돌아갈 거야. 게이코와 함께."

"예? 두 분이?"

"그래. 혼인신고를 해야만 하니까."

와키사카가 보기 드물게 멋쩍은 표정을 지으며 대답했다.

유지의 생활은 원래 상태로 돌아왔다. 하지만 표면상으로 그럴 뿐이었다. 폭풍이 몰아치는 거친 바다에도 그 아래는 조용한 세상이 펼쳐진다. 그런 식의 조용함이었다.

학교 수업을 받으러 나가 친구들과 쓸데없는 이야기로 시간을 죽이고, 소속된 모델 사무실에서 연락이 있으면 촬영을 하고, '사모님'으로부터 전화가 오면 아르바이트를 하러 나갔다. 전과 다름없는 생활이었다.

하지만 유지의 마음은 내내 깊은 바닷속을 떠돌고 있었다.

파도소리도, 바람소리도 전혀 들리지 않는 그곳을.

'유카, 너는 내내 그런 세계에 있을 거니?'

유카의 고독하고 조용한 '도시'와의 싸움은 지금도 계속되고 있다. 바로 앞에 있는데도 결코 만질 수 없는 투명한 벽 너머에 있던 유카의 마음. 유지는 손도 뻗어볼 수가 없었다.

유카를 잊으려 했다. 그게 어렵다는 것을 알면서도……

어느 날 밤, 침대에 드러누워 봄기운을 머금은 거센 바람이 창문을 흔드는 소리를 들으며 넋을 놓고 천장을 바라보고 있을 때였다.

휴대전화가 울렸다. 상대를 확인하려고 별 생각 없이 화면을 보다가 유지는 동작을 멈췄다. 액정표시에는 아무것도 나오지 않았다.

유지는 한 가지 소문을 떠올렸다. 어떤 국가기관은 착신 정보를 남기지 않고 전화를 할 수가 있다는 이야기였다. 도시전설 같은 거라고 생각했지만 전화를 보며 그 생각 이외에는 할 수가 없었다.

유지에게 전화하는 국가기관.

"유카?"

전화를 귀에 대고 물었다.

"……유지."

예상대로 유카였다. 어떻게 전화번호를 알아냈을까. 그보다 유카의 목소리에서 뭔가 심상치 않은 느낌을 받았다.

"왜 그래?"

유카는 잠시 침묵했다. 무슨 일이나 효율적으로 처리하려는 유카답지 않았다.

"유지……. 날 좀 도와줘."

◇

유지를 태우러 온 차는 정확하게 10분 뒤에 아파트 앞에 도착했다. 마치 무슨 회사 사장이 전속 기사를 두고 타고 다닐 듯한 차였다. 그런 생각을 하고 있는데 운전석에서 진짜 흰 장갑을 낀 초로의 남자가 내려 유지에게 고개를 깊숙이 숙였다.

"오래 기다리셨습니다."

뒷좌석에 올라타자 백미러 너머로 운전기사가 사람 좋아 보이는 웃음을 지었다. 딱딱한 느낌이 드는 차와는 대조적인 태도에 유지는 맥이 빠졌다. 하지만 승차감은 무척 좋았다.

"무척 좋은 차로군요."

"예, 이 차는 원래 관리국 통감 전용차였는데, 지금 통감은 이 차를 이용하지 않기 때문에 이렇게 손님들을 모시는 데 사용하고 있습니다."

자기 자식보다 더 어릴 유지에게도 정중한 말투를 쓰는 그는 성이 노시타라고 했다. 줄곧 관리국 통감 전속 운전기사였다고 한다.

도시고속도로를 빠져나가 차가 향한 곳은 유지가 예상했던 그 빌딩이었다. 정면에 수도환상방위 라인 2진에 있는 고사포 탑이 서치라이트로 '203'이라는 숫자를 비추며 위압적으로 솟아 있었다. 차는 그 바로 아래서 왼쪽으로 꺾어졌다.

이윽고 희고 거대한 건물이 나타났다. 종합병원이었다. 드넓은 부지의 한쪽에 높은 벽으로 둘러싸인 투박한 건물이 있었다. 장비를 갖춘 특별 경비원이 지키는 문 안으로 들어가자 유지는 흰 가운을 입은 무표정한 남자의 안내를 받아 엘리베이터를 탔다.

"내압을 높이고 있으니 주의하세요."

올라가는 건지 내려가는 건지 판단이 서지 않는 엘리베이터 안에서 흰 가운을 입은 남자가 짧게 주의를 주었다. 귀를 압박하는 느낌이 들어 유지는 침을 삼켰다.

안내된 곳은 병원 진찰실 같기도 하고, 공장의 시스템 제어실 같기도 한 공간이었다. 마찬가지로 흰 가운을 입은 직원들이 분주하게 움직이고 있었다. 감정이 억제된 무표정한 얼굴에서도 긴장감이 느껴졌다.

조금 떨어진 곳에 앉아있던 흰 가운을 걸친 유카가 고개를 들었다. 동요와 당혹 그리고 망설임. 다양한 감정들 때문에 망설이고 있는 듯했다.

"대체 무슨 일이야?"

아무래도 보통 일은 아닌 것 같다는 걸 알면서도 목소리는 부드럽게 나왔다. 유카는 꼭 다물고 있던 입술을 살짝 뗐다. 그리고 더 이상은 견딜 수 없다는 듯이 울음을 터뜨렸다. 눈물이 뺨을 타고 흘러내렸다.

유지가 손을 뻗자 유카는 그 손을 물리치며 손가락으로 눈물을 닦았다.

"미안해. 이건 비겁해. 네게 그런 짓을 해놓고도 눈물을 보이며 도움을 청하다니."

유카는 손수건으로 눈물을 닦고 냉정을 가장한 얼굴로 유지를 바라보았다.

"지금부터 네게 부탁할 일은 큰 위험이 따르는 일이야. 그러니 냉정하게 판단해. 만약에 내키지 않으면 솔직하게 이야기해 줘."

유카가 유리로 막힌 방 쪽을 바라보았다. 거기에는 초등학생으로 보이는 소녀가 진찰대 위에 옷을 모두 벗고 누워 있었다.

선이 여러 가닥 연결되어 있어 끔찍했다. '실험대' 라는 단어가 유지의 머릿속에 떠올랐다.

"저 애는?"

"저 애는 6년 전 도시 소멸 때 홀로 남은 소멸내성을 지닌 아이야."

"또 무슨 실험을 하는 거야?"

목소리가 자연히 딱딱해졌다. 유카는 잠시 말을 못하고 입술을 꼭 다물었다. 그리고 마음을 다잡은 듯이 입을 열었다.

"간단하게 설명할게. 관리국은 몇 해 전부터 소멸내성 이론에 대한 사고방식을 크게 바꿨어. 말하자면 소멸내성이 '도시'의 영향으로부터 자유로울 수 있는 까닭은 '도시'에 대해 장벽을 치기 때문이 아니라 자기 안에 '마음속 도시'를 지니고 있기 때문이라는 거야. 일종의 '친화성'이 아닐까 하는 가설이지. 우리는 그 추론에 따라 정기적으로 저 아이의 '마음속 도시'에 다음 소멸을 저지하기 위한 정보를 축적하고 있는 거야."

도시의 소멸에 대해 잘 모르는 유지에게는 제대로 이해하기 힘든 설명이었지만 역시 여자아이가 자기와 마찬가지로 관리국의 이론에 따라 실험 대상이 됐다는 내용은 알아들을 수 있었다.

"예전에 너와 함께 관리국에 갔을 때를 기억하지? 준이 만든, 소멸에 저항하기 위한 소리의 씨앗. 오랫동안 가지고 나올 수가 없었지만 새로운 이론에 의해 '도시'와 저 아이의 '마음속 도시'의 친화성이 제일 높아질 시점을 잡아 작년에 드디어 저 아이의 안에 옮길 수가 있었어. 우리는 저 아이의 안에 소리를 축적하고, 다음 소멸에 대비해 소리를 양조하고 있었던 거야. 그리고 오늘은 첫번째 추출일이었어……."

"뭔가 잘못된 거야?"

"이른바 버그가 있었어. 저 아이의 '마음속 도시' 안에서 무한 루프하며 증식하는 소리의 버그가. 그냥 내버려두면 버그가 허용치를 넘어서 저 애의 '마음속 도시'가 파괴되어 '도시'에 지배당하게 될 거야."

"그래서, 나를 불러서 어쩔 셈이었어?"

"저 애의 '마음속 도시'에 들어가서 버그를 제거할 수 있는 사람은 소멸내성을 지닌 사람뿐이야."

"그게 나라는 거야?"

"관리국에도 소멸내성을 지닌 사람은 있어. 지난번에 만났던 선글라스를 낀 여자 분, 기억나지? 그분은 지금 거류지에 가 있어. 그곳 종교의 제약 때문에 돌아오려면 아무리 서둘러도 이틀은 걸릴 거야. 그러면 너무 늦어져."

"늦어지면 어떻게 되는 거지, 저 애는?"

머뭇거리다가 짜내는 듯한 목소리로 물었다.

"의식이 돌아오지 않고, 식물인간 상태로……."

유지는 멍하니 여자아이를 내려다보았다. 소녀가 측은하다는 생각보다 저렇게 어린애마저도 실험대로 이용하는 유카에 대한 분노가 더 컸다.

"유카, 넌 저 애를 구하고 싶은 게 아니라 단지 실험을 계속하고 싶을 뿐인 것 아니야?"

유지가 퍼부었다.

"저 애도 마찬가지지? 저 애를 구해내서 또 실험을 할 수 있다면 수만 명의 목숨을 살릴 수 있을지도 모르기 때문이라고 하겠지? 이용가치가 없다면 간단하게 버리겠지?"

뭔가 반론하려던 유카는 입을 벌리고 말을 하지 못한 채로 고개를 숙였다.

"그래. 네가 그렇게 생각해도 어쩔 수 없어. 억지를 부려서 미안해. 어떻게든 우리끼리 해 볼게."

개운치 않은 심정으로 방을 나왔다. 복도에 있는 간소한 소파에 중년남녀가 어깨를 늘어뜨리고 앉아있었다. 유지를 보더니 힘없이 고개를 숙였다.

◇

"도대체 어쩔 생각일까……?"

뒷좌석에 앉아 흘러가는 야경을 바라보며 유지가 중얼거렸다.

"사카가미 유카 말씀입니까?"

노시타가 백미러 너머로 유지를 뚫어지게 바라보았다.

"아니, 노시타 씨도 유카를 아십니까?"

"예, 그 애가 관리국에 들어올 때부터 알고 있습니다."

옛일을 떠올리듯이 노시타는 눈을 가늘게 떴다.

"너무 일에 골몰해서 때로는 폭주하는 경우도 있지만 다음 소멸을 저지하겠다는 생각은 누구 못지않습니다."

노시타의 부드러운 목소리가 유지의 마음을 흔들었다.

"제가 도와주지 않으면 유카는 어쩔 셈일까요?"

"저는 전문가가 아니라서 잘 모르겠습니다만 아마 직접 어떻게든 하려 들겠죠. 그 애는 원래 그런 애니까."

"그렇죠. 그런 애죠."

그런 애다. 내 도움 따위는 필요 없다. 유지는 스스로에게 그렇게 이야기했다. '내가 도와주지 않으면' 하는 생각을 억누르기 위해서였다.

유지는 조금 전 소파에 힘없이 앉아있던 중년남녀가 생각났다. 아마 여자아이의 부모일 것이다. 초췌했던 두 사람의 표정이 머릿속에서 떠나지 않았다.

"자, 도착했습니다."

뒷좌석의 자동문이 열렸지만 유지는 움직이려 하지 않았다.

"노시타 씨……저어."

끝까지 이야기할 필요가 없었다.

"그곳으로 돌아가시겠습니까?"

유지가 고개를 끄덕이는 모습을 백미러를 통해 확인하더니 노시타는 빙긋 웃으며 무슨 스위치를 눌렀다. 그러자 요란한 사이렌이 울려 퍼지며 주위를 밝히는 녹색등이 들어왔다.

"특수임무 차량?"

그런 생각을 할 틈도 없이 노시타는 좁은 골목을 거침없이 달렸다. 사람들은 깜빡이는 녹색등만 보고도 길옆으로 물러섰다.

큰길로 나오자 도로의 차량들이 일제히 갓길로 피하며 길을 양보했다.

그 반응은 구급차나 소방차가 지나갈 때에 비할 바가 아니다. 미처 피하지 못한 차와 몇 번인가 접촉했지만 노시타는 신경도 쓰지 않았다. 피해를 입은 차량은 충돌 시각과 장소를 신고하면 국가에서 배상을 받게 된다.

가까운 진입로를 통해 고속도로로 들어가 더욱 속도를 높였다. 흰 장갑을 낀 온화한 초로의 남자가 그 외모에서는 상상할 수 없을 정도의 놀라운 테크닉으로 미처 피하지 못한 차량을 스칠 듯이 추월했다. 수도의 불빛이 어지러울 정도로 빠른 속도로 뒤로 흘러갔다.

고속도로를 내려온 차는 속도를 늦추지 않고 국도를 달렸다. 특수임무 차량의 진입에 의해 신호등은 계속 자동으로 파란색으로 바뀌었다. 또 피하지 못한 여러 대의 차와 접촉이 있었다.

이윽고 차가 창고가 늘어선 거리로 들어서자 사이렌을 껐다. 한 창고 앞에서 거의 직각으로 꺾어지더니 스피드를 줄이지도 않고 창고의 닫힌 셔터를 향해 돌진했다. 유지는 운전석의 시트 등받이에 달라붙어 비명을 질렀다.

셔터는 차와 부딪히기 직전에 차의 높이만큼만 열렸다. 안도의 한숨을 내쉴 틈도 없이 그 안에는 또 다음 셔터가……. 유지는 다시 비명을 질렀다.

그것은 창고가 아니라, 창고를 가장한 지하도로 입구였다. 지하로 이어지면서 속도를 더욱 높여갔다. 여러 개의 문이 차가 지나갈 때마다 등 뒤에서 묵직한 소리를 내며 다시 닫혔다.

차가 스핀 턴을 하며 멈췄다.

"자, 도착했습니다."

여전히 부드러운 목소리로 노시타가 문을 열었다. 주위를 둘러보니 지하 주차장 같은 드넓은 공간이었다.

◇

흰 가운을 입은 관리국 직원들이 유카를 진찰대에 눕혀놓고 소멸내성이 있는 소녀와 복잡한 회로로 연결하고 있었다.

"교대해."

그렇게 말하며 유카를 안아들어 진찰대에서 내려놓았다.

"해줄 거야?"

"네가 부탁해 놓고 해줄 거냐고 물으면 어떡해. 너하고 달라서 난 머리가 나빠. 아무리 불리하고 논리적이지 않더라도 눈앞에서 죽으려는 녀석이 있으면 아무 생각도 못하고 도우려 들게 된단 말이야."

무뚝뚝하게 내뱉었지만 마음은 전해진 모양이었다. 유카는 유지에게 안겨 반신반의하는 표정을 지었지만 이내 마음을 가다듬은 듯이 진지한 표정을 지었다.

"유지. 돌아와 준 건 기뻐. 하지만 정말 내 말 이해한 거야? 네가 소멸내성을 갖고 있어도 저 애의 '마음속 도시'에 들어갔다가 안전하게 돌아올 수 있을 거라는 보장은 없어. 각오는 되어 있어?"

"솔직히 무서워. 어렸을 때 앓은 병 때문에 트라우마가 있다고 했지? 또 그 '아무것도 없는 세계'에 빠져 버리지 않을까 하는 생각에 도망치고 싶었어. 하지만……."

유지는 유카의 머리에 손을 얹고 웃었다.

"유카, 앞으로도 네가 어떤 세계에 살건 네가 나를 필요로 한다면 언제든지 달려올 거야. 오늘 내가 네 곁으로 돌아왔듯이."

유카가 고개를 숙인 채 작은 목소리로 말했다.

"고마워."

유카는 눈물을 글썽이며 웃었다.

"아, 이런 상황에서도 네가 예쁘다는 생각이 들다니. 이런 내가 싫다."

"바보."

유카가 눈물을 닦으며 고개를 돌렸다. 결코 무너지지 않을 것 같았던 마음의 벽이 드디어 무너진 것 같았다.

◇

녹음 스튜디오를 떠올리게 만드는 공간.

그로부터 1주일이 흘렀다. 유카를 따라온 그곳은 관리국 빌딩 안에 있는 시설이었다. 하지만 올라가는지 내려가는지 모를 엘리베이터 때문에 지하인지 꼭대기 층인지는 알 수가 없었다.

"저건 누구지? 관리국 사람이 아닌 것 같은데."

관리국 직원에게 지시를 내리는 인물의 이상한 모습을 보고 유지는 유카에게 물었다.

유카는 말없이 책상 위에 있는 사운드 디스크를 건넸다. SEKISO KAISO의 '녹향쌍수綠香雙樹'. 그가 본거지로 삼는 거류지에 있는 PURE TRAD의 이름을 내건, 너무나도 유명한 디스크였다.

신인 핸들마스터였던 그는 핸들링에 고주기를 도입하여 완전히 새로운 음악 장르를 구축했다. '조용한 범죄'라고도 평가되는 그의 연주는 거류지를 중심으로 전 세계에서 그야말로 '범죄적'인 기세로 인기를 얻었다. 국제적인 핸들링 상에 줄줄이 후보로 올랐지만 그는 모두 거부했다. 지금도 거류지에서 내킬 때마다 새로운 음악을 내놓고 있었다.

그는 늘 페잘로 얼굴을 가리고 있어 '얼굴 없는 연주자'라고 불렸다.

"아니! 설마!"

유지가 깜짝 놀라자 유카는 말없이 고개를 끄덕였다.

"음의 양조를 위해 관리국어 요청해 도움을 받고 있어. 시라세 씨 남편의 친구야."

시라세가 유지에게 다가왔다.

"유지 씨, 이번에 정말 신세를 크게 졌습니다. 덕분에 실험을 지장 없이 이어갈 수가 있게 되었습니다."

"시라세 씨. 거류지는 어땠습니까?"

감정을 억제하고 있는 걸까? 시라세 씨는 유지의 갑작스러운 질문에도 표정 변화가 전혀 없었다.

"와키사카 씨와 결혼하다니. 시라세 씨도 대단하네요. 불안하지 않아요?"

슬쩍 놀리듯 이야기하자 시라세는 목에 두르고 있던 스카프에 손을 얹고 살짝 감정을 억제한 표정에 웃음을 지으며 말했다.

"불안은 없습니다. 전혀."

유지는 동요 없는 시라세의 모습에 부러움을 느꼈다. 와키사카건 시라세건 어떻게 이처럼 서로와 굳건하게 연결될 수가 있었을까.

유카와 함께 SEKISO KAISO에게 다가갔다. 그는 여성들이나 입을 법한 새빨간 옷을 걸쳤고, 머리카락은 몸의 중심선을 따라 오른쪽은 완전히 밀었고 왼쪽은 길게 길렀다. 왼쪽 얼굴에는 옅은 화장까지 했다.

"진행 상태는 어떻습니까?"

이쪽을 바라본 그는 선글라스를 벗고 긴 눈으로 웃음을 지었다.

"아아, 유카 씨? 괜찮아. 망가지지는 않은 것 같아, 아마도."

거류지 사람다운 독특한 말투였다.

"간단하게 설명할게. 준이 만든 소리의 씨앗은 네 덕분에 무사히 소멸내성을 지닌 여자아이 안에 다시 고정시킬 수 있었어. 우리는 그걸 프로그램으로 추출하는 데 성공했지. 프로그램이란 일종의 악보 같은 거야. 우리는 앞으로 10년 이상 이 소리를 양조할 계획이야."

유카의 설명은 선뜻 이해가 되지 않았다. 유지가 일주일 전에 한 소멸내성을 지닌 소녀의 '마음속 도시'를 통해 도시에 들어가 버그 때문에 망가져가고 있던 두 개의 '도시'의 장벽에 '자물쇠를 건다'라고 하는 행위가 성공했다는 것은 이해가 되었다.

SEKISO KAISO는 유지가 '소리'를 지켜주었다는 것을 알고 일어서서 힘차게 악수를 했다.

"들어갔군, 자네가. '도시'에. 그 애 안으로. 이야기해 줘, 언젠가. 꼭. 어떤 세계인지, 소녀의 '도시'가."

처음 보는, 얼굴 없는 연주자의 눈동자는 깊고, 부드럽고, 그리고 날카로웠다. 그는 적잖이 흥분한 모양이었다.

"그 소녀의 '마음속 도시'에서 '도시'로 추출한 준의 프로그램. 네가 무사히 회수한 것에 준의 연주 프로그램까지 들어있었어. 그걸 듣고 완전히 흥분한 것 같아……."

"대단해. 그의 연주는. 최신 연주 이론. 그의 독창성. 가청공역可聽空域만을 잘라내 '공주역空奏域'을 넓히는 기술. 폴리센트릭 시스템에 의한 연주 공간의 다양한 변모. 다중해석 코드에 의한 순환 스파이럴 효과……."

그는 유지가 모르는 연주 효과 이론을 늘어놓았다.

"열다섯 살이었다면서? 그가 이걸 만든 게? 만났어야 하는 건데, 그를, 아니……."

SEKISO KAISO는 웃으며 고개를 저었다.

"만나고 싶지 않았을지도 몰라, 그를. 질투했을 거야, 그 재능을."

그것은 같은 '음을 추구하는 사람'으로서의 솔직한 심정 토로였을 것이다.

"그런데 발견되었어. 또 한 가지. 특별 프로그램이."

그의 손에는 디스크가 한 장 들려 있었다. 프로그램 타이틀은 '유카에게'라고 적혀 있었다. 유카의 표정이 변했다.

"어떤 내용이었어요?"

"들을 수 없어."

SEKISO KAISO은 그렇게 말하며 어깨를 움츠렸다. 유카의 표정이 흐려졌다.

"프로그램이 망가진 건가요? 아니면 오염된 건가요?"

"아니."

디스크 케이스를 빙글빙글 돌리면서 그는 생각에 잠긴 표정을 지었다.

"부족해, 뭔가. 완성되었는데, 99퍼센트까지. 전체가 작동하지 않고 있어. 나머지 1퍼센트만 부족할 뿐인데."

SEKISO KAISO가 유카의 눈을 들여다보았다. 유지에게는 그 사람의 좌우 얼굴이 전혀 다른 생각을 하고 있는 것처럼 보였다.

"남기지 않았나? 그가? 무슨 키워드를?"

"키워드?"

"있지 않을까? 그렇게 생각해서. 메시지 같은 것이, 네게 맡긴."

유카가 눈을 살며시 감았다. 그것은 결코 기억해 내기 위해서가 아니라 마음속에 간직한 것을 살며시 꺼내기 위해서인 것 같았다.

"이것은 에필로그이자 프롤로그다."

음성 인식된 유카의 말이 자동적으로 프로그램에 담겨졌다. 쓰러지는 도미노가 가지를 치듯 계속해서 여러 가지 작용을 일으키듯이 멈춰 있던 프로그램이 한꺼번에 움직이기 시작했다.

"열렸어, 문이."

SEKISO KAISO가 유카에게 말했다. 유카가 유지를 바라보았다. 유지는 고개를 끄덕였다. 유카는 천천히 엔터키를 눌렀다.

조용히, 조용히, 사람의 심장 고동에 호응하듯이 조용히…… 준의 연주가 시작되었다.

그것은 무한한 증식을 이어가는 풍요로운 생명의 물방울.

햇살 가득한 곳에서 춤추는 환희의 선율.

그리고 꿰뚫듯이 원하는 사람을 향해 비상하는 강한, 강한, 마음의 분류.

그는 '살아야 해'라고 말하고 있었다. 도시와 함께 사라진다는 운명을 감수하지 않을 수 없었던 준. 그래서 그의 곡은 희망으로 가득 차 있었다.

옆에 서있는 유카가 유지의 손을 살며시 잡았다. 유지는 그 따스한 온기를 느끼며 유카의 손을 꼭 잡아주었다.

◇

출구까지 마중 나온 유카를 졸라 공원까지 함께 걸었다. 바쁘다고 거절할지도 모른다고 생각했지만 유카는 의외로 순순히 '좋아'라고 대답했다.

"완연한 봄이네."

흰 가운을 벗은 유카는 연분홍 니트와 체크무늬 주름치마를 입고 있어 여느 때보다 어려 보였다. 마치 고등학교에 다니던 시절로 돌아간 것 같았다.

유카는 두 팔을 벌리고 심호흡을 했다. 그리고 유지를 향해 돌아서서 고개를 숙였다.

"유지, 정말 고마웠어."

그 이상 아무 말도 하지 않았다. 유지도 아무 말이 없었다. 서로 이해가 되었다고는 생각하지 않았다. 유카는 앞으로도 유지가 이해할 수 없는 행동이나 받아들일 수 없는 실험을 계속해 갈 것이다.

그때마다 유지는 유카와 충돌하고, 갈등하고, 절망할 것이다. 하지만 그런 것들을 뛰어넘어, 자신이 유카를 간절히 원하고 있다는 것도 안다. 아직 두 사람 사이에는 함께 추구하는 그 무엇도, 함께 믿는 그 무엇도 없다. 하지만 언젠가는…….

"유카, 나는 준이란 녀석을 전혀 몰라. 너하고 그 녀석이 어떤 끈을 갖고 있고, 서로를 어떻게 생각했는지도 모르지. 하지만 그 녀석의 메시지는 분명히 느껴졌어. '살아라' 라는 말이었지. 누굴 위해서도 아니고, 자기 자신을 위해 살아라. 너도 이제 슬슬 너 자신을 위한 삶을 살아가도 되지 않겠어?"

고개를 숙이고 있던 유카는 하늘을 우러러보며 눈을 가늘게 떴다. 여러 가지 생각들이 그 얼굴을 스쳐가는 게 느껴졌다. 이윽고 유카가 유지를 바라보았다.

"네가 도와줄 거야?"

예전과 같은 말을 던졌다.

유지가 원하듯이 언젠가는 유카도 자신을 간절하게 원해 줄까? 그 미래를 멀리 바라보며 유지는 대답했다.

"현재의 나로는 널 도와줄 수가 없어. 네가 아직 자기 삶을 살아가지 못하고 있듯이 나도 아직 내 삶을 살지 못하고 있어. 나는 그걸 찾을 시간이 필요해. 내가 내 삶을 발견하면 그때 또 네 앞에 나타날게. 너를 도와주기 위해서. 그때까지 기다려줄래?"

유카는 한참동안 움직이지 않았다. 유카의 머리카락이 바람에 흔들렸다. 이런 수도 중심가에도 바람은 어김없이 봄기운을 머금고 있었다. 유카의 아름다운 얼굴에서는 아직 봄기운이 느껴지지 않았다.

유지는 마주서서 유카의 대답을 계속 기다리고 있었다.

◇

"이럴 수가……. 어제까지 있었는데."

어깨에 멘 배낭을 떨어뜨리고 멍하니 주위를 둘러보았다. 본격적인 봄을 맞아 잔디는 비축한 햇볕만큼 더 푸르러졌다. 정처 없는 따스한 봄바람이 이따금 뺨에 닿았다. 휴일 시내. 아침 기운이 서서히 낮의 공기로 바뀌어가는 공원에는 인기척이 없었다. 이리저리 떠돌던 시선이 한 곳에 멈췄다. 리틀 필드다. 배낭을 짊어지고 유지는 리틀 필드로 달려 들어갔다.

"아, 아저씨. 와키사카 씨 어디 갔는지 몰라요?"

유지를 보더니 주인은 잠깐 웃음을 지었지만 그 말을 듣고 삐친 표정을 지었다.

"어머! 유지도 참. 아저씨라고 부르지 말아줘."

"미안해요! 와키사카 씨 텐트가 없는데, 설마……."

"아아, 좀 전에 짐을 정리했어. 또 여행을 떠날 테니 마지막으로 뭔가 먹고 가게 해달라고. 끝까지 뻔뻔스럽게 나오던걸."

팔짱을 끼고 화가 나서 참을 수 없다는 투였지만 표정은 전혀 그렇게 보이지 않았다.

"아, 참. 와키사카 씨가 유지에게 이걸 맡겼어."

주인이 카운터에서 꺼낸 것은 크게 인화한 사진이었다.

"왜 이런 걸 두고 갔자?"

처음 만난 날, 유지가 공원에서 물구나무서기를 하고 있을 때 찍은 사진이었다. 사진을 보니 착잡한 마음이 들었다. 그날 와키사카도 이야기했듯이, 자신의 사소한, 나아갈 길이 보이지 않는 초조감을 드러내는 듯한 왜소한 모습이었기 때문이다.

"아, 유지 거꾸로네."

"예? 거꾸로라니, 뭐가요?"

"응, 와키사카 씨가 말이야, 이 사진은 이렇게 보라고 했어."

주인이 사진의 위아래를 뒤집었다. 물구나무를 선 유지가 눈 깜빡할 사이에 땅을 떠받들고 있는 것처럼 보이는 모습으로 바뀌었다.

사진 뒤에 와키사카의 갈겨쓴 것 같은 글씨가 있었다. 아마도 거류지 문자인 모양이었다. 물론 유지는 읽을 방법이 없었다.

"이게 뭐라고 쓴 걸까요?"

주인이 들여다보았다.

"어디 봐. '사랑하는 사람을 지탱할 수 있는 것은 별 하나를 지탱할 수 있는 것이나 마찬가지다'라고. 어쩐 일로 이렇게 멋진 소리를 썼나, 생긴 거에 어울리지 않게."

유지는 그 말을 곱씹듯이 몇 번이나 속으로 되풀이했다. 그제야 깨달았다는 듯이 주인이 유지를 훑어보았다.

"아니, 유지. 웬 짐이 그렇게 많아? 어디 가?"

"그, 그런데 와키사카 씨는 어디로 간다고 했어요?"

"응? 그게, 아, 그런가? 더워서 북쪽으로 갈 거라고 했는데."

북쪽이라는 말을 들은 순간 유지는 이미 가게 문을 나서고 있었다.

"또 올게요. 언젠가는!"

"잠깐, 유지, 무슨 일이야……?"

주인의 목소리를 뒤로 한 채로 계단을 달려 내려와 공원 잔디에 섰다.

아무리 귀찮아해도 상관없다. 와키사카를 따라갈 테다. 그리고 세상을 보고 오자. 내가 얼마나 사소한 존재인지를 충분히 깨닫고 오자. 그래야 시작할 수 있다. 그렇게 생각했던 것이다.

유지는 와키사카를 찾으러 달려 나갔다.

자신의 '프롤로그'를 찾기 위해서.

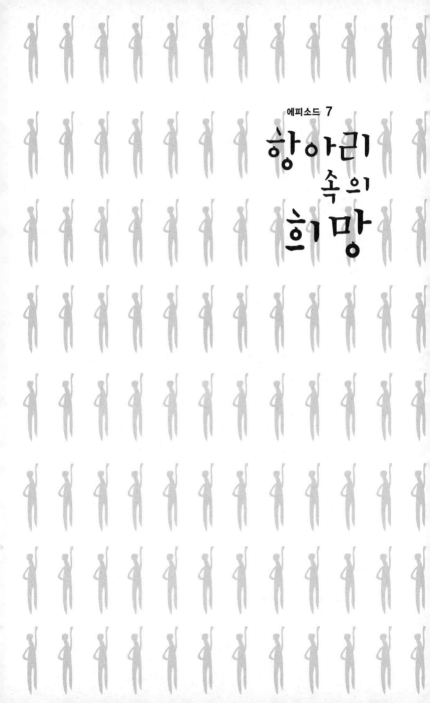

에피소드 7

항아리 속의 희망

"엄마, 갔다 올게."

노조미는 씩씩하게 말했지만 사실 마음이 내키지는 않았다.

"다녀와. 아 참, 오늘쯤 방공훈련을 할지도 모르니 조심해."

"엄마, 어느 쪽 정보야? 알고 있으면 그게 무슨 훈련이 돼?"

노조미는 유미카_{弓香}를 살짝 나무라면서 현관을 나가 다른 때처럼 기분을 전환했다.

노조미의 심정을 대신 말해 주듯 하늘은 구름을 낮게 드리우고 있었다. 집 앞에는 그 구름 빛깔에 물들어버린 듯한 짙은 회색 차가 서있었다.

그래도 '회사 사장' 이면서도 자전거로 출퇴근하는 아빠 신야가 '나를 젖혀두고 차로 모시러 오다니!' 라는 야유를 받는 세달에 한 번 있는 정례 행사다. 노조미로서는 할 수만 있다면 아빠가 대신해 주면 좋겠다는 생각이 들었다.

보호색처럼 차와 같은 색 정장을 입은 시라세가 큼직한 선글라스를 쓰고 노조미를 맞이했다.

"안녕하세요? 오래 기다리셨어요."

"안녕? 그럼 갈까?"

감정이 담기지 않은 목소리로 시라세는 손을 뻗어 뒷좌석 문을 더듬어 열고 노조미를 태웠다. 시라세가 분명히 시력을 점점 잃어가고 있다는 걸 알 수 있다. 어렸을 때부터 시라세를 만나 왔지만 예전에는 그렇지 않았다. 시라세의 시력은 최근 몇 년 사이에 급속하게 나빠지고 있는 것 같았다.

노조미가 사는 도시에서 수도에 있는 병원까지는 차로 한 시간 남짓. 하지만 노조미는 병원이 어디 있는지 잘 모른다. 뒷좌석은 운전석 쪽과 칸막이로 나뉘어 있고, 창문에는 두꺼운 커튼이 쳐져 있기 때문에 바깥 풍경을 볼 수가 없기 때문이었다.

차는 고속도로를 내려와 일반도로로 접어든 모양이었다. 조용히 느껴지는 진동 때문에 신호에 걸렸다는 걸 알 수 있었다. 이윽고 몇 개의 게이트 같은 것을 지나는 기척이 느껴지더니 차는 천천히 내리막길로 접어들었다.

늘 그렇듯 차는 지하 주차장에 멈췄다. 거기는 주차 공간이 흰 선으로 가지런히 구분되어 있는데도 차는 한 대도 없고, 또 출구나 입구도 확인할 수 없었다. 그저 멀리까지 노란색 빛이 이어지는 드넓고 기묘한 공간이었다.

"그럼 검사가 끝난 뒤에 다시 이곳으로 와."

시라세가 차에 손을 얹고 말했다. 여기부터는 마중 나온 직원을 따라간다. 직통 엘리베이터를 타고, 무표정한 남자 직원과 함께 말없는 시간을 보낸다. 올라가는지 내려가는지 알 수 없는 닫힌 공간에서 초조하게 시간이 흐르기를 기다린다.

이윽고 엘리베이터의 문이 열리면 병원 특유의 흰 복도를 걸어 제일 안쪽에 있는 문 앞에서 무표정한 남자 직원에게서 풀려난다.

"유카 선생님! 안녕하세요?"

"안녕, 노조미? 잘 지냈어?"

흰 가운을 입은 유카는 오늘은 무테안경을 쓰고 있었다. 지적인 아름다움을 간직한 유카는 더욱 총명해 보였다. 화장도 하지 않았는데 활기 있고 아름다웠다. 노조미가 동경하는 여성이었다.

"자, 그럼 검사를 시작하자."

◇

물보다 훨씬 친밀하고, 또렷한 질감의 액체. 그런 것이 감싸여 있는 듯한 편안함에서 조금씩 수면으로 떠오르는 듯이 정신이 들기 시작했다.

"……전화해……그러니까 어쩔 수 없잖아……."

어디선가 들은 적이 있는 목소리다. 누군지는 몰라도 내가 아는 사람일까? 노조미는 천천히 눈을 떴다.

"아니 왜 이런 곳까지 오는 거야? 일하는 중이라니까. 아무리 허가증을 갖고 있다고 해도 그렇지."

티를 내려 하지는 않지만 약간 화가 난 유카의 목소리가 상대를 나무라고 있는 듯했다.

"어쩔 수 없잖아. 내일부터 또 해외 로케이션이기 때문에 한동안 만날 수 없어서 그래."

"그래, 알았어. 잘 나가는 배우님. 예쁜 애들이 얼마든지 있을 테니 나 같은 건 따라다니지 않아도 될 텐데."

잘 나가는 배우? 그리고 보니 텔레비전에서 자주 들은 목소리 같은 느낌이 들었다. 노조미는 진찰대에서 몸을 일으켜 커튼 틈새로 살짝 엿보았다.

"나가쿠라 유지長倉勇治?"

저도 모르게 소리를 지르며 커튼을 열고 말았다.

키가 큰 남자가 유카와 마주서 있었다. 천천히 돌아본 그 얼굴은 틀림없이 나가쿠라 유지 바로 그 사람이었다. 서역을 거점으로 하여 각국 영화에 출연하면서 요즘 가장 장래가 촉망되는 젊은 배우다.

재킷에 티셔츠, 면바지. 평범한 옷차림이지만 배우이기 때문에 자신을 효과적으로 드러내는 요령을 잘 알고 있는 모습이었다.

노조미를 보더니 그는 활짝 웃었다. 찌르는 듯한 강렬함이 사라지고 부드럽게 웃는 표정을 지었다. 유카가 곤란하게 되었다는 듯이 얼굴을 찌푸리는 것이 그의 어깨 너머로 보였다.

"여어, 아가씨. 날 알아봐주다니 영광이네. 아니, 그 교복은 명문 게이요慧葉여자고등학교 아닌가?"

나가쿠라 유지가 노조미의 얼굴을 들여다보았다. 빨아들이는 것 같다는 옛날식 표현 그대로 그야말로 노조미는 그의 눈에서 인력 같은 자장을 느꼈다.

"아, 안녕하세요?"

무심코 인사를 하자 그는 오른손을 내밀었다. 노조미가 머뭇머뭇 내민 손을 꼭 잡아 따스한 온기로 감쌌다.

"검사가 힘들겠지만 기운 내. 내가 응원할게."

노조미는 저도 모르게 얼굴이 붉어졌다. 오른손에는 그의 명함이 쥐어져 있었다.

"중요한 환자까지 꼬드기지 말아줄래?"

"앗, 약간 질투가 난다는 건가?"

"요코야마!"

'요코야마'라고 불린 나가쿠라 유지는 혀를 내밀며 얼른 물러섰다.

"아, 노조미. 무슨 일 있으면 연락해 줘. 의논 상대가 되어줄게. 그리고 유카, 오늘밤 늘 만나던 '203' 탑에서 봐! 매스컴에 들키지 말고!"

그렇게 말하더니 대답도 듣지 않고 문을 닫고 나가 버렸다. 아무래도 오래 사귀어 유카를 다루는 법을 잘 알고 있는 듯했다.

"대단해요, 유카 선생님. 나가쿠라 유지와 잘 아는 사이예요?"

사무용 의자에 앉은 유카는 눈썹을 찡그리며 손에 든 펜을 빙글빙글 돌렸다.

"잘 아는 사이는 아니야. 그냥 고등학교 동창일 뿐이지."

정말로 귀찮아하는 것 같기도 하고, 그의 억지에 밀리는 척하며 자기감정을 교묘하게 숨기는 것 같기도 했지만 어쨌든 인기배우에게 마구 대하는 유카의 모습이 멋있었다.

"하지만 유카 선생님, 오늘밤 만나실 거죠?"

"응, 뭐. 일이 잘 마무리되면."

무뚝뚝하게 대답하며 유카가 약간 멋쩍어하는 모습을 보여, 노조미는 저도 모르게 웃고 말았다. 쑥스러움을 감추듯 유카는 진지한 표정으로 돌아왔다.

"사실은 그 사람도 노조미와 같은 병이었어. 그래서 네가 마음이 쓰이는 모양이야."

"예? 그랬어요?"

유명한 배우와 의외의 접점을 발견하고 묘한 연대감을 느꼈다. 약간 가까워진 듯한 그 사람과 다시 이야기를 해보고 싶다는 생각이 들었다.

그 사람도 역시 그 풍경을 보았을까?

◇

　아직도 머리 한구석에 남아있는 이상한 꿈의 단편을 간직한 채 지하로 가는 엘리베이터를 타고 내려와 대기하고 있던 차에 올라탔다. 검사가 끝난 뒤에는 반드시 찾아오는 위화감이기 때문에 노조미에게는 이미 익숙한 느낌이었다.

　노조미의 병은 '후천적 신경분단증'이라고 했다. 수백 만 명에 한 명꼴로 걸리는 난치병으로, 다행히 노조미는 자각증상이 나타나기 전에 치료를 시작했기 때문에 음성인 상태로 지내오고 있다.

　의식 분단을 특징으로 하는 이 병은 증세가 나타났다는 것을 확인하기 힘들어, 노조미 나이까지 증세를 보인 사례는 발견되지 않는다는 이야기였다. 그래서 유카가 소속된 사립 대학교 의과대학이 이 사례를 학회에서 발표하려고 노조미에 대한 검사를 독점적으로 하고 있다. 치료비가 모두 면제되는 대신 이렇게 엄중한 비밀 유지 체제가 마련되어 있는 거라고 유카가 가르쳐주었다.

　그렇지만……, 바깥이 보이지 않는 차 안에서 노조미는 혼잣말을 했다.

　늘 스스로에게 던지는 질문. 불편한 잠 때문에 꾸는 듯한 검사를 받을 때마다 나타나는 그 풍경은 무엇일까.

　노조미는 언덕으로 이어지는 도로에 서있다. 바로 앞 언덕

한가운데 솟아오른 것은 돌로 지은 오래된 고사포탑이었다.

어렸을 때 갔던 곳인가 하는 생각도 들어, 집에서 앨범을 뒤져본 적도 있다. 하지만 그 풍경은 빛바랜 사진 속에서도 찾아낼 수가 없었다.

게다가 그 풍경은 볼 때마다 바뀐다. 여름이면 푸른 잎이 무성한 여름, 겨울이면 눈발이 날리는 겨울. 마치 노조미가 잠에 빠진 바로 그 순간의 그곳 모습 같았다.

몇 해나 계속 보다 보니 집들이 조금씩 낡아가고 있다는 사실도 느껴진다. 사람은 없다. 사는 사람이 없는 그 도시는 조금씩 황폐해 가고 있는 듯했다.

"아무도 없는 도시."

살짝 중얼거렸다. 옆에 앉은 시라세가 노조미를 바라보았지만 말을 걸지는 않았다.

"자원봉사라고? 그런 거 아니잖아."

기품 있는 반 친구들의 조용한 이야기 소리를 들으면서 스쿨버스 창문에 기대어 들리지 않도록 살짝 투덜거렸다.

노조미가 다니는 사립 여고는 종교적 교의를 반영한 학교 방침에 따라 두 달에 한 번씩 노인 시설이나 장애인 시설 같은 곳을 찾아가게 되어 있었다.

세상에는 다른 사람의 대가 없는 도움을 필요로 하는 여러 가지 상황이 있고, 그들을 돕는 일은 장려되어야 할 행위라는 것은 알고 있다. 실제로 지금도 반 친구들과 동등하다고는 할 수 없어도 충족감은 있다. 돌아올 때 자기가 담당했던 할머니가 아쉬운 표정으로 웃으며 배웅하던 모습을 떠올리면 '다시 가고 싶다'는 생각이 들긴 한다.

하지만 '다른 사람들에게 도움이 되고 싶다'고 거침없이 이야기하는 친구들을 보면 '그건 아니잖아?' 하는 생각이 든다. 분명히 누군가에게 감사의 말을 듣는 일은 기쁘고 기분 좋은 일이다. 하지만 감사받는 것이 목적이 되어서는 안 된다는 생각이 든다.

일단 자신의 '이렇게 하고 싶다, 이렇게 해야 한다'고 하는 의지가 있고, 그에 따라 행동해 결과적으로 감사를 받게 되면 괜찮지만, 남들이 고마워하기를 바라면 자기 기분 좋자고 누군가를 이용하는 꼴이나 마찬가지라는 생각이 든다.

물론 그런 우울한 생각은 친구들과 마찬가지로 무엇을 목표로 해야 할지 아직 발견하지 못한 스스로에 대한 자기혐오가 투영되어 있다는 것도 충분히 알고 있었다. 이른바 공주님 학교로 불리는 여고에 다니는 친구들은 마음씨가 좋고 부드러워 친해지기 쉬운 반면 '사귈 수가 없네'라고 투덜거리고 싶어질 정도로 철이 없고 순진했다. 그래서 노조미는 자신의 길을 가고 있는 유카를 동경하게 되었다.

신호 대기를 하고 있는 가로수길 저 너머로 솟아오른 고사포 탑. 옆에 '203'이란 숫자가 눈에 들어왔다.

"203?"

분명히 검사를 받던 날 나가쿠라 유지가 유카에게 만나자고 한 곳이 '203 탑'이었다.

노조미는 벌떡 일어서 맨 앞줄에 앉아있던 수녀님에게 말했다.

"수녀님, 죄송해요. 병원이 가까우니 약을 받으러 갔으면 좋겠는데, 괜찮을까요?"

두툼한 안경을 쓴 수녀님이 그러냐는 표정을 지었다. 수녀님도 노조미가 병원에 다니는 사실은 알고 있었다. 하지만 학교에서 노조미가 왜 병원에 다니는지를 정확하게 알고 있는 사람은 없었다. 그래서 이렇다 할 의심을 받지 않고 버스에서 내릴 수 있었다.

"어수룩하네."

멀어져가는 버스 안에서 손을 흔드는 반 친구들에게 방긋 웃으며 손을 흔들면서도 살짝 혀를 찼다.

◇

갑자기 사이렌이 울려 퍼졌다. 노조미를 포함해 길 가던 사람들은 일제히 멈춰 섰다. 하늘을 올려다보았다. 사이렌은 세 차례 짧게 울린 뒤 길게 한 번 더 울렸다. 그리고 다시 짧게 세 번.

불시에 하는 방공훈련이다. 달리던 차가 일제히 보도 쪽으로 다가와 멈추더니 사람들이 뛰어내렸다. 다들 일제히 건물 안으로 몸을 피했다.

"어휴, 엄마 예상이 맞았네."

노조미도 서둘러 근처 가게로 뛰어들어갔다. 방공훈련이 있을 때는 모든 건물이 시민들을 받아들일 의무가 있기 때문에 일반 가정집이라고 머뭇거릴 필요는 없었지만 아무래도 모르는 집에 뛰어들어가기는 내키지 않았기 때문이다.

가게 안에는 먼저 들어와 있는 사람이 몇 명 있었다. 살짝 숨을 헐떡이며 다행이라는 표정을 지었다.

길 쪽으로 난 창문으로 노조미는 밖을 내다보았다. 그 고사포탑이 가까운 걸까? 연습탄이 몸이 흔들릴 정도로 메마르고 리드미컬한 소리를 내며 계속 발사되었다. 통로 확보 상황을 확인하기 위해 얼룩무늬 장갑차가 거리를 질주했다.

이윽고 느릿하게 긴 사이렌이 울리며 훈련이 끝났다. 사람들은 안도한 표정을 지으며 서둘러 가게를 나갔다. 노조미도 뒤를 따라 밖으로 나가려다 그곳이 화랑이라는 걸 비로소 깨달았다.

바로 옆에 걸린 사진에는 갈색 피부의 갓난아기가 찍혀 있었다. 민속의상을 입은 어머니의 품에 안긴 아기는 막 시작된 자신의 인생을 주체하기 힘들 정도의 생명력으로 가득 채우고 있었다.

"뭐지, 이건……?"

가슴속에서 솟아오르는 느낌. 노조미는 자기 마음을 들여다 보았다. 그것은 조용한, 조용한 슬픔, 그리고 분노였다. 천진난 만하게 카메라를 향해 손을 뻗은 아기와 튼튼한 팔로 아기를 안고 미소를 짓고 있는 이국 여성. 벽돌을 쌓아 지은 소박한 집 을 배경으로 찍은, 무엇을 찍으려고 한 것인지 알 수 없는 사진 이었다. 그러면서도 거기에 있는 무엇인가를 전하려 한다는 것 은 알 수가 있었다. 한 장의 사진을 보고 이토록 마음이 움직인 적은 없었다.

"아세요? 외팔이 사진가를?"

시간이 흐르는 것도 잊고 우두커니 서있자 뒤에 서있던 여자 가 조심스럽게 말을 걸어왔다. 관계자일까? 세 줄이 쳐진 소매 가 긴 옷과 특징적인 말꼬리의 억양으로 미루어볼 때 서역에서 온 사람이라는 생각이 들었다.

외팔이 사진가에 대한 이야기는 노조미도 알고 있었다. 전쟁 터를 찍는 전설적인 사진가였다.

그 사람이 찍은 사진에는 전쟁의 비참함을 강조하는 풍경은 전혀 보이지 않는다. 무기도, 군인들의 행진도, 다친 사람들도, 누군가를 잃고 울부짖는 사람도, 무너진 건물도, 그리고 한 방 울의 피도 보이지 않는다.

그러면서도 그는 전쟁터 사진가로 사람들에게 강하게 인식되 고 있다.

언제 총탄이 날아올지 모르는 곳에서도 사람들의 생활과 일상은 있다. 그의 사진은 전쟁이 '일상'이 되어버린 사람들의 생활을 그리고 전쟁터가 아니면 찍을 수 없는 사람들의 생명력을 담아내는 것이다.

노조미는 지금까지 '사진 같은 건 누구나 찍을 수 있는 거다'라고 생각해 왔다. 하지만 그의 사진을 보고 나서 비로소 세상을 담아내는 재능이라는 것을 똑똑히 알게 된 기분이 들었다.

그리고 그런 느낌은 유카나 나가쿠라 유지에게서 느끼는, 스스로 나아갈 길을 아는, 일관되게 그리로 나아가는 사람에게서 느끼는 동경과도 맥락이 닿아 있었다.

외팔이 사진가는 분명히 몇 해 전에 분쟁지역에서 유탄을 맞아 세상을 떠난 것으로 알고 있다. 그러고 보니 나가쿠라 유지도 이 사진가가 발견했다고 하지 않았던가?

흰 커튼이 바람에 흔들리고 있었다. 화랑과 별도 공간이라는 듯이 쳐진 천 안쪽. 노조미는 커튼 틈새로 살짝 안을 들여다보았다.

뭔가가 느껴졌다. 노조미는 주저 없이 커튼 안쪽으로 들어갔다. 시선이 안쪽 벽으로 빨려 들어갔다. 한 장의 사진이 전시도되지 않고 아무렇게나 걸려 있었다.

"시라세 씨?"

흑백사진에는 조용히 웃고 있는 시라세와 아주 젊은 여자가 찍혀 있었다. 노조미가 시라세를 처음 만났을 무렵의 모습과 똑같았다. 사진 속의 그 여자는 그림 한 장을 배경으로 찍혀 있었다.

"이 사진은……."

찾아 헤매던 것을 만났을 때 사람들은 어떻게 반응할까. 노조미는 자기 내부로 깊숙이 침잠했다. 조용히, 심장 고동이 들릴 정도로 조용히.

언덕 위에 서있는 낡은 고사포탑과 도시 풍경.

여자 뒤에 있는 그림에 그려져 있는 것은 바로 꿈에 나타나는 풍경이었다. 생각지도 못한 모습이라 어리둥절해졌다.

일단 수녀님께 핑계를 댄 대로 병원에 들르기로 했다. 유카라면 분명 이 수수께끼를 풀어줄 수 있을 것 같았다.

가로수길을 따라 걸었다. 청결하고 위압적인 건물이 점차 가까워졌다. 그 건물 정면에 서자 예상대로 병원이었다. 환자들로 붐비는 안내창구 앞에서 유카의 이름을 댔지만 '그런 직원은 없습니다' 라는 싸늘한 대답만 들었을 뿐이었다.

'여기가 아닌가?'

검사를 받으러 가는 그 조용했던 공간과는 달리 어수선한 분위기의 병원을 나왔다.

병원 부지 안쪽에 다른 건물이 서있는 것이 보였다. 별관 같기도 했지만 병원과는 연결이 되어 있지 않았다. 다가가자 엄중한 벽과 철조망으로 격리된 건물이라는 것을 알 수 있었다. 일정한 거리를 유지한 채로 벽을 따라 걸었다. 위압적인 경비 장비를 착용한 기관원이 서있는 입구가 보였다. 노조미는 무심코 걸려 있는 표지판을 읽었다.

"관계자 외 출입금지. 관리국……생체반응 연구소……."

등줄기가 오싹했다. 물론 관리국이 '사라진 도시'와 관계있는 조직이라는 사실은 알고 있다. 지금 다니는 학교에서는 들을 일이 없지만, 초등학교 때는 심술궂은 남학생들의 욕은 늘 '사라진 도시'와 연관이 있음을 경멸하는 '그 말'이었다.

멍하니 서있는 노조미를 기관원이 막아섰다.

"용무가 없으면 돌아가요. 일반인들이 접근할 곳이 아닙니다."

키가 큰 기관원은 그 말과 위압적인 태도로 노조미를 제지했다.

◇

"저어, 아버님, 드릴 말씀이 있습니다."

아빠는 소파에서 턱을 괸 채로 엎드려 있었다. 주위에는 전단지 뒤에 갈겨쓴 메모가 어지럽게 널려 있었다. 사업 아이디어라고 부르는 그것들이 정말로 사업에 도움이 되는지 어떤지 노조미는 알 수가 없었다.

아빠는 오뚝이처럼 몸을 일으키더니 어린애 같은 말투로 화를 냈다.

"노조미! 집 안에서는 그런 부담스러운 말투 쓰지 마! 아빠라고 부르란 말이야!"

아빠는 늘 품위 있는 것을 싫어한다. 그건 노조미도 마찬가지지만, 오늘은 순순히 따르고 싶은 마음이 없었다. 탁자를 사이에 두고 아빠와 마주앉아 진지한 표정을 지었다. 아버지가 딸의 이런 태도에 제일 약하다는 사실을 노조미는 알고 있었다.

"죄송합니다, 아버님. 오늘은 진지하게 드릴 말씀이 있습니다. 괜찮으시겠습니까?"

"으……, 으음."

아빠는 야단맞은 아이처럼 자세를 고쳐 앉았다. 그때 엄마가 차를 내왔다.

"어머, 노조미도 있었구나. 마침 잘됐다. 차 마시자."

"어머님도 함께, 괜찮으시겠습니까?"

"뭐야, 새삼스럽게. 또 뭘 조르려고 하는 거니?"

엄마는 아빠와는 대조적으로 꿈쩍도 않고 노조미 옆에 앉아 차를 따랐다. 아빠보다 열두 살이나 어리지만 무척 침착하다.

"아버님, 저는 '사라진 도시'와 어떤 관계가 있습니까?"

차를 마시던 아빠의 동작이 멈췄다. 태연한 척 노조미의 표정을 살폈지만 진지한 표정에 기가 죽었는지 아빠는 고개를 숙였다. 다기 안에 얼굴을 담으려는 것이 아닐까하는 생각이 들 정도였다.

노조미는 낮에 보았던 것에 관해, 그리고 검사 때마다 꿈에 나타나는 풍경에 관해 부모에게 이야기를 했다. 병원 부지 안에서 보았던 '관리국'이란 글자. 시라세와 그 풍경. 그리고 사람들이 살지 않는, 시간이 지날수록 황폐해져 가는 꿈속의 도시.

거기서 나온 결론은 자신과 '사라진 도시' 사이에 뭔가 관련성이 있는 것이 아니냐는 이야기였다.

"여보, 이럴 땐 어떻게 해야 하지?"

아빠는 난처하기 짝이 없다는 듯한 목소리로 엄마에게 도움을 청했다. 회사 경영에는 관계하지 않는다고 해도 실제로는 모든 결정의 배후에 늘 엄마의 한마디가 있었다.

"어쩌겠어요. 이제 때가 된 것 같은데."

천천히 차를 마시며 엄마가 결단을 내렸다. 그러자 아빠는 진지한 표정을 지으며 노조미를 똑바로 마주보고 앉았다.

"노조미, 넌 '사라진 도시'에서 태어났어. 내가 널 발견했지."

믿어지지 않는 이야기들뿐이었다. 노조미가 '소멸내성'에 의해 살아남았다고 하는 사실. 회수원으로 도시에 들어간 아빠가 노조미를 발견한 사실. 그리고 엄마와 아빠가 원해서 노조미를 자기 딸로 입양시켰다는 사실.

너무 갑작스러운 이야기에 노조미는 제대로 생각을 할 수가 없었다.

"거짓말이지? 아니……. 앨범에 있잖아, 나 아기였을 때 사진. 그리고……, 맞아, 호적도 지난번에 봤는데 그런 내용은 적혀 있지 않았어."

억지로 웃으며 부모의 표정을 번갈아 읽었다. 힘없는 미소를 짓는 아빠와 태연한 엄마. 각자가 거짓말이 아니라는 표정을 짓고 있었다.

"그건 모두 관리국에서 준비해 주었어. 네가 다른 사람과 똑같이 살아갈 수 있도록."

노조미의 머릿속에서 오만 생각이 오갔다. 자기가 부모의 친딸이 아니라는 사실. 좋건 싫건 '사라진 도시'와 관계가 있다는 사실. 부모나 시라세, 그리고 믿었던 유카마저도 자신을 계속 속이고 있었다는 사실. 노조미의 인생을 뿌리째 뒤엎는 사실들이었다.

"그런데 아빠는 왜 나를 입양할 생각을 한 거지?"

마음을 가다듬고 노조미는 아빠에게 물었다.

"노조미, 소멸 회수원으로 선발되는 사람에게는 공통된, 제대로 명문화되어 있지 않은 조건이란 것이 있어. 그걸 아니?"

노조미는 고개를 저었다. 사라진 도시에 관한 이야기는 평소 사람들이 입에 올리지 않기 때문에 알 도리가 없었다.

"사라진 도시에 들어가서 도시의 소멸을 슬퍼하는 사람은 오염이 되지. 그래서 도시에 들어갈 사람은 소멸에 대한 슬픔을 훨씬 웃도는 슬픔으로 마음이 채워져 있어야만 해."

"아빠의 슬픔이 대체 뭐였는데?"

아빠는 다시 엄마를 보았다. 엄마가 고개를 끄덕이고 말을 이었다.

"그때 우리 부부는 딸을 교통사고로 잃었어. 세 살이었지. 네가 발견되었을 때 너도 세 살이었어."

엄마의 말투는 평소와 마찬가지로 차분했다.

"하지만 이것만은 알아 두어야 해. 우리는 너를 입양했지만 그건 잃어버린 딸 대신이 아니야. 넌 진짜 우리 딸이야."

노조미는 완전히 다른 생각을 하고 있었다. 그걸 확인하고 넘어가지 않을 수가 없었다.

"저어, 아빠. 혹시 내 병이라는 건……. 그것도 거짓이야?"

쓸쓸한 표정을 짓는 아빠를 보면 대답을 들어볼 필요도 없었다.

"아빠, 솔직하게 이야기해 줘."

"그래. 넌 병 때문에 검사를 받으러 가는 게 아니야. 넌 지난 번 소멸 때 유일하게 살아남은 소멸내성을 지니고 있어. 그래 서 관리국도 네 정보를 필요로 하고 있는 거지."

"역시 그랬구나."

노조미는 다기를 손에 들고 조용히 차를 마셨다. 이럴 때 흔 해 빠진 텔레비전 드라마 같으면 울면서 달려 나가 방문을 걸 어 잠그고 틀어박힐 것이라는 생각을 하면서. 하지만 노조미는 그러지 않았다.

"놀랐니? 놀랐겠지."

아빠가 조심스럽게 물었다.

"놀랐지, 상상도 못했던 이야기라. 뭐라고 하면 좋을까……."

남 이야기를 하듯 중얼거리며, 다 마셨으면서도 다기를 계속 입으로 가져가는 노조미를 부모는 위로하는 듯한 시선으로 지켜보고 있었다.

◇

"시라세 씨는 관리국 사람이죠? 병원 직원이 아니고."

세 달에 한 번 돌아오는 검사일이었다. 바깥 풍경이 보이지
않는 차 안에서 노조미는 앞을 바라보며 딱딱한 목소리로 물었
다. 시라세가 선글라스를 낀 눈으로 바라보는 느낌이 들었지만
노조미는 시선을 마주치지 않았다.

"나를 속이고 이렇게 실험용으로 썼던 거로군요."

저도 모르게 원망하는 말투가 되어 버렸다. 시라세의 사무적
이고 감정이 담기지 않은 모습 그 자체가 자신을 실험용으로밖
에 볼 수 없는 관리국의 상징인 것처럼 느껴졌다. 시라세는 변
명하지 않았다.

병원에 도착하자 노조미는 아무 말도 하지 않고 유카의 방으
로 들어갔다. 의자에 앉은 채로 노조미를 쳐다보는 유카는 걱
정스러운 표정으로 펜을 빙글빙글 돌리고 있었다. 아마 부모로
부터 노조미가 모든 것을 알게 되었다는 소식을 들었을 것이
다. 무엇부터 설명을 해야 할까를 생각하는 표정이었다.

유카는 한동안 입술을 깨물고 말없이 노조미를 바라보고 있
다가, 이윽고 안경을 벗고 의자를 끌어 노조미 쪽으로 좀 더 다
가왔다.

"이야기를 해줘야만 하겠지?"

"예. 전부 해주세요. 솔직하게. 전 오늘 그것 때문에 왔으니까."

"부모님에게 들은 대로 넌 사라진 도시 쓰키가세에서 태어났어. 13년 전 소멸 때의 유일한 소멸내성. 그게 너야."

유카에게 듣자 그 말은 특별히 무게가 느껴졌다. 노조미의 동요가 가라앉기를 기다려 유카는 말을 이었다.

"간단하게 이야기하면 우리는 다음 소멸에 대항하기 위한 정보를 네 안에 보관하고 있어. 여기에 정기적으로 오게 하는 것은 네 안에 있는 소멸에 관한 정보를 갱신하기 위해서지."

노조미 안에 숨겨진 '성장하는 소리'의 이론. 그리고 그 소리를 '양조'하면 다음 소멸을 피할 수 있을지도 모른다는 이야기.

설명이 너무 어려워 무슨 내용인지 알 수가 없었다. 하지만 자기가 마치 실험을 위한 '그릇'처럼 이용되고 있다는 것만은 이해할 수 있었다.

"결과적으로는 노조미를 이용한 꼴이 되었어. 하지만 이해해주었으면 해. 그게 우리 관리국에게나 네게나 제일 좋은 방향이야."

"그런 걸 멋대로 결정하면 곤란하죠. 아무리 제가 사라진 도시에서 태어났다고 해도 이제 저하곤 관계가 없고, 저를 속여 실험을 계속할 이유가 되지는 않죠."

유카는 슬픈 표정을 지었다.

"그래……, 그렇지. 우리 관리국은 다음 소멸로 사라질 수많은 사람들을 구하기 위해 너를 이용하고 있어. 그렇다고 해서 수많은 목숨과 너를 저울에 달 수는 없지. 둘 다 소중하니까."

"선생님에게 제가 소중한 건 실험 재료이기 때문이겠죠."

유카는 힘없이 고개를 저었다. 평소의 총명함은 그늘에 가려져 힘없는 소녀처럼 보였다.

"유지도 예전에 네 문제로 화를 낸 적이 있어. 너를 실험 재료로 이용하지 말라고……. 변명할 길이 없지. 내가 관리국에서 일하는 이상 노조미를 계속 힘들게 만들 수밖에 없으니까."

유카는 부정하지 않았다. 노조미는 자신이 실험재료라는 사실을 부정해 주기를 원했다. 유카만은 다를 줄 알았다.

노조미는 힘없이 자리에서 일어섰다.

"저 돌아갈래요."

"알았어. 집까지 데려다줄게."

"혼자 갈 거예요."

더 이상 장소를 숨길 필요도 없기 때문인지 정면 현관을 통해 밖으로 나올 수 있었다. 삼엄한 경비 장비를 갖춘 기관원이 노조미를 바라보았다.

병원을 나와 번잡한 거리를 걷다 보니 노조미는 자기가 어쩔 수 없이 '혼자'라는 사실을 느끼기 시작했다. 하지만 혼자라는 것이 싫었다. 그렇다고 해서 자기가 소멸에 관계된 사람이라는 이야기는 누구하고도 의논할 수 없었다.

노조미는 주머니에서 명함 한 장을 꺼냈다.

'이 사람이 의논 상대가 되어줄까?'

한동안 망설이며 명함을 들여다보았지만 휴대전화 번호가 손으로 쓴 글씨로 적혀 있는 것에 용기를 얻어 번호를 눌렀다.

귀에 댄 휴대전화에서 묵직한 신호음이 울렸다. 다섯 번째 신호가 가는데 전화가 연결되었다.

"혹시 기억하세요? 저는 유카 선생님 방에서⋯⋯."

◇

만나기로 약속한 곳은 수도에서도 유명한 고급 호텔이었다. 가르쳐준 대로 프런트에 이야기하자 검은 양복을 입은 초로의 호텔 종업원이 '기다리고 있었습니다'라며 깊숙이 고개를 숙였다.

야경이 보이는 꼭대기 층의 방으로 안내되었다. 황홀한 불빛이 눈 아래 가득 차있었다. 두꺼운 유리 너머에서 소리 없이 반짝이는 빛은 도시의 소란함에서 벗어난 정적의 세계를 구축하고 있었다.

유리창에 달라붙듯이 밖을 내다보고 있는데 뒤에서 키 큰 남자가 웃고 있는 모습이 유리창에 비쳤다. 노조미는 그의 에스코트를 받으며 의자에 앉았다.

"저어, 나가쿠라 씨. 이렇게 시간을 빼앗아도 괜찮은가요? 일 때문에 바쁘지 않으세요?"

그는 웃으며 고개를 저었다. 영화 속에서와 마찬가지로 사람을 끌어들이는 매력적인 미소였다. 종업원을 불러 노조미에게 무얼 시키겠느냐고 묻더니 유창한 서역 언어로 능숙하게 주문을 했다.

"유지라고 불러. 네 이야기는 유카한테서 자주 들었어. 검사열심히 받고 있다면서? 같은 병을 앓았던 '선배'로서 너하고는 한번 이야기를 나누고 싶었지."

노조미는 저도 모르게 고개를 숙이고 말았다. 유지도 그 건물을 출입하는 이상 그곳이 관리국이라는 사실을 알고 있을 것이다.

"유지 씨, 저도 이제 알게 되었어요. 유카 선생님이 관리국 사람이고, 저는 실험을 위해 거기 다닌다는 사실을."

유지는 잠깐 허를 찔린 듯이 눈을 깜빡거렸지만 이윽고 조용히 고개를 끄덕였다.

"그래? 알게 되었구나? 뭐 계속 숨길 일은 아니지."

"유지 씨가 말한 '203 탑'이란 말 때문에 그곳을 알게 된 거예요."

노조미가 그렇게 털어놓자 유지는 머리를 긁적거렸다.

"으아! 그랬어? 큰일이네. 또 유카에게 혼나겠는걸."

요리가 나왔다. 서역 전통요리를 변형해 만들어서인지 노조미의 입맛에 잘 맞았다.

"이럴 때도 역시 배가 고프다니, 참 이상해요."

유지는 술을 마시면서 노조미를 부드러운 눈길로 지켜보고 있었다. 노조미는 마음 편하게 식사를 하면서 자기가 어떻게 태어나고 자랐는지를 이야기했다.

"믿던 유카 선생님에게도 배신당하고, 저는 누굴 믿어야 좋을지 모르겠어요."

유지의 침울한 표정에 노조미는 얼른 입에 손을 댔다. 그는 유카를 좋아한다.

"이, 미안해요. 유카 선생님에게 심한 이야기를 해서."

"응……? 아, 괜찮아. 네가 그렇게 생각해도 어쩔 수 없으니까."

유지의 시무룩한 표정은 변함이 없었다.

그는 잔에 든 호박색 액체를 흔들다가 이윽고 그것을 테이블에 내려놓더니 노조미를 바라보았다.

"나도 널 속였는지도 몰라."

거의 첫 대면이나 마찬가지인 유지가 그렇게 말하자 노조미는 당황했다.

"난 네가 어렸을 때 널 만났어. 네 안에 있는 '도시' 풍경을 보았지."

유지는 어렸을 때의 병 치료를 통해 후천적으로 소멸내성을 얻게 되었다고 한다. 그리고 노조미가 아홉 살 때 실험에 실패. 그때 사라질 뻔한 노조미의 의식을 '끌어당긴' 것이 유지라고 한다.

"노조미. 네 안에는 그 '사라진 도시'와 똑같은 풍경이 펼쳐져 있어. 나는 아홉 살 때의 네 안에 들어가 그 '도시'를 보았지. 언덕 위에 고사포탑이 솟아 있는 도시 풍경을 말이야."

노조미는 깜짝 놀랐다. 그 도시를 유지와 공유하고 있다는 느낌. 그리고 의논하려고 했던 유지마저도 노조미를 이용한 실험에 도움을 주었다는 이야기를 듣고서.

"유카 선생님은 왜 관리국 같은 데서 일하는 거죠?"

당연한 의문이었다. 유카처럼 아름답고 총명한 여자가 왜 도시의 소멸이라는, '금기'에 관여하는 일을 평생의 직업으로 삼는가는 누구나 궁금할 수밖에 없을 것이다.

유지는 팔짱을 끼고 뭔가를 떠올리듯 아득한 표정을 지었다. 이윽고 자리에서 일어나 창가에서 야경을 내려다보았다. 마치 영화의 한 장면 같았다.

"유카는 고등학교 1학년 때 한 친구를 잃었어."

"혹시 도시의 소멸 때문에?"

유지는 고개를 끄덕였다. 그는 몸을 돌려 창에 기댄 뒤 두 사람이 고등학교 때 만난 일을 이야기해 주었다. 친구를 도시의 소멸 때문에 잃고 '도시'에 대한 복수에서 살아가는 의미를 찾던 유카. 그때 만난 유지와의 기묘한 관계. 2년이란 시간이 흘러 도착한 편지에 의해 굳어진 유카의 결심.

"유카는 소멸을 저지하기 위한 실험이라면 누구를 희생양으로 삼더라도 꺼리지 않았어. 물론 자기 자신을 실험 대상으로

삼기도 했지. 나는 몇 번이나 유카에게 속았고 여러 번 상처를
입었어."

노조미가 늘 보아온 명랑하고 건강한 아름다움을 지닌 유카
와는 거리가 먼 모습이었다. '도시'에 깊숙이 관계하기 때문에
추한 어둠을 본 기분이 들어 노조미는 온몸이 떨려왔다. 그것
은 바로 자기 안에도 같은 어둠이 존재한다는 이야기나 마찬가
지였다.

그 공포를 눈치챘는지 유지는 노조미에게 다가와 얼굴을 가
까이 댔다.

"노조미. 갑자기 여러 가지 일이 일어나서 혼란스러운 건지
도 몰라. 그러니 결론을 서두르지 말고 천천히 생각해."

저도 모르게 고개를 돌렸다. 노조미는 바로 그 이유를 깨닫
고 깜짝 놀랐다. 도시에 관계한 몸으로 유지를 오염시켜서는
안 된다는 생각에 반사적으로 피했던 것이다.

"이런 심정은 누구도 이해해 주지 못할 거예요. 내가 ×××
였다니."

눈앞에 닥친 현실의 무게를 견디지 못하고 소멸에 관계하는
사람을 경멸하는 '그 말'을 입에 담았다.

초등학교 때 어린애들이기에 입에 담을 수 있었던 그 말. 설
마 그게 자신에게 돌아오리라고는 상상도 못했다.

유지가 집까지 바래다주었다. 불쑥 찾아온 영화배우에 부모
는 감동해서 어떻게 된 일인지 캐물으려 했지만, 노조미는 그

럴 기분이 아니라서 일찌감치 자기 방으로 들어가 버렸다.

조용히 거울을 보았다. 엄마도 아빠도 닮지 않은 얼굴. 나는 대체 누굴까? 나는 대체…….

거울을 들여다보고 있는 중에 점차 초점을 잃고 세계가 녹아내렸다. 흐릿하게 떠오르는 자기 윤곽에 '소멸' 이란 두 글자가 겹쳐졌다.

북쪽으로 향하는 전차에서 내다보는 풍경이 노조미에게는 낯설었다.

봄방학 기간이라 아침 전차는 통근객이나 행락객이 뒤섞여 독특한 분위기를 자아냈다. 노조미는 창문에 기대어 자기가 '태어난 고향 풍경' 을 떠올렸다.

'사라진 도시' 에 관해 노조미는 아무것도 모른다. 물론 그런 도시가 과거에 여러 군데 있었다는 사실은 알고 있었다. 지도를 펼치면 몇 군데에 자연스럽지 못한 공백이 있었다. 모두 과거에 소멸로 인해 사라진 도시의 흔적이었다.

학교에서 배운 것도 아니고 누군가에게 물을 수도 없었지만 그 공백에 금기가 포함되어 있다는 사실은 어린이들마저도 충분히 감지했다.

하지만 13년 전에 사라진 도시가 어느 곳인지는 알 수 없었다. 유카는 '쓰키가세'라는 지명을 이야기했지만 그 이름은 완벽하게 말소되었기 때문에 알아볼 길이 없었다. 전역에서도 검색 금지어로 지정되어 있는 것이 틀림없었고, 검색한 이력이 남으면 분명히 사찰査察 대상이 될 것이다.

유일한 실마리. 그것은 며칠 전 아빠가 진실을 털어놓을 때 나왔던 '쓰가와'라는 지명이다. 아빠는 거기에 살며 회수 임무를 수행했다고 했다. 지도를 살펴보니 분명히 쓰가와라는 도시가 있고, 옆에 공백인 구역이 있었다. 수도에서 동북쪽으로 2백 킬로미터 정도 떨어진 바다에 가까운 도시였다.

노조미는 방학을 기다렸다가 부모에게 이야기도 하지 않고 집을 나섰다. 사라진 도시 '쓰키가세'로 가기 위해서.

계속해서 밝혀지는 자신의 과거와 자기를 둘러싼 사람들과의 관계에 이리저리 휘둘리다 보니 아무것도 생각할 수 없게 되었다. 마음을 정리하기 위해 태어난 곳을 찾아가보자는 생각이 들었다.

열차가 커다란 터미널 역에 도착하자 노조미가 앉아있던 박스석 손님도 바뀌었다. 옆에는 중년남자가, 맞은편에는 남자아이와 여자아이가 앉았다. 아마도 세 사람은 가족인 모양이었다.

바로 앞에 앉은 두 아이는 누나와 남동생 사이일까? 언니 쪽은 노조미보다 몇 살 아래, 중학교 1학년 정도. 남자아이는 초등학교 고학년으로 보였다.

무남독녀인 노조미는 언니와 동생이라는 관계가 잘 이해가 되지 않았지만 옆에서 보기에도 두 아이는 사이가 좋았다.

자기가 '무남독녀'라는 생각을 했다가 저도 모르게 쓸쓸한 웃음을 지었다. '사라진 도시'에 홀로 남았던 노조미는 형제가 있었는지 없었는지조차 알 수가 없으니까.

두 아이를 자연스럽게 보다가 깨달은 것이 있었다. 몇 분에 한 번씩 두 사람의 손과 몸의 동작이 완전히 일치하는 순간이 있었다. 동작의 싱크로였다.

'이 애들은 분리되어 있다……'

일반적인 분리자라면 바로 눈치챌 수 있지만 성별이 다르고, 게다가 나이 차이까지 또렷하게 나는 분리자는 본 적이 없었다.

"하나 드실래요?"

너무 빤히 바라보고 있었기 때문일까, 대각선으로 앞에 앉은 여자아이가 노조미에게 밀감을 권했다. 마음속을 들여다보인 것처럼 당황하면서도 고맙다는 말을 하고 받아들었다. 세 사람이 함께 밀감 껍질을 벗기고 있자 왠지 노조미는 그들 가족의 일원이 된 듯한 느낌이 들어 우스웠다.

아버지는 두 아이를 모두 '히비키'라고 부르고 있었다. 남자아이 히비키와 여자아이 히비키.

밀감은 못생기기는 했지만 달고 맛있었다. 그 이야기를 하자 옆에 앉은 아버지 같은 남자가 웃음을 지으며 노조미에게 말을 걸어왔다.

"혼자 여행하니? 어디로 가는데?"

"아, 쓰가와까지요."

남자가 살짝 놀라는 표정을 지었다.

"우리도 쓰가와에 가요."

노조미는 조심스럽게 고개를 끄덕였다. '사라진 도시'에 인접한 도시에 가는 일을 너무 캐물으면 곤란하다고 생각했기 때문이다. 하지만 걱정할 필요도 없이 대화는 앞에 앉은 남자아이의 큰 목소리에 중단되었다.

"누나! 카드놀이하자."

대답할 틈도 주지 않고 사내아이는 카드를 나누기 시작했다. 자기에게, 아버지에게, 그리고 노조미에게 한 장씩 나눠주었다.

"네 명이 하는 거 아니니?"

자기 누나에게는 카드를 주지 않아 이상하다는 생각이 들어 물었다.

"우린 서로 갖고 있는 카드를 다 알게 되기 때문에 게임을 할 수가 없어."

여자아이가 재미없다는 표정으로 말했다.

두 명의 히비키가 번갈아가며 세 명이서 카드 게임을 계속했다. 게임에 흥이 오르자 두 명의 싱크로 빈도가 높아져 주위 승객들도 두 아이가 분리자라는 사실을 알게 되었다. 힐끔힐끔 보는 시선을 견디기 힘들었지만, 두 히비키나 아버지는 신경 쓰는 것 같지도 않았다.

분리자는 평소에도 호기심이나 사소한 차별의 대상이 되기 때문에 함께 행동하는 일은 거의 없다. 원래 분리란 '자기 동일성 장애'의 치료로서 처방되는 경우가 대부분이다. 자기 내부에 복수의 인격이 발달해 경계가 지어지지 않기 때문에 분리를 선택하는 것이다. 분리한 개체가 서로 좋아서 함께 있을 리는 없었다.

열차가 큰 고가 역에 도착하자 '오 분간 정차하겠습니다' 라는 안내방송이 나왔다. 두 히비키는 용돈을 받아 플랫폼에 있는 매점으로 달려갔다. 사이좋게 과자를 고르는 뒷모습은 노조미로 하여금 절로 미소를 짓게 만들었다.

"사이가 좋네요."

저도 모르게 그렇게 말하고 말았다. '분리자인데도' 라는 뜻이 포함된 말이었다.

"그렇지. 저 애들은 어떤 목적을 위해 스스로 분리를 선택했어. 아버지인 내가 말릴 수도 없었지."

남자는 두 아이의 분리를 숨기려 들지 않았다. 너무도 자연스러운 말투에 노조미는 더 이상 물을 수가 없었다.

◇

쓰가와 역은 지방 소도시답게 역 앞에 상점과 낮은 빌딩이 늘어서 있었다. 히비키 가족하고는 거기서 헤어졌다.

"우리는 언덕 위에 있는 펜션에 묵을 거야. 어쩌면 또 만날 수 있을지도 모르겠네."

"안녕, 노조미 누나."

두 히비키가 싱크로하면서 손을 흔들었다. 노조미도 웃으며 손을 흔들어 주었다. 모습이 보이지 않게 되고 나서 짐을 들고 걷기 시작했다. 몇 걸음도 가지 않아 문득 이상한 기분이 들었다.

'저 애들이 어떻게 내 이름을?'

뒤를 돌아보았지만 이미 그 가족의 모습은 보이지 않았다.

역 앞에 있는 '은방울꽃 거리'라는 곳은 어느 도시에나 있을 법한 잡다한 상점들이 늘어선 아케이드였다.

이윽고 상점가가 끝났다. 계속 앞으로 가니 제방이 벽처럼 솟아 있었다. 제방을 올라가자 이곳의 지명이기도 한 쓰가와 강이 모습을 드러냈다. 바다에 가까운 강의 폭이 넓어 물의 흐름을 느낄 수 없었다. 지도에서 확인한 대로 이 강의 상류로 거슬러 올라가면 사라진 도시 '쓰키가세'가 보일 것이다.

가서 어떻게 하겠다는 목적이 있는 것은 아니다. 그래서 바로 앞에 있는 '여기부터 오염 때문에 들어갈 수 없습니다'라는 간판과 울타리가 보여 더 이상 앞으로 나아갈 생각은 없었다. 울타리는 간단하게 만든 것이라 얼마든지 넘어갈 수 있을 것 같았다. 오염이 보이지 않는 장벽이 되어 사라진 도시로부터 사람들을 멀어지게 하기 때문에 거창한 울타리는 필요도 없을 것이다.

울타리 너머에는 '소멸완충지대'로서 집이 철거된 공간이 있고, 그 너머에는 사라진 도시가 펼쳐졌다. 소멸로부터 13년이 흘러 사람이 살지 않는 상태로 방치된 도시는 조금씩 자연의 침식에 먹혀 들어가, 도시였던 흔적이 지워지려 하고 있었다.

'나는 저 도시에서 태어났다.'

실감이 나지는 않았지만 속으로 그렇게 중얼거렸다.

그 순간 뭔가가 노조미를 덮쳤다. 그것은 얇은 베일처럼 노조미를 감쌌다.

'아, 이건……'

처음 느낀 감각이 아니었다. 관리국 검사에서 의식이 돌아오는 순간에 찾아오는 물보다 훨씬 더 친밀한 것에 감싸인 감각. 그것과 같았다.

주위를 살펴 아무도 없다는 걸 확인하고 울타리를 넘었다.

이상하게 도시가 두렵다는 생각이 옅어져 있었다.

노조미는 도시 중심부를 향해 걷기 시작했다. 세 살 때까지 이 도시에서 살았다지만 기억이 나는 것은 아무것도 없었다.

집들의 문패는 벗겨지고, 신호등의 지명 표시도 철거되어 이 곳이 '쓰키가세'라는 흔적을 남기고 있는 것은 전혀 없었다. 노조미의 아버지가 참가했던 회수원들의 작업 성과다. 도시 이름, 도시에 대한 기억을 모두 지워 다음 소멸을 늦추기 위해.

도시는 당연히 정적으로 가득 차 있었다. 말이 없는 집들. 이따금 불어오는 바람이 쌓인 낙엽을 이리저리 굴리고, 아스팔트를 뚫고 나온 잡초를 흔들었다. 몇몇 낡은 집은 무너질 조짐을 보이고 있어 가까이 가기가 꺼려졌다.

이윽고 노조미는 도시의 중심 거리로 보이는 큰길로 나왔다. 한복판에 서서 어디로 가야할지 둘러보다가 동작을 멈췄다.

"고사포탑……."

길이 뻗어나간 끝부분에 야트막한 언덕이 있고, 돌로 쌓은 오래된 고사포탑이 꼭대기에 서있었다. 도시를 지키는 상징이자 도시를 노려보는 위압적인 모습이기도 했다. 노조미는 검사를 받을 때마다 떠오르던 광경 속에 서있었다.

노조미는 자기가 '사라진 도시'와 연결되어 있음을 또렷하게 자각했다.

"나는, 이 도시에서, 태어났어."

다시 중얼거렸다. 자신의 운명을 그 말로 받아들이려는 듯이.

◇

밤이 찾아오려 하고 있었다.

노조미는 아직 도시 안에 있었다. 왠지 사고력이 현저하게 떨어져, 노조미는 시간 감각을 잃고 언덕 기슭에 멍하니 서있었다.

노조미는 자신을 감싸는 것이 무엇인지 비로소 이해했다. 여러 겹의 투명한 베일에 둘러싸인 듯이 생각할 힘을 앗아가는 것이 '도시'의 의식이란 사실을.

옅어지는 도시에 대한 공포. 그야말로 '도시'의 음모였다. 물은 때로 따스하고 부드럽게 사람을 감싸지만, 또 때로는 해일처럼 사람을 덮쳐 짓누를 수도 있다.

"노조미! 돌아와!"

거친 목소리에 깜짝 놀라 노조미는 정신이 들었다. 아직 멍한 정신으로 소리가 나는 쪽을 보니 시라세가 서있었다. 가장 만나고 싶지 않은 상대였다.

"돌아와. 더 이상 여기 있으면 위험해."

여느 때와 마찬가지로 노조미의 심정은 헤아리지 않는 냉정한 목소리.

"돌아가면 어차피 날 실험용으로 쓰겠죠? 그런 건 딱 질색이야."

노조미는 달려 나갔다. 눈이 자유롭지 못한 시라세라면 간단하게 떨쳐낼 수 있을 것이다.

하지만 예상과는 달리 시라세는 마치 눈이 보이는 사람처럼 날쌔게 달려 노조미를 잡았다. 시라세는 맨발이었다.

"건드리지 마!"

잡힌 오른손을 매몰차게 뿌리치려하자 바로 직전에 시라세는 손을 놓았다. 그리고 노조미의 행동이 멈춘 순간을 노렸다는 듯이 다시 오른손을 잡았다. 마치 움직임 모두를 파악하고 있는 것처럼 정확했다. 노조미는 약간 두려워졌다.

"저걸 봐."

오른손을 잡은 채로 시라세가 고개를 들었다. 마지못해 노조미도 하늘을 올려다보았다.

달이 일그러진 타원형으로 빛을 발하고 있었다. 창백한 빛을 내는 그 모습은 마치 어둠을 유혹해 내려는 듯이 기분 나빴다.

"도시 안에서 저 '달'이 보이기는 몇 년 만이야. 네가 여기 들어왔기 때문에 '도시'의 의식이 활성화되었다는 증거야."

"하지만 저는 소멸내성이 있기 때문에 괜찮잖아요. 그러니 내버려 두세요."

도망치려 했지만 시라세는 놔주지 않았다.

"아직 '도시'는 너를 단순한 침입자로밖에 인식하지 않고 있어. 하지만 네가 소멸내성이라는 걸 알면 '도시'는 대번에 이빨을 드러낼 거야. '도시'가 마음만 먹으면 네 의식은 망가지게 되어 있어. '도시'를 얕잡아봐서는 안 돼. 네 안에는 다음 소멸을 저지하기 위한 귀중한 정보가 담겨 있다는 이야기는 이미 했을 거야."

"그런 거 난 몰라요, 난 도구가 아니니까……."

"미안해. 더 이상은 위험하니 강제수단을 쓰겠어."

시라세는 순식간에 노조미의 겨드랑이 아래로 팔을 넣어 목덜미에서 깍지를 껴 꼼짝 못하게 하더니 입과 코에 헝겊을 덮었다. 무슨 약품 냄새가 났다. 노조미는 의식을 잃었다.

◇

부드러운 이불의 감촉이 아늑했다. 살짝 눈을 뜨니 천장의 나뭇결이 파문처럼 일그러져 퍼지며 이윽고 시야가 안정되었다.

머리맡에 앉은 남자가 부드러운 표정으로 노조미를 바라보고 있었다.

"저어, 여기가 어디죠?"

남자는 빙긋 웃었다. 천진난만한 표정이었다. 이렇게 웃을 수 있는 어른을 본 적은 한 번도 없었다.

주위를 둘러보았다. 무슨 숙박시설의 방인 모양이다.

"제가 왜 여기 있는 거죠? 시라세 씨는?"

그는 난처하다는 듯이 웃었다. 어색한 침묵이 이어지고 남자는 머리를 긁적이며 일어섰다. 기다리라는 제스처를 하더니 그는 방을 나갔다.

잠시 후 경쾌하게 계단을 올라오는 발소리가 들렸다.

"아, 정신이 들었니? 다행이구나."

발소리처럼 쾌활한 인상을 풍기는 중년여성이었다.

아카네라고 자기 이름을 밝힌 그 여자는 짧게 자른 머리카락 아래서 눈동자를 깜빡거리며 노조미를 들여다보았다. 왠지 감개가 깊다는 표정을 짓고 있었다.

"그 애가 이렇게 컸다니."

노조미의 어린 시절을 안다는 말투였다.

"저어, 저를 아세요?"

그 여자는 비밀을 털어놓는 듯한 표정을 지었다.

"나는 13년 전에 쓰가와에 와서 이 펜션 '바람을 기다리는 집'에서 일하게 되었지."

"13년 전에요?"

"그래. 쓰키가세 시가 소멸한 해였지. 나는 소멸 회수원이었어."

이야기를 더 듣고 싶었지만 아카네는 일어선 노조미를 다시 눕히고 이불을 덮었다.

"아직 도시에 들어간 후유증이 남아있으니 한숨 더 자. 맛있는 식사를 준비해 둘 테니까. 부모님에게도 연락을 해두었어. 내일이라도 만날 수 있을 거야. 게이코도 나중에 보러 올 테고."

"예."

노조미는 순순히 따랐다. 몸을 일으키면 아직은 머리가 어지러웠다. 부모와 시라세를 만나는 것은 부담이 되었지만 그것도 한숨 자고 나서 걱정할 일이었다.

◇

다시 눈을 뜨니 아래층에서 귀에 익은 목소리가 들려왔다. 엄마의 목소리였다. 2층으로 올라오는 기척에 노조미는 얼른 담요 속으로 파고 들어갔다.

"노조미."

오래 함께 살아온 '엄마와 딸'이기 때문에 그 목소리만으로도 표정을 알 수 있었다. 화난 표정도 아니고 웃는 얼굴도 아니다. 담담한 표정. 마치 이번 일은 대수롭지 않다는 듯한. 노조미는 화가 났다.

"네 용돈으로 온 거니? 말했으면 차비를 줄 텐데."

노조미가 큰 결심을 하고 여기 온 것을 마치 여행이나 하러 온 것처럼 여기는 듯했다. 발끈해서 담요를 걷어차고 일어났다.

"뭐야! 엄마. 내 속도 모르면서!"

거기에는 역시 머릿속에 그렸던 표정을 지은 엄마가 놀라지도 않고 눈만 깜빡거리고 있었다.

"어머, 기운이 넘치네. 보러 올 일도 아니었나?"

엄마의 대범함은 마음 약한 아버지와 반비례해서 일상생활에서는 듬직하지만 이럴 때는 반발심을 부채질한다.

마치 자기를 가볍게 여기는 기분이 들어 저도 모르게 목소리가 거칠어졌다.

"엄마가 그렇게 태연한 얼굴을 하고 있는 건 내가 진짜 자식이 아니기 때문이겠지? 진짜 자식이라면 걱정할 거야. 나를 속여서 관리국 실험을 도왔던 것도 아무렇지 않게 생각하지?"

엄마에게 따지다 보니 노조미는 자기 목소리에 흥분해서 스스로를 억제할 수가 없었다.

"난 이제부터 ×××로 평생을 살아가야만 하니까. 앞으로 하고 싶은 일도 할 수 없고 애인도 결혼도 모두 포기해야만 해. 그런 식으로 아무렇지도 않은 일처럼 이야기하지 마. 내 심정은 아무도 모르니까."

불을 붙이지 않은 담배를 물고 있던 아카네가 방긋방긋 웃으며 얼굴을 가까이 가져왔다. 그리고 거침없이 노조미의 뺨을 힘껏 때렸다.

아프기보다 처음으로 남에게 뺨을 맞았다는 사실이 충격이었다.

"뭔지는 모르지만."

아카네는 표정을 전혀 바꾸지도 않고 계속 웃고 있었다.

"네가 지금까지 진짜 딸이 아니라는 것을 깨닫지 못했다는 건 그만큼 부모님이 진짜 딸로 키워왔기 때문이잖아? 감사를 드리지는 못할망정 원망을 해선 안 되지."

노조미는 뺨을 만지며 그 말의 의미를 곱씹었다.

엄마가 머리맡 의자에 앉았다. 여전히 동요하는 기색은 없었다.

"얘, 난 말이야, 네 출생이 어떻건 그런 문제에는 흥미가 없어."

엄마가 노조미의 머리에 손을 얹었다.

"네가 내 딸이란 사실, 그것 이외에는 아무런 관심도 없단 말이야."

얼굴을 들여다보며 타이르듯 말하는 엄마에게 어떤 표정을 지어 보여야 좋을지 몰라서 노조미는 고개를 숙였다.

엄마 뒤에는 시라세가 서있었다. 시라세는 지팡이를 짚고 발에는 붕대를 칭칭 감고 있었다. 어색한 동작으로 지팡이를 짚으며 노조미에게 다가왔다. 아카네가 그런 시라세를 부축했다.

"다행이야. '도시'에 빨려 들어가지 않아서. 정말 다행이야."

진심으로 마음이 놓인다는 시라세의 표정. 지금까지 시라세의 오랫동안 무표정한 얼굴에만 익숙했던 노조미는 당황하고 말았다.

"평소와 전혀 달라요. 대체 어떻게 된 거예요? 그리고 그 발은?"

시라세가 웃기만 하고 말을 하지 않자 아카네가 대신 대답했다.

"게이코는 맨발로 널 업고 도시에서 탈출했어. 그러다 다친 거야."

노조미에게 더 다가가려 시라세는 지팡이를 내려놓았다. 상처가 아픈지 얼굴을 찡그렸다. 노조미가 기가 막힌다는 투로 말했다.

"내가 이렇게 싫다고 하는데 왜 나를 구하려는 거죠? 나를 얼마나 더 실험에 쓰려고."

그만 신랄한 말투가 되고 말았다.

"나도 네가 겪는 고통을 알고 있으니까……."

여전히 짙은 선글라스를 쓴 모습이었지만 노조미를 달래며 측은하게 여기는 마음으로 가득 찬 표정이란 걸 알 수 있었다.

"혹시 시라세 씨도……?"

"그래, 나는 43년 전에 소멸한 도시 '구라쓰지'에서 살아남았지."

노조미는 믿을 수가 없어 시라세를 바라보았다.

"소멸내성으로 태어난 이상 나 노조미나 국가 관리에서 벗어날 수 없어. 내가 겪어 알게 된 소멸내성에게 강요되는 인체 실험이라고나 해야 할 검사. 벗어날 수는 없다 해도 진실을 알게 되면 조금은 행복하게 살 수 있을지도 몰라. 그래서 네겐 관리국에서 호적까지 준비해서 신야 부부로 하여금 진짜 부모가 될 수 있도록 했어. 가능한 한 '평범한 사람'으로 살아갈 수 있도록 말이야."

시라세는 선글라스를 벗었다. 희게 흐려진 눈동자가 거기 있었다. 노조미는 저도 모르게 시선을 외면했다. 하지만 마음속의 또 다른 노조미는 그러면 안 된다고 말하고 있었다.

"나는 소멸내성으로 혼자 사라지지 않았기 때문에 국가에서 관리했지. 내겐 일가친척도 없었어. 오염에 대한 보호막이 형성되기 전부터 실험을 반복했기 때문에 이렇게 '도시'에 오염이 되고 말았단다. 나 같은 고통을 노조미 너에게 맛보게 하고 싶지는 않았어. 결과적으로 속인 꼴이 되고 말았지만."

시라세의 눈에서 눈물 한 줄기가 흘러내렸다. 뜻밖의 고백과 시라세의 부드러운 모습에 노조미는 어찌해야 좋을지 알 수가 없었다.

"시라세……게이코 씨. 어째서 여태까지 그렇게 싸늘했던 거죠? 그래서 저는 내내 게이코 씨를 싫어하고……."

벽에 기대어 대화를 듣고 있던 아카네가 불을 붙이지 않은 담배를 입에 문 채로 말했다.

"피차 소멸내성이니까. 서로 간섭해 실험에 악영향이 끼치기 않도록 감정 억제를 해야만 했던 거야. 사실은 게이코 씨가 너를 가장 걱정하고 있어. 부모님도 그러실 테고. 그렇지 않다면 네 아빠는……."

아카네는 불쑥 입을 다물었다. 노조미는 그제야 아빠가 없다는 걸 깨달았다. 회사 사장으로서 종업원과 납기를 맞춰야 하는 형편이기는 하지만 이럴 때면 제일 먼저 달려올 아빠다.

"아빠는 일 때문에?"

엄마는 말없이 고개를 저었다. 노조미는 비로소 깨달았다. 엄마의 얼굴이 피로와 동요로 수척해져 있다는 것을.

"저, 엄마. 게이코 씨. 아빤 어디 있어요?"

시라세는 다시 감정을 억제한 듯한 딱딱한 표정으로 말했다.

"너를 뒤쫓아 도시에 들어갔다가 감염이 되어서……의식이 없는 상태야."

◇

폐공장 지하에 펼쳐진, 두꺼운 벽으로 뒤덮인 공간. 아빠는 그 가운데 한 방에 누워 있었다. 그곳은 예전에 쓰키가세가 소멸했을 때 관리국 쓰가와 분실로 사용했던 장소라고 한다.

방에 들어서자 뒤에서 조용히 이중문이 닫히고 컴프레서가 작동하는 듯한 기계음이 점점 높아졌다. 귀에 압력이 느껴져 노조미는 침을 삼켰다.

"그날 네가 저녁이 되어도 집에 돌아오지 않고 여행가방도 없어졌다는 걸 알고 네 아빠가 급히 뒤쫓아 갔던 거야."

엄마의 목소리는 여전히 담담했다. 하지만 지금은 그 안에 숨긴 절제된 감정을 느낄 수 있었다.

아직 눈을 뜨지 못하는 아빠의 머리맡에 엄마와 나란히 앉았다. 침대와 의자 이외에는 아무것도 없었다. 물론 창문도 없는 밋밋한 벽에는 시계가 두 개 걸려 있었다. 하나에는 짧은 바늘만 다른 하나에는 긴바늘만 째깍거리고 있었다.

등 뒤의 문이 열리더니 시라세가 모습을 드러냈다. 감정 억제를 하고 있는 모양이다. 전과 마찬가지로 무표정한 얼굴이었다. 스카프 매듭에 손을 대고 살짝 헛기침을 했다.

시라세의 설명에 따르면 노조미의 침입 때문에 '도시'의 의식이 활성화되어 있었다. 그래서 아빠의 의식은 그 여파로 '도시'가 눈치채지 못한 상태에서 빨려 들어가고 만 것이라고 한다.

왜 대책 없이 도시로 뛰어들어간 걸까. 노조미는 어이없어하면서 누워 있는 아빠의 얼굴을 바라보았다. 노조미의 심정을 눈치챘는지 게이코가 노조미를 뚫어지게 보았다.

"노조미. 아빠를 원래 상태로 되돌리기 위해선 네 힘이 필요해."

"내 힘? 내가 어떻게 하면 아빠를 되돌릴 수 있는 거죠?"

"소멸내성은 자기 안에 '마음속 도시'를 지니고 있어. '도시'
와 '마음속 도시'가 서로 간섭해서 힘이 균형을 이루기 때문에
소멸내성은 오염을 받지 않지. 두 도시의 친화성이 높아졌을
때 네 '마음속 도시'의 장벽을 잠깐 허물어뜨려 '도시'에 연결
하는 거야. 잠깐이라면 '도시'도 눈치채지는 못할 테니 그 사이
에 아버지를 찾아 돌아와 줘."

설명을 들었지만 무슨 말인지 제대로 이해할 수 없었다. 하
지만 속으로 '다시는 받지 않겠다'고 생각했던 관리국 검사나
마찬가지일 거라는 점은 예상할 수 있었다.

"아버지가 자기 힘으로 '도시'의 장벽을 뚫기는 아마 힘들
거야. 아빠가 너를 생각하는 마음, 네가 아빠를 생각하는 마음
이 서로 합쳐져야만 해."

"만약 그렇게 하지 않는다면 아빠는 어떻게 되는 거죠?"

시라세는 노조미를 바라보며 잠시 꼼짝도 하지 않다가 이윽
고 조용히 입을 열었다.

"계속 이런 상태로 의식을 되찾지 못하게 될 거야."

컴프레서의 웅웅거리는 소리가 방 안에 나직하게 들려왔다.
노조미는 살짝 한숨을 쉬었다.

"알겠어요. 늘 하던 검사 때처럼 하면 되는 건가요?"

아무리 검사가 싫어도 아빠를 구하지 않을 수는 없었다. 너

무 싫기는 했지만 검사 자체에 고통이 따르는 것도 아니다. '실험대' 라고 하는 불쾌한 기분을 한 번만 참아내면 되는 것이다. 노조미는 그렇게 결론을 내렸다.

게이코가 부정적으로 고개를 저었다.

"노조미, 이번에는 평소에 하던 검사와 달라. '사라진 도시' 와의 장벽을 일시적이기는 해도 무너뜨리는 것이기 때문에 아버지를 찾는데 시간이 걸리면 바로 오염이 진행될 거야. 오염이 축적되면 언젠가는 나처럼……. 그래도 '도시' 에 들어갈 각오가 되어 있어?"

노조미의 얼굴이 가면처럼 변했다. 꺼리고 금기시해 온 오염에 대한 본능적인 거부감이 온몸을 휘감았다. 시라세의 선글라스 안쪽에 있는 탁한 눈을 생각했다. 오염을 계속 받게 된다면 언젠가는 나도……. 저도 모르게 몸이 부르르 떨렸다. 그 모습을 보고 시라세가 타이르듯 말했다.

"생각할 시간은 있어. 두 '도시' 를 연결하기 위한 준비에는 적어도 사흘 가량은 걸려. 그러니 천천히 생각해 보도록 해."

◇

이튿날 아침 눈을 뜬 노조미는 창문을 통해 밖을 내려다보았다. 봄철 특유의 안개가, 자욱한 공기가 내려다보이는 도시를 뿌옇게 만들고 있었다. 한가운데 언덕에 솟은 탑의 실루엣이 눈에 익었다. 사라진 도시 쓰키가세의 고사포탑이다.

가즈히로라는 어제 그 남자가 테라스에서 뭔가 악기 같은 것을 조율하고 있었다. 노조미는 이끌리듯 테라스로 나갔다. 그는 어린애처럼 천진난만한 웃음을 지으며 의자를 권했다.

어젯밤 펜션으로 오는 차 안에서 시라세로부터 들은 이야기에 따르면 그가 말을 못하게 된 것은 '도시'에 의한 오염 때문이라고 한다. 여기 와서 비로소 알게 된 오염의 실상에 노조미는 마음이 복잡했다.

"이건 악기인가요? 연주를 들을 수 있나요?"

가즈히로가 자세를 갖추었다. 다른 나라의 오래된 현악기다. 마치 그를 위해 주문한 악기인 것처럼 익숙한 포즈였다. 가즈히로와 악기가 서로를 신뢰하고 있다는 것을 알 수 있었다.

현 위에서 긴 손가락이 춤을 추었다. 부드러운 바람이 스쳐가는 듯한 소리에 휩싸였다. 소리는 풍요로운 은혜의 비처럼 쏟아져 내렸다. 노조미는 편안한 마음으로 소리가 쏜 화살을 맞았다. 자기 안쪽에서 부드럽게 퍼져가는 부유감을 느꼈다. 다음 순간 노조미의 의식은 '날았다'.

노조미의 의식은 소리를 타고 사라진 도시 속을 마음껏 날아다녔다. 고사포탑을 하늘 위에서 내려다본 뒤 단숨에 내려와 잡초가 덮인 거리를 바닥에 스칠 듯이 날았다.

그리고 노조미는 듣고 있었다.

주저앉은 집들의 지붕에 떨어지는 빗소리를.

원시의 숲으로 돌아가려는 나무들 사이로 부는 바람 소리를.

그리고 그런 모든 소리의 뒤에 숨은 '도시'의 의지를.

가즈히로의 마음은 지금도 '도시'에 연결되어 있어, 그가 빚어내는 소리는 듣는 사람의 마음까지도 자유자재로 도시로 날려 보낼 수가 있는 것이다.

소리가 멈추고 노조미는 다시 테라스로 '돌아왔다'. 한동안 초점을 잃고 멍하니 있었지만, 가즈히로의 웃는 얼굴이 바로 앞에 보여 겨우 정신을 차리고 힘껏 박수를 쳤다. 가즈히로는 고맙다는 듯이 손을 가슴 앞에 댔다.

테라스 나무 난간에 기대어 노조미는 도시를 내려다보았다. 낮은 지붕들이 줄지어 늘어선, 평범한 지방 도시였다. 그런 풍경 속에는 수많은 사라진 사람들이 존재하고, 오염으로 고통받는 가즈히로나 유카, 시라세처럼 소멸을 막기 위해 애쓰는 사람들이 존재한다.

그리고 소멸 같은 것과는 평생 관계없이 살아가게 될 거라고 생각했던 자신이 사라진 도시와 관계있는 사람들의 한가운데 있다는 사실에 노조미는 공포인지 당황인지 모를 종잡을 수 없는 감정에 휩싸여 있었다.

눈 아래 보이는 숲속에서 소리가 났다. 수풀을 헤치며 누군가 올라오는 기척. 이윽고 나타난 사람은 열차 안에서 만났던 히비키라는 남자아이였다. 자랑스러운 표정으로 아래쪽 수풀을 내려다보고 있었다. 조금 늦게 올라온 것은 물론 여자아이였다.

꽤 늦게 두 아이의 아버지가 헐떡거리면서 올라왔다.

"아침 산책을 나갔는데 아카네 씨가 알려준 길로 간다고 말을 듣지 않더니. 덕분에 운동 한번 잘했네."

머리에 붙은 거미줄을 떼면서 지친 표정으로 이마의 땀을 닦았다. 그들이 묵는 언덕 위의 펜션이 바람을 기다리는 집이었던 것이다. 세 사람 모두 노조미를 보고도 특별히 놀라는 기색도 없이, 마치 여기 있는 게 당연하다는 듯이 자연스럽게 대했다. 세 사람의 목소리를 들은 아카네도 테라스로 나왔다. 두 히비키는 이 펜션의 단골인지, 가즈히로와 아카네에게 달라붙어 떨어지지 않았다.

"자, 그럼 오늘 훈련을 시작할까?"

아카네에게 히데아키라고 불린 남자는 손뼉을 치며 두 명의 히비키를 재촉했다.

"오늘은 내가 남을 차례야."

남자아이가 그렇게 말하며 가즈히로의 팔을 잡았다.

"그럼 나는 아빠하고 강가에 갈 거야."

"그럼 20분 뒤, 10시 30분부터 시작하죠."

히데아키가 가즈히로에게 그렇게 말하고 여자아이와 함께 테라스를 떠나려다가 뒤를 돌아보았다.

"어때? 노조미도 함께 가지 않을래?"

어디로 가는지도 몰랐지만 노조미는 고개를 끄덕였다. 히데아키는 알았다는 표정을 지으며 펜션 차에 올라탔다. 여자아이가 조수석에 노조미는 뒷좌석에 앉았다.

도로로 연결되는 비포장 오솔길을 차는 덜컹거리며 달렸다. 포장도로로 나가 쓰가와 시내 쪽을 향해 비탈길을 내려갔다.

하천부지 주차장에 차를 세우고 세 사람은 밖으로 나왔다.

"몇 분 남았지?"

히데아키가 손목시계를 힐끔 보았다.

"앞으로 3분이네. 준비해."

"예."

차 트렁크에서 돗자리와 스케치북을 꺼내더니 히비키는 넓은 돗자리 위에 신발을 벗고 누웠다. 가슴에 스케치북을 안고 조용히 눈을 감았다.

"앞으로 10초……5, 4, 3, 2……스타트."

히데아키가 조용히 말했다. 약간 떨어져 그런 모습을 지켜보고 있던 노조미에게는 아무런 변화도 느껴지지 않았다.

히비키는 꼼짝도 하지 않고 눈을 감은 채 무엇인가에 집중하고 있었다. 마치 미세한 소리마저 놓치지 않겠다는 듯이.

히데아키는 그런 히비키를 진지하게 바라보고 있었다. 노조미는 하늘을 올려다보았다. 쓰키가세 쪽에서 천천히 구름이 흘러오고 있었다.

움직임이 없던 히비키가 불쑥 눈을 뜨고 누운 채로 스케치북에 뭔가를 적더니 다시 눈을 감았다. 20분 가량 그러고 있었을까? 히비키는 몇 번이나 같은 동작을 반복했다.

"히비키, 끝났어?"

히데아키가 말해도 히비키는 돗자리에 누워 한동안 움직이지 않았다. 극도의 집중을 반복하느라 지쳤을 것이다. 히데아키가 안아 일으켜 포트의 차를 따라 컵을 손에 쥐어 주었다.

"자, 차 마셔라."

"아빠, 그 전에 답 맞춰야지."

"아아, 그렇지."

히데아키는 바지 주머니에서 쪽지 한 장을 꺼내 히비키에게 건넸다. 히비키는 지친 표정으로 종이에 적혀 있는 글씨와 스케치북에 자기가 쓴 글씨를 대조해 보았다. 페이지를 넘길 때마다 표정이 흐려져 갔다.

"아, 지난번보다 더 좋지 않아."

마음에 들지 않는다는 듯이 스케치북을 집어던지더니 다시 벌렁 누워 한숨을 푹 내쉬었다.

"'도시'의 의식에는 파도가 있기 때문에 늘 좋은 결과가 나오는 건 아니야. 천천히, 꾸준히 해야 해. 어차피……."

히데아키는 하늘을 보았다.

"앞으로 시간은 넉넉해."

◇

"지금 무엇을 한 건가요?"

찻잔을 받아들며 노조미가 물었다.

"분리자 사이에 '서로 부르기'라는 현상이 일어난다는 것은 알고 있니?"

제대로 모르는 노조미는 고개를 저었다. 히데아키가 설명했다.

'서로 부르기'란 분리자 사이에 생기는 일종의 감각 공유라고 한다. 원래는 한 개체로서 존재했던 것을 편의상 두 개의 몸으로 나눈 것이기 때문에 의식 그 자체까지 완전히 분리되는 일은 드물다. 대개는 일부 '의식의 유착'을 지닌 채 분리자로서 살아가게 된다.

그 '유착'이 흔히 이야기하는 '서로 부르기'의 원인으로, 분리자에 따라 서로 다른 양상을 보인다. 예를 들면 분리자의 한쪽이 영화를 보고 감동의 눈물을 흘리면 다른 한쪽은 아무리 멀리 떨어져 있어도 불쑥 눈물을 흘리는, 감정을 축으로 한 것이나 특정 장소를 한쪽이 찾아가면 다른 한쪽도 반드시 며칠 안에 같은 장소를 찾아간다고 하는 경우도 있다. 열차 안에서 두 히비키가 보여준 싱크로가 바로 대표적인 사례다.

"펜션에 있는 히비키가 전달하는 말을 가즈히로의 연주를 이용해 일단 쓰키가세로 보내지. 얼마나 '도시'에 방해를 받지 않고 여기 있는 히비키가 정확하게 알아듣는가를 실험하는 거야."

"그런 훈련을 무엇 때문에 하는 거죠?"

"다음 소멸을 저지하는 데 도움이 될 것 같아서 지금부터 훈련을 하고 있는 거지."

히데아키는 별로 숨기려 들지 않았다.

"자기 자식을 관리국 실험용으로 쓰는 건가요?"

노조미의 말투에 가시가 돋쳤다.

"그래. 맞아. 난 나쁜 아버지인 것 같아."

순순히 인정한 히데아키는 벌렁 드러누운 히비키를 안아 올렸다.

히비키를 뒷좌석에 눕히고, 노조미가 조수석에 앉았다. 히데아키는 운전을 하면서 히비키들이 '분리'한 이유를 이야기해 주었다.

히비키의 어머니도 역시 '분리자'였다. '도시의 소멸' 때 이 세상에 태어나게 되어 있던 여자 히비키는 엄마와 함께 도시에서 사라졌다. 하지만 2년 뒤, 그 히비키는 다른 어머니가 낳은 남자 히비키의 의식 안에 나타나게 되었다고 한다.

훈련을 해서 상으로 주는 것인지, 히데아키는 아이스크림가게에 들렀다. 히비키는 3층짜리 특제 아이스크림을 먹고 겨우 기운을 차렸다.

"아, 아빠. 여기서 내려줘."

언덕 기슭의 사거리에서 히비키가 불쑥 말했다.

"기분이 좋아졌으니 운동 좀 하고 갈게."

"또 그 길로 올라오려고? 조심해야 해."

"노조미 언니도 함께 가지 않을래?"

히비키가 말하자 노조미도 차에서 내렸다. 언덕길로 차가 사라지는 것을 지켜보고 나서 두 사람은 걷기 시작했다.

"저어, 히비키. 너희들은 어떻게 내 이름을 알아냈던 거지?"

나란히 걸으며 계속 궁금하던 것을 물었다.

"아, 음……. 그냥 알게 되었어."

얼버무리듯 말하고, 히비키는 깡충깡충 뛰며 언덕길을 리드미컬하게 오르기 시작했다.

길은 언덕의 경사면에 펼쳐진 약간 오래된 신흥주택가를 똑바로 지나 숲으로 들어가는 오솔길이 되었다.

기운을 완전히 되찾은 히비키는 길도 아닌 길을 올라갔다. 노조미는 놓치지 않으려고 열심히 뒤를 따랐다.

"잠깐만. 히비키, 기다려."

노조미가 하소연하는 목소리로 말하자 히비키는 그제야 멈춰섰다. 히비키가 내민 손을 잡고 그 옆으로 올라가자마자 노조미는 주저앉고 말았다.

숨을 가다듬고 있는데 이번에는 위에서 누가 내려오는 기척이 났다. 키 작은 나무를 헤치며 남자아이 히비키가 나타났다.

"역시. 이리 올라올 줄 알았어."

뻐기듯 그렇게 말하고, 남자아이 히비키는 누나에게 아까 한 훈련의 결과를 요구했다. 누나의 성적이 별로 좋지 않자 크게 불만스러운 표정을 지었다.

"성실하게 한 거야?"

"미안해. 컨디션이 좋지 않았나 봐. 다음엔 더 잘할게."

두 사람은 진지하게 훈련 성과를 이야기하면서 산길을 올라갔다.

"얘, 너희들 그래도 괜찮아?"

간신히 펜션 테라스에 이르러, 노조미는 숨을 헐떡거리며 두 히비키에게 물었다.

"그래도라니, 뭐?"

둘 다 의아한 표정으로 무슨 뜻인지 알아듣지 못한 모양이었다.

"그렇게 진지하게 훈련을 하다니. 대체 누굴 위해 하는 거야? 부모나 관리국이 시키는 대로 소멸 따위에 계속 관계해도 괜찮은 거냐고 묻는 거야. 나중에 후회하면 어쩌려고."

노조미는 나이도 위이고 소멸에 관계된 사람으로서 타이르는 듯한 투로 말했다. 속아서는 안 된다는 속뜻을 담아서.

하지만 두 히비키는 오히려 애처롭다는 표정으로 노조미를 바라보았다.

"이상하네. 자기가 하는 일을 일일이 무얼 위해 하는 건지 생각하면서 결정해? 자기가 그걸 하고 싶은지 아닌지가 중요한 거 아니야?"

그렇게 말하더니 두 히비키는 손을 잡고 달려갔다. 혼자 남겨진 노조미는 쓰키가세를 내려다보며 한숨을 내쉬었다.

◇

　펜션에 돌아오자 불을 붙이지 않은 담배를 문 아카네가 노조미를 불렀다. 쑥스러워하는 표정은 어제 노조미의 뺨을 때린 것이 마음에 걸리기 때문일 것이다.

　"어젠 미안했어."

　"아뇨. 오히려 제가."

　"사실은 말이야, 네게 보여주고 싶은 게 있어."

　아카네는 노조미의 어깨에 팔을 두르고 펜션과 이어진 별채로 안내했다. 그곳은 아카네와 가즈히로가 사는 살림채였는데 먼저 온 손님이 있었다. 감정 억제를 푼 시라세가 부드러운 미소를 지으며 노조미를 맞이했다.

　방에는 크고 작은 그림들이 있었다. 어떤 것은 액자에 담겨 걸려 있고 어떤 것은 어수선하게 벽에 세워져 있었다. 옅은 터치의 그 그림들은 모두 같은 사람이 그린 모양이었다.

　"풍경화네요. 그런데 이건……."

　사람이 없는 황폐한 도시. 그런 풍경을 노조미는 최근에 본 기억이 있었다.

　"그래. 쓰키가세의 지금 풍경이야. 가즈히로는 그 그림밖에 그리지 못해. 가즈히로의 마음은 지금도 '도시'에 붙들려 있어. 그래서 그의 의식은 도시에 자유롭게 날아가 그 풍경을 볼 수가 있는 거야."

아카네는 팔짱을 낀 채로 소중한 것을 바라보는 눈빛으로 그림들 쪽에 시선을 돌렸다.

벽에는 몇 점의 사진이 장식되어 있었다. 펜션 테라스에서 찍은 한 노인의 얼굴 사진이 있었다.

"아카네 씨, 이 사람은 누구죠?"

"바람을 기다리는 집의 지난번 주인인 나카니시 씨. 이 펜션이 도시에서 누군가를 잃고 슬픔을 드러낼 수 없는 사람들을 받아들이고 있는 건 나카니시 씨가 운영할 때부터의 방침이야. 나하고 가즈히로는 그걸 이어받은 거지."

노인은 자애롭고 부드러운 미소를 짓고 있었다.

"왠지 이 펜션에 담긴 마음이 전해지는 것 같아요. 이분은 돌아가신 건가요?"

"그래. 도시가 소멸된 지 4년 지났을 때던가? 나카니시 씨는 도시의 소멸로 온가족을 잃었어. 우리 두 사람이 도와 겨우 펜션이 정상 궤도에 올랐을 무렵에 갑자기 돌아가셨지. 이 사진은 세상을 뜨기 딱 열흘 전에 사진가인 와키사카 씨가 찍은 거야."

노조미는 그 사진가의 이름을 처음 들었지만 누군지는 알고 있었다. 옆에 걸린 또 한 장의 사진이 눈에 익은 것이었기 때문이다.

도시의 고사포탑을 그린 그림을 배경으로 의자에 앉아 웃고 있는 여자. 갤러리에서 보았던 젊은 시절의 시라세를 찍은 사진이었다.

"와키사카 씨는 그 유명한 외팔이 사진가죠?"

"그래. 게이코 씨의 남편이야."

노조미는 깜짝 놀라 시라세를 보았다.

"결혼하셨어요?"

선글라스를 낀 시라세는 살짝 고개를 끄덕였다.

"그분은, 분명히, 전쟁으로……."

저도 모르게 말끝이 흐려졌다.

"아, 그래. 내전 사진을 찍으러 갔다가 그만. 그러니 결혼 생활은 5년 정도. 게다가 그 사람은 여행하는 사진가이기 때문에 함께 지낸 시간은 잠깐밖에 안 되지."

"그렇군요."

관리국에 근무하고, 게다가 소멸내성인 시라세에게는 자기를 사랑하고 이해해 줄 수 있는 상대를 만난 것만으로도 기적이다. 그런 소중한 사람을 잃은 것이다. 시라세의 슬픔이 얼마나 컸을까. 같은 소멸내성으로서 노조미는 그만 동정의 시선을 던지고 말았다. 하지만 보이지 않는 눈으로 사진을 뚫어지게 바라보는 시라세가 만족스러운 표정이라 동정이 파고들 여지가 전혀 없었다. 그 사진가가 시라세와 어떻게 만났고, 그 짧은 시간을 어떻게 함께 보냈는지 노조미는 모른다. 하지만 시라세를 보고 있으면 거기에는 농밀하고 응축된 행복한 나날이 있었을 것 같았다.

시라세는 나카니시의 사진 쪽으로 시선을 옮겼다.

"나카니시 씨에겐 관리국도 큰 신세를 졌는데 제대로 작별인사도 못하고……."

"워낙 갑자기 돌아가셨으니까요. 하지만 와키사카 씨와 함께 결혼인사를 하러 오셔서 이렇게 사진도 찍어 주셨잖아요?"

아카네는 그리운 듯이 사진틀을 살짝 쓰다듬었다. 온화한 미소를 짓고 있는 나카니시의 뜻은 분명히 아카네에게 이어져 있었다.

◇

"가즈히로가 노조미에게 선물할 게 있대."

아카네가 액자에 담긴 그림 한 장을 내밀었다. 크기는 다르지만 고사포탑이 그려진 그림이었다. 하지만 한 가지 큰 차이가 있었다. 그 그림에는 사람이 그려져 있었다. 사라진 도시에 서있는 세 사람.

"이건 혹시 젊은 시절의 시라세 씨와 아카네 씨?"

"그래. 13년 전, 도시가 소멸된 지 얼마 지나지 않았을 무렵이지. 그리고 또 한 사람은 누구 같아?"

탑을 올려다보는 뒷모습의 단발머리 여자아이. 세 살쯤 되었을까? 13년 전에 세 살이라고 하면…….

"혹시, 나?"

마치 수수께끼를 내는 듯한 표정이었던 아카네가 웃으며 고개를 끄덕였다.

사라진 사람을 찾으러 금기를 깨고 도시에 들어간 가즈히로, 그를 구하기 위해 세 살 때의 노조미가 아카네를 도시로 안내했다고 한다.

"노조미, 넌 가즈히로에게 생명의 은인이야."

◇

천천히 시야가 트였다.

노조미는 언덕으로 이어지는 길에 서있었다. 바로 앞 꼭대기에 솟은 것은 돌로 쌓은 오래된 고사포탑이었다. 달은 냉철하게 딱딱한 빛을 탑 위에 뿌리고 있었다.

검사 때면 꼭 보게 되는 풍경과 똑같았다. 한동안 멍하니 탑을 올려다보았지만, 노조미는 문득 왜 여기 있는지를 떠올리고 고개를 저으며 정신을 가다듬었다.

그곳은 노조미의 '마음속 도시'였다. 그날로부터 사흘이 지나, '도시'와의 친화성이 높아졌을 때를 노려 노조미는 자신의 '마음속 도시'로 들어갔다. 물론 아빠의 의식을 되찾아오기 위해서였다.

새삼 주위를 둘러보았다. 몇 번이나 본 풍경이라고는 해도 자신의 '마음속 도시'라는 걸 인식하고 바라보기는 처음이었다. 그곳은 며칠 전에 노조미가 들어갔던 진짜 도시와 전혀 다를 게 없는 곳이었다. 사람들이 살지 않는 상태로 세월이 흐른, 드넓고 황량한 도시. 그런 세계가 자기 내부에 펼쳐져 있다는 사실에 노조미는 살짝 현기증이 나 걸음이 흔들렸다.

시야의 초점이 흐트러지고, 똑바로 서있는데도 지축이 흔들리듯 불안정한 감각이 노조미를 휩쌌다. 아마도 관리국의 외부 작업에 의해 노조미의 '마음속 도시'와 '도시'의 장벽을 허무는 작업이 이루어지고 있을 것이다.

이윽고 흔들리던 초점이 맞았다. 두 도시가 겹쳐졌던 것이다.

"제한 시간은 5분."

'도시'의 의식에 들키지 않고 두 '도시'를 중첩시킬 수 있는 것은 3백 초뿐이다. 그 사이에 아빠를 찾아내야만 했다.

아빠를 찾기 위해 잡초가 뒤덮인 아스팔트를 달렸다. 낙엽이 수북하게 쌓인 옆길로 들어서 군데군데 무너지기 시작한 집들을 뒤졌다.

작은 도시라고는 해도 겨우 5분 만에, 어디 있는지도 모를 아빠를 찾아내기는 어려웠다. 시간이 마구 흘러가는 듯한 착각이 일었다. 시계가 째깍거리는 소리가 뒤따라오는 듯했다.

"아빠, 어디 있어?"

저도 모르게 목소리를 내고 말았다. 아빠가 공연한 행동을 했다는 생각이 머리를 스쳤다. 물론 노조미가 걱정이 되어 도시로 들어왔다는 건 안다. 하지만 앞뒤 계산을 하고 움직였다면 자기가 이런 상황에 처하지는 않았을 거라는 원망스러운 생각이 들었다.

제한 시간이 다가오고 있었다. 노조미는 어디를 찾아봐야 할지 몰라 큰길로 돌아나와 아빠를 불렀다.

오한이 잠깐 노조미를 휩쌌다. 자기 몸 안을 차갑고 투명한 무엇인가가 쓱 지나간 느낌이었다.

'뭐지, 이건……?'

주위를 살폈다. 아무 변화도 없는 사라진 도시의 모습. 바람도 없고 소리 하나 없었다. 노조미는 움직임이 없는 대기의 배후에서 가만히 자기를 들여다보는 존재를 느꼈다. 그것은 노조미가 거기에 '있다'는 사실을 그제야 눈치챈 듯이 천천히 움직이기 시작했다.

'도시다!'

보이지 않는 도시의 촉수가 노조미를 차갑게 덮쳐 왔다. 빠져나가려고 몸을 뒤틀다 올려다본 하늘에 있는 것에 불쑥 눈길이 멈췄다. 평소의 두 배나 되는 크기로 부풀어 오른 일그러진 타원형 달. 맑은 그 빛은 냉철하고 잔혹한 '도시'의 의지 그 자체였다. 촉수의 포위 때문에 옴짝달싹 못하게 된 노조미는 그 자리에 주저앉아 머리를 감싸 쥐었다.

'도와줘. 누가 날 좀……'

'누나. 누나 아버지를 진심으로 믿어? 믿지 않으면 찾을 수 없어.'

불쑥 들려오는 목소리. 그것은 동조한 두 히비키의 목소리였다. 그 목소리는 가즈히로의 고주기 선율을 타고 들려왔다.

'믿어? 난 아빠를 믿나?'

스스로에게 물을 필요도 없이 자기는 아빠에 대해 어중간한 불만을 품은 채로 여기 있다. 하지만 마음 깊숙한 곳으로 직접 울려 퍼지는 가즈히로의 선율이 노조미의 마음을 녹이려 하고 있었다.

소멸에 관계하는 것을 애써 거부하고 있었다. 하지만 이곳을 찾아와 소멸과 오염의 공포를 넘어서고, 또 그것에 맞서려 하는 사람들을 만나다보니 그게 결코 불행한 운명이 아니라는 사실을 깨닫기 시작하고 있었다.

'도시로 마음을 날려 보내는 거야. 두려워하지 않아도 돼.'

들릴 리가 없는 가즈히로의 목소리. 하지만 노조미는 그게 가즈히로의 목소리라는 걸 알 수 있었다.

마음을 굳히고 고개를 끄덕인 뒤에 일어섰다. 마음을 가즈히로의 선율에 실어 보냈다. 선율은 노조미를 태우고 단숨에 날아올라 하늘 위에서 도시를 내려다보았다. '도시'의 촉수는 왠지 노조미에게 손을 댈 기미를 보이지 않았다.

고사포탑이 있는 언덕 기슭에서 아빠의 모습을 발견했다. 길가에 멍하니 앉아있었다.

"아빠."

어깨를 흔들어 정신을 차리게 하려고 했다. 고개를 든 아빠는 여느 때와 마찬가지로 힘없는 웃음을 짓고 있었지만 노조미의 모습이 보이지 않는 모양이었다. 아빠의 뺨을 힘껏 때리며 소리쳤다.

"아빠! 돌아가자!"

◇

눈을 떴을 때는 이미 노조미의 몸에 연결되어 있던 복잡한 전선들은 제거되어 있었다. 엄마가 평소와 마찬가지로 담담한 표정으로 머리맡에 앉아있었다. 마치 아침에 일어났을 때처럼 '잘 잤니?' 라고 했다. 시계를 보니 이미 아침이었다.

"엄마. 아빠 의식은?"

아마 한숨도 자지 못했을 엄마는 조용히 고개를 저었다.

엄마의 부축을 받아 아직도 후들거리는 걸음으로 옆에 있는 진찰대에 누운 아빠에게 다가갔다. 머리맡에 시라세가 앉아있었다.

아빠는 조용히 잠든 모습으로 눈을 뜨려하지 않았다.

"시라세 씨. 혹시 제가 실패한 건가요?"

시라세는 감정을 억제한 듯한 진지한 표정이었는데, 이윽고 억제를 풀고 살짝 웃음을 지었다.

"노조미. 아빠를 불러봐."

아빠의 귓가에 얼굴을 가까이 댔다. 뭐라고 할까 잠시 생각하고 입을 열었다.

"아버님, 돌아오십시오."

천천히 눈을 떴다. 아빠는 평소와 다름없이 힘없는 미소를 지은 뒤, 어린애처럼 소리를 질렀다.

"야, 노조미! 그런 말투 쓰지 말라니까! 아빠라고 불러!"

노조미는 아빠의 목에 매달렸다.

"고마워, 아빠!"

◇

부모님과 함께 셋이 택시를 타고 '바람을 기다리는 집'까지 가자고 하자 운전기사는 노골적으로 싫은 표정을 지었다.

"거긴 별로 가고 싶지 않은데요."

"죄송합니다. 부탁드릴게요."

아빠가 남들에게 '사장님' 소리를 듣는다고는 도저히 생각할 수 없을 정도로 비굴한 목소리로 말했다. 노조미는 좀 더 당당하게 말하면 좋겠다는 생각이 들었다.

택시는 중심가를 빠져나가 쓰가와 강에 놓인 다리를 건넜다. 언덕 중턱에 바람을 기다리는 집의 흰 건물이 보였다. 운전기사가 다시 말했다.

"손님들도 저런 집에 머물다가는 오염되고 말 겁니다."

충고라도 하는 듯한 말투에 노조미는 발끈해서 대꾸를 하려

했다. 하지만 먼저 입을 연 사람은 아빠였다.

"여기서 세워 주세요."

"엥? 하지만 아직……."

"됐으니 여기서 세우세요!"

예의바르기는 하지만 강경한 아빠의 목소리에 차는 갓길로 붙었다. 왜 그러나 하는 표정을 짓는 운전기사를 흘겨보며 아빠는 요금을 내고 차에서 내렸다. 노조미와 엄마도 당연히 따라 내렸다.

아빠는 조용히 그러나 의지를 담아 말했다.

"제대로 알지도 못하면서 억측과 편견만으로 소멸에 관계된 사람들을 차별하는 당신 마음 쪽이 훨씬 더 오염된 거요."

운전기사는 화가 난 표정으로 거칠게 유턴해 돌아갔다.

아빠가 노조미와 엄마에게 멋쩍은 듯이 웃어 보였다.

내린 곳은 언덕 기슭의 사거리였다. 노조미는 '따라와' 라며 앞장서서 오르기 시작했다.

"지름길이 있거든."

◇

아카네는 어처구니없다는 표정을 지으면서도 산길을 뚫고 올라온 노조미 가족을 환영해 주었다.

아빠의 얼굴을 보더니 아카네는 뭔가가 생각난 모양이었다.

"어디서 만난 적이 있는 분 같은데……."

"아, 실은 나도 그런 느낌이."

"혹시 쓰키가세에서 회수 작업을 함께했던, 아, 분명히……맞아! 신야 씨 아니에요? 그럼 노조미 아버지가?"

"아니! 설마, 아카네 씨?"

두 사람은 서로 기억을 더듬으며 재회의 기쁨을 즐겼다.

"노조미 언니, 어서와."

"노조미 누나, 어서와."

두 히비키의 목소리가 노조미를 맞이했다. '어서와'라는 말에 담긴 의미를 노조미도 알고 있었다.

"아, 너희들이구나. 고마워, 도와줘서."

얼굴을 마주보고 고맙다는 인사를 하기 멋쩍어 그만 고개를 돌렸다. 두 히비키가 서로 얼굴을 마주보더니 킥킥 웃었다.

"너희들, 열차 안에서 만났을 때부터 날 알고 있었던 거지?"

"물론."

"물론."

싱크로된 목소리로 두 히비키가 웃었다.

"노조미 누나, 앞으로 기운 내."

노조미의 심정 변화를 읽어낸 듯이 두 히비키가 그렇게 말했다.

◇

저녁이 되어 시라세와 함께 유카와 나가쿠라 유지가 왔다.

초봄 치고는 따스한 밤이었다.

테라스에 있는 탁자에 식기가 놓이고 모두 한자리에 모였다. 아카네와 가즈히로. 시라세. 유카와 유지. 히데아키와 두 히비키. 그리고 노조미와 부모님. 나이는 물론이고 출신까지 서로 제각각인 사람들이 이렇게 한자리에 모여 있다. 서로 다른 입장과 생각으로 '도시의 소멸'에 관계해 온 사람들이었다.

아카네와 가즈히로가 바쁜 중에도 기쁜 표정으로 계속 요리를 내왔다. 노조미는 조금 전 택시 운전기사의 태도를 떠올렸다. 소멸과 관계된 사람들에 대한 차별과 편견은 뿌리가 깊어 사라지지 않았다. 아카네와 가즈히로는 이 바람을 기다리는 집에서 사라진 사람들에 대한 슬픔을 표현할 수도 없는 사람들을 계속 받아들인 13년 동안 얼마나 차별을 받아왔을까.

하지만 그런 어둠은 전혀 느껴지지 않는 아카네와 가즈히로가 노조미는 마음에 들었다.

모두가 모인 기념으로 갓 수확한 차가 나와 함께 건배를 했다. 발효증류로 알코올 성분이 포함된 차에 노조미의 얼굴이 완전히 상기되었다.

나가쿠라 유지를 처음 본 두 히비키는 사인을 해달라고 하기도 하고, 사진을 찍기도 하며 흥분했는지 둘의 싱크로가 다른 때보다 훨씬 높아져 우스웠다.

난처한 표정을 지으면서도 히비키를 상대하는 유지를 재미있다는 듯이 바라보며 유카가 노조미 옆에 앉았다.

"네가 아버지를 데리고 돌아왔다면서?"

"예. 앞뒤 생각 없는 아빠 때문에 딸이 고생이에요."

태연하게 대답하자 유카가 큰 소리로 웃었다.

"그럼, 네가 앞뒤 생각 없는 건 아빠를 닮았기 때문이겠네."

"그럴지도 모르죠."

아빠는 꾸벅꾸벅하면서 히데아키와 유지에게 술을 따르며 돌아다녔다. 평소와 같은 모습이었지만 이제 그런 아빠의 모습을 보고도 짜증이 나지 않았다.

"저, 유카 선생님. 여러 모로 걱정을 끼쳐드려 죄송했어요."

유카는 웃으며 고개를 저었다.

"한꺼번에 너무 여러 가지를 알게 되었기 때문이야. 어쩔 수 없는 거지. 하지만 너, 여기 와서 소멸이나 사라진 도시에 대한 생각이 조금은 변한 거 아니니?"

노조미는 고개를 끄덕이고 내내 묻고 싶었던 것을 물어보았다.

"저어, 유카 선생님. 선생님은 관리국에서 일을 하기로 한 것을 후회하거나 하지는 않아요?"

유카는 잔을 손에 들고 약간 붉어진 뺨에 무슨 생각인가를 떠올리는 표정을 지었다.

"분명히 관리국에서 하는 일은 늘 도시의 오염과 가까이 있고, 주위 사람들의 편견도 있어서 계속해 가기는 힘들어. 하지만 나는 관리국에서 하는 일을 후회한 적은 한 번도 없어."

유카가 꾸밈없는 말투로 대답했다.

"선생님은 소중한 친구를 도시의 소멸로 잃었죠? 그래도 소멸로부터 10년 이상이나 지났는데 그 심정만으로 이렇게 오래 관리국에서 일을 할 수 있어요?"

유카는 '잠깐 기다려'라고 하더니 일어서서 가즈히로에게 뭐라고 이야기를 했다. 잠시 후에 돌아온 그 손에는 가즈히로의 현악기가 들려 있었다.

"이 악기는 고주기라는 거야. 원래 주인은 소멸로 사라진 내 친구 준. 그걸 가즈히로 씨가 물려받은 거지. 사람은 사라져도 마음은 이어져. 나는 준의 생각을 이어받아 소멸의 수수께끼를 풀기 위해 관리국에서 일하고 있지. 물론 마음이 흔들리는 일도 있고, 힘들 때도 있어. 하지만 마음을 지탱해 줄 사람이 있으니까……."

유카는 겸연쩍은 표정으로 유지를 바라보았다.

"노조미. 여기 모인 사람들은 제각각 도시의 소멸로 둘도 없는 것을 잃었어. 사람이란 때로 어처구니없게 사라지기도 해. 누구도 그걸 막을 수가 없지. 하지만 우리는 사라지는 그 순간까지 포기하지 않고 열심히 살아가려고 관리국에 관계하고 있는 거야. 물론 노조미 너의 인생은 네 것이니까 소멸내성으로 살아왔다고 해서 소멸에 관계해야 할 의무는 없어. 하지만 가즈히로 씨나 히비키, 그리고 노조미. 이렇게 여러 사람이 힘을 모으면 다음 소멸을 막을 수 있을지도 몰라. 네 방식대로 표현하자면 너란 존재는 너의 이름 노조미처럼 우리들의 '희망'이야."

유카는 고주기를 품에 안고 하늘을 올려다보았다. 봄 공기에 윤곽이 흐릿해진 달이 뿌연 빛을 뿜고 있었다. 노조미는 자리에서 일어나 난간에 기댔다. 내려다보이는 쓰키가세는 달빛을 받으며 조용히 거기 있었다.

"누군가를 위해 살아간다는 건 질색이야."

혼자 그렇게 중얼거렸다. 잘난 척하는 자원봉사는 여전히 싫었다. 하지만 노조미는 지금 자기가 왜 그렇게 생각하는지를 알게 되었다.

학교에서 정기적으로 방문하는 장애인이나 독거노인 시설. 거기 있는 사람들을 '불행한 사람들'이라고 정해 놓고 '행복'한 자신이 '베풀러' 가는 것 같은 기분이 싫었던 것이다.

도시의 소멸도 마찬가지였다. 노조미는 사라진 도시에 관계하는 사람들을 '불행한 사람들'이라고 멋대로 생각하고 있었다. 금기로서 꺼리는 소멸과 오염. 그런 것들에 솔선해서 관계하려는 관리국이란 존재에 가까이 가는 것조차 생각할 수가 없었다.

'하지만 여기 있는 사람들은…….'

노조미는 고개를 저으며 테라스에 모인 사람들을 둘러보았다. 거역할 수 없는 운명과 시간에 농락당하면서도 소멸에 관계하는 일을 선택해 걸어온 사람들. 그들의 모습에서 불행의 그림자는 찾아볼 수가 없었다. 각자가 스스로 가야할 길로서 사라진 사람들을 생각하고, 그들의 마음을 잇는 일을 사명으로 삼고 살아가고 있었다.

도시의 소멸이, 내버려 두면 새로운 사람들을 소멸로 몰아갈 거라는 사실은 노조미도 알고 있었다. 누군가가 거기 맞서야만 한다는 것도. 하지만 그 '누군가'가 자기 자신이어야만 한다는 필연성은 노조미의 마음속에서는 아직 고개를 들지 않고 있었다.

'그렇지만……'

노조미는 생각에 잠겼다. 하지만 그게 다른 사람을 위해서가 아닌, 자기 자신을 위한 한 걸음으로 만들 수가 있다면.

◇

테라스에서는 어떤 사람은 의자에 앉고 어떤 사람은 난간에 기대어 제각각 선율을 듣고 있었다.

조용한, 마치 부처의 얼굴을 떠올리게 하는 미소를 짓고 있던 가즈히로의 긴 손가락이 천천히, 산들바람의 흐름에 실려 보내듯 소리를 자아냈다.

밤하늘로 녹아들어가는 선율이 멀리, 또는 가까이서 사람들을 부드럽게 껴안듯이 감쌌다. 노조미의 마음속에 있는 뭔지 모를 응어리마저도 씻겨나가는 것 같았다.

그 음색은 단순한 '치유'가 아니었다. 사람들에게는 결코 치유될 수 없는 슬픔이나 고통이 있음을 알려주는 소리였다. 그것들을 꺼안고 나아가야만 한다는 굳은 의지가 담긴 선율이었다.

고주기의 선율에는 사람의 마음이 담긴다고 한다. 시간을 초월해 사람들의 마음을 엮어 빚어내는 고주기의 음색. 노조미는 거기서 소멸에 관련된 수많은 사람들의 그림자를 본 기분이 들었다.

노조미는 고개를 돌려 사라진 도시를 내려다보았다. 달빛에 비친 그 도시는 불빛 하나 없이 조용히 침묵하고 있었다. 그런데도 도시 사람들의 숨결을 느낄 수가 있었다. 사라질 운명에 따르면서도 내일로 희망을 이어가는 사람들의 숨결을.

사람은 사라져도 희망은 이어져 간다. 결코 사라지지 않는 것도 있는 법이다. 노조미는 그렇게 생각했다.

고주기의 음색에 이끌린 듯이 도시에서 바람이 언덕 위로 불어왔다. 노조미의 앞머리가 흔들렸다.

에필로그, 그리고 프롤로그

"저녁때까진 들어와라."

누나의 목소리에 준은 알았다며 한 손을 들어 보이고 자전거 페달을 밟기 시작했다.

"드디어 오늘밤인가?"

살짝 한숨을 쉬며 하늘을 올려다보았다. 겨울이 아직 물러가지 않은 듯이 차가운 하늘이었다. 4월인데도 숨을 내쉴 때마다 흰 입김이 새나왔다.

오늘밤, 쓰키가세는 사라질 것이다. 준이나 부모님은 물론이고 도시 사람들 누구나 알고 있는 사실이다. 하지만 아무도 이야기하려 들지 않는다. 다들 운명으로 받아들이고 있었다. 그것이 '도시'의 의지였기 때문이다.

실제로 준도 이렇게 도시의 소멸에 직면하기까지는 도시와 함께 사라진 과거의 사람들을 속으로 어리석게 여겼다. 만약 내가 그런 상황에 처한다면 도시에 저항하겠다고.

하지만 이제는 안다. '도시'는 상상할 수 없을 정도로 강대한 의지로 사람들을 복종시킨다는 사실을.

도시 주민 이외의 사람을 만났을 때 몇 번이나 전달하려고 했다. '쓰키가세는 사라질 겁니다. 관리국에 알려주세요'라고. 하지만 소용없었다. 전화나 편지, 이메일. 그밖에도 생각할 수 있는 모든 방법을 동원해 주민 이외의 사람들에게 이 도시의 소멸을 알리려 했다. 하지만 '도시'의 의지는 준의 입에서 목소리를 앗아가고 글씨를 쓰는 손에서 힘을 앗아갔다.

압도적이며 철석같은 '도시'의 의지. 준은 도망치지도, 항거하지도 못하고 끌려갈 수밖에 없었다. 쓰키가세 도시는 오늘밤 모두 사라질 것이다.

페달을 밟는 발에 힘을 주었다. 봄을 맞이한 아침의 도시는 맑은 공기로 가득 차 있었다. 그것마저도 사라지기 위한 준비인 것처럼.

주민들도 여느 때와 다름없는 토요일 아침을 맞이하고 있었다. 정년퇴직을 한 듯한 남편은 세차를 하고, 조그마한 여자아이의 손을 잡은 아주머니는 이제 필요도 없는 내일 식사를 위한 재료를 사기 위해 슈퍼마켓으로 가고 있었다. 어느 얼굴에나 슬픈 기색은 찾아볼 수가 없었다. '도시'는 사람들이 슬픈 표정을 짓는 것조차 허락하지 않았다.

한 가게 앞에서 자전거를 멈췄다. 레스토랑 '롱 필드'. 주인인 나가노長野의 성을 그대로 영어로 옮긴 장난스러운 이름을 내건 가게였지만, 오래전부터 내려오는 맛을 지키는 전통 있는 음식점으로 3대에 걸쳐 단골이라는 손님도 적지 않았다.

'준비 중'이란 팻말이 걸린 창으로 다가가 노크를 했다. 안에서 앞치마를 걸치고 팔을 걷어붙인 키 큰 남자가 나왔다.

"가즈히로 씨. 쓰가와에서 하는 개인전은 내일부터라면서요."

가즈히로는 늘 그렇듯 부드러운 표정에 미소를 지으며 고개를 끄덕였다. 준은 등에 맨 배낭을 내리더니 안에서 열 장 정도의 사운드 디스켓을 꺼냈다.

"이거 갖고 왔는데요."

"응? 뭐지, 그건?"

"가즈히로 씨 그림에 어울릴 음악이에요. 전시할 때 틀어놓으세요."

"그래? 고마워. 잘 쓸게."

준은 또 배낭에서 고주기를 꺼내 이번에는 반 강제로 떠맡기듯 가즈히로에게 건넸다.

"그리고 이거. 받아주실래요? 이제는 가즈히로 씨에게 완전히 익숙해졌을 테니까."

"하지만 이건 네게 필요한 거라서……."

가즈히로는 중간에 말을 흐렸다. 준은 이제 이 고주기를 연주할 일이 없을 테니까.

준은 어른스러운 표정으로 부드럽게 웃었다.

"가즈히로 씨는 '남는' 거죠?"

가즈히로는 조용히 고개를 끄덕였다. 오늘밤 소멸 시간에 도시를 떠나 있으면 소멸에서 벗어날 수 있다. 하지만 누가 사라지고 누가 남는지, 그것마저도 도시에 의해 엄격하게 정해져 있었다. 가즈히로는 남는 쪽이다. 준은 그 이야기를 누나에게 들었다.

"내게 너희 사라질 사람들의 마음을 전달할 수단이 있으면 좋겠는데. 소멸 뒤에는 내 안의 네 기억도, 그리고 누나 기억도 '도시'에 의해 지워질 거야."

"누나하고는 작별인사 했어요?"

"응. 하지만 헤어진다는 실감이 나지 않아서."

가즈히로는 여느 때와 마찬가지로 부드러운 웃음을 지었다. '도시'는 사람들의 슬픈 표정마저도 앗아가 버린다.

사라질 누나보다 애인을 잃는다는 사실을 알고 있으면서도 아무것도 할 수 없는 가즈히로가 훨씬 더 괴로울 것이다.

◇

가즈히로와 헤어져 다시 자전거를 달렸다. 디스크와 고주기를 건네주어 배낭 안에 든 짐은 하나뿐이었다. 몸이 가벼워진 준은 일어서서 페달을 밟으며 쓰가와 강둑을 오르는 언덕을 단숨에 달려 올라갔다.

둑 위에 서자 차가운 바람이 불어와 눈물이 고인 눈을 가늘게 떴다. 앞에는 강가의 드넓은 풍경이 펼쳐져 있었다.

둑을 강 쪽으로 단숨에 달려 내려왔다. 비포장도로에서 자전거가 크게 튀자 등에 맨 배낭 안의 물건이 확실한 무게를 느끼게 하며 흔들렸다.

강가에 펼쳐진 들판 중간쯤에 자전거를 세우고 물가로 다가갔다. 바다를 향해 흐르는 강은 하류 부분이라 폭이 넓었다. 바람에 잔물결을 일으키며 찰랑거리고 있었다.

준은 배낭에서 마지막 짐을 꺼냈다.

그것은 종이 묶음이 들어 있는 작은 유리병이었다. 물에 잠겨 오랜 여행에도 견딜 수 있도록 안에 든 종이는 몇 겹이나 방수처리를 했고, 병 자체도 뚜껑을 단단하게 여민 다음 특수 수지로 코팅했다.

준은 물가에 쭈그리고 앉아 머리 위로 병을 들어 손을 놓았다.

몇 차례 가라앉았다 떠올랐다 한 뒤, 병은 수면 위로 부는 바람을 따라 잠시 오락가락하다가 이윽고 갈 곳을 정한 듯이 천천히 물결을 타고 내려갔다.

'도착할 수 있을까……?'

병은 쓰가와 강을 타고 내려가 바다에 이를 것이다. 머나먼 이국 해변에 닿을까? 운 좋게 누가 그걸 발견하고, 그 사람이

착한 사람이라면 유카에게 보내줄 것이다. 몇 해 뒤가 될지는 모른다. 유카가 받을 가능성은 한없이 낮다.

그리고 만약 유카의 손에 들어간다 해도 병 안에 든 '편지'를 해독할 수 없을지도 모른다. '도시'를 속이기 위해 특수한 표현 방법을 사용할 수밖에 없었기 때문이다.

하지만 그 낮은 가능성에라도 도박을 걸 수밖에 없었다. 오늘밤 준은 사라질 것이다. 하지만 누군가가 희망을 이어가야만 한다. 그 희망을 준은 유카에게 걸었다.

수면의 잔물결이 햇빛에 반짝이고 있었다. 난반사된 빛 때문에 눈을 가늘게 떴다. 병은 햇빛을 받으며 천천히 멀어져가 이윽고 시야에서 사라졌다. 그걸 확인하고 나서 준은 주머니에서 휴대전화를 꺼냈다.

신호음이 다섯 번 울린 뒤에 연결이 되었다.

"안녕? 무슨 일이야? 이런 시간에 전화를 다 걸고?"

유카의 사랑스러운 목소리가 들렸다. 뚜렷한 존재감과 그 마음이 담긴 목소리. 준은 저절로 목이 멨다.

'나는 오늘밤 사라질 거야.'

그 단순한 말은 역시 도저히 입 밖에 낼 수가 없었다. 준은 눈을 감고 유카의 모습을 떠올렸다. 바로 앞에 있는 것처럼 머릿속에 떠올릴 수 있으면서도 투명한 유리로 가로막힌 듯이 만질 수는 없었다.

"지금부터 하는 이야기를 잘 기억해 줘."

"응, 알았어."

준의 말에 유카는 바로 대꾸를 했다. 두 사람의 대화에서 '어째서?'라는 물음은 결코 없었다. 서로 마음이 통하기 때문에 그 생각은 무제한으로 받아들여진다. 가령 말의 의미를 몇 십 년 뒤에나 이해할 수 있게 된다고 하더라도 두 사람은 서로의 그런 마음을 지켜나갈 것이다. 지금까지 내내 그렇게 해왔듯이.

준은 말을 하려고 숨을 들이켰다. '도시'가 눈치 빠르게 준의 마음을 읽고 '그 표현'을 탐색했다. 소멸을 알리는 것이 아님을 확인하고 말하는 것을 용인했다. 확실한 의지를 담아 준이 입을 열었다.

"이것은 에필로그이자 프롤로그다."

유카는 잠시 대꾸가 없었다.

"유카?"

"응, 알았어. 기억해 둘게."

유카가 또렷한 목소리로 대꾸했다. 유카가 이 말의 의미를 깨닫는 날이 올까? 온다면 대체 언제쯤일까? 하지만 준은 그 말을 해야만 했다.

전화를 끊고 다시 둑 위로 올라갔다. 눈 아래 쓰키가세 도시가 펼쳐졌다.

자신도, 그리고 이 도시 사람들도 오늘밤 사라질 것이다. 드라마틱하지도 비장하지도 않게, 도시의 평온한 일상은 오늘밤 모두 사라질 것이다.

'하지만, 분명히……'

사람들이 사라지더라도 사라진 사람들의 마음은 분명 누군가에 의해 이어질 것이다. 소멸은 에필로그가 아니다. 이제부터 뭔가가 시작되는 것이다.

준은 맑게 갠 하늘을 올려다보았다. 북쪽으로 떠나는 새들이 무리를 지어 날아가고 있었다. 거침없는 그 모습에 준은 자기 마음을 실어 보냈다.

◇

통감실은 두툼한 오염 방어벽에 둘러싸인 세로로 긴 좁은 공간이었다.

통감은 문 위에 걸린 타원형 벽시계를 바라보고 있었다. 시계는 두 개. 하나는 짧은 바늘이 10시를 가리키고, 긴 바늘만 있는 또 하나는 35분을 가리켰다. 시계는 이상하게 점액질 소리를 내며 째깍거리고 있었다. 물론 통감의 희게 탁해진 눈은 이미 '눈'으로서의 기능을 하지 못하기 때문에 시계는 보이지 않았다.

통감은 잠시 생각에 잠겼다가 이윽고 수화기를 집어 들었다. 교환이 연결되자 '통신망을 개방하고 외부 차단을 실시할 것'을 지시했다.

수화기를 통해 들려오던 경고음이 멈추고 벽에 달린 등이 검붉게 깜빡이며 '통신망 개방'을 알렸다. 통감은 천천히 번호를 눌렀다.

몇 차례 호출음이 울리더니 전화가 연결되었다.

"……나다. 오래간만이구나."

통감이 부드러운 목소리로 말했다. 상대가 놀란 눈치였다.

"몇 십 년 만이로군. 용케 내가 있는 곳을 알아냈네."

"난 지금도 마음만 먹으면 뭐든 알아볼 수 있는 처지에 있으니까."

"그런가? 아마 대단한 일을 하고 있는 모양이로군."

"우리가 '나뉜' 지도 벌써 60년이 흘렀군. 세월 참 빨라."

"그렇군. 아직 '본체'와 '별체'라는 개념이 없던 시절이었으니까."

"우리는 알려지지 않은 '분리' 제1호지."

두 사람은 잠시 안부를 주고받았다. 수화기를 통해 두 곳에서 부드러운 목소리가 서로의 인생을 이야기했다.

잠시 후 통감이 문득 생각이 났다는 듯이 물었다.

"그런데 지금 어디 살고 있지?"

"지금은 흘러 흘러 쓰가와라는 작은 도시 언덕 위에서 펜션을 하고 있어. 딸 부부는 이웃에 있는 쓰키가세란 작은 도시에 살고 있지. 아, 참. 손자를 봤다는 이야기를 하지 않았군. 이제 두 살이 되었지."

"쓰키가세……."

"왜 그러나?"

통감이 말을 끊었다가 얼른 이었다.

"아니야, 아무것도. 그런가? 어때, 행복하게 살고 있나?"

"그래. 이제야 안주할 곳을 발견했다는 느낌이 들어. 넌 어때?"

통감은 잠시 대꾸를 하지 못했다.

"잘 지내. 내가 선택한 길을 걸어왔으니까."

수화기를 통해 통감의 귀에 아기 우는 소리와 함께 시끌시끌한 목소리가 들려왔다.

"딸 부부가 와 있나?"

"그래, 낮에만 도와주러 와 있어. 나는 그저 손자나 돌보는 거지."

"그런가? 가족들끼리 단란하게 보내는데 방해를 했군. 그럼 이만 실례."

"그래? 그런데 무슨 할 이야기가 있었던 건 아닌가?"

"아니야, 오래간만에 목소리를 듣고 싶었을 뿐이야. 그럼 다음에."

"그래, 다음에 다시."

통화가 끊어지고 벽면의 '통신망 개방'을 알리는 빨간 불이 꺼졌다. 천천히 수화기를 내려놓은 통감은 책상에 팔꿈치를 짚고 머리를 감싸 안았다.

그리고 고뇌에 찬 목소리를 짜냈다.

"쓰키가세······."

◇

전성관을 향해 통감이 지시를 내렸다.

"시라세 서기관, 통감실로 오도록."

시계소리만 울리는 방에서 통감은 꼼짝도 하지 않고 서기관이 오기를 기다렸다. '규화' 한 기관을 따라 확대된 의식에 의해 서기관이 복도를 걸어오는 것을 알 수 있었다. 단정한 걸음걸이로 다가오고 있었다. 문 앞에서 늘 그러듯 스카프 매듭에 손을 얹고, 살짝 헛기침을 하는 모습마저 눈에 선했다.

"시라세 서기관, 부름을 받고 왔습니다."

"입실을 허락한다."

오염 방어를 위한 이중문을 열고 서기관이 앞에 섰다. 감정이 억제된 무표정한 얼굴이었지만 그 눈은 마음이 통하는 사람에게 보내는 신뢰로 가득했다. 통감이 고개를 들었다. 맨눈으로 검색을 하던 시대부터 관리국 일을 해 온 그의 얼굴에는 오염에 의한 추한 부종이 생겨 있었다. 그의 그런 모습은 시라세 서기관을 비롯해 한정된 몇몇 사람 이외에는 보여줄 수가 없었다.

"소멸지 상황에 관해 보고하라."

서기관은 머뭇거리듯 눈을 내리깔았지만 이윽고 고개를 들고 딱딱한 목소리로 보고를 시작했다.

"소멸 예정지, 쓰키가세에서는 아무런 이상 없는 하루가 시작되었습니다. 주민들은 모두 차분하게 소멸을 맞이하고 있습니다. 슬픈 표정을 짓지도 않고……."

딱딱한 목소리는 '억제' 때문이 아니라 넘쳐날 것만 같은 감정을 억누르기 위한 것이었다.

"소멸에 저항하는 움직임은 아직 보이지 않나?"

서기관이 힘없이 고개를 저었다. 시계소리만이 소멸을 향해 가차 없이 째깍거리고 있었다.

"왜 더 일찍 소멸지 확정을 할 수 없었나? 소멸 순화 초기 단계에 알아낼 수 있었다면 그래도 대책을 세울 수 있었을 텐데……."

"면목 없습니다. 저희들 소멸 예측위원회의 역부족이었습니다. 소멸 후보지를 조기에 좁히지 못했습니다. 안타깝지만 현재 관리국이 지닌 정보로는 이른 단계에서 예측하기는 곤란합니다."

서기관의 표정에는 피로감이 짙게 묻어났다.

통감은 충분히 알고 있었다. 관리국의 소멸 예측위원회 멤버가 거의 불철주야 소멸에 대응하고 있었다는 사실을. 그리고 시라세 서기관이 소멸을 막기 위해 얼마나 동분서주했는지를.

하지만 통감은 그런 사정을 알면서도 묻는 것이다. 왜 더 빨리 소멸지를 확정할 수 없었느냐고.

"소멸지의 상황에 관해 더 관찰을 계속해 다음 소멸 저지에 힘쓰도록."

"알겠습니다."

"업무에 복귀하라."

서기관은 목에 맨 스카프에 손을 대고 살짝 헛기침을 한 뒤에
돌아섰다. 이중문 가운데 안쪽 문이 조용히 진동하며 열렸다.

"게이코."

통감이 서기관의 이름을 불렀다. 돌아섰던 서기관이 멈춰 서
서 통감의 말이 이어지기를 기다렸다. 뭔가 말을 꺼내려던 통
감은 이윽고 포기한 듯이 고개를 저었다.

"통감님. 왜 그러십니까?"

서기관은 감정 억제의 장막을 풀고 부드러우면서도 쓸쓸한
표정으로 통감을 바라보았다. 신뢰하는 사람에게 보내는 마음
이 담긴 눈빛. 통감은 그 마음을 뼈저리게 느끼며 저도 모르게
얼굴을 돌렸다.

"아니야……, 아무것도 아니야. 업무에 복귀하라."

"알겠습니다."

깊숙이 고개를 숙이고 서기관은 통감실을 나갔다. 서기관의
모습이 사라지자 통감은 다시 눈길을 돌려 문을 뚫어지게 바라
보았다.

◇

　다시 혼자 남은 통감실에는 시계소리만 들려왔다.

　그는 시간의 흐름을 멈추게 하려는 듯이 벽시계를 노려보았다. 하지만 시간은 흘러 두 개의 시계가 11시를 가리켰다.

　"앞으로 열두 시간……."

　스스로에게 확인하듯이 낮게 중얼거리더니, 통감은 자리에서 일어나 방을 나갔다.

　눈이 보이지 않는다고는 해도 뻔히 아는 관리국 내부는 규화한 기관을 이용해 의식을 확장할 필요도 없었다. 거침없이 복도를 걸어 아래층으로 이어지는 엘리베이터에 올라탔다. 엘리베이터는 일반인들에게는 올라가는지 내려가는지도 판단할 수 없도록 움직이며 하강해 갔다. 엘리베이터는 지하 3층에 일단 멈추고, 출입 허가자 조회를 거쳐 더욱 아래층으로 내려갔다.

　아래층은 관리국 지하 깊숙한 곳에 만든 거대한 공간이었다.

　이중으로 된 오염 방어벽 문이 열리고, 내부의 어둠이 드러났다. 온도 차이 때문에 공기가 잠깐 희게 흐려지며 발목을 휘감고 흘러 나왔다.

　그곳은 보관창고였다. 거대한 원통 모양의 공간은 몇 겹이나 층을 이룬 벽면에 서가를 배치하여 오염보존 도서가 꽂혀 있었다. 중앙은 오염 교반을 위한 거대한 텅 빈 굴처럼 되어 있었다.

　고농도 오염구역이기 때문에 관리국 안에서도 그 장소에 접근할 수 있는 사람은 한정되어 있었다. 평소 같으면 일회용 오염 방지복을 입은 죄수들이 오염서적을 책꽂이에 정리하고 있을 테지만 오늘은 그런 모습도 보이지 않았다.

통감은 천천히 나선형 계단을 내려갔다. 발소리가 밀폐된 보관창고 안에 크게 울려 퍼졌다.

'제한구역'이라고 표시된 출입금지 게이트를 지나 보관창고의 맨 아래로 내려갔다. 벽면 서가에는 오랜 세월 누구의 손도 닿지 않은 낡은 책들이 꽂혀 있었다.

"오늘밤 쓰키가세가 사라질 거야."

통감이 중얼거렸다. 쓸쓸한 체념이 담긴 말투였다.

"뭐야, 역시 여기 와 있었나?"

대걸레를 든 사람이 천천히 등 뒤에서 다가왔다. 청소부 차림의 소노다였다.

"무척 감상적인 상태인 것 같네, 응?"

소노다가 놀리듯 말했다.

"난 삼십 년 동안 대체 무얼 해온 거지?"

통감이 자조 섞인 목소리로 말했다. 그의 얼굴에 표정이라는 것이 드러날 여지가 있다면 거기에는 쓴웃음 섞인 체념이 떠올랐을 것이다.

"오늘밤 일어나는 소멸은 막을 수 없어. 우리는 사라질 거라는 사실을 알면서도 쓰키가세에 사는 사람들을 구할 수가 없었어. 소멸 순화 상태에 있는 주민을 도시에서 대피시키면 소멸이 연쇄작용을 일으켜 더 많은 사람을 잃게 되니까⋯⋯."

도저히 견딜 수 없다는 듯이 통감이 그 자리에 무릎을 꿇었다. 소노다는 배에 통감의 머리를 감싸 안고 어린애를 달래듯 천천히 쓰다듬었다. 통감은 얌전히 소노다의 손길에 머리를 맡겼다.

"당신은 열심히 했어. 적어도 소멸을 예측하는 시스템은 자리가 잡혔잖아? 쓰키가세는 희생이 될 수밖에 없어."

거부할 수 없는 운명을 냉철하게 입에 올리는 그 말에 통감은 떼를 쓰는 어린애처럼 고개를 저었다.

"울고 있을 때가 아니잖아. 이번 소멸에서는 어쩔 수 없었더라도 다음 소멸을, 그게 안 된다면 그다음 소멸을 막기 위해 희망을 이어가는 게 당신이 할 일이야. 언젠가는 그 애에게 물려줘야만 하니까."

소노다는 거대한 보관창고의 허공을 올려다보았다. 원통 모양의 보관 창고 천장은 달도 별도 없는 밤하늘처럼 검게 닫혀 있어 빛 한 줄기 들어오지 않았다. ♣

《사라진 도시》는 사정에 의해 발행이 미뤄지다가 올해 초에
출간 결정이 났고, 일정 조정을 거쳐 드디어 빛을 보게 되었습
니다. 따라서 번역에 사용한 일본어 판본은 단행본 초판입니다.

이 소설에는 낯선 용어들이 등장합니다. 핸들마스터, 물길잡
이, 거류지, 남옥벽, 스파이럴, 거류지, 고주기 등등. 언제쯤인
지 정확하지는 않지만 가까운 미래를 그린 소설이기 때문입니
다. 이런 점을 감안하고 소설을 접하시기 바랍니다.

기본 배경은 '도시'가 의지를 가지고 소멸한다는 설정. 수만
명의 사람들이 순식간에 사라지고, 관계자들은 이별을 슬퍼할
수 없습니다. 슬픔을 겉으로 드러내는 일은 국가적으로 금지되
어 있습니다.

도시의 소멸에 맞서 싸우는 사람들은 모두 소멸을 통해 아픈 이별을 겪은 이들입니다. 그들의 싸움은 장렬하고, 슬프고, 때론 아름답습니다. 싸움의 밑바닥에는 '사랑'이 흐르기 때문입니다. 순수의 결정 같은 사랑이 때로 간지럽기는 하지만 부럽다고 하지 않을 수 없습니다. 이렇게 '도시의 소멸'에 대항하여 자기 몸을 던져 싸우는 이들의 이야기가 멋진 구성 속에 담겨 있습니다. 처음 읽었을 때와 다시 읽으면서 느낀 감상은 많은 차이가 났습니다. 될 수 있으면 한 차례 읽은 뒤에 며칠이라도 시간을 두었다가 다시 감상해 보시기 바랍니다.

한 가지 말씀드려야 할 부분이 있습니다. 소설의 제목에 관해서입니다. 우리나라에는 이 작품이 《사라진 마을》로 알려져 있습니다. '마을'은 정町이라는 일본 한자를 옮긴 말입니다. 이 소설 안에서 도시의 소멸은 町이라는 행정구역 단위로 일어납니다. 町은 일본어로 '마치'나 '초'로 발음합니다. 대개 인구 5만 이하의 행정적인 지역 구분으로, 소도시 규모입니다. 일본어 원문에서도 이 단위를 '소도시'라고 부릅니다. 따라서 제목은 편집부와 의논하여 일반적으로 알려진 이름이 아닌 《사라진 도시》로 결정했습니다.

얼마 전 일본 동북부 지역에서 대형 지진이 일어났습니다. 엄청난 피해였습니다. 지금도 원자력발전소 문제 때문에 자기 집으로 돌아가지 못하는 주민들이 있습니다. 마치 '도시의 소멸'을 연상케 합니다. 물론 이 소설과 전혀 상관없는 일이기는 하지만 '살던 곳'을 떠나야 하고 사랑하던 이들과 순식간에 헤어져야 하는 현실은 일치합니다. 피해를 입은 주민들의 생활이 하루 빨리 회복되기를 기도합니다.

옮긴이 권일영